JN196181

牧角悦子著

經國と文章

――漢魏六朝文学論――

汲古書院

目次

序章 「文」から「文学」へ――中国文学史における六朝の意義―― 3

第一部 漢代の「文」意識

第一章 賈誼の賦をめぐって――『楚辞』と漢賦をつなぐもの―― 19
第二章 「文」概念の成立における班固の位置――六朝文論の原点として―― 50

第二部 建安と文学

第三章 建安における「文学」 73
第四章 曹操と楽府――「新声」「新詩」の語をめぐって―― 100
第五章 経国と文章――建安における文学の自覚―― 125
第六章 曹植における楽府の変容――「興」的表現と物語性をめぐって―― 148

第三部 『文選』編纂をめぐる「文」意識

第七章 『文選』序文にみる六朝末の文学観 171
第八章 『文選』序文と詩の六義――賦は古詩の流―― 192

第九章　『文選』編纂に見る「文」意識……221

第四部　謝霊運詩論

第十章　謝霊運詩考——刹那と伝統——……247
第十一章　謝霊運詩における「理」と自然——「弁宗論」及び始寧時代の詩を中心に——……281

付　論

第十二章　日本における文選研究の歴史と現状……317
第十三章　（書評）文学研究者への挑戦状——渡邉義浩『「古典中国」における文学と儒教』——……346

文献表……365
初出一覧……373
あとがき……375

経国と文章——漢魏六朝文学論——

序　章　「文」から「文学」へ――中国文学史における六朝の意義――

一、中国古典における「文」

わが平安朝最初の勅撰漢詩集『凌雲集』の序文には、魏文帝曹丕『典論』「論文」の一節「文章は経国の大業、不朽の盛事」が引用される。また同時期の勅撰漢詩集に『経国集』がある。これらはともに平安朝を代表する文人皇帝嵯峨天皇（七八六―八四二）と深い関わりを持つ。それは統治と文雅の双方に才を発揮した嵯峨天皇とその側近が、同じく文の価値を王朝統治と同等に評価した魏の文帝曹丕の『典論』「論文」のこの一節を、強烈に意識したからに違いない。

近代において政治と文学とは対立的にとらえられるのが一般である。個人の内面に向かう文学と、社会・現実に向かう政治とは、相容れないベクトルをもつからだ。しかし「経国と文章」は、「政治と文学」と同義ではない。天下国家を経営せんとする大いなる意志（「経国」）と、人の心に生きて届く文章表現（「文章」）というものは、矛盾するものではなく、むしろ同質の価値として同時に存在し得たからだ。

中国古典における「文」は、我々が一般的に言う「文学」とは異なる一つの大きな価値として存在した。単純化していえばそれは政治性（社会性）と文学性との双方をもつ概念である。文化的事業への貢献を重視した曹丕が「文帝」と追号され、官僚として能力を発揮した韓愈が「文公」と諡されたことからも分かるように、それはまず政治的・社会的、言い換えれば儒教的価値の発顕が第一義にあった。同時にそれはより効果的な伝達を目指して、人の感情や嗜好に訴える文飾や抒情性、謂わば文学性を持つことを要求された。

「文」のもつ政治的効用の最大のものは権力の名分にある。王朝とその系統の正統性を、武力の行使でも論理的正当性からでもなく、文献の解釈から保証することこそ「文」に求められた価値であった。同時にそれは国家統治における具体的政策の立案や実行において、実用的な価値を発揮するものともなる。さらにそれを背後から支える道徳律を有形無形に提供するのも「文」である。古典中国における「文」は、このようにまず政治的社会的価値として存在したと言えよう。「文」の持つもう一面である文学性もまた、この第一義から派生する。上奏にせよ議論文にせよ碑銘にせよ、その内容をより確実に伝達するためには、文飾や抒情性、時には誇張も含む様々なレトリックが必要である。より効果的な伝達を目的として生まれる文学性が、「文」に求められた第二義的価値であったのだ。

一方、「文学」という言葉は近代的概念である。それはliteratureの訳語として、文字で書かれた言語芸術を言う。またそれは、個人の内面の表出として、作者あるいは作品の確立を前提する。その意味で、古典における「文」を、そのまま近代的概念である「文学」と同義的に扱うことはできない。

ただしかし、古典的「文」の世界にも「文学性」あるいは「文学意識」というものは存在する。作品として豊かな表現力を備えた「文」には「文学性」を見ることが出来るし、また表現することそのものの意味を問いかける「文論」には、「文学意識」の芽生えと成熟を読み取ることが出来る。つまり、中国の古典において「文学」は、既成のものとして「存在」するものではなく、それに向かう方法論としてある、一つの「視座」なのだと筆者は考えている。(1)

中国古典における「文」の中に、大きな文学意識の変革が見られるのが六朝という時代である。曹丕・摯虞・陸機・沈約・劉勰と続く六朝の文論は、それぞれの時代と個性の中で、「文」に対する認識が変化していく様を示している。一貫して儒教的「文」概念を建前としつつも、論者の無意識下に、創造そのものへの自立した意識が成熟していく過程が、そこには見て取れる。六朝期こそ「文」意識が大きく展開し、文学意識が成熟していった時期なのだ。

二、六朝期における文学意識の成熟

如上の文学意識の形成過程に基づいて、ここではその重要な文献をあらかじめ提示しておきたい。まず、全ての文論の起点となる『毛詩』「大序」、そして文が大きな転換を見る建安の代表として曹丕の『典論』「論文」、そして本書では詳しく触れることのできなかった陸機「文賦」と『詩品』序について、その文意識の表明を訳出してみたい。

①『毛詩』「大序」

中国古典における文学意識を論じる際に、まず把握しておかなければならないのが『毛詩』「大序」である。おそらく前漢後期の成立だと考えられる『毛詩』「大序」は、「文」を儒教的な価値に収斂させることによって、これ以後「文」の最も重要な規範となっていくからである。

詩者志之所之也。在心爲志、發言爲詩。情動於中、而形於言。言之不足、故嗟歎之。嗟歎之不足、故永歌之。永歌之不足、不知手之舞之、足之蹈之也。

詩は志の之《ゆ》く所なり。心に在るを志と爲し、言に發するを詩と爲す。情 中《うち》に動いて、言に形わる。之を言いて足らず、故に之を嗟歎す。之を嗟歎して足らず、故に之を永歌す。之を永歌して足らず、知らず手の之を舞い、足の之を蹈むを。

詩は志の向かうところである。心の中にあるときには志であり、言葉になって発せられると詩になるのだ。心の中に情が動くと、それは言葉になって表れる。言葉で表しても足りないときは、大きく感嘆する。感嘆しても足りないときは、声を長くして歌う。歌っても足りないと、知らず知らずのうちに手足が踊り出すのだ。

「詩」というものが心の中にある「志」の表現だといい、人は心の中の「情」の動きによって言葉や感嘆や歌を発するという。詩が心を歌ったものであり、情の発露だという点は詩の抒情性を言っているように見える。しかし序文は続けて次のように言う。

情發於聲。聲成文。謂之音。治世之音、安以樂。其政和。亂世之音、怨以怒。其政乖。亡國之音、哀以思。其民困。故正得失、動天地、感鬼神、莫近於詩。先王以是經夫婦、成孝敬、厚人倫、美教化、移風俗。

情 聲に發す。聲 文を成す。之を音と謂う。治世の音は、安らけくして以て樂しむ。其の政 和すればなり。亂世の音は、怨みて以て怒る。其の政 乖《もと》ればなり。亡國の音は、哀《かな》しくして以て思う。其の民 困《くる》しめばなり。故に得失を正し、天地を動かし、鬼神を感ぜしむるは、詩より近きは莫し。先王 是を以て夫婦を經し、孝敬を成し、人倫を厚くし、教化を美し、風俗を移せり。

情は音声になって発せられるが、この音声が「文」すなわち彩模様を成したもの、これを「音（音楽・メロディー）」という。世の中が良く治まった国の音楽は安らかで楽しい。その国の政治がうまく整っているからだ。乱れた世の音楽は怨みと怒りに満ちている。その国の政治がうまくいっていないからだ。滅びようとする国の音楽は哀しみと憂いに満ちている。その民が行き詰っているからだ。だから、得失（成功と失敗）を正し、天地を動かし、鬼神を動かすもの、それは詩がもっともふさわしい。先王（古き良き時代の王）は、だから詩を通して夫婦の関係を整え、孝行心と敬愛の情を養い、人倫を厚くし、教化を賛美し、風俗を良い方に導いたのだ。

人の心情の発露である詩は音声となり、また音声は彩模様として音楽となる。そしてその音楽を聞けば、それを発した人々の心が分かる、と言う。問題はその次である。世の中が平和であれば、そこに歌われる音楽は調和に満ちているけれども、世の中が乱れ、滅びようとするときには、音楽は怒りや哀しみに満ちるという。そして王者たるものは、そのように人の心の反映である音楽と詩とを、夫婦や親子、そして君臣関係に応用し、更には世の風俗の教化に結び付けるというのだ。

確かに音楽はその時勢を反映する。戦乱にあえぐ国、貧困に押しつぶされる国、平和にボケた国、その人々の発する音楽は、その国の民情の表れだといえるだろう。ただ、それを、王者の側から人倫の教化と風俗の嚮導に利用するのが良い、という主張に対して、近代的感性は距離、あるいは拒否を感じるのではないだろうか。音楽は政治の為にあるのではない、と。

ここに引いた『毛詩』「大序」は、おそらく前漢の末ころのものだと考えられる。前漢から後漢にかけて、漢という王朝が儒教国家としての理念を強固にしていくまさにその時代に書かれたこの詩論は、心情の吐露としての詩を、直接的に王者の政治に結び付ける意図を持った、非常に儒教的な文学観を示している。

このの ち中国の文論は、『毛詩』「大序」を一つの規範として据えつつ展開する。抒情と教化、民心と王者、現代的に言えば文学と政治の関係が、それぞれこの『毛詩』「大序」を意識しつつ、発展的に継承されていくのである。

②　曹丕『典論』「論文」

儒教国家としての漢は、キリスト紀元を挟んで紀元前後、およそ四百年にわたって続いた。その安定を支えたのが儒教であったのだが、後漢の終わりになると、様々な問題が噴出し、最後は黄巾の乱による大混乱の時代になる。その混乱を治めて新しい時代を築こうとした曹操（魏武帝）、その息子の曹丕（魏文帝）によって、六朝と呼ばれる新しい時代が始まる。宦官の家系出身である曹操は、漢王朝を支えた儒教が血統を重んじたのに対抗して、新しい価値を打ち立てる。それは血筋ではなく個人の才能を重んじる唯才主義である。家柄や伝統ではなく、いま生きて働く力、それは政治や戦争の能力だけでなく、音楽や芸術やグルメに亘るのだが、新進の勢力であった曹操とその一族・ブレーンは、この唯才主義を掲げて、特に文化面において活力ある新時代を築いた。新しい価値を生み出した曹操を中心とする建安時代は、文化の画期として六朝を切り開いていくことになるのだが、この時期「文」に対する意識も大きく変容していく。

曹丕は曹操の文化政策を受け継いで『典論』を著し、国家の規範・典範を内外に示した。その『典論』の「論文」篇は、文字通り「文」についての「論」である。

蓋文章經國之大業、不朽之盛事。年壽有時而盡、榮樂止乎其身。二者必至之常期、未若文章之無窮。是以古之作者、寄身於翰墨、見意於篇籍。不假良史之辭、不託飛馳之勢、而聲名自傳於後。

蓋し文章は經國の大業にして、不朽の盛事なり。年壽は時有りて盡き、榮樂は其の身に止まる。二者必至の常期は、未だ文章の無窮なるに若かず。是を以て古の作者は、身を翰墨に寄せ、意を篇籍に見わせり。良史の辭を假らず、飛馳の勢に託せずして、聲名 自ら後に傳わる。

文章（を書くこと）は国家経営に匹敵する大事業であり、朽ちることのない大いなる業である。人の寿命は然るべき時が来れば終わる。名誉も快楽も死後まで持ち越せるものではない。この二つ（寿命と名誉快楽）が限られたものであるのに対して、文章というものは無窮（窮まることなく続いていくもの）なのだ。だから、古の作者は墨と筆でもって書籍に自分の意向を書き留めた。歴史書に名前を残されなくても、現世での権勢を借りなくても、文章を書くことで名声はおのずから後世に伝わるのだ。

ここでいう「文章」は、いわゆる「文学」とは異なる。具体的に言えばそれは曹丕自身の『典論』、そして建安七子の一人である徐幹の『中論』といった「一家言」を指し、抒情的な文学作品を言うものではない。(2) また「不朽」「無窮」なのは名声であって、文章そのものではない。しかし、ものを書くという業を天下国家の運営と同等視し、大きく宣揚したことは、曹丕の新しさであった。魯迅は、この曹丕の経国文章論を文学史の中で高く評価し、建安を「文学自覚の時代」と呼んだ。(3) 曹丕の「論文」篇の主張を、「文学の独立宣言」と言うのは的確ではないが、(4) しかしこの時代、自覚的あるいは無自覚的に、表現の世界に独自の価値が獲得されていったことは極めて重要である。民国初期の聞一多も自身の文学論の中で、建安を文学史の大きな画期と位置付け、建安以前を古代、建安以後を近代と呼んだ。(5)

③　陸機「文賦」

三国時代が終わって晋になると、陸機が登場する。陸機は三国呉の出身で、呉滅亡後、呉を滅ぼした魏を承けた晋に出仕する。呉の名家出身の陸機（陸遜の孫）は、高いプライドと群を抜く才能と強い反骨精神をもった稀有の文人であった。その陸機の「文賦」は、「作文」の「妙」、つまり文章を書く際の多方面の技を、賦という極めて難度の高い文体で表現する。目に見えない世界を筆の先に写し取る作業としての「作文」に何が必要なのか、それを技術面のみならず感性や想像性、更には霊性にまで言及しながら説明するのだ。その書き出しは以下の通りである。

佇中區以玄覽、頤情志於典墳。遵四時以歎逝、瞻萬物而思紛。悲落葉於勁秋、喜柔條於芳春。心懍懍以懷霜、志眇眇而臨雲。詠世徳之駿烈、誦先人之清芬。游文章之林府、嘉麗藻之彬彬。慨投篇而援筆、聊宣之乎斯文。

中區に佇みて以て玄覽し、情志を典墳に頤う。四時に遵いて以て逝くを歎じ、萬物を瞻て而て思い紛たり。落葉を勁秋に悲しみ、柔條を芳春に喜ぶ。心は懍懍として以て霜を懐き、志は眇眇として而て雲に臨む。世徳の駿烈を詠じ、先人の清芬を誦す。文章の林府に游び、麗藻の彬彬たるを嘉《よみ》す。慨として篇を投じて筆を援り、聊か之を斯文に宣べん。

世界の真ん中にたたずんで奥深いまなざしで辺りを見回すと同時に、多くの古典籍を学んで情と志とを鍛え上げる。すると、季節の運行のままにその移り変わりを感嘆し、様々な外物を眺めるだけで思いが複雑に湧き上がる。空気の張りつめた秋には落ち葉の儚《はかな》さを悲しみ、芳しい春には芽吹いたばかりの柔らかな枝の葉を喜ぶ。張りつめた心はまるで霜を懐くかのように、果てしない思いはまるで雲に臨むかのように、古の有徳者の猛き勲と清き香りの満ちた作品を詠唱しつつ、彼らの残した輝かしく美しい作品を堪能する。私はここで大きく息を吐き、手にした書物を擲《なげう》つようにして筆を執り、いまここに文の奥義を述べたいと思う。

陸機は「文賦」において、格調高い文章を書くために必要なすべての妙技を、微に入り細を穿って述べ広げる。そこには、文章を書くという行為が、現実を超えた一つの空間を作り上げ、そのものの命を持って生成する創造の空間であることが示されているのだ。表現することの意味が独自の価値を持って語られる「文賦」こそ、文学意識の明確な表明だと言えるだろう。六朝の文論の一つの頂点がこの「文賦」である。

④　鍾嶸『詩品』序

六朝にはこのように曹丕の「論文」、陸機の「文賦」を始めとして摯虞の「文章流別論」、抱朴子「内篇」、沈約「『宋書』謝霊運伝論」、劉勰『文心雕龍』など多くの文論が登場する。それは儒教的価値の中にあった「文」が、儒教的価値から或いは離れ、或いは自立し、或いは回帰する様子を様々に示している。(6) そして六朝末期には、直接的に文を論じる文論以外に、編集という形で理想の文をセレクトする総集が現われる。鍾嶸『詩品』・梁昭明太子『文選』・梁簡文帝『玉台新詠』がそれである。このうち、五言詩を対象に品評を加えた『詩品』、その序文には次のような叙述がある。

若乃春風春鳥、秋月秋蟬、夏雲暑雨、冬月祁寒、斯四候之感諸詩者也。嘉會寄詩以親、離群託詩以怨。……凡斯種種、感蕩心靈、非陳詩何以展其義、非長歌何以騁其情。

乃ち春風春鳥、秋月秋蟬、夏雲暑雨、冬月祁寒の若きは、斯れ四候の諸の詩を感ぜしむる者なり。嘉會は詩に寄して以て親しみ、離群は詩に託して以て怨む。……凡そ斯の種種は、心靈を感蕩するものなれば、詩に陳ぶるにあらざれば何を以てか其の義を展べん、長歌するにあらざれば何を以てか其の情を騁せん。

春風に春の鳥、秋の月と秋の蟬、夏の雲と暑さの中に降る雨、冬の月と厳しい寒さ、これらは季節が詩情を揺り動かすものである。良き出会いは詩に寄せて親しみを嚙みしめ、群れから離れた寂しさは詩に託すことで悲しみを表す。……およそこれらの様々な感情は、心霊を揺さぶり動かすものであり、詩に陳べるのでなければどうやってその思いを鎮められようか。長く歌うのでなければどうやってその心を馳せることができようか。

季節の風物や出会いと別れ、人生の苦節の中で生まれた作品を並べたのちに、それらの様々な感情を歌い、心の高ぶりを鎮めるものが詩なのだと言う。ここにはほぼ現在の詩歌と同質の、抒情性に対する認識が見られるようになる。

⑤『文選』序文

梁の昭明太子の編纂に係る『文選』は、文字通り「文」の「選集」である。ここでいう「文」は、儒教的価値観に基づく古典としての「文」なのであるが、(7) しかし昭明太子の『文選』序文の中には、所謂「文学意識」或いは「作品意識」とも呼ぶべきものが垣間見られる(8)。

（ア）若夫姫公之籍、孔父之書、與日月倶懸、鬼神争奥、孝敬之准式、人倫之師友、豈可重以芟夷、加之剪截。

（イ）老莊之作、管孟之流、蓋以立意爲宗、不以能文爲本、今之所撰、又以略諸。

（ウ）若賢人之美辭、忠臣之抗直、謀夫之話、辨士之端、冰釋泉涌、金相玉振。所謂坐狙丘、議稷下、仲連之却秦軍、食其之下齊國、留侯之發八難、曲逆之吐六奇、蓋乃事美一時、語流千載。概見墳籍、旁出子史、若斯之流、又亦繁博、雖傳之簡牘、而事異篇章、今之所集、亦所不取。

（エ）至於記事之史、繫年之書、所以褒貶是非、紀別異同。方之篇翰、亦已不同。若其讚論之綜緝辭采、序述之錯比文華、事出於沈思、義歸乎翰藻、故與夫篇什、雜而集之。

これは『文選』序文において、その撰録基準を（実際には何を採用しなかったかを）のべた部分である。（ア）〜（エ）で示される種類の「文」は採録しない、というのである。このうち（ア）は経書、（イ）は諸子、（ウ）は辨術の士の弁論譚、（エ）は史書に相応するものである。後に四部分類に類別される書籍の中で「経」・「子」・「史」に当たるものを採録しないということは、とりもなおさず「集」に当たるもの、即ち所謂「文学作品」とも呼ぶべきものを採録するのだということを意味する。もちろん『文選』の「文」は「文学作品」と同義ではない。しかしそれが一篇一篇の「作品」を指すものであることは、上記引用の中の「篇章」「篇翰」「篇什」という言葉から読み取れる。経書でもなく、思想体系としての諸子でもなく、歴史記述でもなく、特定の作者をもつ個別の作品を採録するのだ、という意識を、この『文選』序文には見ることが出来るのだ。

　このように、六朝時代は、表現するという行為の自立的意味を、様々な形で深めていった時代である。中国古典の世界では、詩や文は必ずしも最初から自己表明の「作品」として、または抒情の表現としてあったわけではない。それは或いは宗教的呪術の世界から、或いは現実対応への切実さから生まれたものであった。それが六朝という政治上の混乱期に、既成の価値を打ちこわし新たな価値を求めて様々に発展する。文には美しさが、詩には抒情性が求められ、文学意識も成熟していく。「文」から「文学意識」が立ち上がっていくこの六朝時代こそ、いわゆる文学史の画期なのだ。

三、本書の構成と問題意識

本書では、この六朝という時代を対象として、文概念の変化と文学意識の成熟の過程を論じる。

まず第一部において、漢代における文概念の確立の過程をのべる。第一章では、漢代初期に儒教的価値を統治に持ち込もうと試みた賈誼を対象に、その賦にみえる文学性の意味について論じる。第二章では後漢を代表する文人である班固を対象に、班固の文論、特に「答賓戯」にみえる「著述」の意識が、それ以後の儒教的文意識の根幹になったこと、前漢までの文意識が、班固において一度大きく収斂されたことを述べる。

第二部においては、六朝文論の原点である建安時代について論じる。第三章では、文学史の画期である建安の意味を、特に曹操の楽府と曹植の五言詩のもった新しさを通して考察した。第四章では、曹操の楽府を対象に、それを楽府の本来的役割である王朝の楽曲の整備という視点から論じた。第五章では、建安期の文学意識の成熟について、曹丕の『典論』「論文」と、それと同じ路線で進みながら端無くも現れた曹植の作品世界の想像性について論じた。第六章では、その曹植の作品のもつ文学性を、楽府に見える自然描写の特徴と、物語空間の創作と言う視点から論じた。

第三部では、『文選』に関する論考を三本載せた。従来、六朝以前の優れた文学作品のアンソロジーだと説明されてきた『文選』が、作品集というよりも、「文」のスタンダードを「集」めたものであり、またその編集には強い儒教的文意識が働いていたことを、序文の全体像から（第七章）、「賦は古詩の流」という言葉と賦という文体の持った意味から（第八章）、そして戦国的価値を持った文からの脱皮を表すと考えられる、序文中の特殊な「文」の意味するものから（第九章）、考察した。

第四部には謝霊運詩論を載せる。この二本は実は三十年近く前に書いた謝霊運の詩論であり、紀要に載せたせいか埋没していたものであるが、最近になって発掘し評価してくださる方がいたことに心を強くして、今回一緒に採録した。

最後に付論として二本を載せる。第十二章は、こちらも大変古い論考であり、日本における文選研究の紹介という内容であるが、文選研究の初歩的情報として、まだ裨益するところがあるかと思い収録した。

最後の第十三章は、二〇一五年に刊行された渡邉義浩氏の『「古典中国」における文学と儒教』の書評である。実は本著は渡邉氏の該書の姉妹編である。ほぼすべての論考が、何らかの意味で渡邉氏の研究と関わっている。六朝学術学会を通じて知り合った氏との交友は、筆者に計り知れない恩恵をもたらした。特に儒教という価値を骨格に置く視点は、氏の独創であり、かつ筆者も強く共感するものである。氏が歴史学的視点から構築した「古典中国」における文学と儒教の構造を、別の視点、すなわち文学的視点から再構築してみたのが本書である。その意味で、本書の基本的問題意識は、この書評の中に在ると言っても良い。

すなわちそれは、「文学」という近代的概念で、古典的「文」の価値は測れない、ということである。しかし同時に、「古典中国」の文人たちは、それを自覚するかしないかに関わらず、表現することの独自の意味をそれぞれに表出している。六朝という未曾有の文化の転換期に、文学意識が様々に立ちあがってくる様相を、個別の文人、作品、そして文学意識を通して描いてみたのが本書である。

注

（1） 牧角悦子「中国文学という方法」（二松学舎大学文学部中国文学科編『中国学入門――中国古典を学ぶための十三章』勉誠出版 二〇一五年）参照。

（2） 曹丕の『典論』が一家言であることについては、渡邉義浩「曹丕『典論』と政治規範」（『「古典中国」における文学と儒教』汲古書院 二〇一五年）参照。

（3） これに先立ち鈴木虎雄は『支那詩論史』（弘文堂書房 一九二七年）において魏を「支那文学上の自覚期」と呼んだ。更に青木正児『支那文学思想史』（岩波書店 一九四三年）は曹丕の「論文」篇のこの主張を「文学を卓然と独立せしめんと欲する抱負を示した」とする。

（4） 本書第五章参照。

（5） 聞一多「四千年文学大勢鳥瞰」（『聞一多全集』第十巻 湖北人民出版社 一九九三年）。

（6） このうち曹丕『典論』「論文」・陸機「文賦」・葛洪『抱朴子』外篇・『文心雕龍』に見える文学論と儒教の関係については、渡邉義浩「曹丕の『典論』と政治規範」・「陸機の「文賦」と「文学」の自立」・「葛洪の「文学」論と「道」への指向」・「「文学」の儒教への回帰」（全て『「古典中国」における文学と儒教』汲古書院 二〇一五年所収）参照。

（7） 『文選』が文学作品を集めたアンソロジーではなく、儒教的価値観の下にある実用的「文」のセレクションである、ということについては、本書第七～九章で論じる。

（8） この部分の訳については、第七章参照。

第一部　漢代の「文」意識

第一章　賈誼の賦をめぐって

――『楚辞』と漢賦をつなぐもの――

はじめに

六朝の文論における「風騒」[1]という言葉は、中国古代歌謡としての『詩経』と『楚辞』との併称である。「風騒」は、この二つの歌謡集がともに中国詩歌の源流であることを示すと同時に、この二つが全く異質な特徴を持つものであることも示している。北方の黄河流域で歌われた四言を中心とする『詩経』が、現実的で乾いた詠み振りを特徴とするのに対し、南方の長江流域の独自の文化背景のもとで生まれた『楚辞』は、ロマン的で抒情的な詠み振りを特徴とする。

『詩経』は、漢代に儒教の経典となったことにより、『詩経』の伝統を継ぐものが詩歌の正統とみなされるようになり、「詩人」といえば、それは『詩経』の詩人を指すことになる。そしてそれは美刺の精神、すなわち現実への強い諷諫意識に代表される儒教的価値を持つ詩人を意味する。漢代、特に前漢後期から後漢にかけては、賦という文体が、この『詩経』の諷諫を継ぐ正統派の文芸と見做され、威風堂々たる長編の賦の大作が多く残されることになる。しかしそれは主に後漢以降のことである。

漢代の初期、歌謡の世界においては、『詩経』ではなく『楚辞』の系統を引く楚歌なるものが多く歌われた。漢王室の郊祀歌や房中歌には「楚歌」として書き留められたものが多く残っている。[2]一方『詩経』は、漢代に儒教的正統派の文の代名詞になったものの、詩という形態自体は、反対に漢代には十分な成熟を見ない。漢代の詩として残されているものは、時に歌謡や楽府を含み、四言五言という形態も未確立だと言ってよい。文芸理論の発達した六朝期において「風騒」と並び称される『詩経』と『楚辞』とは、このように漢代の初期においては並列する二大文芸とはみなされていなかった可能性が高い。

漢代を代表する表現形態は賦である。賦は前漢の武帝期までは司馬相如をその代表とするダイナミックな構成と華麗な言語の集積による絢爛豪華な言語芸術であったが、揚雄の「童子の雕虫篆刻」[3]の発言以降は、諷諫を第一義とする儒教的価値観の中に収斂されていく（第八章参照）。結果、諷諫的内容の賦が文の正道とみなされ[4]、『詩経』の伝統の継承を担ったことは上述の通りである。

このような漢代における文芸の流れの中で、賈誼の賦作品を見る時、そこに武帝期に見られた長編賦とも、後漢に顕著になる諷諫意識の強い賦とも異なる特徴を見出すことができる。それは言い換えれば『楚辞』あるいは騒体賦から漢賦への橋渡し的な特徴である。

以下、賈誼の代表作である「弔屈原賦」と「鵩鳥賦」を中心に、その特徴と文学史的意味を考察してみたい。

一、賈誼「弔屈原賦」――楚辞の継承――

『楚辞』は屈原の作品だということが一般的な常識となっている。[5]しかし現存の『楚辞』の作品群が、王逸が言うほど屈原とは関わらないであろうことは、『楚辞』を文芸として読む者の常識でもある。『楚辞』と屈原の関係については、民国以来さまざまに議論され、屈原の存在自体を否定する論者も登場した。[6]日本における楚辞研究においては、

『史記』の屈原伝や王逸の『楚辞章句』をそのまま根拠にして『楚辞』を読む方法には懐疑的なものが多い。

しかしながら「屈原」なる存在は、それが実在であれ虚構であれ象徴であれ、それを全く否定して『楚辞』を語ることは出来ない。ここでは屈原と『楚辞』の関係については深入りしないが、ただ重要なのは屈原と『楚辞』とを結びつけた因縁を遡る際に、極めて重要なものとして賈誼「弔屈原賦」が存在することである。賈誼がここで示す屈原像はそのまま『史記』に引き継がれ、王逸に継承されていく。その意味で賈誼「弔屈原賦」は楚辞文芸を理解する上でも重要な作品なのである。

ここで作品を見てみよう。「弔屈原賦」は『文選』では巻六十の「弔文」に分類され、タイトルも「弔屈原文」となっているが、形式から見れば明らかに賦である。(7) 本稿では「弔屈原賦」と称する。『文選』に引用される序の部分は、ほぼ『漢書』の記述と同じである。(8) この序文は、後に見る「鵩鳥賦」の序文と同様、賦の一部というよりは、『漢書』の記載を『文選』が作品の冒頭に付したものと考えるべきである。

序文は以下の通り。

誼 長沙王の太傅と爲る。既に譴去さるるを以て、意 自得せず。湘水を渡るに及び、賦を爲りて以て屈原を弔う。屈原は、楚の賢臣なり。讒を被りて放逐せられ、離騒賦を作る。其の終篇に曰く、「已んぬるかな、國に人無く我を知る莫きなり。」遂に自ら汨羅に投じて死す。誼 之を追傷し、因りて自ら喩う。(9)

ここでは長沙に左遷された賈誼が湘水を渡った際、賦を作って屈原を弔ったことが記される。屈原が「離騒賦」を作ったこと、汨羅に投じて死んだことが語られ、賈誼は屈原の最期に自らの境遇を重ね合わせてこの賦を作ったのだという。序文の問題については後に述べることにして、賦の本文を見てみよう。その前半は以下の通りである。(10)

恭承嘉惠兮、俟罪長沙。　謹んで詔命を承け、長沙の地で罪を俟つ身。

側聞屈原兮、自沈汨羅。
造託湘流兮、敬弔先生。
遭世罔極兮、乃隕厥身。
嗚呼哀哉、逢時不祥。
鸞鳳伏竄兮、鴟梟翶翔。
闒茸尊顯兮、讒諛得志。
賢聖逆曳兮、方正倒植。
世謂隨夷爲溷兮、謂跖蹻爲廉。
莫邪爲鈍兮、鉛刀爲銛。』
吁嗟默默、生之無故兮。
斡棄周鼎、寶康瓠兮。
騰駕罷牛、驂蹇驢兮。
驥垂兩耳、服鹽車兮。
章甫薦履、漸不可久兮。
嗟苦先生、獨離此咎兮。

聞けば屈原は、この汨羅に身を投げたという。
湘水に至り水の流れに託し、謹んで先生を悼む。
正しからざる世に遭って、それ故に命を落としたことを。
ああ悲しいかな、生まれた時代が良くなかった。
美しく善き鳥が穴に隠れ、醜い悪鳥が羽ばたき、
つまらぬ者が出世し尊ばれ、讒言する輩が思うまま。
賢者聖者はまっすぐ進めず、正しさはひっくり返る。
世の人々は賢人の卞随《べんずい》や伯夷を濁っているとし、盗っ人の盗跖《とうせき》や盗蹻を正直だと言い、
名刀莫邪《ばくや》を鈍器、鉛の刀を鋭利とする。
ああ不遇に耐える君の、謂れのない咎、
周の鼎を捨て去って、瓢箪を宝とする。
疲れた牛を走らせて、脚萎えのロバを添え、
駿馬は両耳を垂れて、塩車を引く労働に服す。
美しい冠を靴となすこの転倒は久しく続くべくもないのに、
ああ屈原先生は、独りこのような災難に遭われたのだった。

「弔屈原賦」全文は、「訊曰」を真ん中に挟んでほぼ二分される。「訊」は『漢書』には「誶」と作り、張晏の注に、それは離騷篇の「乱」である、とする。「乱」は『楚辞』に多くみられ、長編の一篇の終わりに全体を纏める韻文で

あるのが普通である。しかしこの「弔屈原賦」の場合、「訊」は全編の中央に置かれており、『楚辞』の「乱」とは異なる用法である。

「訊曰」の前に置かれるこの前半部分は、詔命を承けて長沙に流された賈誼が、汨羅に自沈した屈原を弔う言葉となっている。賈誼の生きた前漢初期、長沙付近ではすでに屈原伝説が伝わり、不祥なる世に生まれ合わせた屈原が不遇の果てに汨羅に沈んだ物語が語られていたのである。「弔屈原賦」では、その屈原伝説を受けて（「側聞」の語からそれが言い伝えとして賈誼の耳に入ったことがうかがわれる）、生まれ合わせた時代が悪かったがゆえに、美しい者、賢者聖人は逆境に追い込まれ、反対に醜くつまらない輩が幅を利かす、そのような屈原の挫折を様々な例を引きつつ痛み歎じる。その形式は、以下のように四言と「兮」字を組み合わせた非常に整ったものである。

□□□□兮□□□□
□□□□兮□□□□　（前半はこの形が中心）
□□□□　□□□□兮
□□□□　□□□□兮　（後半はこの形が中心）

注目すべきは、賢人の不遇を歌うという内容は、「離騒」篇の前半部とテーマを等しくするにもかかわらず、語彙において「離騒」篇を襲うものが極めて少ない点である。李善の注に「離騒」篇をはじめ『楚辞』からの引用は全く無く、胡広、応劭などによる漢代の制度語句の説明、あるいは『漢書』の注からの応用が有るばかりである。

また、「倒植（さかさまにひっくり返る）」「章甫薦履（冠を靴となす転倒）」の語は、賈誼『新書』に引く政策論において、文帝期の「流涕すべき」現状を「倒縣」と言うのと同じ表現である。『新書』では、漢朝が匈奴と和睦を結び、歳ごとに金・絮・采繒を贈ったり、漢の公主を匈奴に嫁がせたりする漢初の匈奴対応策を、頭と足がひっくり返っている、と嘆く(11)。『新書』の主張は、そのような嘆くべき現状を把握した上で、転倒を本来の姿に正すための現実対応策を力強く打ち立てるものであった。この賦においてその転倒は、善鳥と悪鳥、賢者と盗賊、名器と鈍器、ロバと駿馬などの喩えに託しつつ、賢者聖人が矮小なる佞臣に苦しめられる政情として描かれる。しかしその表現は非常に精緻で理知的であり、『新書』と同質の力強い知性を感じさせるものである。賢人の不遇を歎じるという内容は「離騒」篇と重なりながら、「離騒」篇の語彙を襲わない点、その詠み振りにおいては極めて理性的で形式も精緻である点は、この賦の大きな特徴であると言えよう。

次に「訊曰」で導かれる後半を見てみたい。

訊曰、已矣。
告げて言おう、ああ。

國其莫我知兮、獨壹鬱其誰語。
この国には私の理解者はいない、ひとり鬱々として語る相手もいない。

鳳漂漂其高逝兮、固自引而遠去。
鳳がひらひらと高く飛ぶのは、自らの意志でそうするのだ。

襲九淵之神龍兮、沕深潜以自珍。
九淵に沈む神龍は、深く潜むことで自分の高貴さを保つもの。

偭蟂獺以隠處兮、夫豈從蝦與蛭螾。
イモリの如きつまらない生き物を避けて隠れ住み、蝦蟇《がま》や蛭《ひる》やミミズとは身を同じくしない。

所貴聖人之神徳兮、遠濁世而自藏。
聖人の神聖な徳を貴び、濁世を遠ざけて自ら隠れるのだ。

使騏驥可得係而羈兮、豈云異夫犬羊。
優れた馬も軛《くびき》に繋がれてしまえば、犬や羊と同じではないか。

般紛紛其離此尤兮、亦夫子之故也。
纏《まと》わりつかれるようにこのような災いに罹《かか》ったのが、夫子の人生であったのなら、

歴九州而相其君兮、何必懐此都也。
九州を遍歴して真の君主を助けるがよい。この都だけに恋々とするこ

とはない。

鳳凰翔于千仞兮、覽德輝而下之。
鳳凰は千尋の空を羽ばたいて、輝く徳を見つければ下り、

見細德之險徵兮、遙曾擊而去之。
つまらない徳の陰険な兆しを見れば、急いで高く羽を撃って去る。

彼尋常之汙瀆兮、豈能容夫呑舟之巨魚。
あのちっぽけな溝が、どうして舟を呑む大魚を容《い》れることができようか。

横江湖之鱣鯨兮、固將制於螻蟻。
大海原を泳ぐ鯨をそこに横たえれば、アリやケラの餌食《えじき》になるであろうことは必然。

優れた人材の不遇を歌う点においては前半とテーマを共通するが、しかしここでは屈原という一人の個別の事象から発展して、濁世からの飛翔が詠われる。

まず「この国には私の理解者はいない、ひとり鬱々として語る相手もいない」と嘆きつつも、続けて「鳳がひらひらと高く飛ぶのは、自らの意志でそうするのだ」と強い意志が示される。世の中が汚れているのなら、そこから遠ざかればよい。今の現実に恋々とすることはない、と詠うのだ。そして、汚れた世の中から「自藏（自ら身を隠す）」(12)する優れた存在として「鳳凰」「神龍」「呑舟之魚」「鱣鯨」「騏驥」が描かれ、「濁世」である「此都」に生息する「細德」なるものとして「蟂獺」「蝦」「蛭螾」「犬羊」「汙瀆」「螻蟻」が並ぶ。不遇の中に災難に死んだ屈原を傷む前半から一転して、この後半部では濁世から身を隠しつつも自己の強い意志と誇りとが示されるのである。

中盤に詠われる「般紛紛として　此の尤に離うは、亦た夫子の故なり」の句は、「自珍」「自藏」すべき優れた存在でありながら濁世の災いに罹ったことを、「夫子」つまり屈原の「故」である、とする。この「故」を『史記』は「辜」と作ることから、金谷治はここに賈誼の屈原に対する厳しい批判を読み取ろうとする。(13)しかし、この賦全体は

決して屈原的な生き方を批判するものではなく、優れているが故に不遇を強いられざるを得なかった一つの貴い魂を悼むものである。「故」は「とが」ではなく「事」と解すべきであろう。「夫子の故」とは夫子の事例、夫子の場合の意であり、紛々と濁世の災厄に罹った屈原の事例を言うものだと解する。

このように、屈原的な処世、すなわち濁世の中で己の潔癖を守ろうと苦悩した屈原的生き様に同調し傷みつつも、屈原なる典型が成し得なかった「此都」からの飛翔を、「自珍」の手段として強く打ち出しているのが、この後半部分なのだ。

その形式も前半とは異なる。

□□□（其・之・以　あるいは可・于）□□兮　□□□（而・夫・於　あるいは其・以）□□

四言が三言になったことで躍動感が増し、また「兮」をはさんだ対の中にさらに「其」「而」などの拍子が加わることで、高ぶる感情が一気に放出される感がある。前半と後半は、内容も形式も風格も、明らかに相違するのである。

このように見てくると、「訊」を「乱」と同様の纏めの措辞と考えることは出来ない。「訊」は『漢書』では「誶」に作り、『補注』は「宣べる」、「重ねて宣べる」などの説を紹介しつつ説明に字数を費やす。『史記』『漢書』を読む者が、この「訊」の扱いにもまた苦慮したことが分かる。

そもそも賈誼の「弔屈原賦」は、まず『史記』に、次に『漢書』に引用され、そして『文選』に選録される。『史記』「屈原賈生列伝」は賢人失意の系譜を強調するため、屈原の継承者として、賈誼をことさら悲劇的に描いている。賈誼が長沙に流されたのは事実であり、そこで賈誼が伝説に拠って屈原を弔う賦を書いたのも事実であろうが、この賦の背景に賈誼の現実世界での失意を強調したのは『史記』編者の意図なのだ。『史記』におけるこの賦の背景は以下の通り。

賈生既に辭して往き行く。長沙の卑濕なるを聞き、自ら壽の長きを得ざるを以《おも》い、意 自得せず、湘水を渡るに及び、賦を爲りて以て屈原を弔う。(14)

つまり、都に別れを告げて旅に出た賈生は、赴任先の長沙の地が卑湿であることを聞き、自分の寿命も長いことはないだろうと考えた。沈む心を抱きつつ湘水を渡る時に賦を作って屈原を弔った、と言う。

長沙が卑湿であるというだけで、寿命が長くないだろうと嘆くのが理にかなわない事については、既に田中麻紗巳が指摘する。(15) また長沙左遷の時期が賈誼にとっては小国支配の一つの実験として、後に説かれる諸侯国対策の具体案に結実した可能性についても伊藤富雄の言うとおりであろう。(16) 実際の賈誼は、この長沙左遷を「胸中煮えかえる」ほどの「痛手」と考え、悲嘆に打ちひしがれていた訳ではないのではないだろうか。(17)『史記』の強調した賈誼像に基づいて、中央から追われた理想高い若者の失意と苦悩をその前提として「弔屈原賦」を読むことには慎重であるべきだ。『漢書』は『史記』を受けながら、しかし『史記』とは異なる賈誼像を提供する。『史記』がその悲劇性を強調し、本論でとりあげる二篇の賦のみを引用するのに対して、『漢書』は賈誼の政策論、とくに儒教的言説を強調し、漢代儒教確立の基礎を築いた先覚者としての賈誼像を印象付ける。『新書』の中から意図的に儒教的言説を選択し、順序まで変えて『漢書』に引用したのは、(18) 班固の儒教への思いの深さ、『漢書』の持つ儒教意識強調の表れである。

このような『史記』『漢書』の編纂意図を踏まえた上で、再度「弔屈原賦」に戻ると、『漢書』にこの賦の前提として描かれる部分、『文選』では賦の序文と見做されている部分に、失意の前提とは異なる意味で「訊」の意味を探るヒントがある。再度引用すると、

誼爲長沙王太傅。既以謫去、意不自得。及渡湘水、爲賦以弔屈原。屈原、楚賢臣也、被讒放逐、作離騷賦。其終篇曰、已矣哉。國無人兮莫我知也。遂自投汨羅而死。誼追傷之、因自喩。

『史記』に見られた賈誼自身の悲劇性の強調は薄らぎ、代わりに賦の背景となった屈原伝説が具体的に語られ、そして「賈誼は屈原の悲劇を追傷することで、自分自身の身の上に喩えた」という。つまり、賈誼が自身の不遇を「離騒賦」を借りて表出したとするのである。そして「已矣哉。國無人兮莫我知也」という「離騒」篇乱辞の冒頭の感嘆がそのまま「弔屈原賦」の「訊」の冒頭に歌われていることは、「訊」以降のうたが、「離騒」篇の詠み直しであることを意味する。つまり、「弔屈原賦」後半部分は、まさしく楚辞の継承としてあるのである。

このように見てくると、「弔屈原賦」は「訊」で区分される前半と後半との二首の賦であった可能性が考えられるであろう。内容は同じく屈原及び「離騒」篇に繋がるものではあるが、前半は屈原を悼むことに重心があり、「訊」以降の後半は「離騒」篇を歌い継ぐことに重心がある。テーマを同じくする二篇の賦が一つになるときに「訊」を加えたのか、あるいは同時に詠まれながら、読み手の意識の中でリズムの変化を明確にするために「訊」を置いたのかについては別途考察する必要があるが、しかし「訊」が「乱」、つまり纏めではなく、この賦の前半と後半が異なる調べを奏でることは、内容の理解の上でも重要である。

さて、このように前半と後半を二分することによって見えてくるものがある。

後半部分の最大のテーマは「自蔵」「自珍」の語にある。「此の都」つまり現実世界を「濁世」と見做し、そこには「細徳（徳に欠ける）」「蟂獺」「蝦」「蛭蟥」が満ちている以上、気高き「鳳凰」「神龍」「呑舟の魚」は「自蔵」し「自珍」すること、すなわち自らの意志で身を隠し、自らの尊さを守ることが重要だと言う。汚濁した現実に対する処世は、『楚辞』のような神話世界への飛翔ではなく、自己肯定の上に立つ「自蔵」「自珍」として示されるのである。この「自蔵」の語は『荘子』則陽篇に「是れ聖人の僕なり。是れ民に自埋し、畔に自蔵す。」とあるのに基づく(19)。民衆の中に身を隠し、田畑に自らを隠す聖人についての孔子の言葉である。結びに登場する「呑舟の魚」と同様、ここでは『荘子』的隠逸が肯定されているのだ。

因みに、この「自蔵」「自珍」は、『荘子』の解釈を通じて六朝期の隠者の処世へと繋がるものである。特に阮籍「大人先生伝」は、現世を超越した大人先生の、自由な飛翔と現世的生き方への批判が展開されるのであるが、漢代における儒教的価値一尊を経て、六朝期に再び注目される荘子的現世処理が、漢代初期の賈誼の賦においてその骨格となっていることは、前漢初期の『荘子』理解においても重要であろう。

このように、賦作品として「弔屈原賦」を見てみると、まずそれが「訊」を挟んで前半と後半とで詠みぶりや内容が大きく異なることが分かる。前半では屈原の不遇を世の中の「倒植」の結果として悼み、後半においては「離騒」篇を承けながら荘子的処世術である「自珍」「自蔵」の思想が示される。また、テーマにおいて「離騒」篇を継承しつつも語彙としてはそれを襲わない点、そして『楚辞』、特に「離騒」篇に比べてストーリーが明快で言語が明晰、かつ形式も非常に整っていることがこの賦の特徴だと言える。

二、賈誼「鵩鳥賦」――新しい賦形式――

次に「鵩鳥賦」を見てみたい。『文選』巻十三「賦」に収められるこの賦にも序文が付されているが、序文の内容と、そこから派生する問題については後述する。ここではまず作品世界に目を向けよう。

その語り出しは、主人公と鵩鳥との邂逅から始まる。

単閼之歳兮、四月孟夏、　　単閼《せんあつ》の歳、初夏四月、

庚子日斜兮、鵩集予舎。　　庚子の日の夕方、鵩《ふくろう》が私の屋敷に止まった。

止于坐隅兮、貌甚閒暇。　我《わ》が座隅に止ったその姿は非常に美しく穏やかであったが、
異物來萃兮、私怪其故。　尋常ならざる物の到来に、その訳《わけ》を秘かに訝《いぶか》った。

發書占之兮、讖言其度。　書物を開いて占ってみると、讖に「その度を予言する」と。

曰、野鳥入室兮、主人將去。　「野鳥が室に入るのは、主人が去ろうとするもの」という。

請問于鵩兮、予去何之。　そこで私は鵩に尋ねた。「私は去って一体どこに行くのか。

吉乎告我、凶言其災。　吉ならばそう告げよ。凶ならばその災を言え。

淹速之度兮、語予其期。　遅くも早くも死は訪れるのが運命、私にその時期を教えてくれ」と。

鵩迺歎息、舉首奮翼。　すると鵩は大きく息をつき、頭をもたげ翼を震わせた。

口不能言、請對以臆。　人の言葉はしゃべれません。向き合うことで推測してください。


長沙に赴任して三年たった單閼の歳の孟夏四月、庚子の日の夕方、鵩鳥が屋敷に飛んできた。座隅に止まったその姿は美しく優雅で、この奇遇に乗じて「予《わたし》」は自分の運命の吉凶をその野鳥に尋ねるのであった。すると鵩鳥は嘆息して身震いすると、「口は利けません、心で察して下さい」と言って語った内容が以下に続くのである。

特定の日時の設定、異物との邂逅、そして野鳥との無言の会話という書き出しは、非常に独特である。「單閼」「庚子」という年号による日時の設定は『楚辞』「離騒」篇の冒頭「攝提貞于孟陬兮、惟庚寅吾以降」を承けるものであろう。また異物との邂逅や鳥との会話は『莊子』の世界を彷彿させる。そして、野鳥との会話という現実ではあり得ない想定、あるいは非現実的登場人物を登場させ、その会話の中で進む展開は、『莊子』を中心とした先秦の諸子、戦国縦横家の辯説などの叙述法を承けつつ、漢賦の一つの特徴として継承されていくものである。(20)

「鵩鳥賦」は以下、鵩鳥の語りの形で、運命への諦観が述べ広げられる。

萬物變化兮、固無休息。
斡流而遷兮、或推而還。
形氣轉續兮、變化而嬗。
沕穆無窮兮、胡可勝言。
禍兮福所倚、福兮禍所伏。
憂喜聚門兮、吉凶同域。』
彼呉強大兮、夫差以敗。
越棲會稽兮、句踐霸世。
斯遊遂成兮、卒被五刑。
傅説胥靡兮、迺相武丁。
夫禍之與福兮、何異糾纆。
命不可説兮、孰知其極。』
水激則旱兮、矢激則遠、
萬物迴薄兮、振盪相轉。
雲蒸雨降兮、糾錯相紛。
大鈞播物兮、坱圠無垠。
天不可預慮兮、道不可預謀。
遲速有命兮、焉識其時。』

すべての物は変化し、休むこともありません。
転がり流れて移ろってゆき、或いは進み或いは廻ります。
形と気とは繋《つな》がりあい、蝉の脱皮のように変化し、
その奥深く極まりない様は、言葉で表す事などできません。
禍には福が寄り添い、福には禍が潜み、
憂いと喜びは同じ門に集まり、吉と凶は同じ場所に集います。
彼の呉の国は強大だったのに、夫差は敗れました。
越は会稽山に敗退したのに、最後は勾践が世に覇を唱えました。
李斯の遊説は成功したのに、最後は五刑を被り、
傅説は罪人だったのに、武丁を助けて政治を統べました。
そもそも禍と福とは撚《よ》った縄と同じ。
運命は説明できないもの、その究極は誰にも分かりません。
水は激しく叩けば干上がり、矢は激しく発すれば遠くに飛びます。
全ての物は廻り廻って、打ち震えながら変化します。
雲は昇って雨は降り、錯綜しもつれ合い、
造化が万物を種まくことは、極まることなく無限なのです。
天もそして道も予《あらかじ》め謀ることのできぬもの、
速いか遅いかには運命があります。人の寿命を知る術はないのです。

且夫天地爲鑪兮、造化爲工。
陰陽爲炭兮、萬物爲銅。
合散消息兮、安有常則。
千變萬化兮、未始有極、
忽然爲人兮、何足控摶。
化爲異物兮、又何足患。』
小智自私兮、賤彼貴我。
達人大觀兮、物無不可。
貪夫徇財兮、烈士徇名。
夸者死權兮、品庶毎生。
怵迫之徒兮、或趨東西。
大人不曲兮、意變齊同。
愚士繫俗兮、窘若囚拘。
至人遺物兮、獨與道俱。
衆人惑惑兮、好惡積億。
眞人恬漠兮、獨與道息。』
釋智遺形兮、超然自喪。
寥廓忽荒兮、與道翺翔。

そもそも天地は炉であり、造化はその働きです。
陰陽が炭であり、万物はそこで鋳あがる銅なのです。
融合散失と消滅に、決まった法則などありません。
千変万化するばかりで、始めから究極など無いのです。
たまたま人間に為《な》ったからといって、それに執着することはないし、
変化して別の物に為ったからといって、憂うる必要もありません。
智恵の少ない者は自分に拘《こだわ》り、他人を賤しみ自己を重んじますが、
達人は大きな視点で、全てのものを認めます。
貪婪な者は財産に殉じ、烈士は名誉に殉じます。
虚名を誇る者はかりそめの価値に命を懸け、大衆は生を貪ります。
生活に追い詰められた者は、或は東へ西へと奔走しますが、
大人は曲がることなく、変化を意図しながらも道と共に在ります。
愚か者は俗に繋がれ、囚《とら》われ人のように苦しみますが、
至人は物への執着を忘れ、ただ道と共にあります。
衆人は物への執着に惑い続け、好悪の感情が山積みですが、
真人はさっぱりと物への拘りから解放され、ただ道と共に安らぎます。
智恵や外形から解き放たれて、超然として自己を滅し、
深く広々とした境地の中で、道とともに羽ばたき、

乗流則逝兮、得坻則止。　流れに乗じれば進み、中洲を得れば止まり、
縦軀委命兮、不私與己。』　体を自由に解き放ち、命に委ねて己《おのれ》自身に拘らないのです。
其生兮若浮、其死兮若休。　生は水に浮かぶようなもの、死は休息のようなもの。
澹乎若深淵之靜、泛乎若不繫之舟。　深い泉の静けさのように澹澹と、繋がれざる舟のようにゆらゆらと、
不以生故自寶兮、養空而浮。　生きているからといって我が身を尊ぶことから離れ、空を養って揺蕩《たゆた》うのです。

德人無累兮、知命不憂。　徳人は災いを受けません。命を知っているので憂いも有りません。
細故蒂芥兮、何足以疑。　些細なこと詰《つま》らぬことを、疑う必要はないのです。

まずこの整然と整った形式に注目したい。現世での不遇をくどいまでに繰り返すのは『楚辞』「離騒」篇前半の一つの大きな特徴である。「離騒」の語が「牢騒（laosao）」、即ち繰り返し不満を述べるという語りの特性を表す言葉であることからも分かる通り、自己の不遇を繰り返し歌うのは騒体の一つの特徴だと言えよう。この賦でも運命の諦観が繰り返し叙述されるが、しかしその形式は、「離騒」篇が時にリズムを壊し激情に任せて奔走するのとは対照的に、「兮」を挟んで四言句を繰り返す形態をあくまでも崩さず、韻を踏みながら着実に進行している。現実を超越する価値への模索をうたう点では『楚辞』と共通しながら、賈誼の賦は極めて沈着冷静である。文の均整を保ち、激情に流されず、論理的に展開された賦、それが賈誼の賦なのである。

次に内容について言えば、それが老荘的運命論、道家的生死観に包まれていることは既に論じられた通りであろう。(21)まず「禍福は糾える縄の如し」という諺にもなった禍福吉凶の相対視を、春秋呉越の夫差・勾践、周の傅説・秦の李斯など前時代の歴史事例から提示する。予測のできない天の命に逆らい得ない人間の運命は、しかし「大鈞播物」、

すなわち無垠なる造化の法則、天地自然の無限の法則に導かれるものだと言う。次に、天地という爐から生まれた万物に不変の極など無いと言う。天地は爐、造化はその働き、陰陽を炭として万物が鋳上がる、という万物生成論は『荘子』に基づく。千変万化して極まりない自然の法則の中で、人として生まれても、また人とは異形のものとして生まれても、それは憂うるに足りない、というのもまた『荘子』の思想である。

これら『荘子』的運命論・生死観を承けて賦の最終には、その境地に達した「達人」「大人」と、現実的価値から離れ得ない「小智」「衆人」とが対比的に列挙される。この賦のクライマックスはここにある。

自分という「私（わたくし）」に拘り他人を卑下すること、財産や名誉といった現世的かりそめの価値を追い求め東奔西走すること、これら「衆人」「小智」の生き方は、しかし一概に否定し去れるものではない。現実の社会で生きるということは、これら世俗の価値とともにあることでもあるからである。列挙される世俗の価値は、この賦において否定はされない。肯定と否定を相対化したところで超越されるのだ。「達人」「大人」「至人」「真人」「徳人」と語を変えて表現される存在は、『荘子』的超越者である。鵩鳥は、現世の価値を超越した自然の体得者から見た生死と去就を提示することで、深い泉の静けさと繋がれざる舟のたゆたいにも似た、現世的価値からの解放を説くのである。

このように見てくると、「鵩鳥賦」と「弔屈原賦」との大きな違いに気付く。まず、「弔屈原賦」に見られた現実批判、濁世への激しい憤りが「鵩鳥賦」には見られない。また「弔屈原賦」においては俗世における価値の転倒と、優れた存在が「濁世」から「自蔵」することを詠うのに対して、「鵩鳥賦」では俗世的価値は批判ではなく超越されている。「鵩鳥賦」に詠われるのは、『史記』の賛に「「鵩鳥賦」を読むに、死生を同じくし去就を軽んずれば、又た爽然として自失するなり（讀「鵩鳥賦」、同死生、輕去就、又爽然自失矣）」と言うとおり、生と死、そして人間の現世での去就を、客観的相対の中に見る極めて道家的な諦観なのである。

また、透明な諦観を淡々と詠いあげる鵩鳥賦の処世観は、尊ぶべき魂を自ら隠すことによって守ろうという「弔屈原賦」の処世観とも異なる。大人的視点、即ち俗世を超越する視点を持つことによって、却って世俗での生が確立する。命を知り物への執着を絶つことで、世俗の中に立脚しながら、憂いの無い自由な境地に遊ぶことができるのだ。

因みに、阮籍「大人先生伝」には大人と俗儒との間に、「薪者」なる存在が登場する。「薪《まき》どる者」とは、世俗と超俗との中間にあって、丘の中腹でゆきもとる者である。人は俗世的価値に不満を抱いたからといって直ちに超人にはなれない。高い理想を持ちながら処世に長《た》けない高貴な魂は、現実と理想の間で彷徨する。世俗と超俗の中間に位置する「薪者」は、ある時代には隠者であり、ある時代には屈原であり、そしてある種の覚醒者として文学の永遠のテーマとなる。この賦でそれは鵩鳥の語りとなって示される。そして、濁った現世と高貴な飛翔という二項対立ではなく、それらを超越することで二者を相対化し客観視する視点は、この賦の最大の魅力となってその文学性を高めている。

三、賈誼と「鵩鳥賦」の物語化

「鵩鳥賦」の作品としての意味を明らかにした所で、前述の序文の問題に帰ろう。『文選』巻十三に収める「鵩鳥賦」の序文は以下の通り。

誼　長沙王の傅と爲りて三年、鵩鳥有りて、飛びて誼の舍に入り、坐隅に止まれり。鵩は鴞に似て、不祥の鳥なり。誼　既に謫を以て長沙に居せり。長沙は卑溼なれば、誼　自ら傷悼し、以爲らく壽の長きを得ざらんと。迺ち賦を爲りて以て自ら廣む。(22)

この部分も、上に見た「弔屈原賦」と同様、『漢書』「賈誼伝」と同文である。『文選』ではこの序文も賈誼自らが記したように見做しているが、しかしよく読むと賈誼自身が書いたと見るには違和感がある。短い記載に「誼」が数度繰り返されており、それを一人称として読むにはくど過ぎる感がある。特に「誼自ら傷悼し」という叙述は賈誼自身の言葉として読むよりも、賈誼伝の編者の口調が感じられる。この序文は編者の言として読む方が自然である。また、屋敷に鵩鳥が飛んできて坐隅に止まったことを不祥なことだとし、寿命の短いことを知ってこの賦を作ったと序文には言うが、賦の実際の内容が自らの運命を「傷んだ」ものではないことは上に見た通りである。鵩鳥を不吉なものだとし、それを賈誼の短命に結びつけた序文の内容は、明らかに後世の賈誼観に基づくものである。

『漢書』が襲ったのは『史記』賈生列伝であり、それは以下の通りである。

賈生　長沙王の太傅と爲りて三年、鴞有りて飛びて賈生の舍に入り、坐隅に止まれり。楚人　鴞を命じて服と曰う。賈生　既に適を以て長沙に居る。長沙は卑濕なれば、自ら以て壽の長きを得ざらんと爲し、之を傷悼す。乃ち賦を爲りて以て自ら廣む。(23)

長沙に流されて三年というのは賦の冒頭の記述から推測できる事実であるが、長沙の地が卑湿であることから寿命の長くないことを傷んだというのは『史記』の設定であり、また屋敷に飛んできた鵩鳥を「不吉」なものだと解釈したのは『漢書』の付加だと分かる。これらの前提は、実際の賦の誕生とは別次元で生まれた物語である。それは『史記』の賈誼像がその最初なのである。前述のとおり、『史記』は屈原と賈誼とを併記し、屈原の悲劇的生涯を叙述した後に、その悲劇を継ぐ者としての賈誼を描く。

屈原　汨羅に沈みて自《よ》り後百有餘年、漢に賈生有り。長沙の太傅と爲りて、湘水を過ぎ、書を投じて以て屈原を弔えり。(24)

屈原伝と賈誼伝を結ぶこの一文は、それを端的に表すものだと言えよう。『史記』は賈誼が洛陽の出自であること、若くして文帝に仕えたこと、讒言にあって天子に疎んぜられたことを言い、左遷の中で自らの不遇を詠ったとする「弔屈原賦」「鵩鳥賦」の二篇の賦を引き、最後に梁の懐王の太傅となって落馬した王の後を追うように三十三歳で死んだことを記す。つまりその賢人不遇の人生の悲劇性を強調するのみで、政治的な活躍や文帝に上奏された大量の政策論については全く記載しない。

屈原と賈誼を結びつけるものは、事実としては賈誼が「弔屈原賦」で屈原を傷んだことのみである。それを賢人不遇の物語として大きく展開させたのは『史記』の創作だと言えよう。『漢書』の賈誼像は『史記』のそれを受け継ぎ、『文選』はそれを賦の背景として作品中に取り込んだのだ。

また、賦と序文とがセットになって一つの物語を構成するパターンは『文選』の賦に多くみられる。序文は賦の作者が書いたものもあるが、明らかにそうでないもの、後人が後世の価値観の中で付加したものも多く存在する。また作者自身の序文であっても、故意に架空の前提を作り上げているものもある。賦作品においては序文が必ずしも作品の歴史的背景になっているとは限らないのである。(25)

このように賈誼「鵩鳥賦」の序文は、上述の通り賦作品とは本来別の物であったと考えるべきである。ところが「鵩鳥賦」は、この序文によって更に一つの賈誼像を作り上げていくことになる。

六朝の嵆康に「明胆論」という議論がある。人の理性的判断力（「明」）と、それを実行に移す決断力（「胆」）とが互いに関係性を持つのか持たないのか、という議論である。嵆康と呂子との間で繰り広げられる議論の中に、「明」と「胆」が矛盾することを示す典型的な例として、この賈誼の「鵩鳥賦」が登場するのである。すなわちそれは以下のようなものである。(26)

（嵆康の論に対する呂子の反論）……漢の賈誼の例で申しましょう。漢の天下がようやく定まったばかりだったので、差し迫った時代の課題に対して時の弊害を取り除く治安の策を何度も上書しました。無道な世にはきわめて危うい言葉を存分に述べたのでした。このように直言したのでしたが、そのような行動を取らない方がよいなどとは露疑わなかったのは、彼の物事を見る明知が察したからです。フクロウを不吉なものとみなして「鵩鳥の賦」を書いたのは、彼が不明で暗愚ゆえに惑ったからなのです。……

漢之賈生、陳切直之策、奮危言之至。行之無疑、明所察也。忌鵩作賦、暗所惑也。……

（嵆康の再反論）……二気が同じ一人の身体に存在しているのですから、明が胆をはたらかせることができる場合もあり、賈誼の場合がそれです。賈誼にあって明と胆は、おのずと存分に他方に関わったので、事をなすことができたのです。それを、特に胆力はないが、ただただ明知に任せて事を為し遂げたなどと、だれが主張できるでしょうか。貴兄だけがこのような主張をし、ご自分の議論に都合よく合わせているだけです。賈誼が一方でフクロウを不吉なものとして惑ったのは、明知が周到でなかったゆえの行為であって、不明が胆自体に害をもたらしたということではありません。

二氣存一體、則明能運膽、賈誼是也。賈誼明膽、自足相經、故能濟事。誰言殊無膽、獨任明以行事者乎。子獨自作此言。以合其論也。忌鵩暗惑、明所不周、何害于膽乎……

論の方向は正反対でありながら、嵆康も呂子もともに賈誼がフクロウの登場を不吉なものだと見做したことを「不明で暗愚」「不明暗愚で惑った」とする。

実際の「鵩鳥賦」には生死を超えた達観が示されるのみで、鵩鳥を憎んだり短命を嘆いたりという内容は全く無い。

賈誼が鵩鳥を不吉なものとして寿命の尽きることを傷んだ、という序文の内要は、「鵩鳥賦」本文から離れて、独自の展開を持ったことがここからも分かるのだ。屈原・賈誼の物語は、『史記』『漢書』から始まる。屈原と楚辞を強く結びつけたのは『史記』であろうが、賈誼の不遇の物語を定着させたのは恐らく『漢書』であろう。班固は後漢の初期に在って、儒教の国教化を含む古典中国の形成に大きな力を持った。(27)『漢書』は単に王朝史という視点からのみならず、『尚書』を強く意識し、儒教的価値の宣揚を目的として書かれたものと考えてよい。(28)後漢以降『漢書』が大きな権威となる中で、『漢書』的賈誼像、つまり「鵩鳥賦」を詠って自己の運命を嘆いたという賈誼の不遇の物語が定着していく。「明胆論」はその端的な例である。

「鵩鳥賦」は透明な諦観を詠った一つの作品として生まれる。『史記』は賈誼を賢人不遇の系譜に繋げる為に、殊更その悲劇性を強調する中で、「鵩鳥賦」に仮定の前提を付加する。『漢書』はそれを承け、「鵩鳥賦」の背景に賈誼の左遷の失意、短命への嘆きを前提する。『漢書』が権威となる中で、「鵩鳥賦」はこのような前提の中で読まれるようになっていったのである。

四、漢賦への橋渡し――賦の展開の中で――

賈誼の賦を正しく評価するためには、序文の内容や篇者の意図を濃厚に反映する『史記』『漢書』の価値観から離れて、作品そのものに向き合う必要がある。そこから見えてくる賈誼賦の特色を最後に考えてみたい。

まず、先行研究に目を向けると、賈誼の賦について論じたものに①金谷治「賈誼の賦について」（『中国文学報』第八冊　一九五八年）・②伊藤富雄「賈誼の「鵩鳥賦」の立場」（『中国文学報第十三冊』一九六〇年）・③田中麻紗巳「賈誼

「鵩鳥賦」について――『荘子』との関連を中心として――」（『東方宗教』第五十号　一九七七年）・④竹田晃「中国小説史の視点から見た賈誼「鵩鳥賦」」（『中国――社会と文化』第七号　一九九二年）がある。

①は賈誼の賦を彼の思想生活上の意味において追及すると同時に、賈誼の賦の文学史的・思想史的意義を探ったものである。文帝への上奏に見える若々しい革新政治への情熱と、賦にうたわれた失望とペシミスティックな響きとの矛盾を対象に、前者を儒家思想、後者を道家思想の表れだとし、左遷という人生の躓きこそが彼に道家的な人生観を表白させしめた根本の理由だとする。そして、賦が政治社会から離れた純粋に私的な個人の幸福を追求している点について、「国家社会から解放された個人が真剣に見つめられるようになってこそ真の芸術の世界は開けるのである」といい、賈誼の上奏文と賦を、国家―個人、儒家―道家、思想―文学という対立の構図の中で捉える。また賦に表れたペシミズムの背景に賈誼の左遷という挫折を設定し、賦作品を人生との関連においてとらえようとする。

儒家と道家の共存については既に武内義雄『支那思想史』[29]が漢初の状況として、実際行動の標準には儒家思想を、内面的にその心を論ずるときには道家説をとる、と言うのを襲う。また、賦に見えるペシミズムの背景に人生における挫折を読み取るのは『史記』の屈原像に拠るものであろう。

②は金谷論文を承けて、金谷の言う賦にみえる生死観と現実対応策との異質性について、それを相容れない別の側面としてではなく、それらを貫く統一的な賈誼の立場があったとする。まず、賈誼は漢初という休息を求める社会に在って、内にはらむ危機の一つ一つに対応策を具体的に提示したこと、それは現実勢力の抵抗にあうが、長沙での実践的地方統治を踏まえて、より効果的な政治対策として文帝への奏上に結実する点を指摘する。

賈誼の任官当初の政策と、後に『新書』としてまとめられる文帝への奏上の間に長沙左遷があったことから、長沙への赴任を左遷ではなく、小国制の典型として自身の地方自治のモデル化の実践であったとした点は新しい。また、賈誼の思想について、戦国辯説家の現実的手法と儒家の徳の理念との双方を持ち合わせ（道と術）、墨子・孟子・韓非子など諸子の方策も有効に取り込む現実対応策を展開したこと、更に道の背後に「虚（無為静虚）」を設定している点をその特徴として挙げる。そして最後に「鵩鳥賦」について、そこに老・荘・儒それぞれの主張を取り込みつつ、突出した抵抗ではなく命に委ねる生を志向し、徳人の境地を詠う点において、前述の現実対応と同じ平面に在るものとする。

③は「鵩鳥賦」に対する荘子理解を中心に据えた道家的立場からの分析である。おもに生と死、現実とその超越という問題について、「鵩鳥賦」は荘子的生死観、現実からの超越という態度を受け取りつつも、現実世界とそこでの価値を否定しない。賦の前半では『荘子』大宗師に基づいて生と死の同一視をうたい、後半ではその超越を文芸という遊びの世界において展開する、と分析する。

賦の持つ娯楽性への指摘、また漢初における『荘子』受容の問題は、思想史的にも文学史的にも重要である。しかし、儒家と道家、思想と文芸とは、そもそも対立するものとしてあったのだろうか、という疑問が残る。

④はタイトルに示す通り、中国小説史という視点から、漢賦が持った虚構性を小説に繋がるものとしてとらえる。「鵩鳥賦」は鳥との対話の中でストーリーが進むという虚構性を持つ。しかし、その中で示される道家的理想と、上奏文に見られる儒家的価値観との相違を、内心の葛藤を託した虚構だと見做す点については疑問を感じる。

賈誼の賦に関する上記四点の論考は、それぞれ賈誼の思想と賦の文学的意義を詳細に分析して意義がある。しかし四者とも、賈誼の現実的生き様と賦に表れた独特の諦観との矛盾というものを論の大前提としている。すなわち、現実対策において周到な論理性と知性を見せた賈誼が、なぜ賦の世界においては主観的な悲嘆に暮れるのか、という矛盾を問題意識として共有しているのである。

しかし金谷治が「賦を思想生活上の意味において追及」という時の「生活」、あるいは「賈誼の生涯」という時の「生涯」について言えば、『史記』『漢書』に描かれた賈誼像をそのまま実際の賈誼と見做すことに問題は無いのだろうか。賈誼という存在を知る術はそこにしかないのであるから、それは当然と言えば当然なのかもしれないが、しかし上述の矛盾は、『史記』『漢書』の記述を賈誼の実人生だと見做していることから生まれる矛盾なのではないだろうか。『史記』や『漢書』という書物が現在的意味での歴史書として事実のみを客観的に記したものではなく、篇者の意図に沿った様々な賈誼像を意図的に描き出していることを考える時、賈誼の賦はこれらの書物の中で描かれた、言い換えれば物語として語られた「不遇の人生」とは切り離して見直すべきではないだろうか。

人は悲劇の文学性を好む。不遇や挫折の痛みは、それだけで人の心を摑むからである。しかし、悲劇的生涯、不遇や挫折がそのまま文学になるわけではない。賈誼の賦は、それが悲劇的背景から生まれたから良いのではない。また不遇や挫折を露呈しているから良いのではない。賈誼の賦の価値は、自己の不遇とそれを生み出す環境を客観視し、善悪を超えた視点からそれを描き得た点にある。さらに、現世における矛盾や葛藤を、表現という仮構の世界に昇華し、賦という「文」の中で自由に遊ぶことのできた点にある。その知的な表現作業から生まれた想像空間の創造性こそ、漢賦の文学性を切り開くものであったのだ。

風騒を生み出した先秦を承けて、「文」というものが大きく展開する漢初において、賈誼の賦が重要な役割を果たしたことについて、六朝の文論は的確に把握する。まず沈約の『宋書』「謝霊運伝論」に以下のように言う。

周室既に衰え、風流彌《いよい》よ著なり。屈平、宋玉 清源を前に導き、賈誼、相如芳塵を後に振るう。英辭は金石を潤し、高義は雲天に薄《せま》る。茲自り以降、情志愈《いよ》いよ廣し。王褒、劉向、揚、班、崔、蔡の徒、軌を異にして同《とも》に奔せ、遞《たが》いに相い師祖す。(30)

内なる志の発露として生まれた歌詠は、生民の始めより興り、周室の衰退の後に風の如く散らばり水の如く流れ、世の中全体に広がっていく。そして屈原・宋玉の切り開いた源を継ぐ者として賈誼と司馬相如とが挙げられている。ここでは「歌詠」という言葉で、詩と歌と賦とを含めた文芸の主流が示される。

また、『文心雕龍』「詮賦」篇では、賦という形態の歴史を述べて以下のように言う。

秦の世は文ならず、頗る雑賦有り。漢初の詞人は、流れに順いて作る。陸賈 其の端を扣き、賈誼 其の緒を振るわす。枚馬 其の風を播《ひ》ろめ、王揚 其の勢を騁す。皐朔已下、品物畢く図《えが》けり。(31)

詩の六義の一つから発展した賦は、屈原の離騒によって独自の展開を可能にし、漢代において大きく展開する、という趣旨の中で、漢初の賦家の代表として陸賈と賈誼とが挙げられている。

これら六朝の文論はみな、賈誼の賦が騒体賦から漢賦への橋渡し的位置にあったことを指摘するものである。

また、賈誼の賦がなぜそのような位置づけ為り得たのか、ということについて言えば、それは賈誼の持つ類い稀な文才の他に、これらの賦を生み出した背景もまた影響を与えたと考えられる。つまり、賈誼がもともと北方の文人でありながら、南方の長沙に赴任し、そこでこれらの賦作品をものしたという背景である。『漢書』賈誼伝に言う。

賈誼は雒陽の人なり。年十八にして能く詩書を誦し文を屬《つづ》るを以て郡中に稱さる。河南守の呉公、其の秀材を聞き、召して門下に置き、甚だ幸愛せり。文帝初めて立つに、河南守呉公の治平の天下第一爲《た》りて、故《もと》と李斯と同邑にして嘗てこれに學び事えしを聞き、徵して以て廷尉と爲す。廷尉乃ち言へり。誼は年少なるも、頗る諸家の書に通ぜり。文帝 召して以て博士と爲す。(32)

ここではまず賈誼が洛陽の人であったこと、そして「能く詩書を誦し文を屬る」つまり詩経・書経という儒家の古典の学問と文章表現能力に優れていたことが記される。また李斯と同邑で李斯の学問も修得していた呉公に仕えていたという記事は、賈誼には法家的思考も備わっていたことを示す。更に「頗る諸家の書に通ぜり」と見えることから、賈誼が儒家的教養のみならず、法家及びその他の諸子の書物にも通暁していたことが分かるのである。

特に注目したいのは、賈誼が洛陽の出身であるという点である。前漢初期の洛陽が、後に班固が「両都賦」に描く程に質実堅牢な儒教的学問都市であったかどうかは分からないとしても、それが黄河流域の北方地域、『詩経』を生み出した一つの大文化圏の中にあったことは間違いない。そして文帝に召されて若き才能を発揮した賈誼が、みやこ長安を代表する屈指の文人であったことも『漢書』の記事から分かる。

このような北方文化の中に生まれ育った賈誼にとって、『楚辞』を生み出した長江流域の南方文化は、おそらく異質のものであったであろう。二十代の若さで長沙へ赴任した賈誼に、その土地の文化と風土とは強烈な印象を与えたに違いない。「弔屈原賦」、「鵩鳥賦」はそのような背景の中で生まれた作品である。

この二篇の賦作品には、『文選』に載せる序文が前提する挫折感ではなく、表現への意欲が感じられる。それは、四言を中心とした詩経的北方文化圏から、突然それとはまったく異質の南方文化圏へ放り出された賈誼が、そこで歌われる独特の楚辞文芸とそれを生み出した南方文化を積極的に吸収し、楚辞文芸の表現を借りながらも個性的な自己表白を成し遂げたからに相違ない。『宋書』に言う「情志愈廣」とは、「情」と「志」、すなわち『楚辞』的抒情性と『詩経』的言志の双方を賈誼の賦が持ち得ていたこと、それが漢賦の発展の基礎になったことを示唆するものだと言えよう。

賈誼の賦は「離騒」篇のテーマやモチーフを踏襲しつつも、抒情に流れたり大きく飛躍したりすることなく、あくまでも整った形式を貫いている。抒情的で感傷的な楚辞、騒体賦が、冷静で客観的・分析的な新しい賦へと変貌を遂げているのだ。そしてこの客観的論理的な新しい賦の展開は、まさしくこれ以後の漢賦の最大の特徴となっていくものなのである。

おわりに――漢初における「文」の意味――

最後に、漢初における「文」の意味について考えてみたい。賈誼という一人の人物の形象が、史書に描かれる際に、篇者の意図に沿って様々に展開することについては既に述べた。それは賈誼の持つ多面性をそれぞれが評価する際に生まれる賈誼像なのだと考える。『史記』は不遇の才子として、『漢書』は儒教の先覚者としての賈誼像を構築する。しかし、それが篇者の意図を反映したものであるという点においては、賦作品を文学、上奏文を政治論とし、その両者の間に矛盾を見る先述の評価もまた、論者のいわば近代的評価だとはいえまいか。漢初において「文」は、文学・政策論といった区別を超えて、表現という一つの文化的価値を表すものであったはずだと筆者は思うのだ。

賈誼の本領であった政治政策論における大量の叙述は、その論理性と現実感覚と実用性において、他の追随を許さない力を持つ。周到な分析と的確な対応、それを主張する文の勢いには、読む者聞く者を圧倒する強烈な表現力があるのだ。後に『新書』にまとめられたそれらの現実的実用的文章と、「鵩鳥賦」にはもちろん大きな相違がある。「鵩鳥賦」は、現実を客観的分析的にとらえたものではなく、虚構の世界を構築し、その中に自由に遊ぶことで現実的価値や世俗的葛藤から超越しようとするものであるからだ。個人的精神世界を問題としている賦作品と、目的を持って現実に働きかける政策論という上奏文と、それは方向性は異なるかもしれない。しかし表現が力を持って何かを動かすという意味において、賈誼の文は、上奏文も賦も同じ力を持っているのだ。おそらく賈誼にとって賦の創作は、上奏文の論述と同じ、文への意志から生まれたものであったに違いない。

賈誼を重んじ、統治政策に儒教的指標を持ち込むことを試みた文帝の「文」という諡号が端的に語るように、「文」はまず文化的価値を表し、現実に向かって働きかけるものとして意味を持った。賈誼の賦は、その「文」の力を個人的内面世界の表出にまで発揮したものだと言える。そこには表現世界の中で遊ぶことによって現世的葛藤から解放され、現世社会の矛盾を客観視する、冷静な知性と自由な遊びの要素とが、力強い表現力に支えられて表出する。賈誼の賦が漢賦の原点だと称される所以は此処にある。

注

（1）「風騒」の語は『詩経』『楚辞』を指すものとして『宋書』「謝霊運伝論」に見え、以後詩歌の源流を言う語として多くの文論の中で使用される。
（2）漢の統治者が深層意識の中で楚辞への愛着を持ち続けていたことについては、王州明「屈原和楚辞対漢代文化影響」（『文史哲』一九九三年第一期）に詳しい。
（3）揚雄『法言』吾子篇に「或問、吾子少而好賦、曰然、童子雕虫篆刻。俄而曰、壮夫不爲。」と。なお『法言』のテキストは新編諸子集成　汪栄宝編『法言義疏』（中華書局　一九八七年）を使用する。以下同じ。
（4）揚雄は『法言』吾子篇の中で更に「詩人の賦は麗にして以て則、辞人の賦は麗にして以て淫」と言い、詩経的諷諫の意識を持つ賦と、表現の世界に淫していく賦とを区別する。揚雄の賦の認識に関しては、第八章参照。
（5）『楚辞』を一つの書物としてとらえる場合、それは後漢の王逸『楚辞章句』を指すことになり、そこには前漢から後漢の作品も含むのであるが、本章で『楚辞』という場合は、『詩経』と併称される古代歌謡集として、南方楚文化の中から生まれた一連の楚辞文芸を指すものとして呼称する。
（6）屈原の実在性についての議論は、稲畑耕一郎「屈原否定論の系譜」（『中国文学研究』第三期　一九七七年）に詳しい。
（7）『文選』が形式としての賦を、更に「賦」「弔文」「符命」等と、その用途に応じて分類することの例と意味については第九章参照。

（8）『漢書』の記載はさらに『史記』に基づく。

（9）誼爲長沙王太傅。既以謫去、意不自得、及渡湘水、爲賦以弔屈原。屈原、楚賢臣也。被讒放逐作、離騷賦。其終篇曰、已矣哉、國無人兮莫我知也。遂自投汨羅而死。誼追傷之、因自喩（『文選』巻六十「弔屈原文」）。なお、『文選』のテキストは、藝文印書館印行　胡刻本李善注文選を使用する。以下同じ。

（10）賦の本文は胡刻本李善注文選に基づき、語釈は李善注及び『漢書』注を参考にした。

（11）賈誼の対匈奴政策の具体的内容とその評価については、森熊男「賈誼の「三表・五餌」政策について」（『岡山大学教育学部研究集録』六十八巻一号　一九八五年）に詳しい。

（12）『漢書』は「蔵」を「臧」に作る。「自臧」であれば「自ら臧《よ》しとする」という意になるが、前の句に「蟂獺に偭きて以て隠處す」とあり、ここでは「濁世を遠ざけて」に続くので「自蔵」が正しいであろう。「自蔵」の語は『荘子』則陽篇が出典。なお、『漢書』の本文は、王先謙『漢書補注』（上海古籍出版社　二〇〇八年）を使用。以下同じ。

（13）金谷治「賈誼の賦について」（『中国文学報』第八冊　一九五八年）。

（14）賈生既辭往行。聞長沙卑濕、自以壽不得長、意不自得、及渡湘水、爲賦以弔屈原（『史記』屈原賈生列伝）。

（15）田中麻紗巳「賈誼「鵩鳥賦」について」（『東方宗教』第五十号　一九七七年）。

（16）伊藤富雄「賈誼の「鵩鳥賦」の立場」（『中国文学報』第十三冊　一九六〇年）。

（17）金谷治前掲論文は「得意の絶頂から突き落とされて南方はるかな長沙の地に旅だった賈誼は、失望の傷心に悶々としながら、ここ湘水を渡ろうとして汨羅に身を沈めた屈原のことを想い起こす。……追放され自ずから生命を絶つに至った屈原の身は、さながらに今の賈誼自身の運命とも思われて限りない悲哀をそそった。「屈原を弔うの賦」はこうして歌われたのである。」と、『史記』の設定通りにこの賦を読み、「放逐され」「痛手」をおった賈誼が保守的な元老にたいして「うらめしく」「胸中が煮えくりかえる」ようであった云々とする。

（18）『賈誼新書』が『漢書』賈誼伝より先行すること、『漢書』が意図的に儒家的賈誼像を描こうとしていることについては、

工藤卓司「賈誼と『賈誼新書』」（『東洋古典学研究』第十六集　二〇〇三年）・「『賈誼新書』の諸侯王国対策」（『日本中国学会報』第五十六集　二〇〇四年）に詳論される。

(19)『荘子』雑篇則陽に「孔子之楚、舍於蟻丘之漿。其鄰有夫妻臣妾登極者、子路曰、是稯稯何爲者邪。仲尼曰、是聖人僕也。是自埋於民、自藏於畔。其聲銷、其志無窮、其口雖言、其心未嘗言。方且與世違而心不屑與之俱、是陸沈者也。是其市南宜僚邪。」と。なお『荘子』のテキストは、新編諸子集成　郭慶藩撰　王孝魚点校『荘子集釈』（中華書局　二〇一二年）を使用。以下同じ。

(20)司馬相如「子虚賦」に子虚・烏有先生・亡是公が登場し、彼らの会話の中で壮大な田猟が描かれるのはその端的な例である。

(21)先行研究については後述する。

(22)誼爲長沙王傅三年、有鵩鳥、飛入誼舍。止于坐隅。鵩似鴞、不祥鳥也。誼既以謫居長沙。長沙卑溼、誼自傷悼、以爲壽不得長。迺爲賦以自廣（『文選』巻十三「鵩鳥賦」）。

(23)賈生爲長沙王太傅三年、有鴞飛入賈生舍、止於坐隅。楚人命鴞曰服。賈生既以適居長沙、長沙卑溼、自以爲壽不得長、傷悼之。乃爲賦以自廣。（『史記』屈原賈生列伝）。

(24)自屈原沈汨羅後百有餘年、漢有賈生。爲長沙王太傅、過湘水、投書以弔屈原（『史記』屈原賈生列伝）。

(25)漢賦と序の関係については、谷口洋「賦に自序をつけること――両漢の交における「作者」のめざめ――」（『東方学』第百十九輯　二〇一〇年）参照。

(26)「明胆論」の訳は大上正美「明（明知）と胆（胆力）の関係をめぐる論――嵇康「明胆論」和訳」（『創文』二〇一三年夏第十号　二〇一三年）に拠る。なお、引用の本文は戴明揚『嵇康集校注』（人民文学出版社　一九六二年）に拠る。

(27)儒教の国教化と古典中国の形成において班固の果たした役割については渡邉義浩『儒教と中国』（講談社選書メチエ　二〇一〇年）参照。

(28)『漢書』が『尚書』を意識した著述であるということについては、渡邉義浩「漢書における『尚書』の継承」（『早稲田大

学大学院文学研究科紀要』六十一―一、二〇一五年）参照。
（29）岩波全書　一九三六年。改版後の書名は『中国思想史』。
（30）周室既衰、風流彌著。屈平、宋玉導清源於前、賈誼、相如振芳塵於後。英辭潤金石、高義薄雲天。自茲以降、情志愈廣。王褒、劉向、揚、班、崔、蔡之徒、異軌同奔、遞相師祖（『宋書』「謝霊運伝論」）。
（31）秦世不文、頗有雜賦。漢初詞人、順流而作。陸賈扣其端、賈誼振其緒。枚馬播其風、王揚騁其勢。皐朔已下、品物畢図（『文心雕龍』「詮賦」）。
（32）賈誼、雒陽人也。年十八以能誦詩書屬文稱於郡中。河南守吳公、聞其秀材、召置門下、甚幸愛。文帝初立、聞河南守吳公治平爲天下第一、故與李斯同邑、而嘗學事焉、徵以爲廷尉。廷尉乃言、誼年少、頗通諸家之書。文帝召以爲博士（『漢書』賈誼伝）。

第二章　「文」概念の成立における班固の位置
――六朝文論の原点として――

はじめに――要旨にかえて――

「蓋し、文章は経国の大業にして不朽の盛事なり」という『典論』「論文」の主張が、「名声の不朽」という儒教的価値の中にありながらも、表現することの自律的価値を様々に展開する六朝文論の幕開けであることは否定できない事実である。そして、そこで唱えられる「不朽」の語が『春秋左氏伝』の「立徳・立功・立言」を承けたものであることも、既に多く論じられている。

しかし実はこの『左伝』に基づく「立徳・立功・立言」という価値の提示は、『典論』「論文」においては恐らく『左伝』そのものからではなく、『左伝』を承けて、それを「文」の価値に結び付けた班固の「答賓戯」に基づくものだと筆者は考える。文を著述することの意義を、六国的「功」の価値よりも高いものだとする認識を明確に示したものが班固の「答賓戯」であるからだ。

著述を立功よりも高いとする主張は、更に揚雄、そして東方朔へとさかのぼり、賈誼—陸賈—揚雄—班固という継承の中で純化されていき、そして前漢における「文」の意識は班固において一度大きく収斂されるのだ。

一方で、その班固の著した『漢書』は、単なる断代史としてではなく、儒教的価値に基づく典謨として、『尚書』に倣って著述されたものだという(1)。だとすれば、当然そこに示される班固の文章観は、後漢以降の文の典範になるであろう。上に挙げた「答賓戯」は、班固の一作品として読まれたというよりは、『漢書』「叙伝」に収録された特別な賦として、これ以降の文意識の基幹となったのではないだろうか。

漢という聖なる御世にあっては、剣ではなくペンを、立功ではなく著述が後世に残る不朽の価値であることを掲げる「答賓戯」こそが、六朝文論の原点なのだということを、以下に論じたい。

一、「文章」の「不朽」

建安時代が中国文学史の中で一つの大きな画期であることは周知のとおりである。また、その中で、曹丕『典論』「論文」の「文章は経国の大業にして、不朽の盛事なり」という文章の称揚が、近代の文学研究者によって文学の自覚、文学の独立宣言だと呼ばれたこともよく知られる(2)。

曹丕の主張が『左伝』に基づくこと、また同時代における文章に関する発言が『典論』を受ける形で展開することについては、後に第五章で詳論するが、行論の関係上、ここにも提示したい。

曹丕『典論』「論文」に曰く、

> 蓋し文章は經國の大業にして、不朽の盛事なり。年壽は時有りて盡き、榮樂は其の身に止《とどま》る。二者必至の常期は、未だ文章の無窮なるに若かず。是を以て古の作者は、身を翰墨に寄せ、意を篇籍に見《あら》わす。良史の辭を假らず、飛馳の勢に託せざるも、而も聲名自ら後に傳わる。……融等は已に逝きぬ。唯だ幹のみ論を著し一家言を成せり(3)。

ここで「文章」は、「年寿」「栄楽」の「常期」と対比されている。すなわち、寿命や栄達というこの世の快楽は、我が身一身にそれを享受できるのみであるのに対して、「文章」は窮まることなく続いていく、という。しかし、この「無窮」は「声名自ら後に伝わる」とあるように、「文章」によって後世に「名声」が無窮に伝えられることを表している。「不朽」なのは「文章」そのものではなく、それによって残る「名声」なのである。

「無窮」「不朽」の語が、「文章」そのものではなく、それによって揚げられる名声を言うものであることは、『三国志』文帝紀注に引く曹丕「王朗に与うる書」に次のようにあることからも分かる。

　生きては七尺の形有り、死しては唯だ一棺の土あるのみ。唯だ立徳揚名のみ、以って朽ちざるべし。其の次は篇籍に如くはなし[4]。

ここでは明らかに「立徳」による「揚名」、そして次に「篇籍」という順序がある。人の生の有限なることを嘆きつつ、その対立項である無限なるものとして、まず挙げられるのは「立徳」による「揚名」であり、その次が「篇籍」なのである。

　ここで言う「不朽」の語は、『春秋左氏伝』（襄公二十四年）を踏まえる。そこでは、

　大上に立徳有り、其の次に立功有り、其の次に立言有り。久しと雖も廢せられず。此を之れ不朽と謂う[5]。

とあり、まず「立徳」、次に「立功」、そして三番目に「立言」の順で、不朽なるものが提示される。『左伝』のこの部分は、晋の范宣子に「死んでも滅びないもの（死而不朽）」という言葉の意味を尋ねられた賢臣穆叔の答えであり、杜預注に拠れば「立徳」は黄帝・堯・舜を、「立功」は禹・稷を、「立言」は史佚・周任・臧文仲を指すという。非常に儒教的な揚名論である。

　徳を身につけ、大いなるいさおしを挙げ、そして立派な言を打ち立てること、それらは全て不朽なる名声へと繋がるものとしてあるのである。

　曹植「楊徳祖に与うる書（與楊徳祖書）」は、この『典論』「論文」を承けて自身の辞賦創作の意識を述べるもので

あるが、そこにも同じ構図がある。

吾れ徳薄しと雖も位は蕃侯たり。猶お力を上國に戮《あわ》せ、惠みを下民に流し、永世の業を建て、金石の功を留めんと庶幾《ねが》う。豈に徒らに翰墨を以て勳績と爲し、辭賦もて君子と爲さんや。若し吾が志の未だ果たされず、吾が道の行われざれば、則ち將に庶官の實録を采り、時俗の得失を辯じ、仁義の衷を定め、一家の言を成さんとす。未だ之を名山に藏すること能わずと雖も、將に以て之を同好に傳えんとす(6)。

徳を立てることに不十分である自分は、立功を望む。それも叶わない場合は、実録を一家言として後世に残したい。翰墨を以て辞賦作品を作ることを名誉と考えている訳では決してないのだ、と述べている。これは、明らかに曹丕の『典論』「論文」を背景にした行論である。

更に、この曹植の手紙に答えた楊修も、

乃ち經國の大美を忘れず、千載の英聲を流し、功を景鐘に銘し、名を竹帛に書すが若きは、斯れ自ら雅量の素《もとよ》り蓄えし所なり。豈に文章と相い妨害せんや(7)。

と、同じように『典論』「論文」の立功・立言の順序を踏まえて自論を展開する。

このように、曹丕の『典論』「論文」、それを踏まえる曹植・楊修の所謂文論は、『左伝』に言う「不朽」の名誉を残す行為としての立徳—立功—立言という順序を襲っているのだ。しかし実はこの『左伝』に基づく「立徳・立功・立言」という揚名意識は、『典論』「論文」においては恐らく『左伝』そのものからではなく、『左伝』を承けて、それを「文」の価値に結び付けた班固の「答賓戲」に基づくものだと考えられる。以下にそれを示そう。

二、班固「答賓戯」

『文選』巻四十五に「設論」として収録される班固「答賓戯」は、『漢書』叙伝にも引用されることから分かるように、班固自身にとっても重要な意義を持った文章である。その創作背景を語る部分を『漢書』から引用してみよう。

永平中に郎と爲り、祕書を典校す。専ら志を博學に篤くし、著述を以て業と爲す。或るひと譏るに無功を以てす。又た東方朔、揚雄の自ら諭すに、蘇、張、范、蔡の時に遭わざるを以てし、曾て之を折るに正道を以てし、君子の守る所を明らかにせざるに感じ、故に聊か復たこれに應ぜり(8)。

永平年間、班固は秘書郎として書籍管理をしていた。学問に専心し著述を業とすることを、自らの使命としていた。そのような「著述」という行為に対して、それを「無功」という言葉で「立功」、すなわち功績を挙げることを重視する立場から批判する者があった、という。その批判に対して班固は、東方朔・揚雄に倣いながらも、彼らが「時」に会うか会わないかの議論に重点を置き、「君子としての正道」でもって反論しなかったことに不満を感じて、新たな論を展開する。それが「答賓戯」である(9)。

問題となる『左伝』の構図（立徳―立功―立言）は、冒頭で賓客が主人を批判する言葉の中に登場する。

賓　主人に戯れて曰く「蓋し聞く、聖人に一定の論有り、烈士に不易の分有りとは、亦た名を云うのみ。故に太上は立徳有り、其の次に立功有り。夫れ徳は身を後にして特《ひと》り盛んなることを得ず、功は時に背きて獨り章らかなることを得ず。是を以て聖哲の治は、棲棲皇皇として、孔席は暖《あたた》まらず、墨突は黔《くろ》からざるなり。此に由りて之を言うに、取舎なる者は昔人の上務、著作なる者は前列の餘事なるのみ……(10)」。

ここで「賓」は、当世での実際的行為によって「名」を残すことこそ価値であり、それはまず「立徳」そして「立功」があるのであり、「著述」などはそれらの余事である、と言う。明らかに『左伝』に見える立徳―立功―立言の構図がここにはある。それに対して「主人」は、穏やかに、しかし周到に反論していく。それは、「揚名」という目標地点を同一にしながらも、「立功」に価値を置くのは「昔」、すなわち戦国的混乱期のことであり、大漢という泰平なる御世にあっては、「立功」よりも「立言」、さらには「著述」こそが名を後世に残す高尚な行為なのだと言うのである。これは、「名声」の「不朽」は著述に拠る、という主張である。

ここには、当世において、それが泰平であるが故に才能が生かされないという不遇観に基づきながらも、そのような現実的価値を超えた道への志向、その表明としての著述という行為に対する大きな自負が示される。乱世ではない故に自己の才能が生かされず、不遇の中で道を志向する、という思想について、班固はそれを東方朔―揚雄から受け継ぐ。『文選』が巻四十五に「設論」として「答客難」「解嘲」「答賓戯」の三篇を載せたことは、文体としての設論の継承を表すと同時に、「答賓戯」が前二作の思想を継承発展させたものであることを示す。いやむしろ、『漢書』に引く「答賓戯」の創作背景に東方朔・揚雄への言及があるが故に、『文選』はこの三作品を一つの文体で括ったのだと考える方が良いだろう。(11)

設論で括られるこれら三篇（「答客難」「解嘲」「答賓戯」）には、それぞれの時代を背景にした「道」への志向が表明されている。そこで次に、「答賓戯」が継承した東方朔と揚雄の主張を見てみよう。

三、東方朔「答客難」

東方朔「答客難」の創作背景として、『漢書』は以下の様に述べる。

朔 上書して農戰强國の計を陳べ、因りて自ら獨り大官を得ざるを訟えり。試み用いらるるを求めんと欲するも、其の言は專ら商鞅・韓非の語なり。指意放蕩にして、頗る復た諧詼、數萬言を辭ぶるも、終に用いられず。朔因りて論を著し、客の己を難ずるに位の卑きを用てするを設け、以て自ら慰め諭えり。(12)

武帝に仕えて度々直言上書しながら、ほとんど聞き入れられることの無かった東方朔の一面を、ここでは「試み用いらるることを求む」「位の卑くき」と言う言葉で表す。当世に在って不遇であること、その不遇なる己の意志を表すことは、揚雄・班固に繋がる設論の共通点である。

「答客難」の冒頭は以下の通り。

客 東方朔を難じて曰く「蘇秦・張儀 壹《ひと》たび萬乘の主に當たれば、身は卿相の位に都《お》りて、澤は後世に及べり。今 子大夫 先王の術を脩め、聖人の義を慕い、詩書百家の言を諷誦すること、勝げて記すべからず。竹帛に著わし、唇腐り齒落つるも、服膺して釋くべからず。好學樂道の效、明白なること甚だし。自ら以爲らく智能は海內無雙とは、則ち博聞辯智と謂うべし。然るに力を悉し忠を盡して、以て聖帝に事うること、日を曠くすること久しきを持し、數十年を積むに、官は侍郎に過ぎず、位は執戟に過ぎず。意者《おも》うに尚お遺行有るか。同胞の徒、容居する所無きは、其の故は何ぞや。」……

東方先生 喟然として長息し、仰ぎて之に應えて曰く、「是の故は子の能く備うる所にあらず。彼 一時なり、此一時なり。……傳に曰く『天下に害無ければ、聖人有りと雖も才を施す所無し。上下和同すれば、賢者有りと雖も功を立つる所無し。』故に曰く時異れば事異なるなり、と。[13]」

蘇秦・張儀といった戦国時代の士が、一たび主君に遭遇すれば、卿相といった高い位を得、更にその恩恵を後世に及ぼすことが出来たのに対して、いま「子大夫《きみ》」は先王の術を修め、聖人の義を慕い、詩書百家の言をあまた誦んじており、著作をし、飽くまでも先王の道を胸に抱いているが、学を好み道を楽しむことの効果など、何ほどのものも無いことは、こんなにもはっきりしている、と客は言う。これに対して東方先生は、彼ら（戦国の士）の時代と太平の世である今とは「時」が違うのだ、と言う。功を立てることが出来るのは、乱世においてのみなのだ。

この「答客難」の構図は非常に明確である。「客」は、蘇秦・張儀に代表される戦国・六国的「弁士」の才を重視する。彼らは「説」で現状を打開し、その結果、尊位・珍宝・栄誉を後代に残した。つまり、「弁士」の「立功」という価値を最も重視する立場にある。一方の「東方先生」は「処士」として、聖人賢者を慕い、儒教的価値を求め（「好學樂道」）、また知識も豊富で論理的（「博聞辯智」）。でありながら、「官は侍郎に過ぎず、位は執戟に過ぎず」という低い位に甘んじている。しかし官位は低くとも、孤独に義を守ることこそ、東方先生に代表される「処士」の求める生き方であった。「官は侍郎に過ぎず、位は執戟に過ぎず」というこの表現は、揚雄の「解嘲」を経て曹植の文論（「與楊徳祖書」）に至るまで、才能が有りながら現実的には卑位に甘んじる者の矜持を示す表現としてこののち繰り返されることになる。

ただ、ここには辯説によって立功することの否定は無い。辯説が功績に繋がるのは乱世であり、平和な世ではその才は不要、不用だというのだ。それは楚辞的賢人不遇・英雄不遇の変形である。また、時に遇うかどうかによって立功の成就が決まるとは言いつつも、賢と不肖、下愚と処士とは厳しく区別される。才能と道への志向を持ちながら、平和な世であるが故に立功できず不遇であることの不満と、賢者であり処士であることの誇りとが自身の中で葛藤する東方朔の「自慰」としての自己表現が「答客難」なのだ。しかし、「自慰」と言いつつも、徳への志向をあくまでも掲げることにより、「答客難」は揚雄・班固へと継承されていくことになる。

四、揚雄「解嘲」

続けて揚雄「解嘲（『漢書』は「嘲」を「謿」に作る）」を見てみよう。その創作背景を『漢書』は次のように述べる。

> 哀帝の時、丁・傅・董賢、事を用いたれば、諸の之に附離する者は、或いは起家して二千石に至る。時に雄は方に太玄を草創し、以て自ら守るもの有りて泊如たり。或るもの雄を謿るに玄の尚お白きを以てす。雄 之を解き、號して解謿と曰う。(14)

ここにも「事を用い（権力を握り）」という言葉で表現される高位高官という現世的価値と、著作し自ら守るという自己修養との対峙がある。登場する「客」は「揚子」に対して、幽玄なる境地を求めるばかりで世俗的価値に淡泊であることを、「玄といいつつまだ白い（玄尚白）」と揶揄するのだ。

> 客 楊子を嘲りて曰く、「上世の士は、人綱・人紀なり。生れざれば則ち已むも、生まるれば必ず上は人君を尊び、下は父母を榮んにし、人の珪を析し、人の爵を儋し、人の符を懐き、人の禄を分け、青を紆し紫を拖し、其の轂を朱丹にす」と。今 吾子 幸に明盛の世に遭うを得、不諱の朝に處し、羣賢と行を同じくし、金門を歴、玉堂に上ること日有り。曾て一奇を畫し、一策を出だし、上は人主に説き、下は公卿に談じ、目は耀星の如く、舌は電光の如く、一従一横して、論ずる者 當ること莫きあたわず。顧みて默して太玄五千の文を作り、

枝葉扶疎にして、獨り數十餘萬の言を說き、深き者は黃泉に入り、高き者は蒼天より出で、大なる者は元氣を含み、細なる者は無間に入る。然るに位は侍郎を過ぎず、擢んでられて纔《わずか》に給事黃門たり。意《おも》うに玄の尚お白きこと無きを得んや、何爲れぞ官の拓落たるや、と。[15]

ここには戦国の弁士的な術策（「一奇を畫し、一策を出す」）を説かずに、抽象的で哲学的な「太玄」探求の文を作って、低い身分に甘んじていることへの批判がある。それは物を書くという行為そのものが、言説によって策を立てる功よりも低い評価しか無かったことを表すと同時に、それにもかかわらず書くことを志す「揚子」の在り様を明確に示すものである。ただ、「獨り數十餘萬の言を說き、深き者は黃泉に入り、高き者は蒼天より出で、大なる者は元氣を含み、細なる者は無間に入る」という言葉は、客の批判というよりも、客の言を借りて揚雄が自著への誇りを語っているようにも見える。

揚子はこれに対して、「時」の違い（「有事」・「無事」）によって才能ある者の処遇が変わるのだと言い、また太平であるが故に能力は活用されないという。この二点は東方朔「答客難」の主張と同様である。

揚雄「解嘲」は最後に、功を立てることで名声を手に入れようとする人々に対して、「僕 誠に此の數子と竝ぶこと能わず、故に默然として獨り吾が太玄を守る（僕誠不能與此數子竝。故默然獨守吾太玄）」と結び、徳の境地である「太玄」を孤独に守ることの誇りを示す。西晋左思の「詠史詩」に、「寂寂たり楊子の宅、門に卿相の輿無し（「寂寂楊子宅、門無卿相輿」『文選』巻二十一）」と詠われるように、寂寞として徳の宅を守る揚雄の姿は、文人の一つの理想形としてこののち長く継承されていく。

このように見てくると、班固の「答賓戲」が、この二作を発展させたものであることは明らかである。ただ、「著述」というものの価値を、「立功」と対峙させて強調したのは班固の独創である。前二者では、立功に対して徳を守る自己の生き方が重視されていたのに対して、班固「答賓戯」において「著述」は、立功を超える価値として据えられるからだ。だとすれば泰平なる御世においては、「著述」こそが「名声」の「不朽」につながるのだという、「著述」意識を明確に打ち立てたのが「答賓戯」であり、「立徳」「立功」「立言」という順で「不朽」を説明する『左伝』を承けて、そこに「文章（著述）」の価値を入れ込むのは班固が原点だと考えなければならないだろう。

五、班固の文意識

ところで、この「答賓戯」が『漢書』「叙伝」に引用されていることには如何なる意味があるのだろうか。班固の文意識が儒教理念に基づくものであることについては、後に述べる（第八章）。それは一方で「賦は古詩の流」という言葉で賦を詩の「六義」と結びつけると同時に、「典引」において王朝の正統性を賛美する「美刺」の「美」を展開するものとしてあった。「美刺」と「六義」を中心に据えた儒教的「文」概念は、班固において確立する。そして『漢書』もまた当然、このような文意識の下に著述された。

渡邉義浩によれば、『漢書』は『尚書』を継承しながら、漢の「典・謨」を述べるために書かれたものであり、儒教を価値基準の中心に置き、董仲舒を尊重する。また班固は司馬遷『史記』を「史」として認めず、自らこそ孔子を継承する「史」と認めて『尚書』を継承した、という。[16]『漢書』がいわゆる歴史書としてではなく、文の規範として読まれていたことは、唐初において李善が『文選』に注を施すと同時に『漢書弁惑』を撰したことにも端的に現れている。『漢書』は班固にとって最も重要な著述であったのだ。

『漢書』編纂の意識を述べた「叙伝」下の冒頭に以下のようにある。

固 以爲らく唐虞三代は、詩書の及ぶ所にして、世に典籍有り。故に堯舜の盛なりと雖も、必ず典謨の篇有りて、然る後に名を後世に揚げ、徳を百王に冠たらしむ。故に曰く「巍巍たるかな其れ成功有り、煥たるかな其れ文章有るなり」と。漢は堯の運を紹ぎ、以て帝業を建つ。六世に至りて、史臣乃ち功徳を追述し、私《ひそか》に本紀を作り、百王の末に編じて、秦・項の列に厠《まじ》えたり。太初以後は、闕して録せず。故に前記を探纂し、聞く所を綴輯し、以て漢書を述ぶ。高祖より起元し、孝平王莽の誅に終わる。十有二世、二百三十年、其の行事を綜べ、旁く五經を貫き、上下洽通し、春秋考紀、表、志、傳、凡百篇を爲せり(17)。

唐虞三代、堯舜の盛時については、詩・書という典籍があり、典謨の篇に彼らの輝かしい業績が明文化され、後世までも名が賞揚されることとなった（「揚名於後世」）、という。また司馬遷による「功徳」の「追述」は不徹底なので、自分が前代の記録を「纂」して『漢書』を「述べる」、とも表明する。つまり、孔子の正統な継承者として漢の『尚書』を「述べる」のだという。『漢書』は、漢の帝業の大いなる成功を、輝かしい「文章」で「著述」したものだったのだ。

また『漢書』「叙伝」上の開頭部分には、自己の家系を述べて以下のように言う。

班氏の先は、楚と同姓にして、令尹子文の後なり。子文初めて生まるるや、瞢《ぼう》中に棄てられ、虎の之に乳せり。楚人 乳を「穀《こく》」と謂い、虎を「於《お》檡《と》」と謂う。故に穀於檡と名づけ、子文と字す。楚人虎を「班」と謂う。其の子 以て號と爲す。秦の楚を滅ぼすや、晉・代の閒に遷り、因りて氏とせり(18)。

「叙伝」は、まず班一族が「班」と名乗った由来から説き始め、続けて班家の由緒正しき家系と歴史とを述べる。そして自己に繫がる班家の天職を述べつつ、「王命論（班彪）（『文選』巻五十二）」「幽通賦（『文選』巻十四）」「答賓戯（『文選』巻四十五）」という三篇を伝中に全文引用する。

また、楚の宰相（「令尹」）の血筋を引く由緒正しき班一族は、漢代になって後は史の編纂を家学とし、多くの書物を有したという。班一族が多くの蔵書を有し、学問の家系であったことについては、たとえば陶淵明が「始作鎮軍参軍経曲阿作」（『文選』巻二十六）の中で「聊か且く化に憑りて遷り、終に班生の廬に反らん（聊且憑化遷、終反班生廬）」と詠って、読書に沈潜する生活への願望を「班家の書庫（班生の廬）」と表現したことに端的に表れている。ここでいう「廬」が「幽通賦」に「終に己を保ちて則を貽し、上仁の廬する所に里《お》らん（終保己而貽則兮、里上仁之所廬）」の「廬」だとすれば、それは更に揚雄「解嘲」の「結ぶに倚廬を以てす（結以倚廬）」の「廬」と同義であり、それは『漢書補注』の引く沈欽韓の注に「廬は学舎」とあるのに従えば「まなびや」の意味になる。「班家のまなびや」には下賜された貴重書が多くあり、揚雄ら名だたる学者たちが遠くから集まったという記載も、『漢書』「叙伝」に見える。(19)

このような『漢書』「叙伝」の流れを見たときに、そこに著述という行為に対する班固の高い意識が示されていることは明らかである。当然そこに引用される三篇は、数ある作品の中でも、著述意識を闡明した特別な作品として引用されたと考えるべきであろう。だとすれば、「答賓戯」こそが、班固の「著述」を業とすることの誇りを、高らかに文学性豊かに表出したものであったということができよう。

六、班固を祖述する六朝文論

このような班固の著述意識は、六朝の文論の基幹となっていく。それは『典論』「論文」に明確な形で現れた他、細かな措辞においても継承されていくのだ。今、それらのいくつかの具体的な例を挙げてみよう。

まず、梁の昭明太子蕭統の『文選』「序文」には、次のような部分がある。

頌者、所以游揚徳業、褒讃成功。……舒布為詩、既言如彼、總成為頌、又亦若此。

（頌は、徳業を游揚し、成功を褒讃する所以なり。……舒べ布して詩と為さば、既に言は彼の如く、總じ成して頌と為さば、又た亦た此の若し。）

これは、『文選』における文体の分類を説明する中で、「頌」について説明した部分である。頌は徳業を游揚し、成功を褒賛するもので……と述べつつ、「詩と言うこともできるが総じていえば頌だとも言える」という非常に曖昧な説明に、「彼の如し」「此の若し」という表現がある。これは、班固の「両都賦序」に、

稽之上古則如彼、考之漢室又如此（之を上古に稽れば則ち彼の如く、之を漢室に考みれば又た此の如し）。

とある「彼の如し」「此の如し」を襲った表現であり、一つの対象を違う視点から見た際の「あのよう」「このよう」という言い回しである。この独特の表現は、『文選』「序文」以外にも、たとえば『文心雕龍』「辨騒」篇にも、

故論其典誥則如彼、語其夸誕則如此（故に其の典誥を論ずれば則ち彼の如く、其の夸誕を語れば則ち此の如し）。

と踏襲されている。

また、陸機の「文賦」には、その冒頭に、

佇中区以玄覧、頤情志於典籍（中区に佇《たたず》みて以て玄覧し、情志を典籍に頤《やしな》う）。

とある。この「情志を頤う」の語は、班固「幽通賦」に、

皓頤志而弗傾（皓は志を頤いて傾かず）。

とあるのを踏まえる。陸機「文賦」は多くの語彙を班固から襲うが、

考殿最於錙銖、定去留於毫芒（殿最を錙銖に考し、去留を毫芒に定む）。

の部分の「殿最」「毫芒」も「答賓戯」の、

雖馳辯如濤波、摛藻如春華、猶無益於殿最也（辯を馳すること濤波の如く、藻を摛むこと春華の如しと雖も、猶お殿最に益無し）。

同じく「答賓戲」の、

銳思於毫芒之內（思を毫芒の內に鋭ぐ）。

を意識している。

さらに『文心雕龍』は、上記の「如彼」「如此」の他にも、「楽府」篇に、

桂華雜曲、麗而不經、赤雁群篇、靡而非典（桂華の雜曲は、麗なれども經ならず、赤雁の群篇は、靡なれども典ならず）。

とあるが、これは明らかに班固「典引」の、

相如封禪、靡而不典、揚雄美新、典而亡實（相如の封禪は、靡なれども典ならず、揚雄の美新は、典なれども實亡し）。

を襲う。

いま、網羅的にそのすべてを紹介することは出来ないが、上記のいくつかの例を見ただけでも、六朝の文論が班固の文意識を原点とし、その措辞においてまで細かく継承しようとしていたことは明らかである。「文章」の価値主張の原点として、六朝の文論は班固を重視し、祖述したと言ってよい。

七、おわりに——文学意識の形成——

以上、曹丕『典論』「論文」に見える文章不朽の構図の背景に、班固の「答賓戲」に見られる著述意識が大きく存在していたこと、また班固の「答賓戲」は班固にとっても、そしてまたこの後の文論にとっても、原点ともなるべき

著述意識の表明であったことを述べた。

建安こそが六朝に始まる文論の起点であることは間違いないのだが、そこに至るまでの文意識、そしてそこから展開する文概念の展開を、大きく概観すると左記のようになる。

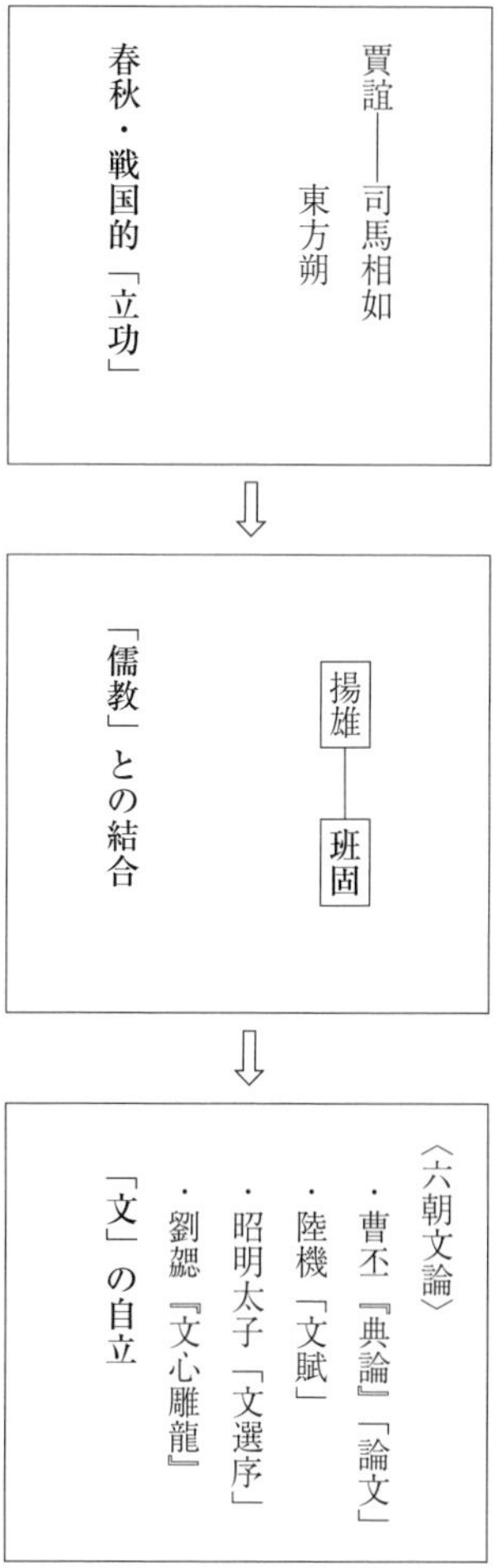

戦国期という力と術が物を言う時期を経て、統一王朝の漢が必要としたのは安定した持続を保証する理念であった。儒教というものが体制に秩序と理念を与えるものとして漸次その価値を高めていく中で、それを文の世界に積極的に応用したのがまず賈誼である。賈誼は文帝の世にあって、対策と表現の双方の世界に儒教的な価値観の導入を図った（第一章参照）。賈誼の提唱はその先進性ゆえに当世に在っては十分に生かされなかったが、次の時代には儒教的価値導入の先駆者としての評価を不動にする。

前漢の中ごろ、武帝期は漢王朝の国力が最も充実した時期であった。政治・軍事・経済・文化において未曾有の発展を見た武帝期に、文の世界でもまた、自由で伸びやかな表現世界が展開する。前漢の賦を代表する司馬相如の「子虚賦」「上林賦」には、この世の全てを筆の先で写し取ろうとするかのような壮大な表現への意欲が感じられるし、東方朔の「答客難」には諧謔や擬態といった成熟したユーモアさえ見られる。未だ儒教的文意識が表現の世界を厳しく規定する以前の前漢武帝期の文には、表現という行為に対するダイナミックで想像的な自由さが見られるのである。

そのような文意識が大きく変化するのが、前漢末から後漢初にかけての時期である。前漢末の劉向・劉歆親子を始めとする古文派の学者たちの学術復興と王莽の儒教への急展開を経て、後漢初めの白虎観会議において、儒教の骨格が固まり、儒教を中心に据えた古典中国の形が確立するのだが、[20]その中心にいた班固によって「文」の価値観もまた大きく統一される。それは、『詩経』の「六義」と「美刺」を中心に据えた儒教的価値の重視である。賦という文体を文の正統と見做し、賦という形態を使って王朝の讃美および現実社会の批判を行うのが、文の正統と考えるのである。班固と、班固が直接的に継承した揚雄によって、文意識は一度大きく収斂する。班固は更に、戦国的な無秩序な時代を経て、太平なる世の中では、著述という行為こそが時勢を超えた価値として残っていくことを明示する。

班固によって収斂されたこのような文意識、それは言い換えれば儒教的文意識なのだが、それが大きな転換を見るのが建安時代である。魏の三曹を中心にした新しい価値の宣揚の中で、文に対する意識も大きく変容する。曹丕の『典論』「論文」は、未だ儒教的価値観の中に在りながらも、文章を「経国の大業」と称してその価値を高めたし、曹操の楽府、あるいは曹植の楽府や五言詩には、それまでに見られなかった新しい表現意識が胚胎されている。それは次の時代の陸機「文賦」において一つの頂点を画し、さらに六朝末の総集の編纂や創作理論へと繋がっていく。六朝期は文というものが「六義」や「美刺」といった儒教的価値観から漸次自律的価値を獲得していく時期だと言えよう。

ただしかし重要なのは、六朝の文論は、たとえそこに表現に対する自覚や美意識が垣間見られることがあったとしても、文が文として持つ儒教的存在基盤を離れて、創造性や唯美的感性のみで展開するものは一つも無いということである。「文論」は「文」の「論」であって文学論ではないのだ。そしてそのような「文」意識を明確に規定し、

「文」の価値観を収斂したのが、班固とその著述観であったということ、これは六朝の文論を考える上でも、また中国文学史を語る上でも、看過することの出来ない重要な事実であると私は考える。

注

(1) 渡邉義浩「『漢書』における『尚書』の継承」（『早稲田大学大学院文学研究科紀要』第十六輯　二〇一五年）。

(2) 魯迅は「魏晋の風度及び文章と薬及び酒の関係（魏晋風度及文章與薬及酒之関係）」（『現代青年』一七三―一七八　一九二七年、『魯迅全集』第三巻「而已集」所収）で曹丕の時代を「文学自覚の時代」と言う。また青木正児は『支那文学思想史』（岩波書店　一九四三年）で「文学を卓然独立せしめんと欲する云々」と言った。

(3) 蓋文章經國之大業、不朽之盛事。年壽有時而盡、榮樂止乎其身。二者必至之常期、未若文章之無窮。是以古之作者、寄身於翰墨、見意於篇籍。不假良史之辭、不託飛馳之勢、而聲名自傳於後。……融等已逝。唯幹著論成一家言（『文選』巻五十二『典論』「論文」）。

(4) 生有七尺之形、死唯一棺之土。唯立德揚名、可以不朽。其次莫如篇籍（『三国志』魏書裴注引『魏書』）。なお『三国志』のテキストは、盧弼集解、錢劍夫整理『三國志集解』（上海古籍出版社　二〇〇九年）を使用。以下同じ。

(5) 大上有立德、其次有立功、其次有立言。雖久不廢、此之謂不朽（『春秋左氏伝』襄公二十四年）。

(6) 吾雖德薄、位爲蕃侯。猶庶幾戮力上國、流惠下民、建永世之業、留金石之功。豈徒以翰墨爲勳績、辭賦爲君子哉。若吾志未果、吾道不行、則將采庶官之實錄、辯時俗之得失、定仁義之衷、成一家之言。雖未能藏之於名山、將以傳之於同好（曹植「與楊德祖書」（『文選』巻四十二）。

(7) 若乃不忘經國之大美、流千載之英聲、銘功景鐘、書名竹帛、斯自雅量素所蓄也。豈與文章相妨害哉（楊修「答臨淄侯牋」（『文選』巻四十）。

(8) 永平中爲郎、典校祕書。專篤志於博學、以著述爲業。或譏以無功。又感東方朔、揚雄自論、以不遭蘇、張、范、蔡之時、曾不折之以正道、明君子之所守、故聊復應焉（『漢書』「叙伝」）。

（9）「答賓戲」については、谷口洋「後漢における「設論」の変質と解体」（『中国文学報』四十九冊　一九九四年）に詳細な分析がある。

（10）賓戲主人曰「蓋聞、聖人有一定之論、烈士有不易之分、亦云名而已矣。故太上有立德、其次有立功。夫德不得後身而特盛、功不得背時而獨章。是以聖哲之治、棲棲皇皇、孔席不暖、墨突不黔。由此言之、取舍者昔人之上務、著作者前列之餘事耳」（『文選』巻四十五「答賓戲」）。

（11）設論という形式をとり、賓客との問答の中で自己の内面を開陳するこの文体の持った意味については「達意の為の仮構——文選巻四十五「設論」三篇をめぐって——」と題して六朝学術学会大会（二〇一七年六月）において口頭発表した。詳細については別途論じたい。

（12）朔上書陳農戰強國之計、因自訟獨不得大官。欲求試用、其言專商鞅韓非之語也。指意放蕩、頗復詼諧、辭數萬言、終不見用。朔因著論、設客難己用位卑、以自慰諭（『漢書』東方朔伝）。

（13）客難東方朔曰「蘇秦張儀壹當萬乘之主、而身都卿相之位、澤及後世。今子大夫脩先王之術、慕聖人之義、諷誦詩書百家之言、不可勝記。著於竹帛、脣腐齒落、服膺而不可釋。好學樂道之效、明白甚矣。自以爲智能海內無雙、則可謂博聞辯智矣。然悉力盡忠、以事聖帝、曠日持久、積數十年、官不過侍郎、位不過執戟。意者尙有遺行邪。同胞之徒、無所容居、其故何也。」……東方先生喟然長息、仰而應之曰、「是故非子之所能備。彼一時也、此一時也。……傳曰『天下無害、雖有聖人無所施才。上下和同、雖有賢者無所立功。』故曰時異事異（『文選』巻四十五「答客難」）。」尚お、『漢書』東方朔伝は「傳曰」以下「立功」までの一文無し。

（14）哀帝時、丁傅董賢用事、諸附離之者、或起家至二千石。時雄方草創太玄、有以自守泊如也。或謿雄以玄尚白、而雄解之、號曰解謿（『漢書』揚雄伝）。

（15）客嘲揚子曰、吾聞、上世之士、人綱人紀。不生則已、生必上尊人君、下榮父母、析人之珪、儋人之爵、懷人之符、分人之祿、紆青拖紫、朱丹其轂。今吾子幸得遭明盛之世、處不諱之朝、與羣賢同行、歷金門、上玉堂有日矣。曾不能畫一奇出一策、上說人主、下談公卿、目如燿星、舌如電光、一從一橫、論者莫當。顧默而作太玄五千文、枝葉扶踈、獨說數十餘萬言、深者入黄泉、高者出蒼天、大者含元氣、細者入無間。然而位不過侍郎、擢纔給事黄門。意者玄得無尙白乎。何爲官之拓落也（『文選』巻四十五「解嘲」）。

(16) 注（1）引用渡邉論文。

(17) 固以爲唐虞三代、詩書所及、世有典籍。故雖堯舜之盛、必有典謨之篇、然後揚名於後世、冠德於百王。故曰「巍巍乎其有成功、煥乎其有文章也。」漢紹堯運、以建帝業。至於六世、史臣乃追述功德、私作本紀、編於百王之末、廁於秦・項之列。太初以後、闕而不錄。故探纂前記、綴輯所聞、以述漢書。起元高祖、終于孝平王莽之誅。十有二世、二百三十年、綜其行事、旁貫五經、上下洽通、爲春秋考紀、表、志、傳、凡百篇（『漢書』叙伝）。

(18) 班氏之先、與楚同姓、令尹子文之後也。子文初生、棄於瞢中、而虎乳之。楚人謂乳「穀」、謂虎「於檡」、故名穀於檡、字子文。楚人謂虎「班」。其子以爲號。秦之滅楚、遷晉・代之間、因氏焉（『漢書』「叙伝」）。

(19) 『漢書』叙伝に「穉生彪。彪字叔皮、幼與從兄嗣共遊學、家有賜書、內足於財。好古之士自遠方至、父黨揚子雲以下莫不造門。」と。

(20) 儒教を中心に据えた「古典中国」の枠組みの成立および古典中国における儒教と文学の関係については、渡邉義浩『儒教と中国』（講談社選書メチエ　二〇一〇年）・『「古典中国」における文学と儒教』（汲古書院　二〇一五年）参照。

第二部　建安と文学

第三章　建安における「文学」

一、文学的アプローチの持つ意味

ある一つの時代、或いは作品に対して文学的アプローチを試みるということはどういう意味を持つのか。「文学的」という言葉を我々は如何に理解し如何に使用しているのか。ここに「建安における文学」と題して述べるに当たって、まずこの「文学」なるもの、或いは「文学的」という言葉の意味について確認しておきたい。

二〇〇七年十二月、漢代儒学に新しい意義付けを試みた一連の総合研究の中で、「詩経研究の現段階」と題したシンポジウムが開かれた。筆者はその場に「文学研究」の立場から、詩経研究の現状把握の報告を依頼され、「詩経の文学性」についての報告を担当した。その際、漢学的な『詩経』の理解、それは経典としての『詩経』を如何に理解するかという経学的な詩経理解と言ってよいと思うが、その経学に対して、そうではなく『詩』本来の意味、古代歌謡としての詩経理解という視点を、「詩の本義」理解を中心に据えた研究として設定した。この「経学的詩経理解」と「詩の本義の追及」という設定に対して、主に経学・哲学の立場の方々から大きな反発を受け、その設定そのものが「文学的である」という批判（皮肉）までいただいた。その時、「文学的」という言葉の認識に関して、それが非常に曖昧に且つ恣意的に使いうるものであることを痛感したことが、ここに特に本節を立てる所以である。

そもそも、『詩経』が文学かどうかという問いは、問う者・問われる者に「文学」に対する共通認識が無い限りナンセンスであり、それは議論にはなり得ない。可能なのは、『詩経』に対して「文学性」を見出すこと、或いは「文学的アプローチ」を試みることのみである。そしてこの「文学的アプローチ」は、その対象を思想的・歴史的に意味づけする方法とは別に、独自の方法として意味を持つはずであり、独自の方法を持つからこそ経学と文学というテーマが、時代と文化を総括的に捉えようとする学際的なシンポジウムの対象として成り立っているのである。

つまりここで筆者が言いたいのは、「文学的アプローチ」あるいは「文学的」という視点は、対象を非学術的、或いは主観的に捉える方法ではなく、客観性と独自の価値を持った一つの学術の方法であり得るものであり、且つそれは対象を思想的または歴史的に捉える方法とは別の立場に立つものとして可能であるということである。「文学」という言葉の包括するものの広範さ、曖昧さゆえに、文学性・文学的という表現は大きな揺れを持つ。文学的であることそのものが批判の対象とならぬよう、次に「文学」、特に中国文学における「文学」という言葉をめぐって、いささか確認作業を行いたい。

二、文学の定義

文学的立場といってもそれは中国古典を扱う場合、言葉の定義は簡単ではない。それは我々が現在「文学」という言葉で認識する近代的文学理解と、古典の中に現れる「文」或いは「文学」という言葉の持つ意味との間に、共通点と同時に異質な要素が多くあるからである。古典の「文」には大きくは文字資料そのものから修辞的表現技術に至るまで多様な意味が含まれ、またそれは時代によって内実を変化させる。そこで、ここではまず、学術上の立場としての文学の定義を確認した上で、古典に表れた「文」と「文学」について概観したい。

「経学と文学」をテーマと掲げるシンポジウムにおいて、「文学」は近代的学術上の概念としての「文学」である。そもそも建安において書物に向き合う人々が、「経学」だの「文学」だのといった概念をはっきり持ち合わせていたとは考えられない。これらはあくまでも現在の時点から古典を理解解釈しようとする際の一つの切り口として理解されなければならない。この場合「文学」は、主に哲学或いは歴史学と対応する一つの視点としてある。そして文学研究とは、具体的にいえば人の心と精神の在り様を如何に表現するかを問題とするものであり、言葉（文字）で著された表象の内容と修辞についての考究である。

具体的にいえば、曹操の「短歌行」は曹操自身の如何なる感情・意識を表現したものであるのか、その表現にはどの様な特徴があり、その特徴は文学史の中でどのように位置づけられまた評価されるものなのか、といういわば作品論がその中心となる。

また、作品に何を盛り込むか、如何なる形態でそれを表現するかという「文」に対する認識は、各時代によって大きく異なる。そこで次に古典に表れる「文」或いは文学意識について簡単に見てみよう。

「文」のもつ象形上の意味は、『説文解字』によれば交わり合う文様であり、そこから修飾や文字の意味が生まれてくる。対立項としては「野」あるいは「質」が当てられ得る言葉である。それは更に、

①文書（文字で表されたもの一般）・それを対象とする人や学問

②美しい表現

③詩に対する無韻の文を表すもの

として発展する。①の対立項は「武」であり、②では「意」、③では韻文である「詩」がそれに当たると考えてよいであろう。つまり、中国古典において「文」は、第一義的には文字で表されたもの全てを表し、次に内容を美しく表

現する文飾の意味に発展し、最終的にそれは一つの文体として独自の価値を持つことになる。総じてこれら古典に表れる「文」は、必ずしも表現の世界に独自の価値を求める近代的な意味での「文学」そのものを意味しない。

しかしだからといって、それらは文学ではないとは言えない。古典に表れた「文」の認識、「文」という言葉の定義とは別に、表現すること、或いは表現された世界によって心の昇華を求める文学意識とそこから生まれる文学性というものは別に存在する。言葉に発しなければ解消できない心の高鳴り、表現に対する内的欲求、そして言葉の世界に遊ぶことから生まれるカタルシスこそが、文学を文学たらしめる所以として存在する。現実とは異次元の世界に価値を持つことが芸術であれば、文字による芸術としての文学は、中国文学の中にもやはりあるのである。

三、各時代における文学――呪術から抒情へ――

ではそのような文学は、中国においてどの様に発生し発展していったのだろうか。

中国における文学の発生は古代であり、それは歌謡として祭祀の場を中心に生まれた。古代歌謡が神々と人々とが繋がりあう宗教的祭祀の場から生まれるということは、中国に限らず世界各国に見ることのできる普遍的な現象だと考えてよい。当然その内容は神霊への祈り、特に五穀豊穣と子孫繁栄を願う原初的な祈りがその根底にある。『詩経』・『楚辞』の諸篇は、その形態や表現に大きな相違点はあるけれども、それは宗教的（呪術的）祈りを中心に据えるという点において、古代歌謡としての本質は同じである。

漢代になると儒教国家の形成と共に、「文」の意味が大きく変化する。漢代の文学を考える時、それは儒教的価値としての礼楽の一環としての「文」と、如上の宗教性を脱した個人の感慨表明としての「文学」との二つに分けて考えなければなるまい。

儒教的価値としての「文」は、文明・文化を意味し、具体的には儀礼・作法、またそれに関わる文献や修得者を表わす。儒教の中心には礼があり、礼を支えるものとして楽、そして楽の発展の中で詩が整備される。この場合、文および詩は、所謂文学としてではなく、あくまでも儒教的価値の一部として存在する。

一方で、歌謡や記事的要素の強い辞賦・楽府、あるいは四言・五言の詩などは、より文学性の高いものとして存在した。それらは或いは情動をリズムに乗せて歌うものであり、また或いは言葉によって世界を語ろうとする表現への飽くなき欲求に基づく言葉の表出であった。古代的集団歌謡から、特定の作者を持つ個人の自己表白に変化した漢代の詩歌に、独自の文学性を見つけることは可能である。

ただこれらの様々な形態をとって表された広義での文学は、しかし全て儒家的な「文」の意識を潜在的に持つものであり、今日的な意味での文学としてそれらを捉えることはできない。一部の俗謡的な楽府を除いて、所謂文人の手になる作品においては、文字として表現することが第一義的に自己の感情表白としてあったことはほとんどなく、書き留めることで現実や社会と結び合う関係性を、それは必ず持つものであった。

漢代における文学観を端的に表すのが『毛詩』「大序」である。そこには「詩」の発生の原理を以下のように説明する。

> 詩とは志の発露である。心にあるときは志であるものが、言葉になって発せられると詩になるのだ。心の中で情がうごめき、それが言葉になって表れる。言葉にしても足りない時に、それは嘆きの辞となる。嘆いても足りない時にそれは歌になる。歌っても足りない時、手足は自然と踊りだすのだ[1]。

ここでは、「心」にある「志」を「言」として表したものが「詩」であるというのだが、その「志」はまた「情」

とも言い換えられている。「志」は必ずしも「こころざし」をいうものではなく、「情」をも含んだ全ての心の作用を言う言葉として使われている。ここで言う「志」が「情」をも含むことは、次の部分からも分かる。

国の史官とは、何が正しく何が間違っていたかという歴史の痕跡を通暁する者である。だから人間倫理の荒廃を嘆き、刑罰が苛酷になってしまったことを哀しみ、その嘆きや悲しみを歌にして詠うことで、上に居る者を諭し、時勢の変化を理解して古きよき時代の習俗を思い返すよう導くのだ。(2)

ここでは「国史」が現実社会の荒廃を痛み、その「情性」を吟詠するという。この一節には史と詩との繋がりという興味深い視点が見られるがそれはここでは取り上げない。ただ、ここで言う風、すなわち『詩経』の変風が、情性の吟詠であることからも分かるとおり、「志」と「情」とは区別なくつかわれている。

詩の発生の原理から説き始めた「大序」はここで、性情の吟詠なる詩と儒家の理想とを結びつける。

それ故に、変風は情から生まれるけれども、最後には礼の義に収束する。情から生まれるというのは、それが人の感情から発せられるからだ。礼の義に収束するのは、先王の恩沢のおかげである。(3)

人の情から生まれた詩歌は、しかし「礼義」に収斂される。「先王の沢」すなわち儒家的規範の影響力の故に、情が無秩序に流れ出すことはなく、あくまでも礼の規範内でその発露があるのである。

『毛詩』「大序」に表れた詩論は、詩(歌)が情の発露であることを言いながらも、それが「先王の沢」という儒家的規範の範囲内にのみ意味を持ち、また人倫を整えることがその最大の価値であり且つ目的であるという方向が示される。つまり、詩歌というものが、それによって社会を認識し改善するべき手段として捉えられているのである。

現実と結び合う文学というこの意識は、しかし漢代に限られるものではなく、これ以後も中国の文学の決定的な特性となる。しかし、表現するという行為の持つ意味は、思想的に規定された意識とは別に、自らの自立的価値を生まずにはおれなかった。社会或いは現実と結び合うという目的性から離れ、人が表現することそれ自体への欲求にある種の価値を見つけ出していった時代、それが建安であった。

四、建安における文学

『三国志演義』に描かれる奸臣・敵役としての曹操が、実は文武に際立った偉才であったということは既に民国初期に魯迅が述べるとおりである。魯迅はまた曹丕の『典論』「論文」の一節「文章は経国の大業、不朽の盛事」という言葉に注目し、この時代を「文学自覚の時代」と呼んだ。曹丕の主張は、そのまま文学の独立を言うものではなく、むしろ儒家的揚名意識と強く結びついた文学論であることについては後に論ずる。また曹操の楽府が強い政治性を持つこと、曹植の詩歌もまた現実や社会への働きかけを強く意識したものであることも事実である。三曹に代表される建安文学において、文学は独立した価値をまだ獲得してはいない。

しかし建安の文学には文字通り画期的な新しさがあることもまた事実である。この新しさこそ、次に訪れる六朝の華麗で豊かな文学世界を切り開く重要な鍵となる。

建安の新しさを、魯迅は「清峻」と「通脱」という言葉で表した[4]。それはこの時代の文学の特性を謂い得ているけれども多少抽象的である。そこでここではもう少し具体的にそれを検証するために、『詩経』との関わりにおいて考えてみたい。

詩人といえば、それは『詩経』の詩を書いた詩人を指すほど、古典における詩歌において『詩経』は特別な存在である。詩人とは、中国古典の世界ではいわゆる詩的言語を操るPoetを指すのではなく、『詩経』の継承者としての自覚を持つ者を言う言葉であった。つまり詩を書くという行為はまず『詩経』の伝統に連なる行為であり、そしてまた『詩経』に関する認識は漢代において儒教の教義と深く結びついていたがゆえに、それは諷喩と賛美という「美刺」を目的にもつことが暗黙のうちに求められた。

しかし『詩経』が経典となる以前、それが発生した古代という時代において、詩はそのような美刺を目的として生まれたものではなかった。漢代的な或いは経学的な詩経理解は、儒教という一つの価値体系の構築の中で作られたという意味で、この古代的な詩経の発生時での意味とは、異質の解釈である。そもそも詩の生まれた原点において、それが人の情を吟詠したものであることは、毛序の中にも認識されている。それをすべて社会批判にむすびつける毛序（小序）の解釈は、あくまでも儒家的経学的解釈である。ただ、この漢代的な詩経理解と毛序にみられる詩の使命は、漢代のみならず、六朝、更には唐代に至るまでも生き続ける。そのような中国的詩歌観の独自性を認めたうえで、しかしなおその使命感とは別に存在する、社会現実とは異次元の、表現と言葉に対する内在的欲求こそが、詩歌の世界を深め豊かにしていったのもまた事実である。

詩という言葉の持つ二つの側面、すなわち『詩経』の伝統を受けつぎ現実を風刺するという面と、自己表白こそをその根本に据えるという側面に、大きな転換をもたらしたのが曹操であった。その新しさを説明するためには、まずそれ以前、すなわち漢代の詩歌の特性を見てみなければなるまい。

五、漢代の詩歌――詩の伝統――

いま、漢代の詩歌という表現を掲げたが、厳密に言うと「詩」と「歌」とはその性格を異にする。特に古代における歌謡、詩の発生の原点を考えると、「歌」と「詩」との間には明確な区別があったと考えられる。簡単に言うと、それは宗教歌謡の系統に繋がる主情的でメロディアスな「歌」と、記録の使命を持った「詩」という区別である。[5] 漢代になるとこの二つは融合と合体を繰り返し、歌の中に詩の要素が、詩の中に歌の要素が流れ込んでくる。従って、詩と呼ばれるものの中にも楽府的要素が混じりこみ、楽府の中に詩的要素が入り込むという現象が起こる。この楽府と詩との区別については、別途論じる必要が有るが、漢代の詩歌を考える時、詩と歌（楽府）の本来的な区別はとても重要である。

漢代の詩歌を概観するためには、逯欽立の編集した『先秦漢魏晋南北朝詩』が参考になる。そこには漢の高祖劉邦の「大風歌」から「古詩十九首」に至るまでの詩歌が、全部で十二巻集められている。このうち巻三までの前漢を中心とした部分には、詩と歌とが共に収録されている。全体を通して見られる傾向として、俗謡は四言あるいは三言であり、「歌」「謡」と題されるものは概ねうたの系統を引く。「詩」と題されるものは「詠史詩」や「諷諫詩」のように、文字通り諷諫の志や歴史の教訓をうたう「志」や「史」をテーマとした四言詩が中心であり、明らかに「詩」と「歌」とは区別されている。

しかし後漢の中期になると、この「詩」と「歌」の区別は不明瞭になりはじめ、寓意性の強い五言詩が、「うた」ではなく「詩」の意識を持って歌われるようになる。詩の伝統を意識して諷喩を主題とする場合は四言が主流であったのに対し、この頃になると、諷喩詩であっても五言の形式をとることがあるのは注目される。

この時期において、『詩経』の伝統に連なる詩として最も典型的なものを一首取り上げてみよう。

明堂詩　班固

於昭明堂　於《あ》あ昭《かがや》やかしきかな明堂

明堂孔陽　明堂　孔《おお》いに陽《あ》きらけし
聖皇宗祀　聖皇は宗祀して
穆穆煌煌　穆穆たり煌煌たり
上帝宴饗　上帝　宴饗し
五位時序　五位時《ここ》に序せり
誰其配之　誰れか其れ之を配す
世祖光武　世祖光武なり
普天率土　普天　率土
各以其職　各おの其の職を以ってす
猗歟緝熙　猗《うつくしき》かな緝熙《かがや》けるかな
允懷多福　允《まこと》に多福を懐《きた》す

「明堂詩」は『文選』の冒頭に載せられる班固「両都賦」の最後に並ぶ四言詩の第一首である。漢王朝の正殿たる明堂の威厳を歌うこの詩には『詩経』、特に王朝を寿ぐ大雅や頌の語彙がほぼ原典通りに引用される。詠い出しの「於昭」は『詩経』大雅「文王」篇の冒頭「文王在上　於昭于天」を受け、「孔陽」は豳風「七月」の「我朱孔陽」に基づく。「穆穆煌煌」は大雅「假楽」の語彙であり、「普天率土」は小雅「北山」篇の「普天之下　莫非王土　率土之濱　莫非王臣」に基づき、「猗歟緝熙」は商頌「那」篇の「猗歟那歟」、大雅「文王」篇の「穆穆文王　於緝熙敬止」から引く。『詩経』の語彙をふんだんに使い王朝のことほぎを四言のリズムでうたいあげるこの詩は、漢代において詩というものが『詩経』の伝統をそのまま受け継ぎ、内容・表現全てにわたってそれを襲うものであったことを物語る。

後漢の後期になると、四言・五言、また楽府と詩との境界は更に曖昧になり、同じテーマ、同じ謡いぶりの五言詩が詩と楽府と双方に見られるようになる。

しかし、前漢後漢の詩歌を概観するに、そこにはやはり一貫して「詩」の伝統が意識されていることは確かである。境界が揺らいでいるとはいえ、詩とうた（楽府）との間には、確かに詠む側のスタンスの違いが存在する。

このような流れを受けて、後漢末ごろの成立と考えられる「古詩十九首」は、詩の伝統を考える上で非常に重要である。「古詩十九首」は明確な詩の意識の中で詠われつつも、明らかに楽府の主題と表現とをその中に盛り込んでいるからである。

「古詩十九首」其十九を見てみよう。

明月何皓皓　　まっしろにかがやく明るい月の光が
照我羅床幃　　寝室のうすぎぬのとばりを照らす。
憂愁不能寐　　憂いに沈んで眠られず
攬衣起徘徊　　上着を引き寄せ起き上がって歩く。
客行雖云樂　　旅ゆきはきっと楽しいことでしょうが
不如早旋歸　　早く帰ってきてくださらないかと私は思う。
出戸獨彷徨　　ドアを開け出て一人さまよい
愁思當告誰　　誰にも愁いを打ち明けられない。
引領還入房　　思い焦がれつつ部屋に戻ると
涙下沾裳衣　　涙があふれて衣装を濡らす。

この詩のテーマは留守居の女の孤閨の嘆きである。語彙の典故を見てみると、第一句は『詩経』陳風「月出」篇の「月出皓兮」を、第六句「旋帰」は小雅「黄鳥」篇の「言旋言帰」を、また第七句「彷徨」は王風「黍離」篇の序「彷徨不忍去」を典故として持つ。全十句の詩の中で三箇所にわたって『詩経』の語句を引用することに、詩に対する伝統意識が感じられる一方で、そのテーマは完全に詩の伝統から逸脱している。

「古詩十九首」はその成立や内容に関していまだ解明されていない部分の多い作品であるが、筆者は上述の歌と詩の流れの中から、これが詩の世界に楽府的テーマを持ち込んだ試みだったのではないかという考えを持っている。諷喩に最高の価値を置いた詩の伝統の中で、「古詩十九首」は諷喩ではなく「人の情」を歌うことをテーマとしているからだ。歌の流れ、特に楽府の世界に歌われた人間感情の喜怒哀楽の表白を、詩の世界で試みるという新しい試みが古詩十九首だったのではないかと考えるのである。だとすればここに来て詩は、楽府とのテーマ共有の中に、抒情という新たな要素を獲得することになる。

ただ、ここで重要なのは、「古詩十九首」はあくまでも詩であって歌ではないということである。形式を守り、古典語彙に守られて表現の世界を作り上げる作為がそこにはある。それが純粋な抒情ではないことは、全篇にみられる固定化した表現とテーマの画一性から推し量られる。これらの作品は、止むを得ない感情の高まりから生まれたものではなく、一つのテーマ設定のもとに、詩の教養に連なる者が仮想的に作り上げたものなのだ。

「古詩十九首」において抒情性への糸口を獲得した詩は、しかしまだこの時期には発生の原点において持った呪術性の片鱗を残していた。建安期の宴席での祝頌歌にみられる景物描写の中に、詩が本来持った呪術的要素を残しつつも新しい文学の場への変質があることについては、川合康三「うたげのうた」(6)に詳しい。建安の公讌詩は、景物が祝福予兆の意味を含みながらも叙景としての性格を強めていく過程の中で、過渡的性格を有するという指摘がそこにはある。

詩が古代的呪力を離れて抒情性を獲得する建安期以降を、聞一多は文学史における近代と呼ぶ。(7)両漢から六朝へと向かう狭間に位置する建安期は、詩歌を含めた文学の世界に大きな質的転換が見られる時期なのだ。

六、曹操における詩の新しい展開

『詩経』の伝統継承をベースにおきつつも自己表白や感情吐露の要素を徐々に加えていった漢代の詩歌は、曹操の楽府に至って大きな転換を遂げる。曹操は詩歌の世界にそれまでにない新しい可能性を切り開いた。

曹操の作品として残されているものはほとんどが楽府である。そしてその楽府は漢代的な主題から逸脱してまでも、おのれの内から沸きあがる感慨を直裁に大胆に歌うものであった。楽府の形態に、現実的な感情を激しく注ぎ込んだ曹操の作風を高く評価したのは魯迅である。(8)魯迅は曹操を「文学を改造した祖師」と呼び、さらに漢末魏初の新しい文学の気風を「清峻で通脱なる風格」と評した。『文選』にはその曹操の楽府として「短歌行」「苦寒行」の二首を載せる。このうち『詩経』の引用に際立った特徴を見せる「短歌行」(9)を引いてみよう。

曹操「短歌行」

對酒當歌　　酒を酌んでは歌をうたおう。
人生幾何　　人生は短い。
譬如朝露　　それはまるで朝露のようにはかなく、
去日苦多　　過ぎ去る日月のみが重なってゆく。

慨當以慷
憂思難忘
何以解憂
唯有杜康

だったら思いのたけを吐き出そうじゃないか。
こころのうちにわだかまる憂いや悩みは簡単には消えないもの。
そんな憂いを解くことができるのは、
唯だ杜康《さけ》があるだけだ。

青青子衿
悠悠我心
但爲君故
沈吟至今
呦呦鹿鳴
食野之苹
我有嘉賓
鼓瑟吹笙

『詩経』にも歌っている。「青青たる子が衿
悠悠たる我が心」と。
そんな心からの知己を求めて、
私はずっと歌い続ける。
「呦呦として鹿は鳴き
野の苹を食《は》む
我に嘉賓有らば
瑟を鼓し笙を吹く」と。

明明如月
何時可掇
憂從中來
不可斷絶

そのような明るく輝く月のような存在は、
しかしたやすく手に入れることはできないのだ。
そう思うとおもわず憂いがわきあがり、
纏《まと》わり着《つ》いてはなれない。

越陌度阡　良き人材がいるとならば 幾く百千の道のりを越えて、
枉用相存　何としてでも我が元に招来し、
契闊談讌　契闊《くろう》も談讌《たのしみ》も共にして、
心念旧恩　心からの親愛をもとめたいと思うのだ。

月明星稀　月が輝けば星はかすむもの、
烏鵲南飛　烏鵲《かささぎ》は南にむかって飛ぶ。
繞樹三匝　樹のまわりを三たびめぐり、
何枝可依　どの枝に羽を休めたらよいのだろうか。
山不厭高　山はどこまでも高く、
海不厭深　海はどこまでも深い。
周公吐哺　周公は食べかけのご飯を吐き出してまで賓客を大切にしたからこそ、
天下帰心　天下の人々はみな周公の人徳に心服したのではなかったか。

「短歌行」という楽府題は、人生の短さを嘆くものとも、リズムの長短を言うものだともいわれているが、『文選』に引く楽府「長歌行」が人生の短さを嘆き「青青たり園中の葵　朝露行日に晞く」と、それを朝露に譬えているのと同系統の歌である。しかし「長歌行」が人生は短く時間は流れ去るばかりなのだから、若いうちに努力しておかなければ年をとってから辛いばかりだ、と教訓に集結するのに対して、曹操の「短歌行」は、同じく人生は短いという感慨に発しながら、だったらその限られた時間の中で奮闘しようという意志に満ちている。それは具体的には自身が周公に倣うことであり、また共に「天下」を画する人材を求めることとなってうたわれる。「短歌行」の主題は、人材を切実に求めることであり、それは曹操自身の感慨なのである。決められたテーマと音曲の中での創作世界に遊ぶそれまでの楽府作成の軌道から、それは大きくはずれている。

また、『詩経』の引用を見てみると、この「短歌行」には『詩経』の詩句が、典故というにはあまりに乱暴に、そのままの言葉で詠い込まれている。「青青子衿　悠悠我心」は鄭風「子衿」篇の冒頭二句である。「子衿」篇は本来恋しい男に対する乙女の思慕と求愛を歌ったうたであるが、漢代的な解釈に拠れば、うたわれる「子」は優秀な若者の謂いとなる。つまり「有能な若い人材を希求して、私は果てしない思いでいる」という意味でここでは詠われる。また、続く「呦呦鹿鳴　食野之苹　我有嘉賓　鼓瑟吹笙」は、小雅「鹿鳴」篇の冒頭四句である。「鹿鳴」篇もまた漢代的解釈においては、賓客を招きもてなす詩である。(10) 良き賓客の訪れがあれば大いに音楽を打ち鳴らして迎えよう、とここでは詠う。

これまでの詩歌に見られた典故としての『詩経』の引用は、或いは主題を借りたり、或いは詩中の感慨や風景描写の表現の下敷きとしたりすることで、詩人の教養を示すと同時に、詩の伝統を受け継ぐことの呈示としてあった。この「短歌行」における『詩経』の典故は、その路線に乗りつつも、『詩経』の二句あるいは四句をそのままの形で詠み込むという、良くいえば大胆、悪くいえば乱暴な引用である。しかし剽窃と言われても仕方の無いようなこの乱暴な引用にもかかわらず、曹操の「短歌行」は一つの作品世界として完成している。それは曹丕が『典論』「論文」の中にいう「気」、魯迅の言葉でいう「風骨」がここにはあるからではないだろうか。賓客への希求を詠う『詩経』の篇章は、曹操の詩の世界の中にあっては「表現」としてではなく実感としてあったに違いない。詩の伝統を受け継ぐという作為すら感じさせないこのような『詩経』の典故使用は、曹操以外の誰にも見られない特徴である。

典故使用に作為が見られないという点について言えば、第三句の「朝露の如し」もそうである。この「朝露」は直接には楽府「長歌行」の「青青たり園中の葵　朝露行日に晞く」を受けよう。しかし「長歌行」が明らかに『詩経』小雅「湛露」篇の「湛湛たる露は　陽にあらざれば晞かず」を意識した、語彙としての『詩経』引用であるのとは違って、「短歌行」の「朝露の如し」は文字通り朝露のようなはかなさを表現するのみであって、それが『詩経』をもとにした語彙であることの意識は微塵も感じられない。『詩経』の典故は、これまでのような詩の伝統の継承とはまったく違った形でここに現れる。

曹操の楽府は「慨して當に以て慷すべし」の一句が象徴するように、心の中から湧き上がる熱い感情を楽府の音曲に乗って力強く歌うものである。おのれ自身の深い実感を歌ったというその一点において、曹操の楽府は詩歌の世界に新しい道を拓くのである。

尚、曹操の楽府の持った音楽としての意味については後に第四章で論じる。

七、抒情性の獲得――曹植「白馬王彪に贈る」――

おのれの実感を歌の原点においた曹操の楽府を継承し、形式と表現とをさらに洗練させたのが曹植であった。鍾嶸『詩品』によって「卓爾として群せず」と格別の評価を与えられ、後の詩人たちに絶大な影響を与えた曹植の作品の中から、五言詩の代表作と称される「白馬王彪に贈る」詩を引く(11)。

序文によるとこの詩は黄初四年に作られた。この年曹植の兄弟である白馬王と任城王は、曹植とともに節句のお祝いのため都に集まった。ところが任城王は突然身罷り、七月になって曹植と白馬王は国に還ることになった。はじめは共に還る予定であったのに、後に役人の悪意によって別々の道をたどることになり、その憤懣の気持ちを白馬王にしたためたのだという。

第一段にはその旅立ちが詠われる。

謁帝承明廬　　宮殿の朝会の場である承明門で帝に謁見し、
逝將歸舊疆　　故郷への道にこれから就こうとしている。
清晨發皇邑　　宮城を出発したのは明け方であったが、
日夕過首陽　　夕暮れにはもう首陽山を過ぎようとしている。
伊洛廣且深　　伊水と洛水は広くまた深く、
欲濟川無梁　　渉ろうと思っても橋が無い。
汎舟越洪濤　　そこで小船を浮かべて大波を越えるのだが、
怨彼東路長　　これから向かう道のりの遠さが怨めしい。
顧瞻戀城闕　　振り返り眺めては都への思いに駆られ、
引領情內傷　　後ろ髪を引かれる思いに心は深く傷つくのだ。

出立から旅程に沿って道行《みちゆ》きの感慨を歌う詠い始めである。あちらこちらに古典の語彙を散りばめながらも、それが詩の自然な流れの中に溶け込んでいるのは曹植の作詩の力量によるものである。しかし、ここでは詩という形式で読むことに対する意識も垣間見られる。詩の前半には『詩経』と『楚辞』の語彙がほぼ聯ごとに使われているのである。この部分ではまず「逝將」が『詩経』魏風「碩鼠」篇に、「顧瞻」が檜風「匪風」篇に、「城闕」が鄭風「子衿」篇に拠る語彙である。また「無梁」と「內傷」はそれぞれ『楚辞』「哀時命」と九章「悲回風」に拠り、「舊疆」もまた

『楚辞』「離騒」篇の「旧郷」を意識した表現であろう。
悲しみに心を満たされての出立というはじまりは『楚辞』「離騒」篇の重要なテーマを襲う。さらに宮城から首陽山を経て伊水洛水を渡るという道程を述べながら、目に映る光景に心を痛める詠みぶりは、「離騒」篇を襲いつつも後の行旅詩に受け継がれていく新しいみちゆきを構成する。
続く第二段では行路難が詠われる。

太谷何寥廓　人気の絶えた広大なる太谷山に、
山樹鬱蒼蒼　樹々は鬱蒼と繁る。
霖雨泥我塗　霖雨に足もとはぬかるみ、
流潦浩縦横　溢れる水の流れは無秩序に広がる。
中逵絶無軌　通りの中央で道を失い、
改轍登高岡　進路を変更して高い岡に登った。
修坂造雲日　長く続く坂道は空の雲にまで届きそうなほど。
我馬玄以黄　そんな過酷な山道に私の馬は病み疲れる。

黄初四年には記録に残る大雨が降ったと『魏志』には記す。行く手を阻む高山と霖雨とは、行路の辛さと同時に詩人の心中の難渋を表している。しかしこの部分の後半は、明らかに『詩経』国風の世界に遊んでいる。すなわち『詩経』周南「巻耳」篇に「彼の高岡に陟れば　我が馬玄黄す」とあり、旅先の男が高い岡に登って旅の憂いを忘れようと詠う。また「流潦」「中逵」も『詩経』の語彙（召南「采蘋」篇・周南「兎罝」篇）であり、詩人が明確に『詩経』を意識していたことが窺えるのである。

自己の感慨を『詩経』世界に仮託した第二段に続く第三段では、今度は『楚辞』の世界が下敷きにされる。

玄黄猶能進　馬は病み疲れても前に進むことが出来るが、
我思鬱以紆　私の憂いは塞《ふさ》がり、そして心に纏わりつく。
鬱紆將難進　憂いの絡《から》まる塞いだ心に 進むこともままならないのは、
親愛在離居　心を許す親しい友と離れ離れになってしまったからなのだ。
本圖相與偕　初めは一緒に還ろうとしていたのに、
中更不克俱　途中でそれが叶わなくなってしまった。
鴟梟鳴衡扼　それは、くびきで鳴き声をあげる醜い鳥たち、
豺狼當路衢　通りでうろつく凶暴な山犬と狼、
蒼蠅間白黒　そんな青蠅のようなおろかな虫けらどもが白いものを黒く汚し、
讒巧令親疎　巧みに陰口をたたいては親しい者たちを引き裂いたからなのだ。
欲還絶無蹊　もと来た道を戻ろうにも　もはや道は無く、
攬轡止踟躕　馬の轡《くつわ》を手にとってゆきなずむばかりである。

この一段ではほとんど毎句ごとに『詩経』か『楚辞』の典故を踏む。「思い紆る」は『楚辞』「九歎」篇、「離居」は『楚辞』九歌「大司命」篇、「鴟梟」は『詩経』大雅「瞻卬」篇、「蒼蠅」は『詩経』小雅「青蠅」篇、「白黒」は『楚辞』九章「懐沙」篇に「白を変じて黒と為す」と。また「讒巧」は『楚辞』「離騒」篇にみられる「讒邪」であろうし、「攬轡」は『楚辞』「九辯」篇、「踟躕」は『詩経』邶風「静女」篇の語彙である。

『詩経』の語彙も多くあるとはいえ、この部分の全体を貫くテーマは「離騒」篇のそれとぴったり符合する。結ぼ

れるばかりで解けない憂い、道途中での心変わり、讒邪の臣下による妨害、そして最後に進むことも還ることもできずに佇《たたず》みつくすこと、これらはみな『楚辞』「離騒」篇前半の重要なテーマなのである。『詩経』と『楚辞』の世界をそれぞれなぞるように展開されるここまでの三段は、詩人が自己の感慨を表現する言葉をこの二つの詩集の中に捜したというよりは、『詩経』と『楚辞』という二つの伝統的な詩の世界を借りて、内面世界をその中に仮託したというべきであろう。畳みかけるような典故の多様は、『詩経』そして『楚辞』に歌われた以上の感慨は表さない。

これら伝統詩にのっとった感慨表白の後、続く第四段、詩のほぼ真ん中に位置する次の十二句こそ、詩人自身の最も切実な感情吐露だと考えられる。この詩の中心はここにある。

踟蹰亦何留　　前に進めないからといってここに留まるわけにもいかず、
相思無終極　　あなたへの思いばかりが尽きることなく湧き上がる。
秋風發微涼　　秋風の中に微かな冷気が漂いはじめ、
寒蟬鳴我側　　秋の蟬が私の傍らで鳴く。
原野何蕭條　　我が行く荒野は蕭條と静まりかえり、
白日忽西匿　　輝く太陽は西に沈んでいく。
歸鳥赴喬林　　鳥たちはねぐらの高い林に向かって、
翩翩厲羽翼　　その翼を激しく羽ばたかせる。
孤獸走索群　　群から離れた孤独な獣は仲間を探して、
銜草不遑食　　口に草を含んでも嚙み砕く暇さえない。

感物傷我懐　そんな光景を眺めるにつけ私の心は鋭く痛み、
撫心長太息　胸を打ち叩いては溜め息をつくのであった。

彷徨の中に、しかし止めど無く溢れる思慕と、それの叶わぬ悲しみに激しく憤る詩人の感慨が、ここでは風物に沿うように描かれる。行きなずむ詩人の心にひたすら押し寄せる「相思」の情。「相思」とは誰かを深く思う気持ちであり、ここでは兄の白馬王への思いである。帰路を共にするはずであった白馬王とは讒巧なる役人のせいで別々の道をとることになり、悪意に傷つけられた心は旅路の孤独と相俟って詩人の感覚を鋭敏にする。微かに涼しさを含んだ秋の風、秋の訪れを告げる蟬の声、原野に沈む夕陽の光、それらの情景が詩人の心の風景と重なり、叙景と抒情は融合する。とりわけ林へ帰らんと激しく羽を振るわす鳥と、草を食むことすら忘れて群を捜し求める獣の姿は、詩人の激しく深い孤独の痛みを象徴的に表すものとしてある。

典故としては「蕭條」が『楚辞』に、「翩翩」が『詩経』に、「太息」が『楚辞』に拠るが、ここではむしろ「古詩十九首」の「物に感じては思う所を懐う（感物懐所思）」、つまり季節の移り変わりを実感するにつけ、いとしい人が偲ばれてならない」という離別の悲哀が最も重要な典故としてある。おそらく初秋の風景を前にして、吹き過ぎる風の中にいかんともしがたく湧き上がってくる孤独と悲しみの実感こそが、この長編詩の原点としてあったに違いない。

後半の第五段から第七段までには、ここまで多用された『詩経』と『楚辞』の典故はぐっとその数を減らす。反対に、前述した「古詩十九首」からのテーマが詩のモチーフを支える。

太息将何為　しかしため息をついたとてどうしようもない。
天命與我違　天命は私の気持ちとは背《そむ》きあってしまったのだ。
奈何念同生　ああ、同じ親から生まれた兄弟なのに、

一往形不歸　任城王は帰らぬ人となってしまった。
孤魂翔故城　孤独な魂はふるさとの町を駆け巡っているであろうに、
靈柩寄京師　亡骸《なきがら》をおさめた棺はまだ都に残されたままである。
存者忽復過　生き残った者もまた儚《はかな》くこの世の時を過ぎ去れば、
亡沒身自衰　滅びゆく運命に身を任せて衰えていくばかりである。
人生處一世　人は生まれてこの世にひと時の時間を過ごすのだが、
去若朝露晞　朝の露が太陽に乾くように　それは儚く去り行くものなのだ。
年在桑楡間　限られた短い人生の中によわいを送るだけであって、
影響不能追　瞬く間に過ぎ去り追いかけることすらできないのだ。
自顧非金石　金石のような堅牢さを持ち得ぬ自らを顧みて、
咄唶令心悲　激しく嘆き　悲しみは心に満ちる。

人生の儚さを嘆くこの一段は「古詩十九首」に「人生は金石に非ざれば、豈に能く壽考を長くせん（人生非金石　豈能長壽考）」という嘆きを襲う。それは具体的には任城王の死によって沸き起こった無常感となって表れるが、それが激しい悲しみと憤りに向かうのは、運命に対する深い失望がその背景にあるからであろう。ここではただ単に人生の儚さを嘆いているのではない。自らの置かれた境遇と、その境遇に甘んじざるを得ない運命の過酷さが感慨となって詠われているのだ。

しかしこの深い悲しみと憤りを、そのまま吐露することに詩人は躊躇する。続く一段には「男児たる者の建前」が詠われる。

心悲動我神　悲しみは私の精神まで傷つけるけれども、
棄置莫復陳　しかし 捨て置こう。もう言うまい。
丈夫志四海　男児たるもの四海を志せば、
萬里猶比隣　どのような土地にあっても隣同士のようにその場に親しむべきだ。
恩愛苟不虧　思い合う気持ちさえ十分に持っていれば、
在遠分日親　遠く離れ離れになっても気持ちは日々深められる。
何必同衾幬　必ずしも布団を共にし合って初めて、
然後展慇懃　親しく睦み合えるものとは限らないのだ。
憂思成疾疹　思い煩って病気になるなどということは、
無乃兒女仁　おんな子供の愛情でしかない。
倉卒骨肉情　しかし 骨肉の情は深くそれは、俄《にわ》かには
能不懷苦辛　苦しみとして胸に抱かざるわけにはいかないものなのだ。

精神を揺り動かす心の悲しみを、もう詠うまいと言い放ち、男児たるもの悲しみに体を痛めたりはしないもの、と強いて強がりを見せたものの、建前は建前に過ぎず、詠う端からそれは崩れていく。「苦辛」の語は「古詩十九首」の「轗軻して長く苦辛す（轗軻長苦辛）」に拠る。「轗軻」は人生行路の平らかならざることをいう『楚辞』のことばであり、古詩では塵のようにはかない人生において、無為のまま行き詰まれば苦しいだけだという教訓として歌われる。結局詩人は肉親との別れという心の痛みに、どうしようもなく捕われているのだ。

最後の一段には、もう二度と会えないかもしれない白馬王への思いが、運命への嘆きとなって横溢する。

辛苦何慮思　悲しみに打ちひしがれるばかりでよい智慧など浮かばない。
天命信可疑　天命は実に信じ難きもの。
虚無求列仙　天命ばかりではない。仙人になろうなどと思うことも虚妄に過ぎず、
松子久吾欺　仙人赤松子の存在は長い間わたしを欺いてきた。
變故在斯須　天変地異はいつでも起こるのだ。
百年誰能持　百年生きられる人間などありえない。
離別永無会　あなたと別れてしまったら、ずっと会える機会などないであろう。
執手將何時　再び手に手を取り合えるのは一体いつのことになるだろうか。
王其愛玉體　白馬王よ、どうぞお体を大切に、
倶享黃髮期　お互いに長生きしようではありませんか。
收淚卽長路　私は涙をこらえて長い旅路に付きましょう。
援筆從此辭　筆を執ってしたため、そしてここより立ち去りましょう。

ここでは天命は否定され、そして神仙がまた否定される。人は与えられた人生を、天に頼ることもなく仙界に憧れることもなく、人として生きていかねばならないのだ。人生が流れ去る時間の中で、限られた一時であるからこそ、人はその充実を求める。曹植の場合それは「骨肉」すなわち血を分けた兄弟たちとの交流であり、交し合う「恩愛」であった。それを大切に思う気持ちが深かったが故に、それを妨げた悪意への憤りもまた激しくなる。

この詩には、そういった曹植の願いと憤りと悲しみとが溢れ出さんばかりに詠いこまれている。それはまさに序文の中に言う「是を用て自ら剖きて王と辭し、憤りて篇を成す（是用自剖、與王辭焉、憤而成篇）」すなわち、胸の中の気

持ちを抉るようにして取り出し、それに言葉を与えて作った詩なのである。それは時には『詩経』や『楚辞』、そして「古詩十九首」の語彙を借りテーマに乗り、詩の伝統に沿いながら展開され、また時には傷ついた心の情景が目の前にある光景と一体となって表れつつも、すべては「自剖」すなわち心情の吐露として詠われる。

このように、運命に弄ばれながらもそれに抗い、そこから生まれた憤慨や悲哀を美しく歌い上げる曹植の詩こそ、六朝に洗練度を増す五言詩というジャンルに豊かな抒情性を切り拓いたものと言わなければなるまい。

おわりに

建安の文学は、それまでの漢代的な文学観、詩歌観を濃厚に反映しながらも、明らかにそれとは異質の文学性を獲得している。それは曹操の楽府に見られたストレートな感慨表明であり、曹植の五言詩に見られる激しい感慨吐露である。温柔敦厚なる詩の教え[12]が、「楽しみて淫せず、哀しみて傷らざる[13]」ものであるとすれば、曹操の「短歌行」は楽しみて淫し、曹植の「白馬王彪に贈る」は哀しみてこころ傷るものだと言える。

また、詩を生み出す内なる欲求、歌うこと表現することに対する強い衝動もまたここには見られる。曹操の「慨当以慷」、曹植の「自剖」という言葉は、心のうちに湧き上がる激しい情に言葉を与えていく作業としての新しい詩の意識、新しい文学観を表してはいないだろうか。

注

（1）　詩者志之所之也。在心爲志、發言爲詩。情動於中而形於言。言之不足故、嗟嘆之。嗟嘆之不足故、永歌之。永歌之不足、不知手之舞之足之蹈之也。
（2）國史明乎得失之迹、傷人倫之變、哀刑政之苛、吟詠性情、以風其上。達於事變而懷其舊俗者也。
（3）故變風發乎情、止乎禮義。發乎情、民之性也。止乎禮、義先王之澤也。
（4）魯迅「魏晋の気風および文章と薬および酒の関係」（第二章注（2）参照）。
（5）この問題については、牧角悦子「古代的「詩」の変容——聞一多の古代文学史構想（二）——」（日本聞一多学会報『神話と詩』第三号　二〇〇四年）において論じた。
（6）川合康三「うたげのうた」（『中国文学報』第五十三冊　一九九六年）。
（7）聞一多「四千年文学大勢鳥瞰」（湖北版『聞一多全集』第十巻）。
（8）注（4）に同じ。
（9）テキストは『文選』を基本とし、黄節『魏武帝詩注』（人民文学出版社　一九五七年）を参照した。
（10）毛序に「鹿鳴は群臣嘉賓を燕するなり」と。
（11）テキストは『文選』を基本とし、黄節『曹子建詩注』（人民文学出版社　一九五七年）を参照した。
（12）『礼記』経解篇に「温柔敦厚、詩教也」と。
（13）『論語』八佾篇に「子曰、関雎、樂而不淫、哀而不傷」と。

第四章　曹操と楽府
――「新声」「新詩」の語をめぐって――

はじめに

建安という時代が中国古典文学の画期であることは言を俟たない。そしてその中心に魏の武帝曹操が君臨し、清俊で通達な気風を一気に推し進めたことも、魯迅の言う通りであろう(1)。ただ、建安の文学という時の「文学」の意味、その中での曹操の楽府を、どのようにとらえればよいのかということについては、未だ不明の部分が多い。

曹操の楽府についての研究は、これまで主に文学史上での革新性を語るものが中心的であった。それに対して渡邉義浩(2)は、儒教からの距離という新しい方向で曹操の楽府をとりあげる。本論はこれを受けて、渡邉論では十分に言及されなかった楽府と詩の実体に即して、別の方向から曹操の楽府を論じるものである。それは楽府をいわゆる民歌・俗謡という視点からではなく、制度としての「楽」という視点から捉えた時に見える曹操楽府の位置付けについての考察である。具体的には曹操の楽府を評価する際に使われる「新声」「新詩」という語に注目し、それが曹操楽府の何を指して何を言わんとするのか、その意味と内実を探ることを通して、曹操の楽府のもった「新」の意味について考えてみたい。

一、曹操「短歌行」とその創作背景

①「短歌行」二首とその背景

まず、曹操の楽府の中でも最も人口に膾炙し、また『文選』にも収録される「短歌行」を、『楽府詩集』(3)から引いてみよう。

對酒當歌、人生幾何。譬如朝露、去日苦多。慨當以慷、憂思難忘。以何解愁、唯有杜康。青青子衿、悠悠我心。
但爲君故、沈吟至今。明明如月、何時可輟。憂從中來、不可斷絶。呦呦鹿鳴、食野之苹。我有嘉賓、鼓瑟吹笙。
山不厭高、水不厭深。周公吐哺、天下歸心。
（右一曲、晉樂所奏）(4)

酒を酌んで歌をうたおう。人生は短い。それはまるで朝露のようにはかなく、過ぎ去る日月のみが重なってゆく。だったら　思いのたけを吐き出そうじゃないか。こころのうちにわだかまる憂いや悩みは簡単には消えないもの。そんな憂いを解くことができるのは、唯だ杜康《さけ》があるだけだ。『詩経』にも歌っている。「青青たる子が衿、悠悠たる我が心」と。心からの知己を求めて、私はずっと歌い続ける。そのような明るく輝く月のような存在は、しかしたやすく手に入れることはできない。そう思うと憂いがわきあがり、纏わり着いてはなれない。「呦呦《ようよう》と鹿は鳴き、野の苹を食《は》む。我に嘉賓有らば、瑟を鼓し笙を吹こう」。山はどこまでも高く、海はどこまでも深い。周公は食べかけのご飯を吐き出してまで賓客を大切にしたからこそ、天下の人々はみな周公の人徳に心服したのではなかったか。

「青青子衿、悠悠我心」は『詩経』鄭風「子衿」篇、「呦呦鹿鳴、食野之苹、我有嘉賓、鼓瑟吹笙」は同じく小雅

「鹿鳴」篇の句であり、「周公吐哺」の故事は『韓詩外伝』に基づく。
「短歌行」は「周西伯昌」ではじまるもう一首の歌が残されている。こちらもまた、周の文王の人徳から歌い出し、続けて斉の桓公・晋の文公の覇業を歌う。

周西伯昌、懐此聖德。三分天下、而有其二。脩奉貢獻、臣節不墜。崇侯讒之、是以拘繫。後見赦原、賜之斧鉞、得使征伐。爲仲尼所稱、達及德行、猶奉事殷。論敘其美。

周の西伯昌（周公）は、聖人の徳を懐き、天下の三分の二を保有しながら、殷王朝に対して臣下の節を失わなかった。なのに崇侯がこれを讒言し、紂王によって捕えられ獄に繋がれた。しかし後に許されて斧と鉞とを賜り、天下統一に専念するよう命じられた。仲尼が称賛したのは、徳行を身に付けながら、それでも天子を奉じて殷に仕えたこと。その美徳を孔子は論じ述べたのだった。

齊桓之功、爲霸之首。九合諸侯、一匡天下。一匡天下、不以兵車。正而不譎、其德傳稱。孔子所歎、并稱夷吾、民受其恩。賜與廟胙、命無下拜。小白不敢爾、天威在顏咫尺。

斉の桓公は功業高く、覇者の頭となり、諸侯を九合して天下を一つにまとめた。それも武力に拠ってではなく、真当な正攻法を正面から掲げたものであったので、その徳は伝え賞賛された。孔子が賛嘆し、管仲とともに賞賛したのは、人々がその恩恵を永く受けたからだった。ただ、天子の廟祭の胙《ひもろぎ》を下賜されて、堂下に降りずともよいと命じられたのに、「わたくしめはとても仰せの如くにはできませぬ、天子様の御威光を顔の一尺の先で受けるなどとは」と言って大いに謙遜した。

晉文亦霸、躬奉天王。受賜珪瓚、秬鬯彤弓、盧弓矢千、虎賁三百人。威服諸侯、師之者尊。八方聞之、名亞齊桓。河陽之會、詐稱周王。是其名紛葩。

晋の文公もまた覇者となり、その身は周王朝を奉じ、天子より珪瓚と秬鬯・彤弓、盧弓・矢千と虎賁《こほん》三百人を受けた。その威光は諸侯を敬服させたが、目標とするところはあくまでも尊王であった。周囲の国々はその評判を聞いて、文公の名は斉の桓公に次ぐ者と称された。温（河陽）の地で会を開き天子を召したのは、或いは周王に対する僭越だとも或いは苦慮の策だとも評されるが、これによってその名声は世々に輝かしく広まったのだった。

四言のリズムに乗せて詠われる短歌行は、気概と迫力に満ちてはいるが、決して優れた抒情詩ではない。『詩経』の引用の乱暴さ、周公や桓公・文公の故事引用の量の多さなどは、この楽府の価値が作品としての完成度の外にあったことを示している。作品としての完成度以外の価値、それはこれらが楽府として歌われたことと強く関係している。

この二篇の短歌行、特に第二首目「周西伯昌」篇については、これまでそれが曹操の賤しい出身から出た虚栄心であるとか、自戒の表れであるとかいう曹操の内面に向かった分析がなされているが、おそらくそれは当たらないであろう。既に黄節が指摘するように(5)、この歌は建安十八年の魏公としての九錫の拝受を背景に歌われたと考えるべきだからだ。その理由は以下の通りである。

建安元年、献帝を奉戴したことで天下統一の大義名分を得た曹操は、最大の敵であった袁紹を官渡の戦いで破って河北を平定した後、赤壁の戦敗を経ながらも着々と諸国を征し、漢王朝の覇者としてその位を上昇させていく。建安十八年（二一三）、献帝の策命を承けて「魏公」となり九錫を賜ると、魏の社稷および宗廟を建て、籍田を行い、娘を献帝の後宮に入れる。建安十九年に天子は魏公を諸侯王の上位に置き、金璽・赤紱・遠遊冠を授ける。同年十二月、天子は魏公曹操に、旄頭《ぼうとう》を置き、宮殿に鐘虡《しょうきょ》を設けることを許した(6)。それらはすべて、曹操が天子を奉じながらも、王者としての実権をほぼ全面的に掌握していたことを示す。果たして建安二十一年春に鄴に還った魏公曹操は、五月には「魏王」となり、匈奴を始めとする異民族が献帝ではなく曹操の元に来朝するようになるのである[7]。

曹操晩年のこれら一連の王朝掌握の流れの中で、九錫の拝受と鐘虡の設置が、短歌行「周西伯昌」と深く関係する。なぜなら楽府中で歌われる晋の文公が拝受した「珪瓚」「秬鬯彤弓」「盧弓矢千」「虎賁三百人」は、献帝が建安十八年に曹操を魏公と為した策命の中で、九錫の根拠として引用されるものであるからだ。

曹操への九錫授受を述べる策命が、その根拠として基づく晋文公の故事は『春秋左氏伝』僖公二十八年に見える。

> 己酉、王 享して醴あり。晉侯に命じて宥あり。王 尹氏及び王子虎・內史叔興父に命じ、晉侯に策命して侯伯と爲し、之に大輅の服、戎輅の服、彤弓一、彤矢百、玈弓十、玈矢千、秬鬯一卣、虎賁三百人を賜う。曰く王 叔父に謂う。敬しんで王命に服し、以て四國を綏んじ、王慝を糾逖せよ、と。晉侯 三たび辭して、命に從う[8]。

城濮の戦いで強国楚を破った晋の文公は、周王（襄公）から策命によって「侯伯」の位を得、同時に「大輅之服、戎輅之服、彤弓一、彤矢百、玈弓十、玈矢千、秬鬯一卣、虎賁三百人」を賜る。これらは天子に代わって統治をおこなうためのシンボルとして、後の九錫の原型になっていくものである。文公はまず亡命中の周王を復権させ、そののち覇業を積み重ねた功績によってこれらの下賜をうけた。曹操もまた同じように、まず亡命中の献帝を助けて洛陽に帰還させたのち、更に覇業を推し進め、その功績によって天子からの策命により九錫を受けた。献帝から下された策命は、周の王室を「藩衛」した斉の桓公と晋の文公の事例を引いて、曹操の功績をこの二人以上であり、且つ尹・周公以上であると称賛する[9]。つまり、曹操への九錫は、晋の文公の故事に倣ったものなのである。

献帝が曹操に与えた九錫の中には、「袞冕之服（龍の縫取りのある天子の礼服と冠）」「赤舄（儀礼の際に履くくつ）」といった外見上のシンボルと同時に、「軒縣之楽」「六佾之舞」という雅楽・舞楽があった。これは宮殿において舞楽を演じてよいという許可である。祭祀における舞楽は、王朝の宮殿において行われるもっとも重要な儀式である。「軒縣之楽」を下賜されたこと、そして鐘虡の設置を許可されたことは、曹操が魏王朝の賛歌としての楽府を奏し歌ってよい、ということを意味するのだ。王朝にとって最も重要なもの、それは礼と楽とを整えることである（後述）。だとすれば、短歌行「周西伯昌」は、九錫を受けて天子の代行者となった曹操の、大いなる礼楽の顕示としてあったと考えるべきだろう。献帝の策命の中で曹操が準えられた晋の文公が、併称される斉の桓公とともに「短歌行」の中に大量の故事引用という形で歌われるのには、このような背景があったと考えられる。

②『左伝』を承けた解釈

九錫を受け、魏公から魏王へと上っていく曹操の政権掌握の過程を背景に、再度「短歌行」第二首目をみてみると、そこに曹操の野望を読み取ることが出来る。

第一章は、周公が自らの美徳を実践して天下の大半を手に入れながらも、なお王室を奉じてあくまでも臣従すること、その「尊王」の態度を孔子が称賛する。しかしそれは裏を返せば名目上の存在としての殷王（紂）と、実権を掌握している文王（西伯昌）という実態があることを意味する。名目上の王を掲げる実権者という構図は、そのまま献帝を奉戴する曹操と一致する。孔子が賛美した「臣節」、『春秋左氏伝』が重んじる「尊王」という徳を、果たして曹操はそのまま受け継ぐだろうか。

第二章と第三章には斉の桓公と晋の文公が歌われる。この二人は春秋の覇者として『春秋左氏伝』の立役者である。ともに天下に王たる実力を持ちながら周の天子を奉じた覇者として、曹操はこの二人を度々引用する[10]。特に晋の文公を歌う第三章は、曹操自身の立場と野望とを示唆して興味深い。まずは晋の文公が周王（襄公）から「珪瓚」を始めとする一連の下賜をうけ覇者たる認定に与かる場面を描きながら、それを「躬《み》は天王を奉じ（躬奉天王）」と表現する。尊王を態度では表しながら、しかし周王に勝る支配力を自覚する文公の内面を「躬」の一字に込めたのである。この秘められた野望は、第一章の文王の「徳行に達及《およ》びて、猶お奉じて殷に事《つか》う」の「猶」一字にも読み取れるであろう。(11)

第三章後半の「河陽の会」についても同じである。この部分は、諸侯の身分で周王を呼び寄せた文公の行為を孔子が批判したことを受けて、「紛葩」の意味に定説が無い。それは『春秋左氏伝』そのものが、自国の領土における会に周王を招いた文公の行動を、「温という地名を言わずに河陽と言って批判を表明したが、同時に文公の徳を明記した（言非其地也、且明德也）」と、一方で非難しつつ同時に肯定もしているからである。(12)

一連の話の背景にある『春秋左氏伝』は、晋の文公のもつ覇権への野望と尊王意識の絡み合いを人間味豊かに描く。実権としては既に王土を掌握しつつも、名目上はあくまでも天子を戴く文公は、天子から九錫（の原型）を下賜され覇者の名誉を拝したのであるが、その上で河陽の会で周王を「詐称（いつわり呼び出す謂）」した。それは、尊王と実権掌握とのバランスを、文公自らが意識的に崩したことを表すだろう。だからこそ孔子はそれを批判したのだが、しかし曹操はそれを敢えて引用する。おそらくそれは、自戒や自虐とは正反対の、実権掌握への大いなる野望を秘めた『春秋左氏伝』引用だったのではないかと思うのだ。

『春秋左氏伝』と孔子とは、文公に対する評価を異にする。斉の桓公と晋の文公を並べて評した孔子の言葉「晉文公、譎而不正、齊桓公、正而不譎（『論語』憲問篇）」を、一般に「晋の文公は、いつわりて正しからず、斉の桓公は、正しくしていつわらず」と読むが、これに対して野間文史は違和感を呈し、劉宝楠『論語正義』所引の王引之『経義述問』・宋翔鳳『論語発微』に「譎」を「権」、「正」を「経」と解する説を紹介する。(13)この解釈に従えば、「晋の文公は策略家で必ずしも正攻法を用いなかったが、斉の桓公は正攻法しかできない融通のきかない人間だった」という意味になる。杜預が河陽の会の伝文を解して「平凡な考えや前例に縛られず、しかし大義を遂行する（凡に違い例を変じて、以て大義を起こす）」と言うのとそれは共通し、さらには謀略家としての曹操の在り様にも通じあう。曹操は『春秋左氏伝』に語られる晋の文公の物語、清濁併せ呑み、目的の為には強引な手段も辞さない文公の物語に、自己の覇業を重ね合わせているのではないだろうか。

以上のような曹操楽府の理解が間違っていないとすると、曹操の他の楽府もまた、曹魏の王朝掌握と楽の整備という視点から読むことが可能であろう。曹植が亡父曹操の楽府を「雅・頌」と呼んだのは（後述）、それが魏という王朝の開国の物語として歌われたものであったからなのだ。渡邉義浩が「曹操の歌は、自らの正統性を奏でるオードであった」と言い、道家春代が「曹操の詠事詩は一連の魏の創業の物語」だと指摘する[14]のは肯首すべき見解だと考える。

③　魏氏の遺令としての「短歌行」

魏王朝の創立後、「短歌行」が魏氏の遺令として「節朔」すなわち節句と朔日ごとに演奏された、という王僧虔の指摘もまた、この楽府の性質を明示している[15]。「短歌行」の楽曲は曹操以降も歌い継がれ、文帝・明帝の作を『楽府詩集』は載せる[16]。文帝の「短歌行」は、亡父武帝に対する過剰な悲しみが歌われるが、明帝になると、恐らく春の節句の歌であろうか、時節感の表出が中心となり、感慨表現は薄い。時代が下って晋になると、「短歌行」は魏の宮廷の祭礼歌ではなくなり、新しい展開を見る。『楽府詩集』は傅玄と陸機の作を載せるが、傅玄の「短歌行」は男女間の変節、男に去られた女の嘆きを詠う歌に変質している[17]。陸機の「短歌行」は、曹魏のそれと語彙・モチーフにおいて近似する[18]。しかし「高堂」に「置酒」して「我が酒」「我が肴」を以て長夜を楽しむ設定は、宮廷を背景としない。それはつまり、魏王朝においては宮廷の雅楽として公に奏され歌われた「短歌行」が、晋代になると私的な宴会に舞台を移し、抒情的歌謡に変化したことを表していよう。このように、「短歌行」は四言の形式と移ろう歳月に対する嘆きというテーマを共通しながら、宮廷雅楽から漸次変容していくものと考えられるが、ここで注目したいのは、それが魏の遺令として歌い継がれたという事実である。曹操の「短歌行」が、個人的な宴席での個人的な感慨吐露では決してなかったことは、この事実からも明らかである。

④　曹操楽府の評価

次にこれらの曹操の楽府に対する後世の評価に目を向けたい。その最も早いものは息子の曹植による「武帝誄」である。

既に庶政を總じ、儒林を兼覽せり。躬ら雅頌を著し、之を琴瑟に被らしむ。[19]

曹植は父武帝の作である楽府を「雅頌」と呼び、またそれが琴瑟に合わせて歌われたことを言う。また、王沈は『三国志』裴注引『魏書』武帝紀において、

文武竝びに施し、軍を御すこと三十餘年、手は書を捨てず。晝は則ち武策を講じ、夜は則ち經傳を思う。高きに登りては必ず賦し、新詩を造《つく》るに及びては、之を管絃に被らしめ、皆な樂章を成せり。[20]

と言う。曹操の楽府作成について「新詩を造る」と言い、またそれが管弦に合わせて楽章を成すものであったとも言うのだ。

曹植が「雅頌」と呼び、王沈が「新詩」と呼んだ曹操の楽府について、沈約『宋書』楽志はまたそれを「新声」という言葉で表す（後述）。

曹植の「雅頌」という言葉の意味するものについては、既に渡邉の指摘を引用した通り[21]、それが魏王朝の正統を奏

でるオードだという意識を表している。では、そのオードを「新詩」あるいは「新声」と呼ぶのにはどのような意味があるのだろうか。以下、曹操の楽府を「新詩」・「新声」と称することの意味を、楽府との関連から探ってみたい。

二、「新声」「新詩」について――楽府の成立と変遷の中で――

王沈が曹操の楽府を「新声」と呼んだことについては、楽府という文体の成立および展開を視野に入れて考えなければならない。

楽府については、民国の余冠英『楽府詩選』（一九五四年）以来、民歌的要素を中心とした理解が主流となっている。余冠英『楽府詩選』は、郭茂倩の『楽府詩集』から主に民間歌謡に由来するものを選び出し、文学史を豊かにした民歌という視点から簡明で文学性の高い注解を施したものである。郭茂倩『楽府詩集』の取った楽曲別の分類が、楽府の全体像を理解しようとする際に極めて複雑で把握に不便なのに対して、余冠英の『楽府詩選』は、楽府へのアプローチを容易にした優れた入門書であると言えよう。しかしながら同時にそれは、楽府のそもそもの実体への理解を多少歪曲する要因を含んでいたともいえる。なぜなら、そもそも楽府設立の最大の目的は、民間歌謡の収集ではなく宮廷雅楽としての王朝賛歌を整えるという「楽」的要素にその中心があったからである。楽府という部署設立の目的が「楽」の整備にあったとすれば、そこで歌われる楽府の中心もまた、民間歌謡ではなく祭祀における雅楽であったはずなのである。

①『文心雕龍』「楽府」篇

楽府とは何かということを我々に最も的確に示してくれるのは劉勰『文心雕龍』「楽府」篇である。以下これに沿って楽府というものを概観してみたい。

『文心雕龍』「楽府」篇はまず、『尚書』舜典を引きつつ「樂府なるものは、聲は永きに依り、律は聲を和すなり。（樂府者、聲依永、律和聲也）」と始まる。『尚書』を典故とし、「典楽」すなわち音楽を整える仕事の意義付けとして、「詩は志を言い、歌は言を永くし、聲は永きに依り、律は声を和す（詩言志、歌永言、聲依永、律和聲）」とあるのを承けるのである。続けて古の楽曲を『史記』や『呂氏春秋』から引用し、それらを「南声」「北声」「東音」「西音」の初めと位置付けた上で、人々の歌声が心の反映である（匹夫庶婦、土風を謳吟す「匹夫庶婦、謳吟土風」）が故に、詩官がそれを採集し、律に合わせて楽器で演奏すると、人々の志と気とが音楽の調べとなって醸し出されるのだ（詩官言を採り、樂盲律に被らしむれば、志は絲篁を感ぜしめ、氣は金石を變ぜしむ「詩官採言、樂盲被律、志感絲篁、氣變金石。」）と言う。歌声が音楽になり、そこに人々の心が反映される。音楽は一国の盛衰を映す、という考えは『毛詩』「大序」と共通するが、『毛詩』「大序」は「詩」を中心に据えた論であるのに対し、ここでは「楽」の説明であること、つまり楽曲の意義を語る文脈であることに注意したい。

音楽の初めと楽の意義について述べた後に語られるのは楽の歴史である。ここでは、先王の時代、秦の焚書、そして漢初における楽の整備と武帝の楽府設置、魏の三祖の楽曲から晋における展開までが述べられるが、一貫してその楽曲の雅正との距離が論じられている。それは「雅」なる「正音」を継承しているか、「鄭声」に「淫」していないか、という基準に基づく楽曲の展開なのである。漢初から魏朝三祖までの楽曲について論じた部分を以下に示す。

秦燔樂經、漢初紹復。制氏紀其鏗鏘、叔孫定其容與。於是武德興乎高祖、四時廣於孝文、雖摹韶夏、而頗襲秦舊、中和之響、闃其不還。

曁武帝崇禮、始立樂府。總趙代之音、撮齊楚之氣。延年以曼聲協律、朱馬以騷體製歌。桂華雜曲、麗而不經。赤雁群篇、靡而非典。河間薦雅而罕御、故汲黯致譏於天馬也。至宣帝雅詩、頗效鹿鳴。邇及元成、稍廣淫樂。正音乖俗、其難也如此。曁後漢郊廟、惟雜雅章、辭雖典文、而律非䕫曠。

至於魏之三祖、氣爽才麗。宰割辭調、音靡節平。觀其北上衆引、秋風列篇、或述酣宴、或傷羈戍、志不出於淫蕩、辭不離哀思。雖三調之正聲、實韶夏之鄭曲也。

秦の時代に燔かれた楽経は、漢初に復活した。制氏がその鏗鏘（音）を紀し、叔孫通がその堂々たる次第を定めた。結果、高祖の時に武徳の舞は大いに興こり、孝文の世に四時の舞が広まった。それらは虞舜と禹の時代の音楽を模したものではあったが、秦の時代の旧習も襲っていたので、いにしえの中和の響きは二度と蘇ることはなかった。

武帝は礼を尊び、楽府を設立すると、趙代の音楽、斉楚の楽曲を採集し、李延年は曼声を以て律を協え、朱買臣・司馬相如は騒体を以て歌を作った。「桂華」の雑曲は整っているが規格が正しくない。「赤雁」の群篇は美しいが典雅ではなかった。そこで河間の献王が自ら集めた雅楽を武帝に薦めたのだが、用いられることは稀であった。だから汲黯が「天馬」の歌を批判する事態に至ったのだった。宣帝の時代の雅楽は「鹿鳴」をよく踏襲していた。元帝・成帝の時代になると、少しずつ淫楽が広まった。正しい音楽というものが俗情には受け入れ難いものであることが良くわかるであろう。後漢になると郊廟祭祀において、典雅な楽章が雑ざってきた。歌詞は典雅であったのだが、しかし音律は古の音楽官であった夔や師曠の定めたものとは異なっていた。魏の三祖（武帝曹操・文帝曹丕・明帝曹叡）の時代には、気概高く才能豊かな気風の中で、旧来の歌詞やメロディーを大胆に変更し、音調を美しくリズムを柔らかに作り変えた。その「北上」の作（武帝「苦寒行」）、「秋風」の篇（文帝「燕歌行」）など、或いは宴会の様子を述べ、或いは戦争の辛さを傷むが、その心は放蕩の域を出ず、歌詞は悲しみや憂いにとらわれていて、正統なる音楽を受け継いではいるものの、「韶」や「夏」といった古の正統なる楽曲に対する鄭曲の如きものだと言うべきだろう。

このように、『文心雕龍』「楽府」篇は、漢初の制氏・叔孫通の楽の復興、武帝の楽府設立と並んで、曹魏の楽曲の整備を大きなエポックととらえている。そしてまたその際に曹魏三祖の楽曲を「旧来の歌詞やメロディーを大胆に変更し、音調を美しくリズムを柔らかに作り変えた（辭調を宰割し、音は靡にして節は平らなり）」という言葉で特徴付け、その新しさを強調する。また、「正統なる音楽を受け継いではいるものの、「韶」や「夏」といった古の正統なる楽曲に対する鄭曲の如きものだと言うべきだろう（三調の正聲と雖も、實に韶夏の鄭曲なり）」と述べているのは、曹魏の楽曲が、正統なる宮廷雅楽としてありながら、「韶」や「夏」における鄭曲、すなわち『詩経』における鄭声のような存在であったことを言う。

「楽府」篇は一貫して王朝祭祀における楽曲の歴史を述べており、当然曹操の楽府もまた宮廷雅楽として位置づけられる。そして武帝が傾いた俗楽への嗜好を、曹魏の王朝雅楽もまた免れ得なかったことを指摘しているのである。

この『文心雕龍』の楽府理解の背景にあるのが『宋書』楽志及び『漢書』礼楽志である。特に『漢書』礼楽志は、ほぼそれを祖述する形で『文心雕龍』の論は展開しており、『漢書』および班固の文章論が、六朝における一つの規範として存在したことが窺われる。また、同じように『漢書』及び班固を規範として論じられる『宋書』楽志もまた、劉勰とほぼ同じ時代ながら『文心雕龍』に影響を与えている。その沈約『宋書』「楽志」の中に、曹操を評して「新声」「新詩」の語が現われるのだ。

②　沈約『宋書』巻十九　楽志

沈約の『宋書』は、礼と楽を分けてそれぞれに志を立てる。志の第四から第八までが「礼」、志の第九から第十二までが「楽」である。巻十九「楽」一では歴代王朝の祭祀における雅楽の変遷が述べられるが、この部分は上に見た『文心雕龍』「楽府」篇とほぼ同様の項目で推移しつつ、多少の出入が見られる。漢武帝から魏武帝に至る部分を引用すると以下のようになる。

武帝の時、河間獻王毛生らと共に周官及び諸子の樂事を言う者を采り、以て樂記を著し、八佾の舞を獻ず。制氏と相い殊らず。其の內史中丞の王定之を傳え、以て常山王禹に授く。禹、成帝の時に謁者と爲り、其の義を數言して、記二十四巻を獻ぜり。劉向校書して、二十三篇を得るも、然るに竟に用いられざるなり。[22]……漢末大いに亂れ、眾樂淪缺せり。魏武荊州を平して、杜夔を獲たり。八音を善くす。嘗て漢の雅樂郎爲りて、尤も樂事に悉し。是に於いて以て軍謀祭酒と爲し、雅樂を創定せしむ。時に又た鄧靜、尹商有り。善く雅樂を訓ず。哥師尹胡能く宗廟郊祀の曲を哥う。舞師馮肅、先代の諸舞を服養曉知す。夔悉く之を總領せり。遠くは經籍に考し、近くは故事を采りたり。魏の先代の古樂を復するは、夔より始まれり。而るに左延年ら、鄭聲に妙善たり。惟だ夔のみ古を好みて正を存せり。[23]

漢の武帝・明帝の時代に、それぞれ王朝の楽を整える試みがなされ、或いは「楽記」を著し、或いは「舞歌」を作制し、宗廟の雅楽と為したという。そして、漢末の大乱で多くの楽が失われてしまった為、魏武帝は杜夔に命じて新しく雅楽を創作させた。「魏が先代の古楽を復興できたのは、夔から始まったのだが、左延年らは鄭声を得意とした」とあり、曹魏における雅楽の整備が楽の歴史の上でもエポックであったこと、そしてまた正統の雅楽が鄭声によって乱されるという意識を述べるのは『文心雕龍』と共通する。

『宋書』は続けて晋代の楽を紹介していくのであるが、晋の武帝の泰始五年、正月の行礼及び王公の上寿や食挙の音楽についての議論の中で、張華の意見を受けた荀勗の言葉に次のようにある。

荀勗則ち曰く「魏氏の哥詩は、或いは二言、或いは三言、或いは四言、或いは五言にして、古詩と類せず[24]。」

ほぼ四言（稀に三言・五言）で歌われてきた「古詩」の常識を破って、長短不揃いな歌詞を創作した魏の王朝祭祀歌に対して、荀勗は批判的である。そして自ら晋の歌として四言の祭祀歌を創作するが、同時に荀勗は「新律笛十二枚」を作り、これは散騎常侍の阮咸に「新律は聲高し」と批判された。ここで言う「古詩」「新律」の語に注目したい。「古詩」はここでは従来的な古典的な歌詞、「新律」は新しい音律を言う。それは王朝祭祀や上寿・食挙における楽において、その音楽と歌詞との双方に、古典的な規範があると同時に、王朝独自に新しく創作するものがあったことを意味する。これに続く文章の中で、それらは「新詩」「新声」の語で登場する。新しい王朝には新しい歌が必要である。それを作成するのは晋王朝においては傅玄・張華・荀勗の仕事であり、漢武帝の時代には司馬相如・李延年の仕事であったわけだが、曹魏においては杜夔・荀勗とともに曹操自らがそれを担っていたということ、それが曹操の楽府を称して「新声」と呼ぶ所以なのだ。

③　班固『漢書』巻第二十二　礼楽志

劉勰『文心雕龍』「楽府」篇と沈約『宋書』楽志が共に基づく班固『漢書』礼楽志は、王朝統治の肝要たる礼と楽について述べる。

六經の道は同きに歸すれば、禮樂の用は急と爲す。身を治むる者、斯須も禮を忘れなば、則ち暴嫚の之に入るなり。國を爲むる者、一朝も禮を失わば、則ち荒亂の之に及ぶなり。人は天地陰陽の氣を函《ふく》み、喜怒哀樂の情有り。天は其の性を稟《あた》うれども節する能わず。聖人能く之が爲に節するも絕ゆる能わず。故に天地に象りて禮樂を制するは、神明に通じ、人倫を立て、性情を正し、萬事を節する所以の者なり。(25)

人は天地陰陽の気を享けて喜怒哀楽の情を持つ。その情をうまくコントロールするために、聖人は天地に象って礼楽を定めた（制礼・制楽）。礼楽こそが、神明に通じ人倫の規範を確立し、人の性情を正しく導き、世の中を秩序付ける所作なのだ、という。また、

樂は以て內を治めて同を爲し、禮は以て外を修めて異を爲す。同なれば則ち和親し、異なれば則し畏敬す。和親すれば則ち怨無く、畏敬すれば則ち争わず。揖讓して天下治まるとは、禮樂の謂なり。二者竝行し、合して一體と爲す。(26)

と述べて、外を修める礼と内を治める楽とが一体となって治世を導くことを言う。礼楽を整えることが王朝経営の基本なのだ。また、礼楽志は『論語』を祖述することを重視する。

故に孔子曰く「禮と云い禮と云うは、玉帛を云わんか。樂と云い樂と云うは、鐘鼓を云わんか。」と。此れ禮樂の本なり。故に曰く「禮樂の情を知る者は能く作り、禮樂の文を識る者は能く述ぶ。作る者の聖と謂い、述ぶる者の明と謂う。明聖なる者は、述作の謂なり。」と。(27)

聖人の「制礼」「作楽」を受けて孔子がそれを整え、漢王朝がそれに則って王朝統治を行うのである。聖人作楽の所以について、礼楽志は次のように続ける。

樂は、聖人の樂しむ所なり。而れば以て民心を善くす可し。其れ人を感ぜしむること深ければ、其れ風を移し俗を易えること易し。故に先王其の教を著すなり。夫れ民血氣心知の性有りて、哀樂喜怒の常無し。感に應じて動き、然る後に心術形づくれり。是を以て纖微憔悴の音作《おこ》るは、民思憂すればなり。嘽諧嫚易の音作るは、民康樂すればなり。麤厲猛奮の音作るは、民剛毅なればなり。廉直正誠の音作るは、民肅敬すればなり。寛裕和順の音作るは、民慈愛すればなり。流辟邪散の音作るは、民淫亂なればなり。先王其の亂を恥ず。故に雅頌の聲を制す。之を情性に本づき、之を度數に稽え、之を禮儀に制す。生氣の和に合し、五常の行を導き、之をして陽にして散ぜず、陰にして集せず、剛氣なるも怒せず、柔氣なるも懾れざらしむ。四暢して中に交わり、發して外に作れり。皆な其の位に安んじて相い奪わず、足りて以て人の善心を感動せしめ、邪氣をして得て接せざらしむなり。是れ先王立樂の方なり。[28]

ここでは、『礼記』「楽記」の「移風易俗」（王の教化が土地の風俗を変化させる謂い）を敷衍して音楽と治世の関係を強調する。音楽は世情を反映する。だから「先王其の亂を恥ず。故に雅頌の聲を制す」つまり、先王は世の中の乱れることを恥として、（そうならないように）雅頌を制作したのだ、と言うのだ。世の秩序を先導する正しい音楽として聖人たる先王の定めたもの、それが「雅頌」だ、ということを言う。

礼楽志はこのあと楽の興廃の歴史を述べていく。制度としての楽の興廃と同時に、伝統的・正統的「古楽」と、それを乱す「鄭衛の声」との対立を軸に、楽の歴史を展開するのである。漢初の礼楽を記した部分を下に挙げる。

漢興《お》こりて樂家に制氏有り。雅樂聲律を以て世世大樂官に在り。但だ能く其の鏗鎗鼓舞を紀すのみにして、其の義を言う能わず。高祖の時、叔孫通秦の樂人に因りて宗廟の樂を制す。大祝神を廟門に迎え、嘉至を奏す。猶お古の降神の樂のごときなり。皇帝廟門に入るに、永至を奏し、以て歩の節を爲すは、猶お古の采薺、肆夏のごときなり。乾豆上るに、登歌を奏す。獨り上歌するのみにして、筦弦を以て人聲を亂さず。位に在る者に徧く之を聞かしめんと欲するは、猶お古の清廟の歌のごときなり。登歌再び終れば、下るに休成の樂を奏す。神明の既に饗けるを美するなり。皇帝東廂にて酒に就き、坐定まれば、永安の樂を奏す。禮の已に成れるを美するなり。[29]

制氏と叔孫通の礼楽整備については、上に見た『文心雕龍』と『宋書』がこれを襲っているのであるが、その具体的な楽の次第がここでは詳細に示されている。叔孫通が秦の楽人から引き継いだ宗廟祭祀の楽の次第は以下の通りである。

①降神：大祝が廟門で神を迎え嘉至を奏す。

②皇帝の入場：皇帝が廟門に入る際に永至を奏し、歩調を整える。

③祭壇に登る：乾豆を捧げる際には登歌を奏す。これは音楽が声を邪魔しないように独唱するもので、臨席する者全員に聞こえるようにする。

④祭壇から下る：休成を奏す。神明が供物を受けたことを喜ぶ。

⑤東廂での飲酒：永安を奏す。一連の儀式が滞りなく終了したことを喜ぶ。

ここには皇帝の宗廟祭祀として、次第とそれに沿った楽とが具体的に示されている。これらの雅楽が、この後の王朝祭祀の原型となっていくのだ。漢の初期にはここに示した宗廟祭祀の雅楽の他に、皇帝のプライベートな空間での音楽（房中楽）として「楚声」があったことを伝える。

続いて、高祖晩年の「風起（『文選』巻二十八に「歌一首」として収録）」を沛の童子百二十人が合唱したこと、恵帝の時その沛宮を原廟としたこと、武帝に至って郊祀の礼を定めた際に楽府を設立したこと、更に河間献王が雅楽を献上したけれど、武帝の周辺では雅楽よりも新曲が好まれたことを記す。武帝の好んだ新しい楽曲について、『風俗通義』

は「張仲春は武帝の時代の人で雅歌を得意とした。新しい歌を奏するたびにいつも称賛された[30]」と言い、同時代の李延年は、その伝に「新声曲を為った」と言う。班固は「しかし楽における詩も楽曲も子孫たちに残すものである以上、祖述すべき要素をもたなければなるまい（然詩樂施於後嗣、猶得有所祖述）」と述べて、あるべき楽の模範として殷周の雅頌を示す。

　昔殷周の雅頌は、乃ち上は有娀、姜原、卨、稷の始めて生れ、玄王、公劉、古公、大伯、王季、姜女、大任、太姒の徳に本づき、乃ち成湯、文、武の命を受け、武丁、成、康、宣王の中興に及び、下は輔佐阿衡、周、召、太公、申伯、召虎、仲山甫の屬に及ぶ。君臣男女功徳ある者、褒揚せざる靡し。功徳既に信に美なれば、褒揚の聲天地の間に盈てり。是を以て光名は當世に著われ、遺譽の垂るること無窮なり。今漢の郊廟詩歌、未だ祖宗の事有らず。八音調均すれども、又た鐘律に協わず。而も内に掖庭の材人有り、外に上林樂府有り、皆な鄭聲を以て朝廷に施す[31]。

殷周の雅頌（『詩経』の大雅・頌に見える詩篇）は、徳と功のある者を美するもの。上は王朝創業者の功徳を、そして中興の君主を、更に下はそれを支えた功臣や有徳者の功績を賛美し、その名声を無窮に輝かせるのが本来の在り方だと言うのだ。

　このように、『漢書』礼楽志はまず、楽が礼とともに王朝の正統性と正当性を称揚する王朝儀礼の中心であったことを述べる。『漢書』が「律暦志」と「礼楽志」を志の冒頭に掲げるのは、音律と暦《こよみ》を支配し、礼と楽で人身を規制することを王朝統治の基礎とするからなのだ。

　一方で礼楽志は、王朝儀礼の音楽は漢初は楚歌や鄭声を中心とする荘厳さに欠けるものであり、また武帝の上林楽府を河間献王は「鄭声」と批判したことを述べ、あるべき楽の姿（雅楽・雅頌）と現実とが必ずしも一致しないこと

「新声」とは時の王朝の楽師によって作成された新しい楽曲の謂いとしてあるのである。

を言う。ただ、王朝儀礼の楽は、王朝が交替する度に楽官によって新たに制作された。「新声」とは時の王朝の楽師によって作成された新しい楽曲の謂いとしてあるのである。

④　楽府の流れから見る曹操の「新声」

以上をまとめるに、楽府とはそもそも王朝の祭祀における楽曲を整える機関として存在した。それは、楽というものが礼と一体化して王朝統治を支えるものであったからだ。漢の初期、武帝期そして曹魏の初めに「楽」が新しく整備されたのは、その王朝経営の一環としてあったのだ。その際、新しい王朝のために新しく創作された楽曲は、「新声」と呼ばれた。

一方、楽府で整備された楽曲の歴史を見てみると、それはいつも古の規範的雅楽（それは創業者や功労者の功徳を称える頌雅なのだが）であるべきものでありながら、耳に快い鄭声的俗楽に傾きがちであったことを、それぞれの文献は強調する。「新声」の語には、こういった新しい傾向に対する批判的なニュアンスも含まれている。

ただ、音楽には「雅」なる音と「淫」なる音とがあるという認識はすでに『論語』から存在した[32]。宗廟祭祀や郊祀において歌われるべき「雅」なる音楽が尊ばれると同時に、人の性情をくすぐるエモーショナルな音楽への嗜好は、音楽が音楽である以上常に存在した。「鄭声」と呼ばれて警戒されたこれらの音楽は、しかし一方で人の抒情を解放する一種のカタルシスを持っていたはずである。「雅」と「淫」、「聖」と「俗」の双方を含みながら、音楽は展開する。楽府を考える時に、その双方の意義を踏まえない訳にはいかない。曹操の「新声」楽府は、新しい王朝の雅頌であったと同時に、このような「雅」「俗」の対立を一気に昇華したところにも重要な意義があるであろう。なぜならそれが、六朝における詩歌の新しい抒情表現を切り開く端緒になったからである。

⑤「新詩」について――「古詩」と区別することの意味――

曹操の楽府が「新声」と呼ばれた所以については、このように王朝の楽曲の展開の中で理解することが可能である。では、王沈がそれを「新詩」と呼んだことにはどのような意味があるのだろうか。

王沈は『魏書』武帝紀において曹操の楽府創作を称して「新詩を造《つく》る」と言う。この「新詩」の語は、上に見た「新声」と同様、『宋書』楽志に現われる。そしてそれは明らかに「古詩」に対する呼称になっている。

魏氏は漢の樂を増損し、以て一代の禮を爲れり。未だ大晉の樂名の異と爲す所以を審にせず。……漢氏自り以來、此の禮に依り放い、自ら新詩を造るのみ。[33]

晉武泰始五年、……荀勗則ち曰く「魏氏の哥詩は、或いは二言、或いは三言、或いは四言、或いは五言にして、古詩と類せず。[34]」

「古詩」の語はほんらい『詩経』を指し、それは儒教的理念を内包する詩の謂いであった。ただ、「古詩」という語は、同時に「古詩」ではない詩の存在を前提とする。班固の時代には、その「古詩」ではない詩とは郊祀歌やあるいは民間歌謡としての古楽府を指したと思われるが、王沈と『宋書』において、それは明らかに新しく創作された歌謡の歌辞を指している。さらに「古詩」そのものが、『詩経』から離れて「旧来の詩」の意味になっている。詩でありながら『詩経』に繋がらない新しい詩、新しい楽曲（新声）に載せて歌われる新しい歌詞、それが「新詩」の意味なのだ。

曹操の楽府を「新詩」と呼ぶことは、そこに旧来的楽府詩とは異なる新しい要素が見られることを言う。その新しい要素とは、一つには二言から五言まで形態が多様化したこと、一つには「新声」つまり新しいメロディーに乗せたこと、そして最大の新しさは曹操という読み手自身の個別の体験と曹操自身が対峙した漢末の時代が具体的に詠われることである。「薤露行」「蒿里行」が従来の挽歌の域を超えて漢末の動乱を詠うこと、「苦寒行」が太行山を越える高幹討伐の苦労を詠うこと等、それらは具体的な事例を背景にして作成されている。このことを王士禎は「往往にして樂府題を以て漢末の事を叙す[35]」、沈徳潜は「漢末の実録[36]」という言葉で称し、その詩史的要素を高く評価する。個別具体的体験を「楽府」で歌うこと、これこそ最も注目された新しさであった。

もちろんそれが曹魏王朝のオードとしての王朝開国の物語を詠うものであったことは上に述べた通りである。しかし漢の郊祀歌を始め、歴代王朝の頌歌が作品として歌い継がれることが無かったのに対して、曹操の一連の楽府は、楽曲を離れても作品として読み継がれた。それはそこに詩歌としての普遍性があったからに他ならない。恐らくそれは「驥老いて櫪に伏すも志千里に在り（「歩出夏門行」）」の句に凝縮された、有限の人生、時間の推移に抗って屹立する精神性の高さ、横溢する生命力とでも呼ぶべきものであろうが、作品の品隲については別途論じたい。

注

（1）魯迅「魏晋気風および文章と薬および酒の関係」（第二章注（2）参照）。

（2）渡邉義浩「曹操の「文学」宣揚」（『「古典中国」における文学と儒教』汲古書院　二〇一五年）。

（3）『楽府詩集』巻第三十　相和歌辞五　平調曲一。

（4）『楽府詩集』の引く魏武帝（曹操）の本辞と、この晋楽とは多少の異同がある。『文選』は本辞ではなくこちらの晋楽を引くが、これも語句に異同がある。ここでの引用は『楽府詩集』に拠る。

（5）黄節『魏武帝文帝詩注』（人民文学出版社　一九五八年）。

（6）宮殿に鐘虡を設けることを許すのは、後漢の光武帝が東海恭王の劉彊に行った格別の配慮を原型とし（『後漢書』巻四十

二　光武十王列伝）、破格の待遇として曹操はじめ南朝において継承され、禅譲の前段階になっていく。

（7）以上の曹操の事跡は、『魏志』武帝紀に拠る。

（8）「己酉、王享醴。命晉侯宥。王命尹氏及王子虎內史叔興父、策命晉侯爲侯伯、賜之大輅之服、戎輅之服、彤弓一、彤矢百、玈弓十、玈矢千、秬鬯一卣、虎賁三百人。曰王謂叔父。敬服王命、以綏四國、糾逖王慝。晉侯三辭、從命（『春秋左氏伝』僖公二十八年）」。

（9）『魏志』「武帝紀」建安十八年、献帝の策命に「君有定天下之功、重之以明德……舊德前功、罔不咸秩、雖伊尹格于皇天、周公光于四海、方之蔑如也。」と。

（10）建安十五年の「譲縣自明本志令」（『魏書』武帝紀裴注引『魏武故事』）にも斉の桓公、晋の文公を併称する。

（11）出典の『論語』泰伯篇は、「三分天下有其二、以服事殷（天下を三分して其の二を有ち、以て服して殷に事う）」となっている。曹操は「以」を「猶」に変えていることが分かる。

（12）『左伝』僖公二十八年に「是會也、晉侯召王、以諸侯見。且使王狩。仲尼曰、以臣召君、不可以訓。故書曰天王狩于河陽。言非其地也。且明德也。」と。

（13）野間文史『春秋左氏伝――その構成と基軸』（研文出版　二〇一〇年）。

（14）道家春代は「曹操の楽府詩と魏の建国」（『名古屋大学中国語学文学論集』第十二輯　一九九九年）において、「曹操の詠事詩は一連の魏の創業の物語なのではないだろうか」と指摘する。

（15）『楽府詩集』の引く『古今樂錄』に「王僧虔『技錄』云『「短歌行」「仰瞻」一曲、魏氏遺令、使節朔奏樂、魏文製此辭、自撫箏和歌。歌者云「貴官彈箏」、貴官即魏文也。此曲聲制最美、辭不可入宴樂。』」と。

（16）魏文帝「短歌行」：「仰瞻帷幕、俯察几筵。其物如故、其人不存。神靈倏忽、棄我遐遷。靡瞻靡恃、泣涕連連。呦呦遊鹿、銜草鳴麑。翩翩飛鳥、挾子巢棲。我獨孤煢、懷此百離。憂心孔疚、莫我能知。人亦有言、憂令人老。差我白髮、生一何早。長吟永歎、懷我聖考。曰仁者壽、胡不是保。」。魏・明帝「短歌行」：「翩翩春燕、端集余堂。陰匿陽顯、節運自常。厥貌淑美、玄衣素裳。歸仁服德、雌雄頡頏。執志精專、潔行馴良。銜土繕巢、有式宮房。不規自圓、無矩而方。」

（17）傅玄「短歌行」:「長安高城、層樓亭亭。干雲四起、上貫天庭。蜉蝣何整、行如軍征。蟋蟀何感、中夜嚷鳴。蚍蜉愉樂、粲粲其榮。寤寐念之、誰知我情。昔君視我、如掌中珠。何意一朝、棄我溝渠。昔君與我、如影如形、何意一去、心如流星。昔君與我、兩心相結。何意今日、忽然兩絕。」

（18）陸機「短歌行」:「置酒高堂、悲歌臨觴。人生幾何、逝如朝霜。時無重至、華不再揚。蘋以春暉、蘭以秋芳。來日苦短、去日苦長。今我不樂、蟋蟀在房。樂以會興、悲以別章。豈曰無感、憂爲子忘。我酒既旨、我肴既臧。短歌可詠、長夜無荒。」

（19）「既總庶政、兼覽儒林、躬著雅頌、被之琴瑟。（曹植「武帝誄」『曹集詮評』巻十　広文書局　一九六三年）」。

（20）「文武竝施、御軍三十餘年、手不捨書。晝則講武策、夜則思經傳。登高必賦、及造新詩、被之管、皆成樂章。（王沈「魏書」武帝記）」。

（21）注（2）に同じ。

（22）「武帝時、河閒獻王與毛生等共采周官及諸子言樂事者、以著樂記、獻八佾之舞。與制氏不相殊。其內史中丞王定傳之、以授常山王禹。禹、成帝時爲謁者、數言其義、獻記二十四卷。劉向校書、得二十三篇、然竟不用也（『宋書』楽志）」。

（23）「漢末大亂、衆樂淪缺。魏武平荊州、獲杜夔。善八音。嘗爲漢雅樂郎、尤悉樂事。於是以爲軍謀祭酒、使創定雅樂。時又有鄧靜・尹商。善訓雅樂。哥師尹胡能哥宗廟郊祀之曲。舞師馮肅、服養曉知先代諸舞。夔悉總領之。遠考經籍、近采故事。魏復先代古樂、自夔始也。而左延年等、妙善鄭聲。惟夔好古存正焉（『宋書』楽志）」。

（24）「荀勗則曰「魏氏哥詩、或二言、或三言、或四言、或五言、與古詩不類（『宋書』楽志）」。

（25）「六經之道同歸、而禮樂之用爲急。治身者、斯須忘禮、則暴嫚入之矣。爲國者、一朝失禮、則荒亂及之矣。人函天地陰陽之氣、有喜怒哀樂之情。天稟其性而不能節也。聖人能爲之節而不能絕也。故象天地而制禮樂、所以通神明、立人倫、正情性、節萬事者也。（『漢書』礼楽志）」。

（26）「樂以治內而爲同、禮以修外而爲異。同則和親、異則畏敬。和親則無怨、畏敬則不爭。揖讓而天下治者、禮樂之謂也。二者竝行、合爲一體。（『漢書』礼楽志）」。

（27）「故孔子曰「禮云禮云、玉帛云乎哉。樂云樂云、鐘鼓云乎哉。」此禮樂之本也。故曰「知禮樂之情者能作、識禮樂之文者能述。作者之謂聖、述者之謂明。明聖者、述作之謂也（『漢書』礼楽志）」。

(28)「樂者、聖人之所樂也。而可以善民心。其感人深、其移風易俗易。故先王著其教焉。夫民有血氣心知之性、而無哀樂喜怒之常。應感而動、然後心術形焉。是以纖微憔悴之音作、而民思憂。嘽諧嫚易之音作、而民康樂。麤厲猛奮之音作、而民剛毅。廉直正誠之音作、而民肅敬。寬裕和順之音作、而民慈愛。流辟邪散之音作、而民淫亂。先王恥其亂也、故制雅頌之聲。本之情性、稽之度數、制之禮儀。合生氣之和、導五常之行、使之陽而不散、陰而不集、剛氣不怒、柔氣不懾。四暢交於中、而發作於外。皆安其位而不相奪、足以感動人之善心、不使邪氣得接焉。是先王立樂之方也（『漢書』礼楽志）」。

(29)「漢興樂家有制氏。以雅樂聲律世世在大樂官。但能紀其鏗鎗鼓舞、而不能言其義。高祖時、叔孫通因秦樂人制宗廟樂。大祝迎神于廟門、奏嘉至。猶古降神之樂也。皇帝入廟門、奏永至、以爲行步之節、猶古采薺、肆夏也。乾豆上、奏登歌。獨上歌、不以筦弦亂人聲。欲在位者偏聞之、猶古清廟之歌也。登歌再終、下奏休成之樂。美神明既饗也。皇帝就酒東廂、坐定、奏永安之樂。美禮已成也（『漢書』礼楽志）」。

(30)『漢書補注』に引用される『風俗通義』のこの一文は逸文である。「張仲春、武帝時人、善雅歌。與李延年同時。毎奏新歌、莫不稱善」。

(31)「昔殷周之雅頌、乃上本有娀、姜原、卨、稷始生、玄王、公劉、古公、大伯、王季、姜女、大任、太姒之徳、乃及成湯、文、武受命、武丁、成、康、宣王中興、下及輔佐阿衡、周、召、太公、申伯、召虎、仲山甫之屬。君臣男女有功徳者、靡不褒揚。功徳既信美矣。褒揚之聲盈乎天地之間。是以光名著於當世、遺譽垂於無窮也。今漢郊廟詩歌、未有祖宗之事。八音調均、又不協於鐘律。而内有掖庭材人、外有上林樂府、皆以鄭聲施於朝廷（『漢書』礼楽志）」。

(32)『論語』陽貨篇「鄭聲の雅樂を亂すを惡む」、衛霊公篇「樂は則ち韶舞、鄭聲を放つ」等。

(33)「魏氏增損漢樂、以爲一代之禮。未審大晉樂名所以爲異。……自漢氏以來、依放此禮、自造新詩而已（『宋書』楽志）」。

(34)「晉武泰始五年、……荀勗則曰「魏氏哥詩、或二言、或三言、或四言、或五言、與古詩不類（『宋書』楽志）」。

(35)王子禎『帯経堂詩話』巻四に「往往以樂府題叙漢末事。」と。

(36)沈徳潜『古詩源』巻五に「此指何進召董卓事、漢末實錄也」と。

第五章　経国と文章
——建安における文学の自覚——

はじめに

中国における文学の地位上昇を象徴するものとしてあまりにも有名な一節「文章は経国の大業」は、曹丕『典論』「論文」篇の後半の導入部にある。弟曹植との跡目争いに勝利し、曹操の後継者となった曹丕にとって、自己と曹魏政権の正統性と優越を誇るかの如きこの『典論』「論文」篇の主張は、しかし、後継を勝ち取ったが故の主張の矛盾をはらんで切れ味が悪い。

かたや、後継争いに敗北した不遇の王子曹植もまた、曹丕の『典論』「論文」篇を承けて独自の文学観を見せる。友人の楊修に与えた手紙「楊徳祖に與うる書」である。それは、表面上は曹丕の主張と同じ論調で進みながらも、その背後に垣間見られる文学意識は決して曹丕と同質ではない。

経国と文章。天下国家に関わる事業と表現に向かう行為、この二つの関係をめぐる両者の相違について、考察を加えたい。

一、魏文帝の『典論』「論文」篇

『文選』巻五十二、魏文帝『典論』「論文」篇に言う（1）。

蓋し文章は經國の大業にして、不朽の盛事なり。年壽は時有りて盡き、榮樂は其の身に止《とどま》る。二者必ず至るの常期は、未だ文章の無窮なるに若かず。是を以て古の作者は、身を翰墨に寄せ、意を篇籍に見《あら》わす。良史の辭を假らず、飛馳の勢に託せずして聲名自ら後に傳わる。故に西伯幽《かく》れて易を演《の》べ、周旦顯《あら》われて禮を制す。隱約を以て務めずんばあらず、康樂を以て思いを加えず。夫れ然らば則ち、古人尺璧を賤しみて寸陰を重んずるは、時の過ぐるを懼るるのみ。而して人多く力強《つと》めず。貧賤なれば則ち飢寒を懾《おそ》れ、富貴なれば則ち逸樂に流る。遂に目前の務を營みて、千載の功を遺《わす》る。日月上に逝き、體貌下に衰え、忽然として萬物と遷化す。斯れ志士の大いに痛むなり。融等已に逝きぬ。唯だ幹のみ論を著し一家言を成せり。

文章というものは経国の大業であり、不朽の盛事である。年寿はしかるべき時が来れば尽きるものであるし、栄華や快楽はその身に留まるだけである。年寿と栄楽に決まった期限があるに対して、文章は窮まることが無い。だから、古の作者はその身とその意とを翰墨もて篇籍に託したのだ。歴史に記録を残さなくとも、高位高官という勢力に頼らなくとも、名声は後に残るのである。だから、西伯は幽閉されても易を演べ、周公旦は表舞台で活躍しても礼を制した。隠れているからといって怠らず、平和であるからといって浮かれた気持ちにはならなかった。このように見てくると、古人が現世的な宝よりもわずかな時間をただただ重んじたのは、時間の流れ去るのを懼れたからなのだ。しかし人は弱いものなので、貧賤であれば飢えや寒さを恐れ、富貴であれば逸楽に流れるもの。かくて目前の務めに勤しむばかりで千載の功を忘れてしまう。そうして月日が流れ体は衰え、あっという間に死んでしまう。これこそ志士の大いなる歎きなのだ。王融らは既に逝ってしまった。ただ徐幹だけが論を著して一家言を成した。

引用冒頭の「文章は經國の大業にして、不朽の盛事なり」という一文は、「文章」を高く評価する。大上正美が述べるとおり、それは建安期において儒家一尊の価値が崩れ、技芸であった芸術が各々の価値を獲得していく過程の中での発言であり(2)、また渡邉義浩が主張するように、漢代的価値の中心にあった儒教を相対化するための、曹魏の文学宣揚の一環であることは間違いない(3)。「文章」という行為は、ここで大きく評価され、これ以後花開く六朝文芸の先鞭をつけるものとなる。

しかし同時に、ここでいう「文章」が、我々が今日言うところの「文学」とは大いに異質であることの認識も必要である。魯迅が建安期を「文学自覚の時代(4)」と呼んで以来、「建安文学」というものが新たな視点から評価されるようになったのは文学研究の大きな成果である。しかし魯迅の言葉の背景には、近代的文学意識の目覚めの時期に在って、自国の古典の中にそのルーツを求める、いわば国民文学的視点があったはずである。この近代的概念である「文学」なる語を、建安期のそれぞれの文人の表現活動に直接的に当てはめることはできない。また、『典論』「論文」篇の該当箇所においては、更にそれが「一家言」的な政治論に帰結することも渡邉の言う通りであろう(5)。しかし今少し広く曹丕の主張を見てみると、文の指すものは表現活動全体であることが分かる。

夫れ文は本と同じなるも末異なれり。蓋し奏・議は宜しく雅なるべし。書・論は宜しく理なるべし。銘・誄は實を尚び、詩・賦は麗ならんと欲す。此の四科は同じからず。故に之を能くする者は偏なり。唯だ通才のみ能く其の體を備う(6)。

文は本は同じだけれど末が異なる。おもうに、奏・議という文体は規格が整っていなければならない。書・論という文体は論理性が重要である。銘・誄という文体は内容の堅実さを求め、詩・賦という文体は華麗であることを要求する。この四種類の文体に求められるものはそれぞれ異なるので、どれかだけが得意ということになる。通才の人物のみがこれらの文体を兼ね備えることができる。

ここで曹丕は「文」を「奏議」「書論」「銘誄」「詩賦」の四科に分け、それぞれ文体の特性を明確にする。文は根本は同じであるが、「体」によってその表れに特徴があるとするこの主張は、六朝期に発展する文体論の先駆けとなる。

ここで注目すべきは、曹丕が「文章は経国の大業」という「文」が、具体的には「奏」「議」「書」「論」といった現実の状況に即応することを目的とする文書と、「銘」や「誄」といった特別な状況下での儀式的な韻文、そして「詩」「賦」という抒情的韻文の四種類（四科）を指していることである。例えば近代的文学意識のもとでは、会議の記録や上司への報告書、あるいは冠婚葬祭における挨拶の文辞を文学とは呼ばないであろう。しかしこの建安期において、少なくとも曹丕の認識において「文」とは、確かにこのような、現実に即応する実用文を含む、というよりも、現実への働きかけの効果のあるものこそが中心であった。そしてそれらと並行して、あるいはそれらの最後に付されるかたちで、詩と賦といういわゆる抒情的韻文が認識される。詩や賦は、伝達という目的よりも表現する者の抒情の方に重きのある文体だといえる。近代的文学意識においては、これらこそ文学の中心とみなされるものであるが、しかしこの時代に在っては「文」の中心ではない。建安において「文」あるいは「文章」という言葉で表されるものは、抒情と自己表白を原点とする近代的文学とは大きく異なる、もっと社会と深くかかわりあう政治性の強いものであったのだ。

しかしながら一方で賦という文体は、この時期物を書く人間にとって、自己の才能を世に示す手段として最も多く活用された。『典論』「論文」篇の前半に、いわゆる建安の七子を並べ挙げ、学問と修辞に優れた文人として評価した部分がある。

今の文人、魯國の孔融文擧、廣陵の陳琳孔璋、山陽の王粲仲宣、北海の徐幹偉長、陳留の阮瑀元瑜、汝南の應瑒徳璉、東平の劉楨公幹。斯の七子なる者は、學において遺す所無く、辭において假する所無し。……王粲は辭賦に長じ、徐幹は時に氣を齊しくする有り。然らば粲の匹なり。粲の初征・登樓・槐賦・征思、幹の玄猿・漏卮・圓扇・橘賦の如きは、張・蔡と雖も過ぎざるなり。然るに他文においては未だ能く是を稱せず。琳瑀の章表書記は、今の雋なり。應瑒は和なるも壯ならず、劉楨は壯なるも密ならず。孔融は體氣高妙にして人に過ぐる者有り。然るに持って論ずる能はず、理は詞に勝たず、以て雜うるに嘲戲を以てするに至る。其の善くする所に及びては、楊・班の儔なり。(7)

今の文人としては、魯国の孔融（字は文挙）、広陵の陳琳（字は孔璋）、山陽の王粲（字は仲宣）、北海の徐幹（字は偉長）、陳留の阮瑀（字は元瑜）、汝南の応瑒（字は徳璉）、東平の劉楨（字は公幹）。この七人は、学において遺漏なく、表現においても借り物が無い。……王粲は辞賦に長じている。徐幹は時に王粲と気を斉しくする。だから王粲と同列である。王粲の「初征賦」「登楼賦」「槐賦」「征思賦」、徐幹の「玄猿賦」「漏卮賦」「圓扇賦」「橘賦」などは、張衡や蔡邕でさえも超えられまい。しかし賦以外の文体においては評価するべきものは無い。陳琳・阮瑀の章表書記は、現代の最高峰である。応瑒は柔和であるが力強くない。劉楨は力強いが精密でない。孔融は体と気とが高妙であり人より優れている。しかし論においては理論より言葉が勝ち過ぎており、ブラックジョークまで交えてしまう。良くできた作品について言えば、揚雄や班固に匹敵する。

この中で曹丕はまず辞賦に長ずる者として王粲を挙げ、徐幹も時に王粲と気を斉しくする故に王粲と同格だとする。「斉気」について、李善注は斉の風俗のゆったりとした読み振りを言うものだとするが、(8)それでは意味がよくわからない。ここは、「気」を重視する曹丕が、徐幹を評するに当たって、王粲と同格の気を時に体現している、と言っているのだ。「粲の匹」あるいは「楊班の儔」という時の「匹」あるいは「儔」という語は、後漢から六朝にかけての名士の人物評価から生まれた人物のランク付けと関わる表現である。(9)この部分は七子の文章の才能について、辞賦のジャンルでは王粲と徐幹を同格に、章表書記においては陳琳と阮瑀を、そして孔融については批判を加えながらもそのユーモアを交えた諷刺的文章において、揚雄・班固と同格だとランク付けているのだ。

文人の中でも各自に得意な文体があることを述べるこの部分において、曹丕はまず辞賦を挙げる。そして王粲を筆頭に、それに匹敵する者として徐幹を、その具体的な作品とともに高く評価する。曹丕は「文」について、四科という実用文を中心とした分類を行うと同時に、賦という文体の重要性についても十分認識していたことが分かる。

曹丕の『典論』「論文」篇は、「文章」の価値を大きく宣揚する。しかしそれは、「文章」が経国と揚名に繫がるものだからである。曹丕の目的は文章の独立した価値を宣揚することにはない。曹丕における文章は、あくまでも経国的価値の体系の中に存在するのである。そして『典論』こそが、曹丕の国家経営の大方針を内外に知らしめるものとして、文字通り自身の経国の大業を不朽為《た》らしめるための「文章」であったのだ。

二、曹植「楊徳祖に與うる書」

一方の曹植は、『典論』「論文」篇の主張を承けて、楊修（字は徳祖）への書簡の中に自己の文学意識を表出する。

『文選』巻四十二　曹子建「楊徳祖に與うる書」にいう。

植白《もう》す。數日見《まみ》えざれば、子を思いて勞と爲す。之を同じくせしものと想うなり。僕 少小より好んで文章を爲《つく》り、今に至る迄二十有五年なり。然らば今の世の作者は略として言う可し。昔、仲宣は漢南に獨歩し、孔璋は河朔に鷹揚す。偉長は名を青土に擅いままにし、公幹は藻を海隅に振えり。徳璉は跡を此の魏に發し、足下は上京にて高視す。此の時に當たり、人人自ら靈蛇の珠を握ると謂い、家家自ら荊山の玉を抱くと謂えり。吾が王 是において天網を設けて以て之を該い、八紘を頓して以て之を掩い、今悉く茲の國に集まれり。(10)

拝啓、数日間お目にかかれないだけで、心が疲れる程あなたのことを思っております。きっとあなたも同じだと推察いたします。私は若いころから今に至るまで二十五年、文章を書くことが好きです。ですので、現代の文を成す者たちについては、おおよそのことは分かります。昔、仲宣（王粲）は漢南の地に独り優れ、孔璋（陳琳）は河朔の地に鷹の如く揚がり、偉長（徐幹）は青土の地に名をほしいままにし、公幹（劉楨）は海浜の地で文学的才能を発揮し、徳璉（応瑒）はこの魏の土地に足跡を残し、そして足下は京師からそれらを眺め渡しておられました。そしてその時、これらの人々はみな霊蛇の珠を握り、荊山の玉を抱いていると自負していました。我が王（曹丕）はそこで天網を広げ八紘を傾けてこれらの才能を網羅しつくしたので、彼らはことごとくこの魏の国に集結したのです。

冒頭、曹植は自己の「文章」への傾倒を語り、いわゆる建安文壇の中心人物たちを併記することで、優れた才能が天下に満ち、曹丕が彼らを王国に集結させたことを述べる。ここに列挙される「作家」は、曹丕『典論』「論文」篇の、先に引用した下記の部分を承けている。

今之文人、魯國孔融文舉、廣陵陳琳孔璋、山陽王粲仲宣、北海徐幹偉長、陳留阮瑀元瑜、汝南應瑒徳璉、東平劉楨公幹、斯七子者、於學無所遺、於辭無所假、咸以自騁驥騄於千里、仰齊足而竝馳、以此相服、亦良難矣。

曹植は曹丕の『典論』「論文」篇を承けながらも、七子の中から孔融をはずし、更に一人一人の活躍を「独歩」「鷹揚」「擅名」「振藻」「発跡」「高視」と文飾する。また曹丕が七子を評価して、彼らの「学」と「辞」とを千里を走る馬の足並みに譬えたのに対し、曹植は彼らの才能を「霊蛇の珠」「荊山の玉」に譬えつつ、「自ら謂えらく（自分では思っている）」という言葉を使うことで微妙な批判をほのめかす。

曹丕『典論』「論文」篇の、論理と主張を重視する文体と比べた時、曹植の文章が、ほぼ同じ内容に言及するものでありながら、表現において形の均整や語彙の深みと広がりとを重視する多くの工夫が施されていることは、このわずかな部分からも容易に見て取れる。しかし重要なのは曹植の文飾ではない。その論旨である。

『典論』「論文」篇で曹丕はこの後、七子をその得意な文体によってランク付けしていくのであるが（前述）、一方の曹植の書では、自らの創作活動、特に辞賦を中心とした文章創作に対する切実な思いが展開される。

まず、曹丕が『典論』「論文」篇においてその「章表書記」を評価した陳琳に対し、曹植は辛辣な批判を加える。

然るに此の數子にして、猶お復た飛軒絶跡し、一擧千里なること能わず。孔璋の才を以てして、辭賦に閑《うつく》しからざるに、多く自ら能く司馬長卿と同風なると謂う。譬《たと》うるに虎を畫きて成らず、反りて狗と爲るがごとし。前に書して之を嘲《わら》うに、反りて論を作りて僕の其の文を讃すると盛んに道《い》えり。夫れ鍾期の聽を失わざること、今においで之を稱す。(11)

しかし、この数人の才人たちですら、まだ天高く抜け出し跡を絶って飛翔することは出来ていません。陳琳の才能を以てしても、辞賦作品において十分優雅ではありません。なのに自分では司馬長卿と同じレベルだと思っているのですが、それはあたかも虎を描こうとして失敗し、犬になってしまうようなものです。前に手紙を書いてこれをからかったことがあったのですが、彼は（誤解して）私が彼の文を称賛したのだと、論を作って盛んに述べ立てました。鍾子期がしっかりした耳をもっていたことの意味が今こそ貴重です。

曹植は陳琳の辞賦が優雅ではないこととともに、それをしっかり判断する批評眼に欠けることを皮肉る。そして続く部分において、文の推敲や「改定」、的確な評価と批判の重要性に触れ、しかし好みや嗜好を反映する批評の難しさ、批判の危うさにもまた言及する。丁敬礼が曹植に文章の潤色を依頼したこと、孔子が「改定」することのできない完璧な文を残したこと、そして劉季緒が創作の才能もないのに他人の文章の欠点を誇張することなどを述べることに多くの字数が費やされる。

この部分、論の道筋に大きな紆余があるのは、おそらくこれから楊修に送ろうとする自身の辞賦に対して、一方で楊修が的確な批判をしてくれることを期待しつつ、また一方で自分の好みの反映した作品に、十分な自信の無いことを表している。饒舌な文章は自信の無さの裏返しなのである。

長々と前置きをした後に、「今往《いま》、僕少小より著せし所の辭賦一通、相い與う。」と自作の辞賦を楊修に送り、その批評を依頼する。この短い一文こそが、この書簡の本来の目的を言う部分なのである。しかしまた続けて、自己の辞賦、そして辞賦を書くという行為に対するひたすらなる弁明が続く。

今往《いま》、僕の少小より著せし所の辭賦一通、相い與う。夫れ街談巷説も、必ず采る可き有り。撃轅の歌も、應《かなら》ず風雅有り。匹夫の思いも未だ輕んじ棄て易からざるなり。辭賦は小道にして、固より以て未だ大義を揄揚し、來世に彰示するに足らざるなり。昔楊子雲は先朝の執戟の臣のみなるも、猶お壯夫は爲さずと稱す。吾れ德薄しと雖も、位は蕃侯たり。猶お力を上國に戮《あわ》せ、惠みを下民に流し、永世の業を建て、金石の功を留めんと庶幾《ねが》う。豈に徒らに翰墨を以て勳績と爲し、辭賦を以て君子と爲さんや。若し吾が志の未だ果されず、吾が道の行われざれば、則ち將に庶官の實錄を采り、時俗の得失を辯じ、仁義の衷を定め、一家の言を成さんとす。未だ之を名山に藏す能わざると雖も、將に以て之を同好に傳えん[12]。

いま、私の若いころより著しました辞賦一通をお送りいたします。巷《ちまた》の噂話にも採るべきものが有ると『漢書』藝文志にも申します。樵《きこり》が車の轅《ながえ》を撃ちながらの歌にも『詩経』の風雅に応ずるものがあると崔駰は申します。匹夫の思いにも簡単に捨て去ってしまえないものがあるのです。辞賦は小道であり、もとより大義を宣揚し次の世に彰示するに足るものではありません。むかし楊子雲はたかだか漢王朝の執戟の臣に過ぎなかったにも関わらず、それでも「（辞賦は）男児たる者の手を染めるものではない」と申しました。私は徳は薄いながらも諸侯王です。国々と力を合わせ、人々に恵みを垂れ、永世の業を打ち建て、金石に刻むべき功績を残したいと願うのは当然です。どうしていたずらに墨と筆を持ち辞賦を書くことを君子たる者の勲績といたしましょうか。もし仮に私のこの志が果たせず、我が道が行い得ないとすれば、その時は記録者として真実の歴史を記し、この時代の習俗の得失を弁じることで、仁義の真を定め、一家の言を成したいと願うのです。司馬遷の様に、それを名山に蔵することができないとしても、同好の人々に伝えたいと思うのです。

この書簡の全体像を俯瞰すると、まず自分が若いころより文章を好んだこと、そして同時代の作家たちはみな優れているが完璧ではないこと、そしてより完全な文章を求めて優れた批評を希求することを述べ、自分の辞賦作品を楊修に見て批評して欲しいと依頼している。そして最後に、辞賦はもとより小道であり、自分の最終目的とする所ではないということは十分認識しているのだ、という言い訳が加えられる。上に引いた部分は、このように最後に付された弁明の部分なのである。

「辞賦は小道」という曹植の言葉は、このように書簡の全体から眺める時、曹植の本音である以前に、諸侯王としての立場、そして曹丕『典論』「論文」篇における文章への認識を強く意識したものであることが分かる。確かにこの部分において曹植は、立徳・立功・立言という『左氏伝』から班固に繋がる儒教的文論を踏まえ、更にそれを受けた曹丕『典論』「論文」篇の、経国から一家言への展開を襲っている。しかしそれはこの書簡において曹植が本当に主張したいことではない。この書簡の最大の趣旨は、辞賦作品の評価の所望である。ここに引く最後の部分は、辞賦を云云することに対する弁明として付加されたものだと考えるべきであろう。

果たして書簡を受け取った楊修は、

乃ち經國の大美を忘れず、千載の英聲を流し、功を景鐘に銘し、名を竹帛に書すが若きは、斯れ自ら雅量の素《もと》り蓄わえし所なり。豈に文章と相い妨害せんや。(13)

経国という大いなる美徳を忘れず、良き誉れを千載に残し、功績を景鐘に彫り込み、名前を書籍に残すというようなことはみな、その素質としてお持ちになっていらっしゃるものです。それらと文章を書くこととは、妨害し合うようなことはございません。

と述べて、儒教的、というよりは曹丕の『典論』「論文」的な功名論と、辞賦作品に才能を発揮することは全く矛盾しない、と返事をよこすのである。

「文章」の価値をめぐって、曹丕と曹植とは一見同じ路線で論を展開する。しかしその論の前提はまったく逆の方向をとる。曹丕の場合、自身が文章を好みつつも、しかしそれを経国や揚名と結びつけることによってしか称揚することはない。文章は経国に隷属するものとしてあるのだ。また、『典論』「論文」篇の背景にあるのは、流れ去る時間と人生の短さに対する歎きであり、その無常感を克服するものとして、文章によって一家言を後世に残すことの重要性が主張される。反対に、曹植の場合は、経国の視点からではなく、辞賦を書くことがまず前提となっている。曹植においては、文章、すなわち作品を書き残すことがまず第一義的に意味を持つ。それを経国という儒教的価値、『典論』的価値に如何に帰結するかに苦労した結果が「辞賦は小道」という言葉になって表れているのである。

三、揚雄の辞賦否定

曹植は自作を楊修に示しながら、それを「経国の大業」ではなく「匹夫の思い」だと表明し、卑屈なまでに謙遜する。この辞賦に対する否定の意識は、漢の揚雄を承ける。

成帝の世にその才能を認められ「甘泉賦」を始めとする大規模な賦作品を残した揚雄は、後に自らの賦創作を否定する。『法言』に曰く。

或るひと問う。吾子少《わか》くして賦を好めり、と。曰く、然り。童子の雕虫篆刻なり。俄《にわか》にして曰く、壮夫は爲さざるなり、と。(14)

若いころは修辞を凝らした賦作品を多く残したが、しかしそれは若気の至りであり、大人となった今はもう賦作には手を染めない、と言う。曹植は揚雄のこの言を受けて、「辞賦は小道」と言ったのだった。

また、揚雄は賦について以下のようにも述べる。

或るひと問う。景差、唐勒、宋玉、枚乘の賦や、益あるか、と。曰く、必ずや淫なり。淫なれば則ち奈何。曰く、詩人の賦は、麗にして以て則、辭人の賦は、麗にして以て淫。如し孔氏の門に賦を用いれば、則ち賈誼は堂に昇り、相如は室に入る。其の用いられざるは如何、と。[15]

景差、唐勒、宋玉、枚乗という漢代の賦作家に対して、彼らは「淫」である、と揚雄は言う。そして、「詩人の賦」は「麗にして以て則」、つまり言葉を美しく並べていてもそこには則るべき道が守られているが、「辞人の賦」は「麗にして以て淫」、つまり過剰な言葉の世界に溺れている、と言うのである。

揚雄はここで、「詩人の賦」であれ「辞人の賦」であれ、いずれにしても賦というものは政治の表舞台では「其不用」つまり重んじられることはなかった、と言う方向に結び、用いられることの稀な賦の創作を捨て、自分は儒者としての真当な著作をするべきだという事を言うのであるが、しかしここに示される賦への認識は、揚雄の趣旨を離れて、当時の辞賦の実態を我々に伝える。それは、賦には二つの流れがあったという事である。

ここで言う「詩人の賦」とは、『詩経』以来の詩の精神、それはすなわち現実を賛美し批判するという「美刺」の精神であるが、それを持つ賦である。この意識は、班固が「両都賦」の序に「賦は古詩の流れ」と述べ[16]、また『文選』がその巻頭に膨大な量に上る賦作品を並べることとも共通するものである。[17]それは、賦こそが詩（『詩経』）の伝統を継ぐものだという認識である。揚雄の賦作品を見ても、その序文の最後に必ず「以て風す」と繰り返し叙述される。「風」すなわち「諷諫」の意識が賦作品を『詩経』の伝統に結びつけるのだ。

一方の「辞人の賦」であるが、これはここに景差、唐勒、宋玉、枚乗がその代表として挙げられていることからも分かるように、『楚辞』的な歌の流れを引く賦を言う。そこでは神女との出会いや男女の情、そして神仙世界への飛翔が、華麗に且つ情緒豊かに歌い上げられる。『楚辞』と『楚辞』の系譜をひく辞賦作品は、さまざまに変化しながら継承されていく。（伝）宋玉の「高唐賦」、曹植の「洛神賦」は神女伝説を発展させたものであるし、寡婦の嘆きや過ぎ逝く時間への感慨は「寡婦賦」「感物賦」「感節賦」などというテーマで、複数の同題の作品を残す。六朝期に流行する遊仙詩も、この辞人の賦の系統を引くものであろう。また、藤原尚は、魏の時代に辞賦、中でも楚辞作品を継承する賦が大量につくられ、文帝自身もそれに傾倒していたことを指摘する。(18)

このように見て来ると、漢代に大量に作られた賦は、詩（『詩経』）の伝統を継ぐものとして重視されたものと、過剰な言葉の世界に遊ぶものとして批判されるものの二種類に大別できることがわかる。

また、「詩人の賦」・「辞人の賦」と言う時の「詩人」・「辞人」とは、文字通り『詩経』の流れを汲む詩人と、『楚辞』の流れを汲む詩人を言うものであると同時に、美刺という現実に向かっていく精神を尊ぶ詩人と、現実世界から自由に抜け出し、表現の世界に限りなく淫していく詩人とを言い分けたものだとも言えよう。

「詩人」といえば『詩経』の詩人を指し、それは同時に美刺という現実批判を込めた詩を書く人々を言うものであるのだが、そうではなく、表現の世界に淫していく詩人、いわば近代的意味での詩人が、ここでは「辞人」という言葉で捉えられているのである。そしてこのような近代的意味での詩人の存在は、これ以後文論の中で「辞人」という言葉で表現されていくことになる。

さて揚雄は、音楽を好んだ成帝のもとで辞賦を残し、その後音楽を好まない哀帝のもとで賦作を捨て、そして王莽の新における学術振興策のもとで、『論語』にならって『法言』を著す。賦を作ることを「壮夫は為さず」と否定する発言は、時代の要請に敏感に反応しながら雕虫篆刻を捨て儒教的価値を宣揚する文章に向かう中で発せられた、揚雄のしなやかでしたたかな現実対応の言なのである。

四、辞賦は小道

このような揚雄の辞賦否定を受けた曹植の「辞賦は小道」という発言は、一体どのように捉えればよいのだろうか。それは、文字通り辞賦を創作するという行為を、経国の大業とは繋がらないつまらない所作だ、とする意識を表すと同時に、その小道たる辞賦作品の創作に、しかし曹植が抗い難くのめり込んでいたことをも表す。

漢代において賦が二つの系統に分類されて認識されていたことについては上に述べた通りである。このうち、評価が高いのはもちろん詩人の賦であり、それは古詩（『詩経』）につながる文の正統だとみなされる。反対に辞人の賦は時に芸人の技や薄絹のフリルに譬えられ[19]、美しいが道とは離れた技芸だと批判される。

曹植の賦作品には、詩人の賦と称すべき、諷諫を目的とした作品は少なくない。公の場での同題の同詠や、王朝讃美的、儀式的な賦、時勢を風刺した賦が無いわけではない。しかし圧倒的に多いのは、個別の事情に拠って情を遣るもの、心を慰めるもの、すなわち辞人の賦である。後漢の正統派の文学論にあっては、芸人の技や薄絹のフリルと見做された辞人の賦こそ、曹植にとっては自由な自己解放の手段であったのだ。そしてまた、上記の書簡において「辞賦は小道」と称し、「豈に辞賦を以て君子と為さんや」と嘯いたのちも、辞人の賦としての賦作品は減少することはない。

賦に対する曹植の意識は、あくまでも儒教的価値を重視し、詩人の伝統に連なることを求めるものであり、文辞の世界に放恣に流れることを表面上は欲していない。しかしその強い自覚と意識とは裏腹に、情の解放と表現の世界に曹植は否応なく傾斜していく。「辞賦は小道」という言葉は、儒教的自己自覚の中から発せられた本音ではあるが、しかしその言葉で否定しなければならなかった「匹夫の思い」もまた、軽々しくは打ち棄てられないものとして曹植の中にはあった。その「匹夫の思い」を掬い取るものとしての表現、儒教的建前から解放された表現活動、それは書や論や奏議ではなく、楽府と辞賦、それも辞人の賦の系統に繋がる抒情的辞賦という形を取って表れた。

五、「洛神賦」に見る抒情性

徳を立て、功を立て、そして一家言を残すという儒教的価値を文章の第一義におきながらも、しかしそれとは相容れない小道の辞賦創作での自己解放に、曹植は傾斜していく。経国とは決してつながらない匹夫の思いは、しかし儒教的価値から離れた時、独自の境地を獲得する。表現世界そのものに淫していく曹植の作品群には、新しい文学性が立ち現われるのである。

それは一つには五言詩の世界に激しい自己表白の形となってあらわれた（第三章参照）。また一つには楽府の世界に新しい仮構を構築することでその文学性を高めた（第六章参照）。そして辞賦の作品においては、現実から遊離した想像と憧憬の世界を、あくまでも華麗に繰り広げる。その代表作が「洛神の賦」である。

『文選』巻十九、賦作品の一番最後に「情」という分類で載せられる「洛神の賦」は、洛水の女神との出会いを、曹植自らが物語る体裁を取る。魏の黄初三年、京師から藩国へ帰る途中の曹植は、長旅の途中で洛水を渉ろうとした時、美しき女神と出会い、情を交し合う。気高く神々しい女神はしかし人間世界とは住む場所を異にする故に、深い思いを抱きつつも別れ別れにならざるを得ない。忽然と姿を消す女神に心ひかれるまま、曹植は悲しみながら徘徊する、というストーリーである。この物語は明らかに『楚辞』の離騒と九歌に歌われるテーマを襲っている。人間世界の男が神の世界の女性を求め、どれほど熱烈に思っても叶うことの無い憧憬を歌うものである。女神との交歓、逢瀬の希求、届かぬ思い、悲しみに暮れて徘徊し去り難い心情を縷々吐露する展開自体は決して新しくはない。しかし、目くるめく展開する女神との邂逅の描写、流れるようなストーリー展開とそこに溢れる濃厚な抒情は、『楚辞』のテーマや女神伝説を超えて、新しい文学性を持つ。それは、一人の人間の情を中心に広がる物語世界の中にある抒情性である。

この抒情性と物語的展開は、更に新しい虚構の物語さえ生んだ。『文選』李善注が「記に曰く」として引くその物語とは以下のようなものである。漢の末年に東阿王であった曹植は甄逸のむすめに心を寄せていたが、太祖曹操はこれを五官中郎将であった曹丕に与えた。曹植は寝食を忘れるほど思いつめた。黄初年間に入朝した際に、文帝曹丕は曹植に甄后の玉縷金帯と枕を見せると、曹植はそれを見て思わず涙を流した。その時甄后は郭后の讒言にあって死に追いやられていたのである。文帝曹丕は事情を察して曹植にこの枕を与えた。曹植は国に帰る道すがら洛水のほとりで暫し憩いつつ甄后を思っていると、突然彼女が現れ、「私は本当は貴方に心を寄せていたのですが、その思いを遂げることは出来ませんでした。この枕、以前五官中郎将（曹丕）に与えたものですが、今あなたに差し上げます。」と言って枕席を薦めた云云。

この「記」に示される物語が、事実に基づくものではなく架空の物語であることは言を俟たない。例えば「記」の中には、黄初年間曹植が兄の文帝に謁見したとき、文帝は甄后の玉縷金帯と枕を曹植に示し、曹植はそれを見て思わず泣いた、とある。しかしながら、黄初年間の曹植の文帝との会見は、濡れ衣を着せられた曹植が身の潔白を明かさんと、文帝へ弁明と救命の決死の嘆願を試みていた時である。生きるか死ぬかの切迫した状況で、かつての恋人を思ってロマンチックな情緒にひたる余裕など、本来全く無かったはずなのだ。

確かにこの賦は曹植が一人称の語り手となり、実際の出来事について叙述しているかのように見える。しかしこれは漢賦以来の賦の手法であり、作品中に語り手や架空の人物が登場する設定は、むしろ物語の仮構性をあらわすものである。「洛神賦」は決して曹植自身の叙事ではない。作中の曹植は現し身の曹植ではなく、現実世界から抜け出した曹植の分身として考えるべきなのだ。

苛酷な現実からさらりと抜け出した曹植の分身は、この仮構の世界の中で神々と接触し、そして存分に情を解放する。美しき女性への憧れ、神の降臨、そして叶わぬ情の惜しげもない吐露、全ては儒教的文学観の中では価値を持たない辞人の賦、麗にして淫なる美的表現と抒情への沈潜なのである。

「記」に残された物語は、決して事実ではない。しかし人々は「洛神賦」をその虚構の物語とセットで楽しんだに違いない。なぜならそこには一人の女性を思い、その不幸な死を悲しみ、遂げられない思いに涙する一人の男の心情、すなわち「匹夫の思い」が切実に語られているからだ。「洛神賦」を読むものにとって、その時の曹植の実際の状況が如何なるものであったのかという事実は何ら重要ではない。そこに表れた悲しみと思いの深さこそ、この作品を不朽のものにしているのだ。

ここにきて「文章」は、完全に「経国」と切り離される。「洛神賦」は現実とのかかわりではなく、その虚構性と抒情性の中に作品としての価値を持つからである。そしてこの、空想世界の物語の中に解き放たれた個人の情の昇華、これこそが曹植作品の打ち建てた、新しい文学性ではないだろうか。

おわりに

文を重視する中国の儒教理念は漢代に確立する。儒教の中心には天に支えられた正統観と共に、礼によるその顕在化への志向がある。そしてその礼を支えるものとして楽と詩があった。詩は儀礼の際に楽と共に歌われ、王朝や宗廟の権威を世に知らしめるものであった。『詩経』が経典の一つであり、儒教的価値の一環であったことが端的に語るように、文も文章も文学も、漢代以前においては儒教的価値から離れて存在することは無かったと言ってよい。

しかし一方で、歌い歎じ踊るという人間の感情表現、更には言葉で表現することに対する本来的欲求というようなものは、このような儒教的価値付けとは別の次元で常に存在した。『詩経』の中に「鄭衛の声」があり、王朝雅楽とは別の流れの楽府として民間には古楽府が歌われ、そして司馬相如が華麗な表現空間の中に壮大な仮構世界を現出させた如きものは全て、儒教的価値とは別個に存在する、人々の表現に対する志向の表れであった。

前漢武帝期ころまでは恐らくこのように、歌にしろ賦にしろ、表現することに関して、比較的自由であったのではないだろうか。

文に対する儒教的価値付け、規範的意味付けが厳格になるのは、前漢末から後漢はじめの頃であろう。儒教の体系化、国教化が進む中で[20]、文に求められる意識が明確になってくる。その典型が『毛詩』「大序」である。そこに表れた儒教的文学観、すなわち詩文を現実の反映として捉えると同時に、現実変革に生きて働く力を文に求める文学観は、ここに確立する。その後、後漢における経典の整備、儒教一尊の思潮の中で、文は否応なく現実主義に傾き、表現することそのものに傾斜することは厳しい批判の対象となる。賦が芸人の技と見做され、抒情的歌謡が「鄭衛の声」と呼ばれ、そして揚雄が賦を「雕虫篆刻」と称したのは、全てこのような流れの中からの批判である。また更に、後漢始めの班固によって、文と著述意識がいちど大きく収斂されたことについては、既に第二章で述べた通りである。

建安期は、このような儒教一尊の思潮に大きな変革がもたらされた時期である。漢代的価値を超克するために、曹操は儒教を相対化しようとした。「文学」がその手段の一つとして大いに宣揚され、個人の才能を重んじ血族意識を否定する「気」の概念が重視されるようになる。曹操という強烈な個性によってもたらされたこのような変革は、文帝曹丕にも受け継がれ、ここに「文章は経国の大業」なる指標が打ち建てられる。

曹操が儒教を相対化するために主張した文学と、曹丕の言う「文章」とは、全く同じものとして捉えることはできない。曹操の宣揚した文学とは、家柄ではなく個人の才能に基づく表現活動とその持つ力を重視するものであり、曹丕の言う「文章」は儒教的揚名思想の枠内に止まりながらも表現の才を重んじるものであった。この二人の主張する文学・文章は、儒教的価値に対抗しながらも、しかも最終的には現実的価値を目指した点においては儒教的であったと言える。彼らの主張は、表現することそのものの自律的な価値を言うものでは決してない。

これに対して曹植の求めたものは、あくまでも儒教的価値であった。文帝の掲げた「経国」という価値を、卑屈なまでに頑なに守ろうとした曹植は、しかし同時に表現と抒情の世界に抗いがたく傾斜していく。「辞賦は小道」という言葉は、曹植にとって経国と文章とが相容れない存在として在り、その二つの間で引き裂かれる自己の思いを処理しきれない葛藤を表している。しかし反対に、曹植におけるこの葛藤は、彼にとって文章が経国という価値から離れた存在であったことを意味する。曹植自身にとっては第一義的に主張することのできなかった文章の自律的価値は、しかし曹植の主張を離れて、その作品の中に結晶する。「白馬王彪に贈る詩」に表れた抒情的風景描写に具現する切実な心情吐露、「野田黄雀行」に見る虚構世界への自由な飛翔、「洛神賦」に表れた華麗な物語空間の構築、曹植作品の中に我々は表現世界の独立した、そして自律した価値を見る。建安において文学は、曹植という表現の天才の筆を借りて、おのが独自の価値を自覚しはじめるのである。

注

（1）蓋文章經國之大業、不朽之盛事。年壽有時而盡、榮樂止乎其身。二者必至之常期、未若文章之無窮。是以古之作者、寄身於翰墨、見意於篇籍。不假良史之辭、不託飛馳之勢而聲名自傳於後。故西伯幽而演易、周旦顯而制禮。不以隱約而弗務、不以康樂而加思。夫然則、古人賤尺璧而重寸陰、懼乎時之過已。而人多不強力。貧賤則懾於飢寒、富貴則流於逸樂。遂營目前之務、而遺千載之功。日月逝於上、體貌衰於下、忽然與萬物遷化。斯志士之大痛也。融等已逝。唯幹著論成一家言（『文選』巻五十二　魏文帝「典論論文」）。

（2）大上正美「ふたりの武帝と表現者たち」（『国家と言語』弘文堂　二〇一二年）。

（3）渡邉義浩「三国時代における「文学」の政治的宣揚」他（『三国政権の構造と「名士」』汲古書院　二〇〇四年）。

（4）魯迅「魏晋の風度および文章と薬および酒の関係」（第二章注（2）参照）。

（5）渡邉義浩「曹丕の『典論』と政治規範」（『三国志研究』四、二〇〇九年　『「古典中国」における文学と儒教』汲古書院　二〇一五年所収）。

（6）夫文本同而末異。蓋奏議宜雅、書論宜理。銘誄尚實、詩賦欲麗。此四科不同。故能之者偏也。唯通才能備其體（『文選』巻五十二　魏文帝「典論論文」）。

（7）今之文人、魯國孔融文擧、廣陵陳琳孔璋、山陽王粲仲宣、北海徐幹偉長、陳留阮瑀元瑜、汝南應瑒德璉、東平劉楨公幹。斯七子者、於學無所遺、於辭無所假。……王粲長於辭賦、徐幹時有齊氣。然粲之匹也。如粲之初征登樓槐賦征思、幹之玄猿漏巵圓扇橘賦、雖張蔡不過也。然於他文未能稱是。琳瑀之章表書記、今之雋也。應瑒和而不壯、劉楨壯而不密。孔融體氣高妙有過人者。然不能持論、理不勝詞、以至乎雜以嘲戲。及其所善、揚班儔也（『文選』巻五十二　魏文帝「典論論文」）。

（8）李善注に「斉俗文体舒緩」と。

（9）名士のランク付けに関するこれらの用語と「気」の重視については、渡邉義浩「魏晋南北朝における「品」的秩序の展開」（『魏晋南北朝における貴族制の形成と三教・文学』汲古書院　二〇一一年）に詳しい。

（10）植白。數日不見思子爲勞。想同之也。僕少小好爲文章、迄至于今二十有五年矣。然今世作者可略而言也。昔、仲宣獨歩於漢南、孔璋鷹揚於河朔。偉長擅名於青土、公幹振藻於海隅。徳璉發跡於此魏、足下高視於上京。當此之時、人人自謂握靈蛇之珠、家家自謂抱荊山之玉。吾王於是設天網以該之、頓八紘以掩之、今悉集茲國矣（『文選』巻四十二　曹子建「與楊徳祖書」）。

(11) 然此數子、猶復不能飛軒絶跡、一擧千里。以孔璋之才、不閑於辭賦、而多自謂能與司馬長卿同風。譬畫虎不成反爲狗也。前書嘲之、反作論盛道僕讚其文。夫鍾期不失聽、于今稱之（『文選』巻四十二　曹子建「與楊徳祖書」）。

(12) 今往、僕少小所著辭賦一通、相與。夫街談巷說、必有可采。擊轅之歌、有應風雅。匹夫之思、未易輕棄也。辭賦小道、固未足以揄揚大義、彰示來世也。昔楊子雲先朝執戟之臣耳、猶稱壯夫不爲也。吾雖徳薄、位爲蕃侯。猶庶幾戮力上國、流惠下民、建永世之業、留金石之功。豈徒以翰墨爲勳績、辭賦爲君子哉。若吾志未果、吾道不行、則將采庶官之實錄、辯時俗之得失、定仁義之衷、成一家之言。雖未能藏之於名山、將以傳之於同好（『文選』巻四十二　曹子建「與楊徳祖書」）。

(13) 若乃不忘經國之大美、流千載之英聲、銘功景鐘、書名竹帛、斯自雅量素所蓄也。豈與文章相妨害哉（『文選』巻四十　楊徳祖「答臨淄侯牋」）。

(14) 或問。吾子少而好賦。曰、然。童子雕虫篆刻。俄而曰、壯夫不爲也（『法言』吾子）。

(15) 或問。景差、唐勒、宋玉、枚乘之賦也、益乎。曰、必也淫。淫則奈何。曰、詩人之賦、麗以則、辭人之賦、麗以淫。如孔氏之門用賦也、則賈誼昇堂、相如入室矣。如其不用何（『法言』吾子）。

(16) 『文選』巻一、班孟堅「両都賦序」に「或曰、賦者古詩之流也」とあり、李善注は「毛詩序」を引き、六義の中に賦があることによって、賦が「古詩の流」であると説明する。ここでいう「古詩」は『詩経』を指す。賦と古詩との結びつきについては、第八章参照。

(17) 『文選』に現れる賦の重視については、第八・九章参照。

(18) 藤原尚「魏文帝の賦と楚辞との関係」（『支那学研究』第二十四・二十五号　一九六〇年）。

(19) 『漢書』巻六十四下　王褒伝に「辭賦大者與古詩同義、小者辯麗可喜、辟如女工有綺縠、音楽有鄭衛、今世俗猶皆以此虞說耳口。辭賦比此、尚有仁義風諭、鳥獸草木多聞之觀、賢於倡優博弈遠矣」と。

（20）　儒教の国教化は前漢の武帝の時ではなく、後漢の初期、白虎観会議の頃にその完成を見るべきであることについては渡邉義浩『儒教と中国』（講談社選書メチエ　二〇一〇年）他に詳しい。

第六章　曹植における楽府の変容
――「興」的表現と物語性をめぐって――

はじめに

民国初期の詩人聞一多（一八八八―一九四六）は、古典詩研究の分野に多くの業績を残したことでも知られる。聞一多の古典詩研究の一分野に「詩史」すなわち詩の歴史の構築があるのだが、その中で彼は中国文学の全史を古代と近代の二つに大きく分け、その転機を漢の建安に置く(1)。それは、後漢のほぼ二百年を通して硬直した思想と凍結した感情とが、復古と擬古のみに執着する賦の形式に限界を感じ、新しい表現形態としての詩の中に新たな可能性を求めた時期であったからだ。

新しい表現形態としての詩、それは漢代楽府の流れを汲んだ五言詩である。魏晋期の詩歌は五言という形式を純化させ、題材と感情表現に磨きをかけ、抒情詩としての芸術性を大きく進展させる。その決定的な転機となった建安期、特にその中心である曹植の楽府の特性について考えてみたい。

一、建安における楽府

建安の三曹（曹操・曹丕・曹植）は、それぞれ楽府作品において大きな特徴を見せる。まず曹操の楽府であるが、それは題こそ漢代のものを承けながら、内容において全く独自な展開を見せる。
例えば「薤露」「蒿里」の二首は、漢代の古楽府においては人の死を悼む葬送歌であった。

薤露[2]

薤上露　にらの葉の露は
何易晞　すぐにもかわいてしまう
露晞明朝更復落　かわいた露は翌朝も降りるが
人死一去何時歸　人は死んだらもう帰らない

蒿里

蒿里誰家地　蒿里は誰の場所？
聚斂魂魄無賢愚　賢愚の区別無くたましいが集まるところ
鬼伯一何相催促　霊魂の使いが促せば
人命不得少踟蹰　人の命は少しの躊躇もゆるされない

しかし曹操の「薤露」は以下のように歌う。

惟漢二十世　漢の世の二十二代目の霊帝
所任誠不良　その任じた何進という男は実に悪いやつだった
沐猴而冠帯　サルのくせに冠や帯をまとい
知小而謀彊　頭は悪いのに小ずるく動き回る

猶豫不敢斷　しかし決断力が無かったために
因狩執君王　浅はかな手段で権力を握ろうとした
白虹爲貫日　白い虹が太陽を貫く不吉な天象が立ち現われ
己亦先受殃　自分自身がまず災いを受けた
賊臣持國柄　結果、賊臣董卓が国家を専横し
殺主滅宇京　少帝を殺してみやこ洛陽を焼き滅ぼしてしまった
蕩覆帝基業　漢帝の築きあげた王朝の土台はひっくり返り
宗廟以燔喪　ご先祖様の霊廟も燃やし尽くされてしまった
播越西遷移　西のみやこ長安へと移動させられた人々は
號泣而且行　大声で泣きながら行進を続けた
瞻彼洛城郭　壊滅した洛陽のみやこを眺めれば
微子爲哀傷　微子でなくとも痛ましくて仕方がないのだ

これは、後漢末の騒乱の中で王朝転覆を図った董卓を痛烈に批判した歌である。
また「蒿里行」では次のように歌う。

關東有義士　関東に義士が集まり
興兵討群凶　兵を興して群れ為す賊を討伐しようとした
初期會盟津　初めは孟津にて諸軍が起兵したが
乃心在咸陽　気持ちは咸陽の奪取にあったために

軍合力不齊　諸軍は集まったが力を合わせることができず
躊躇而雁行　ぐずぐずするばかりで前進しない
勢利使人爭　利権をめぐって争いがおこり
嗣還自相伐　却って内紛状態になってしまった
淮南弟稱號　袁術は淮南で帝号を僭称したが
刻璽於北方　玉璽は漢の帝室とともに北方にあった
鎧甲生蟣蝨　そんな混乱の中、死んだ兵士の鎧甲冑には蛆がわき
万姓以死亡　人々は死に絶えた
白骨露於野　白骨が野ざらしになり
千里無鷄鳴　千里四方　鶏の声も聞こえない
生民百遺一　生き残った者は百人に一人というこの惨状に
念之斷人腸　私の腸は断ち切れそうになる

こちらは、漢末の泥沼のような混乱と、国家の疲弊を具体的に描いたものである。

曹操の楽府が曹魏という王朝の建国の物語を歌うものであったことについては、既に第四章で述べたが、「薤露」「蒿里」は、従来の楽府の常套を脱し、時事そのものを歌いこんだまさに叙事詩であると言えよう。また、長篇の「短歌行」・「善哉行」は強引な正統性の主張であり、己の治世を世に見せつける破天荒な力に満ちている。

次に曹丕についてであるが、曹丕の楽府は曹操のそれに比べると極めて保守的であり、従来通りの題に従来通りの感情を歌いこむ。ただ、七言という歌行形態や、細やかな感情表現の洗練には、文人皇帝としての面目躍如たるもの

がある。「燕歌行」を見てみよう。

燕歌行

秋風蕭瑟天氣涼　　さあっと吹きつける秋の風に冷たい空気がたちこめます
草木搖落露爲霜　　草木は葉を落とし露は霜に変わりました
群燕辭歸鵠南翔　　ツバメたちは故郷へ帰り白鳥は南に羽ばたいています
念君客遊多思腸　　旅路のあなたを思ってわたしの心は塞がれるのです
慊慊思歸恋故郷　　満たされぬ思いに故郷を懐かしむあなた
君何淹留寄他方　　異郷の地での逗留がどうしてこんなに長く続くのでしょう
賤妾煢煢守空房　　私は一人孤独にあなたのいない部屋を守り
憂來思君不敢忘　　悲しくなってもあなたを思って忘れずにおります
不覚涙下霑衣裳　　こらえきれず涙があふれて仕方のない時は
援琴鳴弦發清商　　琴を引き寄せて清商曲をかき鳴らすのです
短歌微吟不能長　　その歌は短く繊細で悲しみに満ちあふれ
明月皎皎照我床　　明るい満月が白々とそんな私の独り寝のベッドを照らすのです
星漢西流夜未央　　天の川は西に流れて夜は深く
牽牛織女遙相望　　牽牛と織女は遥かに見つめ合っています
爾獨何辜限河梁　　あなただけが何故に渉る橋も無く帰れずにいるのでしょう

これは、秋の訪れの中でひとり孤閨を守る女性の憂いをうたう典型的な怨歌であるが、従来的テーマに従来的モチーフを豊富にちりばめながらも、それを流暢な七言のリズムに美しく纏め上げている。
このように漢代楽府は、曹操・曹丕に至って旧套を脱しダイナミックに展開する。しかし表現することの切実さにおいて、この二人は曹植に及ばない。曹植の楽府は、漢代楽府の流れを正確に受け継ぎながらも、新しい抒情性を獲得することで、次の時代の五言詩の確立にむかって大きな端緒を開くものであるからだ。

二、曹植「野田黄雀行」

まず、曹植の「野田黄雀行」を見てみよう。

高樹多悲風　　高き樹の梢には悲しげな風が吹き
海水揚其波　　風が吹けば海の水はその波を高く揚げる
利剣不在掌　　鋭い剣を持たぬのならば
結友何須多　　友を多く持ってはならぬ
不見籬間雀　　ごらん、まがきの間に遊ぶ雀
見鷂自投羅　　タカを見て自分から網に掛ってしまった
羅家得雀喜　　網を仕掛けた者は雀を得て喜ぶが
少年見雀悲　　若者はそんな雀を見て悲しんだ
抜剣捎羅網　　剣を抜くや羅網《あみ》を切り裂き
黄雀得飛飛　　雀は飛び上がることができた

飛飛摩蒼天　　飛んで飛んで青空をかすめたかと思うと
來下謝少年　　まっすぐに降りてきて若者に礼を言ったのだ

「野田黄雀行」という題については、陳の釈智匠『楽録』は劉宋の王僧虔の『技録』にそれがあったと言い、また漢の鼓吹曲鐃歌にも「黄雀行」がある。黄節は朱乾『楽府正義』に引く「楚策」の荘辛の歌がこの篇の本辞であるとする。(3) それは以下のような歌辞である。

黄雀俯啄白粒　　小雀は俯いて飯粒をつつき
仰栖茂樹　　仰いで茂る樹木に栖む
鼓翅奮翼　　羽と翼を奮わせて
自以爲無患　　自分には何の心配事も無いと思っていた
不知夫公子王孫左挾彈　　良家のお坊ちゃまが左手に弓をもち
右攝丸　　右手で弾をこめると
將加己乎十仭之上　　十仭の彼方から自分を狙っているなんて何も知らずに

深く茂る樹木の中で餌をついばみ、そして翼をふるって羽ばたく「黄雀」ののびやかな自由さと、知らないうちにそれを脅かす「王孫公子」の鉄砲玉をここでは歌う。

「王孫公子」が鉄砲で鳥を撃つというテーマは、古楽府「烏生」と共通する。

烏生

烏生八九子　　カラスの子供が八九羽
端坐秦氏桂樹間　　秦氏の桂の木に並んで止まる

唶我、秦氏家有倣蕩子　ああ、秦氏の家には放蕩息子
工用睢陽彊、穌合彈　睢陽のつよ弓と穌合の弾を上手くあやつる
左手持彊彈兩丸　左手に弓を持って二発の弾を撃てば
出入烏東西　カラスたちはバタバタと飛び立つ
唶我、一丸卽發中烏身　ああ、一発がカラスの体に命中し
烏死魂魄飛揚上天　カラスは死んでタマシイが天に上る
阿母生烏子時　カラスの母さんは子供を生んだとき
乃在南山巖石間　もともとは南山の岩間にいたんだった
唶我、人民安知烏子處　ああ、人はみなカラスのねぐらを知らない
蹊徑窈窕安從通　それは奥深い山の小道、誰も足を踏み入れぬところだったのだ
白鹿乃在上林西苑中　白い鹿はもとは上林苑の西苑に放たれた貴い鹿
射工尙復得白鹿脯　射手はそれでも何とか手に入れて干し肉にする
唶我、黄鵠摩天極高飛　ああ、黄鵠は天にも届かんばかりに高く飛ぶ鳥
後宮尙復得烹煮之　後宮はそれでも何とか捕まえて料理してしまう
鯉魚乃在洛水深淵中　鯉はもともと洛水の深い淵に泳ぐ魚
釣鉤尙復得魚口　釣り人はそれでも何とか釣り上げる
唶我、人民各各有壽命　ああ、人には皆な寿命がある
死生何須復道前後　死ぬこと生きること、遅い早いを言っても仕方がない

ここに引いた二首のうたには共通して、自然の中で自由に生きる動物と、それを捕えて人間界の道具とする人為との対立が描かれる。そしてそれらは、あるいは油断の警告に、あるいは生死無常の感慨に集結する。

このような、鳥の自由な飛翔と人間の阻害という対照を、曹植の「野田黄雀行」はまず漢代楽府から継承する。また、曹植「野田黄雀行」の最終聯に天を摩して飛ぶ雀の形象があるが、この「烏生」篇の黄鵠の飛翔もまた「天の極を摩して高く飛ぶ」と歌われる。テーマのみならず表現もまた、曹植は古楽府から襲っていることが分かるのだ。

さらに、「野田黄雀行」における雀と羅との関係については、漢代楽府「艾如張」にそれを見ることができる。

艾如張

艾而張羅　　草を刈って羅網《あみ》を張る
夷於何　　ああ、何たること
行成之　　網を張るのだ
四時和　　季節はやわらぎ過ぎる中
山出黄雀亦有羅　　山に雀はいるけれど 人の仕掛けに網があり
雀以高飛奈雀何　　雀は高く飛ぶけれど 網に掛るしかない定め
爲此倚欲　　倚欲《あしなわ》の仕掛けのために
誰肯礞室　　自由に飛ぶことは誰にもできない(4)

ここでは、高く飛ぶ雀と、それを待ち受ける網羅がうたわれる。「野田黄雀行」における「黄雀」と「羅家」の対立は、この「艾如張」を継承している。

さて、このように鳥と人間、自然と人為の対立のテーマを古楽府から受け継ぎながら、この「野田黄雀行」における新しい展開は、ひとえに「少年」と「利剣」とにある。鋭い剣を手に持つ若者こそ、この歌の一方の主人公であり、それは従来的な鳥と人との関係、自由な飛翔とそれを妨げる網羅という構図を、大きく変形して飛躍する。

「少年」と「利剣」は、いわゆる「結客行」の中に度々歌われる。「結客行」「結客少年場行」と題される歌群は、無鉄砲な若者の若々しい生命力と未熟な遊蕩とを、あるいは批判的に、あるいは青春賛歌として歌う系譜である。曹植自身の楽府にも、「結客行」として「結客少年場　報恩洛北芒　利劍鳴手中　一擊兩尸僵（盛り場で結ぶヤクザな縁、洛北の荒野で果し合い、鋭い剣を唸らせれば、一撃のもとに屍ふたつ）」とうたわれている。しかしこの「野田黄雀行」の中では、少年の利剣は青春の豪放の中ではなく、網に捕らわれた雀の救済に使われる。従来的なモチーフを用いながらも、「野田黄雀行」においてそれは、全く新しい展開をみせるのである。

最後に描かれる鳥の喜びと、若者への感謝というモチーフも、これまでの楽府には無い。「飛飛」という繰りかえしを、更に重複させることで表現される鳥の喜び、そして直下して若者に感謝する鳥の形象は、曹植の創造であり、そしてこの歌の中において最も鮮明な印象を人に与えるものである。

三、興的表現

ところで、雀と少年を主人公とするこの「野田黄雀行」の冒頭二句「高樹多悲風　海水揚其波」は、一体何を意味するのであろう。黄節は「多風」の典故として『淮南子』人間訓の「夫れ鵲は先に歳の風多きを識りて、高木を去りて扶枝に巣づくる（夫鵲先識歳之多風也、去高木而巣扶枝）」を挙げ、樹は高ければ風も強いことをいい、また「海」と「波」の関係については、『韓詩外伝』の「天の迅風ならず、天の波溢ならず、三年茲にあり（天之不迅風、天之不波溢也、三年於茲矣)」を引いて、風が吹き海に波が立つ現象の典故とする。呉汝綸は「高樹の句は、高位に在る者、競いて不善を為すを言うなり。海水の句は、天下騒動するを言うなり(高樹句、言在高位者、競為不善也。海水句、言天下騒動也)」と言い、それぞれの言葉が現実社会での背景を象徴するものだと解釈する。

これらの解釈は、この二句を文字通りの自然現象と見て、その中に暗示や象徴性を読み取ろうとするものである。しかし、高い樹木に吹き付ける風と、波を挙げる水の表現は、実は同時期の楽府や五言詩に多く見られ、特に曹植自身の作品にも類型表現を多数見つけることができるものなのだ。例えば古楽府の中には生別離を歌った「塘上行」に、

邊地多悲風　　辺境の地に吹く風は悲しげで
樹木何修修　　樹木はシューシューと寂しげに音を立てる

とあり、一人居の女性の悲しみを導く。また古詩十九首其十四には、

白楊多悲風　　白楊に吹き付ける悲しい風の声は
蕭蕭愁殺人　　シューシューと音を立てて人の心を愁いで満たす

と、墓地に生える白楊に吹き付ける秋風のもの悲しさを歌う。高い樹木に吹く風の声によって引き起こされる、抑えきれない切なさは、「悲風多し」という定型句で表現されていたことがわかる。

また、曹植自身の作品としては、「雑詩」に、

高臺多悲風　　高い台に風は悲しげに吹き付け
朝日照北林　　朝日は北の林を照らす
江介多悲風　　川沿いの地には悲しげな風が吹き

淮泗馳急流　淮水泗水には急な流れが走る

とあり、或いは朝日に照らされる林の光景と、或いは疾走する川の流れと対になって、「悲風多し」という表現が繰り返される。

このように見てくると、おそらくこの「野田黄雀行」において冒頭の二句は、実際の光景を詠んだものとしてではなく、海水と樹木、そこに吹き付ける風によって引き起こされる波の声とが、歌全体の主題を導くものとして、いわば「興」的役割を担って歌われているものだと考えられる。

「興」とは詩経の六義の一つであり、賦・比とともにその修辞技法を言うものとされる。「興」について南宋の朱熹は「先に他物を言いて、以て詠む所の詞を引き起こすなり」と言い[5]、自然界の風物を始めに提示し、そこから主題に導く表現技法であるとする。また、赤塚忠をはじめとする近年の詩経研究では、それは古代の習俗と深く関連した呪術的言辞であるとする[6]。おそらくそれは、古代において自然界と深くかかわりをもった人々の習俗や畏怖を込めた呪術的言辞であったものが、漸次その呪術性を希薄にし、外物の叙景、あるいは雰囲気を喚起するものとして詩表現に組み込まれるようになったのであろう[7]。

思うに風と波とは、人生行路を妨げるもの、スムーズな事の流れを阻害するものの象徴である。高い樹に吹きつける風、木は高い程その風の声は激されて悲しい。海は波を揚げる。吹きつける風が激しい程、波は高く揚がる。「野田黄雀行」の冒頭の二句は、自然の光景の描写ではないし、ましてや現実世界の具体的な事象を比喩するものでもない。それは事物のなめらかな順行に大きく逆らう何物かを導き出す、「興」的手法として歌われているのである。

このように、曹植の「野田黄雀行」は、古楽府からテーマや類型句、そして「興」的技法を豊かに引き継ぎつつも、それに新しい展開を加えることによって作品世界の完成度を格段に高めている。それは古楽府の持った無名性を超えて、個人の作品としての独自性を持つものとなっているのだ。

「野田黄雀行」の作品としての独自性はどこにあるのか。それはまず、解放された自由な飛翔の爽快感にある。そしてそれを導くストーリー性にある。

古楽府の中では鳥は網に掛るもの、自由な自然の境地から、人間界の所為によって束縛されるものであった。しかしこの歌では、雀はいちど捕らわれながらも再び解放され、天高く飛ぶ。その自由な飛翔の爽快感はこの歌の最も大きな魅力である。

また、鳥と少年の寓話の形で進められるストーリーには、簡潔な中にもドラマ性がある。籬の間で遊んでいた雀の日常に羅に掛かるという災難がおとずれる。しかし少年による救済という急展開によって、最後は団円に収束する。わずか八句の中に、日常―災難―急展開―団円というドラマが巧みに取り込まれている。そして天をかすめた雀が真っ直ぐに降りてきて若者に礼を言うという最終句は、物言わぬ友情を画いて美しく、かつ明るい喜びに満たされている。「野田黄雀行」を作品として際立たせているものは、この軽やかな筆さばきの中に醸される、フィクション世界の抒情性とでも呼ぶべきものであろう。

四、「吁嗟篇」

同じくフィクションとイメージを具象化して成功している作品として「吁嗟篇」がある。

吁　嗟　此　轉　蓬　　ああ、私というこの転蓬
居　世　何　獨　然　　この世の中でひとりぼっち

長去本根逝
宿夜無休閒
東西經七陌
南北越九阡
卒遇回風起
吹我入雲間
自謂終天路
忽然下沈泉
驚飆接我出
故歸彼中田
當南而更北
謂東而反西
宕若當何依
忽亡而復存
飄颻周八澤
連翩歷五山
流轉無恒處
誰知吾苦艱

根っ子から離れて長くさすらい
朝夕に休むこともない
東へ西へ七つの陌《みち》を経て
南へ北へ九つの阡《みち》を越え
とつぜん　つむじ風に巻き上げられて
私は雲間に吹き上げられた
天への道を行きつこうとしていると思うと
あっというまに深い淵へと下される
すると暴風が私を引っ張り出して
あの田の中に何とか帰そうとする
しかし、南に向かうべきなのにどんどん北へと行き
東に行けと言っても反対に西へと向かう
あてどなくさまよい寄る辺も無く
亡びるかと思えばしかしまた復活する
ふらふらと漂うように国じゅうの大沢をめぐり
ひらひらと五つの山を歴る
落ち着く先なく流転するわが身
その苦しみを知るものとて無い

願爲中林草　　できることなら林中の草となって
秋隨野火燔　　秋に野火にまかれて焼かれたい
糜滅豈不痛　　この身が滅び去ることは痛かろう
願與株荄連　　それでも株や根と繋がっていたいのだ

「吁嗟篇」は転蓬の歎きを歌ったものである。根っ子から切り離されてあてどなくさまよう根無し草は、東西南北へと休むことなくさすらい続ける。つむじ風に吹き上げられて天上界まで行こうとしたかと思うと、一気に降下して深い淵に沈みそうになる。故郷に帰りたくても当ても寄る辺もなく、風に吹かれるままにひたすら流転する身を嘆く。そして最後に、野火に焼かれてもよいから、根っこや株と繋がっていたいという切実な願望を吐露する。

根っ子から切り離される植物の形象は、古楽府の中では「豫章行」に見える。

豫章行

白楊初生時　　白楊《はこやなぎ》はその生を受けた時
乃在豫章中　　豫章の山中にあったのだった
上葉摩青雲　　（成長し大木となるや）上に広がる葉は大空をかすする程に伸び
下根通黃泉　　下に張る根っ子は黄泉の国まで通じる程になった
涼秋八九月　　ある晩秋の八・九月
山客持斧斤　　山びとは斧斤《おのまさかり》を持ち出して（私を切り倒した）
我□何皎皎　　私の真っ白に茂った葉っぱを
梯落□□□　　無情にもそぎ落としてしまったのだ

根株已斷絕　根っ子と株とは断ち切られ
顚倒巖石間　岩石の間にひっくり返された
大匠持斧繩　親方は斧と縄とを手にして
鋸墨齊兩端　鋸《のこぎり》と墨《すみなわ》とで木材の長さをそろえる
一驅四五里　四・五里の道のりを駆られるうちに
枝葉白□捐　枝と葉っぱとは空しく除き捨てられて
□□□□□　わずかに残った小枝さえも
會爲舟船燔　集めて船のたきぎとなるのだった
身在洛陽宮　（かくて）我が身は洛陽の宮殿の材となり
根在豫章山　我が根は豫章の山にあり
多謝枝與葉　枝や葉とも長く別れ別れとなり
何時復相連　もう二度と会える日は来ないだろう
吾生百年□　我が生は百年を超え
自□□□俱　その間ずっと枝葉と生を俱にしてきた
何意万人巧　思いもしなかった、人間の技術《わざ》の粋が
使我離根株　私の根と株とを切り離すことになろうとは(8)

「豫章行」は、断ち切られる豫章の白楊の物語である。大空に届かんばかりに葉を茂らせ、黄泉に通じるほどに深く根を張っていた豫章の白楊は、ある晩秋の日に山人の手で葉をそがれ、幹は根から断ち切られてしまう。そして根っ

子を豫章の山に残したまま、体は洛陽の宮殿の建築材となってしまう。根っ子と枝葉から分断された白楊の幹は、もう二度と枝葉や根っ子と会える日は来ないだろうと嘆く。

ここでは、肉体（肉親）との離別というテーマが、切り出される白楊の運命を通して具体的に、そして物語的に歌われる。背景には『荘子』以来の植物への共感、人間と自然の対立という構図を持ちながら、[9] 切り出し運ばれ枝葉を捥がれ、という具体的な描写による物語の展開を持つことによって、傷つけられた樹木の痛みが実感として読む者に喚起される。

曹植の「吁嗟篇」は、根株から切り離されることの苦痛を歌う点、そしてそれを作中の発語者が「我」「吾」という視点から吐露する点において、この「豫章行」と共通すると同時に、物語による抒情の喚起という楽府表現の持つ一つの大きな特徴を、そのまま継承するものだと言えるであろう。

「豫章行」のモチーフが切り出される白楊であったのに対し、「吁嗟篇」のモチーフは「転蓬」に変わる。秋に根から離れて根無し草となる転蓬について、曹植以前にそれを詩歌に歌いこむことは少ない。転蓬はくるくる回るもの（『淮南子』）、水分を失ったボサボサのもの（『詩経』）、あるいは風に飛ばされてどこまでも飛ぶものとして引用されても、さすらい人の寄る辺なさを歌うことは希であった。曹植の歌は、離郷の情を植物に託して歌う点、根っ子から切り離された樹木の歎きを歌う点において古楽府の流れを承けつつも、「転蓬」に新たなイメージを吹き込むことによって、さすらいの歎きと帰郷への切望を、物語の中に描き上げたのであった。

ところで、同じく「転蓬」を歌うものとして、曹植には「雑詩」一首がある。『文選』巻二十九からそれを引用すると以下の如くである。

轉　蓬　離　本　根　　　転蓬は根っ子を離れて

飄颻隨長風　ふらふらと秋風に従う
何意廻飆擧　不意につむじ風が吹きあがり
吹我入雲中　私を雲の中まで吹き上げた
高高上無極　高くのぼって天の果てまで届くかと思ったが
天路安可窮　天への道は究めることは出来ない
類此遊客子　そんな転蓬のようなさすらい人である私
捐軀遠從戎　遥か蛮夷の土地にまで追いやられ
毛褐不掩形　着るものにも不自由し
薇藿常不充　食べるものにも事欠く始末
去去莫復道　ああ、もう言うまい
沈憂令人老　深い憂いは人を老いさせるもの

この「雜詩」一篇は、冒頭から中盤に至るまで、表現も内容も「吁嗟篇」と共通する。しかし同じようにさすらう転蓬の憂いを詠みながらも、「雜詩」が憂いを憂いのままに歌うのに対して、「吁嗟篇」は現実を超えてイメージの世界に遊ぶ。楽府は、フィクションの中に自由な空想を繰り広げることを可能にする表現手段なのだ。そして「吁嗟篇」において何よりも印象的なのは、最終章で株根と繋がることへの切望を、「野火に焼かれても」という強烈なイメージで表現する部分であろう。「野田黃雀行」が明るい喜びに満たされた終結であったのに対して、こちらは激しく、そして文字通り身を焼くような痛切な願望を伝える。[10]

沈徳潜はこの「吁嗟篇」について、「遷轉の痛ましきこと、歸りて糜滅せんと願うに至る。情事言うに忍びざる者有り（遷轉之痛、至願歸糜滅、情事有不忍言者矣）」と言う。沈徳潜のいう「言語に尽くしがたい痛み」は、しかしここでは歌となって表出する。歌は、現実的な苦しみを言葉の世界で昇華したものだ。それは、現実の苦悩が表現を生んだこと、そしてまた、曹植にとっては表現することが現実の苦悩からの解放につながったことを言う。そして、現実世界での満たされない思いを、歌の中で昇華させるにあたって、曹植はそれを現実とは正反対のフィクションの中で描いたのだった。

また、朱緒曾はこの「吁嗟篇」を、裴松之が『三国志』の注に引用したことを評価し、昭明太子が『文選』に採用しなかったことを遺憾だとして、「此詩は眞の仁人孝子の詞なり、三百篇を讀む可き者は定ず此の種を推さん（此詩眞仁人孝子之詞、可讀三百篇者定推此種）」と言う。

朱緒曾はこの歌をその抒情性の高さにおいて評価したものと思われるが、しかしそれを「仁人・孝子」あるいは『詩経』と同等に規範として推奨しようとしたことには賛同できない。曹植の楽府は、「仁」とか「孝」とかいう価値基準では測れないものだと思うからだ。曹植の楽府、特にここで取り上げた物語世界を展開するものは、「歌作品」として、フィクションのもつカタルシスを存分に発揮した、新しい歌謡としてこそ評価すべきだと思うのである。(11)

建安の楽府、特に曹植の作品世界の獲得した新しい境地は、従来の古楽府に歌われた様々なテーマやモチーフ、そして物語的要素をふんだんに取り入れながら、しかし一方で切実な実感から生まれた深い思いとそこからの解放とを、歌の世界において美しく結晶させたところにあるのではないかと私は考える。

注

（1）『聞一多全集』（湖北人民出版社　一九九九年）第十巻に収録する未刊の手稿「四千年文学大勢鳥瞰」に付された表。

（2）引用の楽府はすべて、郭茂倩『楽府詩集』（人民文学出版社　一九六二年）を基本とし、『文選』・黄節『漢魏楽府風箋』（人民文学出版社　一九五八年）・聞一多『楽府詩箋』（開明版『聞一多全集』第四巻）等を参照した。
（3）以上すべて黄節『曹子建詩注』（人民文学出版社　一九五七年）による。
（4）この訳は主に聞一多『楽府詩箋』の語釈にもとづく。
（5）朱熹『詩集伝』「関雎」の条に「興者、先言他物、以引起所詠之詞也」と。
（6）赤塚忠『詩経研究』（研文出版社　二〇〇二年）参照。
（7）「興」表現の推移と六朝における展開については、牧角悦子「謝霊運山水詩における自然描写の特質」（二松学舎大学『東洋学研究所集刊』第二十八集　一九九八年）参照。
（8）この解釈は主に聞一多『楽府詩箋』に拠り、文字不明になっている箇所については筆者が文脈から想像で補った。
（9）『荘子』山木篇には、真っ直ぐなために切り出される樹木と、曲がっているために切られずに寿命をまっとうする樹木の話を載せる。
（10）川合康三「身を焼く曹植」『三国志研究』（第五号　二〇一〇年）は、曹植の作品の特徴として肉体への自虐的な痛みをうたう点があり、それが曹植の深層心理を反映しているものだとする。
（11）大上正美「仮想の力――曹植文学への問い」（『六朝文学が要請する視座』研文出版　二〇一二年）は、「吁嗟篇」「野田黄雀行」二篇のもつ幻想と仮想の意味を問うものである点、筆者と問題意識を共通する。

第三部　『文選』編纂をめぐる「文」意識

第七章　『文選』序文にみる六朝末の文学観

はじめに

六朝末期の梁朝に編纂された『文選』は、中国中世のいわゆる「文」の集大成であると同時に、当時の文学の一つのスタンダードを我々に示すものでもある。

本章では、その『文選』の序文を対象として、それを六朝末の梁代における文学意識の一端を示す史料として読むときに見える、いくつかの特色について明らかにしてみたい[1]。

魏晋南北朝期に、いわゆる「文学」が大きく成長したことは周知の通りである。とりわけ文論と呼ばれる文学評論は、曹丕の『典論』「論文」に始まり、陸機の「文賦」、摯虞の「文章流別論」、そして『文心雕龍』・『詩品』と、時代を追うごとに深化・変転し、また同時に多くの総集の編纂が、素材としての文学作品を大量に提供した。

ただ、ここで我々がいう「文学」なるものは、もちろん近代的定義を背景に持つ一つの概念であり、当時の人々は当然自らの著作活動を「文学」とは呼んではいない。「文」という言葉が指すものも、また「文」に対する意識も、時代ごと文脈ごとに異なり、それはまた近代的概念である「文学」とは質を異にするものであった[2]。

近代的「文学」概念を、六朝期の文人の営為に結びつけたのは魯迅であった[3]。書くという行為の自律性と、文字で残された作品のもつ普遍性を背後に持つ「文学」なるものへの注視は、近代以降の新しい文学研究の中から生まれたものなのである。

その近代的「文学」観は、六朝以前の文学、たとえば『詩経』や『楚辞』や漢代の楽府にそれを直接的に対応させることはできない。そこには古代的宗教性や中国独自の文への意識が濃厚に働いているからである。しかし建安から六朝にかけての作品と文論の中には、上述のいわゆる近代的文学観が、意識的にも無意識的にも表出してくるようになる。「文賦」や『文心雕龍』が文への意識を直接的に示そうとしたのに対し、ここで取りあげる『文選』の序文（以下「文選序」と記す）は必ずしも文への意識だけを明確に主張するものではない。また実は「文選序」は、その主張や文章表現において、精緻さに欠ける部分が多く、優れた文学論とは言い難い。しかし、文の歴史、文体の種別、そして選択基準を語るこの序文の中には、文学なるものが成熟に向かう過程、文学意識形成の過渡期の様相が明らかに見て取れる。不完全ながらも行間から垣間見られる、その文学意識の一端を、以下具体的に論じてみたい。

一、文の歴史

「文選序」は『文選』編纂をリードした、梁の昭明太子・蕭統によって著された[4]。その内容は大きく三つの部分に分かれる。まず始めに文の発生と変遷を述べる部分、次に各文体の違いを説明する部分、そして最後に作品の選択基準を示す部分の三つである。

まず始めの、文の発生と変遷を述べた部分を見てみよう。

式《もっ》て原始を観、眇《はる》かに玄風を覩《み》るに、冬は穴に夏は巣にすみし時、毛を茹《く》らい血を飲みし世、世は質に民は淳にして、斯文未だ作らず。伏羲氏の天下に王たるに逮《およ》びてや、始めて八卦を書き、書契を造り、以て結縄の政に代えたり。是に由りて文籍生ぜり。易に曰く「天文を観、以て時變を察し、人文を観、以て天下を化成す」と。文の時義遠きかな。若し夫れ椎輪は大輅の始め為るも、大輅寧ぞ椎輪の質有らんや。増冰は積水の成す所為るも、積水曾て増冰の凛たる微《な》し。何ぞや。蓋し其の事に踵《つ》ぎて華を増し、其の本を變じて厲を加うればなり。物既に之れ有り。文亦た宜しく然るべし。時に隨い變改すれば、詳悉すべきこと難し[5]。

原始の時代、そのはるか昔の風俗はというと、冬は穴に住み夏は木の上に巣をつくり、獣の生の血をすすっていたような時代であったため、世の中の人々は質朴純朴であって「斯文」すなわち人間の規範たる文はまだおこらなかった。伏羲氏の天下になって、ここで始めて八卦を画いたり書契を造ったりして、縄を結わえて文字の代わりにしていた時代は終わった。この時に「文籍」すなわち文字が生まれたのだ。『易』に言う「天文を観て時の変化を察し、人文を観て天下を教化成熟させる」と。「文」という言葉の、その時々の意味は、かくも遠い昔から存在したのである。たとえば手押し車は豪奢な御輿《みこし》の原型であるが、御輿にはすでに手押し車の素朴さは残っていない。氷は水が固まって出来たものではあるが、水の状態では氷の冷たさを持ちえない。何故なのか。おもうに、物は事態の変化に伴ってだんだんと華やかさを増していき、本来の姿を変化させて磨きをかけていくからである。物であってすらそうなのであるから、文もまた当然同じである。時の流れに従って変化していくその様相は、詳しくつぶさに述べつくすことは難しい[6]。

文の発生は伏羲氏の時の八卦と書契であり、それは人々が生活を送る中で天意を占ったり事柄を書き留めておいたりする必要から生まれた、という書き出しである。ここではいわゆる「文」を「斯文」「文籍」という言葉で表す。更にそれは『易』によってオーソライズされ、主張に根拠が示される。ここまでの文章は、四句・六句の文体と典拠を持つ語彙[7]による典型的な駢儷文である。しかし、同時代の『文心雕龍』の引き締まった駢儷文に比べると、完成度において懸隔を見る。古代は純朴で文の必要性が無かったということと、伏羲氏の時代に文が生まれたということと、「易」に文への意識が示されていることとが必ずしもスムーズには繋がっていないからだ。後半は、車と氷の例を引きつつ、文もまた時の流れに従って変化発展するものであることを言う。しかしこの「大輅」と「増冰」の例も、譬えとしてあまり説得力を持たない。車の形態が、素朴なものから豪華なものに発展していくというのは分かるが[8]、水が氷になるのは質朴から華麗への発展とは言えないからだ。ここに引かれる水と氷の譬えは、『荀子』勧学篇の「青は、之を藍より取りて、而も藍より青し」と対になる「冰は水之を成して、而も水より寒し」に拠るものであるが、勧学篇では物の質の変化を言うのであるのに対して、この序文は、物の時間的な発展を言おうとするものであり、微妙にその趣旨がずれているのである。

文の歴史を述べるこの部分の最終的な結論は、文は時に従って変化発展していくものなのだということであり、またそれは詳しく具さに追及することは難しいということである。ここで主張される「文」の進化発展について、興膳宏はそれを儒家的価値を重視した『文心雕龍』とは異なる、美文の主張であるとする[9]。しかしながら、手押し車から天子の御輿への発展、あるいは水から氷への変化を喩えに示されるこの序文の趣旨は、必ずしも修辞の重視を強調し儒教的価値観を排したものとは言えないのではないだろうか。むしろ反対に、「斯文」という表現や経典を多く典故にもつ語彙、そして『易』による権威付けなどはすべて、この序文が儒教的価値に則る主張であることを示そうとするものであるように見えるのだ。

以上、文の歴史を述べたこの部分についてまとめると、儒教的文学観に則りつつ示される一般的な文学認識の範囲を超えるものはなく、また文章も緻密に練れていない部分がある、ということが言える。

二、文体の分類

続けて示されるのは作品の類別、文体分類についての説明である。ひとくちに文と呼んだものを、更に内容と用途によって細かく分類することは、曹丕の『典論』「論文」篇にも見える六朝文論の大きな特徴である（第五章参照）。曹丕の『典論』「論文」篇が文を四種類に分けたのに対して、[10]『文選』ではさらに詳細に、文体を三十九種に分ける。この部分はその概要を述べている。以下、各文体についての説明を、便宜上Ⅰから Ⅵに区分した。

Ⅰ 嘗試《こころ》みに之を論ずるに曰く、詩序に云う、「詩に六義有り、一に曰く風、二に曰く賦、三に曰く比、四に曰く興、五に曰く雅、六に曰く頌」と。今の作者に至りては、古昔と異なれり。古詩の體、今は則ち全て賦の名を取る。荀宋之を前に表し、賈馬之を末に繼ぐ。茲《これ》自り以降、源流寔《まこと》に繁し。邑居を述べるは則ち「憑虛」「亡是」の作有り。畋遊を戒むるは則ち「長楊」「羽獵」の制有り。其の一事を紀し、一物を詠じ、風雲草木の興、魚蟲禽獸の流の若きは、推して之を廣むるに、勝げて載するべからず。[11]

さて、（その具さには論じ難い文の様相について）試みに論じてみれば以下の通りである。毛詩大序に言う。「詩には六義がある。一つ目は風、二つ目は賦、三つ目は比、四つ目は興、五つ目は雅、六つ目は頌である。」と。今の作者たちは、昔とは違ってきている。『詩経』にいう六義の体裁は、いま全て賦の名で表現されるものである。その賦のスタイルは、荀況・宋玉が先鞭をつけ、賈誼・司馬相如がその末を受け継いだ。その後賦の流れは実に豊富になり、都市の様子を述べるものには「西京賦」「上林賦」の作品があり、豪奢な狩りを諫めるものには「長楊賦」「羽猟賦」の制作がある。一つの事柄、一つの事物を著し詠ずるもの、風雲草木や、魚虫禽獣のたぐいの譬えなど、この賦の体によって描かれる世界は、全てを載せることができないほど豊富である。

Ⅱ又た楚人屈原、忠を含み潔を履むも、君は流れに従うに匪ず、臣の進は耳に逆らう。深く思い遠く慮れども、遂に湘南に放たる。耿介の意 既に傷《やぶ》れ、壹鬱の懷 愬《うった》うる靡《な》し。淵に臨みて懷沙の志有り、澤に吟じて憔悴の容有り。騒人の文、茲《これ》自りして作《おこ》れり(12)。
また、楚人屈原は、忠実で潔白な人格者でありながら、その主君は屈原の諫言を受け入れず、忠実なる臣下である屈原の進言は主君の耳に逆らうものとなった。屈原は深く遠い思慮を持ちながら、結局は湘南に放逐されてしまった。正しさへの頑な意志は傷つけられ、鬱屈した心中を訴える術もなく、淵に臨んでは石を抱いて沈んでしまおうという気持ちに襲われ、澤に吟ずるその様子は憔悴しきっていたのである。騒人の文学は、ここから生まれたのだった。

Ⅲ詩は、蓋し志の之《ゆ》く所なり。情中に動きて言に形わる。「關雎」「麟趾」は、正始の道著《あら》われ、「桑閒」「濮上」は、亡國の音表わる。故に風雅の道、粲然として観るべし。炎漢中葉自《よ》り、厥《そ》の塗漸《ようや》く異なれり。退《しりぞ》きたる傅に「在鄒」の作有り、降《くだ》りたる將は「河梁」の篇を著せり。四言五言は、區して以て別たれり。又た少きは則ち三字、多きは則ち九言となり、各體互いに興り、鑣を分かちて竝び驅せたり(13)。
詩は、おもうに志の表現である。心の中に情が動いて、それが言葉になって表現されたものなのだ。「關雎」「麟趾」には正しい始まりの道がはっきりと示され、「桑間」「濮上」には国が滅びゆく前兆をうかがわせる音調が見て取れる。このように、詩における正しい道のあり方は、かくも輝かしく見ることができる。漢代の中頃から、詩の道筋は少しずつそれと異なってきた。退職した補佐官である韋孟に「在鄒」の作があり、降伏した大将である李陵は「河梁」の篇を著し、四言詩・五言詩の区別も生じた。更に、少ないものでは三言、多いものでは九言という風に、様々なスタイルが興隆し、それぞれが並びあって展開した。

Ⅳ頌は、徳業を游揚し、成功を褒讃する所以。吉甫に「穆若」の談有り、季子に「至矣」の歎有り。舒《し》き布して詩と爲さば、既に言彼の如く、總じ成して頌と爲さば、又た亦た此の若し。[14]

頌は、徳業や成功を称揚し称賛するためのものである。尹吉甫に「穆若」の談があり、季札に「至矣」の感嘆がある（のがその始まりである）。その表現のスタイルが述べ広げる詩であるという意味では、すでに（詩の部分で）述べた通りであるが、文体を越えて褒め称えるという目的を総合的に捉えるならば、この『文選』における頌のような分類になる。

Ⅴ次に則ち箴は闕を補うに興り、戒は弼《たす》け匡《ただ》すに出ず。論は則ち理を析《わか》ちて精微、銘は則ち事を序して清潤。終を美するは則ち誄發し、像を圖くには則ち讃興る。又た詔・誥・教・令の流、表・奏・牋・記の列、書・誓・符・檄の品、弔・祭・悲・哀の作、答客・指事の制、三言・八字の文、篇・辭・引・序、碑・碣・誌・狀、衆制鋒起し、源流間出す。譬うるに陶匏器を異にするも、竝びに耳に入るの娯爲り。黼黻同じからざるも、倶《とも》に目を悦ばしむるの玩爲り。作者の致、蓋し云《ここ》に備われり。[15]

その次に、箴は欠点を補う目的で興り、戒は正しくあろうとする助けとして出現した。論は理論を分析して精密さを求め、銘は事柄を順序立てて簡潔さを潤いとを求める。人の終焉を賛美するものとして誄が出来、画像に画くために讃が出来た。また、詔・誥・教・令の流、表・奏・牋・記の列、書・誓・符・檄の品、弔・祭・悲・哀の作、答客・指事の制、三言・八字の文、篇・辞・引・序、碑・碣・誌・状といったたくさんの制作が次々に立ち現われ、様々に流れをかたちづくった。それは例えば陶と匏とは材料は違ってもその楽器としての音色はみな耳に心地よい楽しみであり、黼と黻とは糸の色は違っても、ともに美しい刺繍として目を楽しませてくれるようなものである。物を書くという行為の最終的な姿は、ここにすべてが出揃ったのである。

各文体に個別の説明を加えるこの部分で、最も多くの字数を費やして説明されるのは「賦」である（Ⅰ）。『文選』所収の作品の中でも、分量的に最も多いのが賦であり、それは『文選』全体の三分の一を占める。賦はまた、漢代を代表する文体としても認識されている。しかしここで注目すべきは、賦という文体の説明に、詩の六義が引用されているという点である。

「古詩の體、今則ち全て賦の名を取る」の部分、意味がとりにくいのだが(16)、「全て」は直前に引用される詩の六義を指すものであろう。「古詩」はここでは『詩経』を意味する。その『詩経』の表現する六義、すなわち風・雅・頌・賦・比・興すべての働きを、賦の文体が機能としてもっていることを言うと解すべきであろう。それは具体的には荀況・宋玉から賈誼・司馬相如に引き継がれた「賦」の表現した内容が、作品としては張衡・司馬相如の「西都」・「上林」が広大な領土を敷き述べて描写し（すなわち賦）、揚雄の「長楊」「羽猟」が豪奢な田猟を批判し（すなわち風）、表現としては事物を詠ずる中で、風雲草木や魚虫禽獣といった自然物が、興の手法で描かれている（すなわち興）ということを言いたいのだ。「賦」こそが詩の伝統を継承する正統的な表現形態であるとするこの文章観が班固を祖述するものであることについては第二章で述べた通りである。

賦の次に説明されるのは「騒人の文」（Ⅱ）である。文学史的な視点で言えば、漢代の賦は『詩経』と『楚辞』の双方から流れを汲んでいるといえる。しかし形態やモチーフから言えば『楚辞』の影響の方が『詩経』のそれよりも強いであろう。その意味で、賦の説明の後に「騒人の文」が来るのは自然である。しかしながら、これを『文選』の編纂順序に当てはめてみると、「騒人の文」にあたる「騒」の編次は、賦の後ではなく詩の後になっている。屈原の失意を歌ったとされる「離騒経一首」は六十巻本『文選』の巻三十二、『文選』全体の後半部分に初めて登場する。序文の主旨と『文選』本体の編纂意識とが微妙に食い違っているのである。

次に、賦に続いて比較的多くの言葉を費やして説明されるのが「詩」(Ⅲ)である。ここでもまた『詩経』の伝統を強調しながら、しかし漢の中葉から独自の路線を歩みだした詩の変化が語られる。詩の説明の前半部分では、『詩経』についての規範的な理解が示されるが、それに続けて漢代中葉以降、それがだんだんと変化したという。具体的に挙げられるのは韋孟「諷諫詩」・(伝)李陵「與蘇武詩」である。特に「與蘇武詩」を具体例として挙げていることから推すに、それは必ずしも『詩経』に直結するものではない。むしろ五言詩を中心に据えた抒情性の強い歌謡を念頭に置いての説明である。

詩といえば『詩経』、詩人と言えば『詩経』を書いた人々を指すことが常識であった六朝以前の文論の流れの中で、この詩の解説部分は、一方で『詩経』を引きつつも、その伝統性の継承は賦に譲り、そうではないただの一ジャンルとしての詩という形式を設定している点は注目に値する。この点については次章で論じたい。

続く「頌」の説明(Ⅳ)には特段の新しさは見られない。しかし「舒布爲詩、既言如彼、總成爲頌、又亦若此」の部分は、詩と頌の区別を明確にしようと努めながら、文字通り「ああなる(彼の如く)」「こうなる(此の若し)」という抽象的な表現がかえって主旨をわかり辛くしている。六義に含まれる「賦」「頌」の意味付けと、文体としての賦・詩・頌とが、説明の中でうまくかみ合っていないのである。ただ、この「彼の如し」「此の若し」という言い回しを使ったことが、班固の文体を真似たことについては、先に述べた通りである（第二章参照）。

「賦」（「騷」）・「詩」、そして「頌」と、ここまでは詩の六義との関連を基調に論じられるが、その他として一気に列記される「箴」より以下「戒」「論」「銘」、そして「誄」「讃」、さらに説明なしで併記が続く「詔」「誥」「敎」「令」、「表」「奏」「牋」「記」、「書」「誓」「符」「檄」、「弔」「祭」「悲」「哀」、「答問」「指事」、「三言」「八字」、「篇」「辭」「引」「序」、「碑」「碣」「誌」「狀」については、『文選』の編次とも作品数の多寡とも関わらぬ配列である。文体を三十九種に区別した『文選』の編纂意識は、必ずしも序文には反映されていないと言ってよい。

文体分類を説明するこの第二の部分から窺われる文学論の特徴は、まず賦の重視である。賦は、詩の六義を継ぐものとして文体の筆頭に置かれる。

漢代を代表するジャンルが賦であり、『文選』の中にも最も多くの部数を賦に当てていることはその重要性を言外に示している。しかし「文選序」において賦の重要性は、賦自体の持つ独自の文学性からではなく、むしろ『詩経』の伝統を継承するものとして、儒教的な観点から評価されているのだ。文の伝統は『詩経』からはじまり、『詩経』を継ぐ者が正統な文であるという儒教的文学観が、ここにははっきりと表れている。更に言えばこれは、揚雄が『法言』吾子篇において、賦を「詩人の賦」と「辞人の賦」に区別し、「詩人の賦」を正統とみなした視点と共通し、また『文選』巻頭第一篇の班固「両都賦」の序に、「賦は古詩の流なり（賦者古詩之流也）」というのとも共通する。「文選序」における賦の重視は、実に漢代的文学観に則るものであったと言えよう。

反対に、詩という文体について言えば、『詩経』の伝統とは異なる、一つのジャンルとしての認識がここにはある。この、ジャンルとしての「詩」の部立ては、儒教的権威から独立して存在する作品としての「詩」という認識を示唆するものである。

その他の文体については、上述の通りそれが必ずしも『文選』の編次と対応していないのは何を意味するのだろうか。或いはそれは、細かい編次に関して昭明太子が主導していなかったことの表れであるかもしれない。或いはその並べ方が音調の美しさを狙ったものであるのかもしれない。しかしそのどちらであっても、この部分全体の文体の順次は、『文選』の編纂方針とは完全に独立した形になっていることは確かである。

三、選択基準

序文の最後には『文選』の編纂基準が示される。衆多の作品の中の、何を取り何を取らないのか、「文」と見なし得るものとは如何なるものか、それが消去法の形で示される。

余、監撫の餘閑、暇日多きに居るとき、文囿を歴観し、辭林を泛覽し、未だ嘗て心は遊び目は想い、晷《かげ》を移すも倦《う》むを忘れずんばあらず。姫漢自《よ》り以來、眇焉として悠かに邈《とお》く、時は七代を更《か》え、數は千祀を逾《こ》ゆ。詞人才子、則ち名は縹囊に溢《あふ》れ、飛文染翰、則ち卷は緗帙に盈《み》てり。其の蕪穢を略し、其の清英を集むるにあらざる自《よ》りは、蓋し功を兼ねんと欲するも、太半は難きかな。(17)

私は、公務の合間に時間が多く取れる時には、文の園、言葉の林をあまねく散策し、つねに心も目も自由に楽しんで、時の移るのを忘れるほどであった。漢代より以降、時間は永く流れ、この間王朝は七代を経、年数は千年を越した。詩人や文人たちの名前、彼らの書き残した素晴らしい書籍は書庫書棚に満ち溢れている。余計なものを取り除き良いものだけを集めない限り、全てに精通しようと思っても、ほとんど無理である。

梁の武帝蕭衍は文人皇帝として知られ、その太子（昭明太子蕭統）も太子の兄弟蕭綱・蕭繹も、みなそれぞれ文学サロンを展開した。宮廷の書庫に国中の良書が集められたこと、サロンに多くの文人が終結したことが、『文選』を始めとする多種の総集や文論を生みだした背景にはあった。太子が公務の合間に書籍に耽溺し、選集の必要性を実感したというのは事実であろう。

続く編纂基準の表明には、何をどういう理由で「取らなかったか」が示される。優れた「文」であっても『文選』に収録しなかったものは、以下四種類に分けられる。便宜的に各項目をⅠ～Ⅳで区切った。

Ⅰ夫れ姫公の籍、孔父の書の若《ごと》きは、日月と倶に懸《か》かり、鬼神と奥を争う。孝敬の准式、人倫の師友なり。豈に重ぬるに芟夷を持ってし、之に剪截を加うべけんや(18)。

周公や孔子に係る書物といったものは、太陽や月と同様天に在って輝くものであり、鬼神と奥深さを競うごときものであり、孝・敬のきまり、人倫の師とも友ともなるべきものである。それを更に削ったり切り取ったり出来るものではない。

Ⅱ老荘の作、管孟の流は、蓋し意を立つるを以て宗と爲し、文を能くする以て本と爲さず。今の撰する所、又た以て諸を略せり(19)。

老子・荘子や管子・孟子といった類のものは、おもうに意見を述べること目的としており、美しく表現することを本来としてはいない。今の選択としてはこれを省略する。

Ⅲ賢人の美辭、忠臣の抗直、謀夫の話、辨士の端の若きは、冰の釋け泉の涌くがごとく、金の相あり玉の振うがごとし。所謂狙丘に坐し、稷下に議し、仲連の秦軍を却《しりぞ》け、食其の齊國を下《くだ》ししがごとき、留侯の八難を發し、曲逆の六奇を吐くがごときは、蓋し乃ち事は一時に美にして、語は千載に流る。概《おおむ》ね墳籍に見え、旁《あまね》く子史に出ずる。斯《かく》の若きの流は、又た亦た繁く博し。之を簡牘に傳うと雖えども、而れども事は篇章と異なれり。今の集むる所、亦た取らざる所なり。(20)

賢人の良き言葉、忠実な臣下の真っ直ぐな抗い、策士・弁士の話術のようなものは、氷が解けるように、泉が湧くように止めどなく、また金や玉が振えるように響く。たとえば狙丘に坐し、稷下に議論した斉の田巴や、魯仲連が秦軍を退却させたり、酈食其が齊國の軍を解いたり、留侯張良が八難を発して劉邦を思い止まらせたり、曲逆侯陳平が六たび奇計を吐いたような優れた弁説は、その事跡と語りは一世を風靡し、長く語り継がれるものである。そしてそれらは古書や歴史や諸子に広く登場する。この手のものはやはり豊富に存在し、書物として書き留められてはいるのだが、その内容は文作品とは違うので、いまの編集においてはやはり採らないのである。

Ⅳ記事の史、繫年の書に至りては、是非を褒貶し、異同を紀別する所以なり。之を篇翰に方《くら》ぶれば、亦た已に同じからず。其の讃論の辭采を綜緝し、序述の文華を錯比するが若きは、事は沈思より出で、義は翰藻に歸す。故に夫の篇什と、雜《まじ》えて之を集む。(21)

事を記した年代記である史書は、事の是非を褒貶し、史実の異同を記し判別するためのものである。これを文作品と比べると、やはり同じではないのである。しかし、史書の中でも「讃」「論」や「序」「述」の部分は、美しい表現を集め並べており、深い思いから生まれた事柄を表現し、意義深い内容を美しい修辞に帰結させている。そこで、これらは文作品と一緒に、雜えて編集した。

遠く周室自《よ》り、聖代に迄《いた》るまで、都《すべ》て三十巻と爲し、名づけて文選と曰うのみ。凡そ次文の體、各おの彙を以て聚む。詩賦は體既に一ならざれば、又た類を以て分かてり。類分の中、各おの時代を以て相い次げり。(22)

遠く周の王室から、現在の御世にいたるまでの作品を集めて、全部で三十巻となし、名付けて文選と呼ぶ。文を並べる順番は、それぞれ文体によってグループ分けした。詩と賦は更にスタイルが一つではないので、それを種類で分類した。分類中の作品は、時代ごとに並べた。

Ⅰ～Ⅳで示した内容のうち、Ⅰ・Ⅱ・Ⅳは、いわゆる四部分類の「経」・「子」・「史」に相当するものである。Ⅰは「姫公の籍」「孔父の書」すなわち儒教経典を、Ⅱは老子・荘子、管子・孟子などの諸子を、そしてⅣは「記事の史」「繫年の書」(23)すなわち歴史書を指している。

書籍を四つに分類するいわゆる四部分類は、晋の荀勗の『中経新簿』から始まり、『隋書』経籍志で確立する。史書に見える最初の書籍目録である『漢書』藝文志が六部分類であったのに対し、これが変化発展して四部になっていくのは六朝期である。「文選序」には、書籍分類が六部から四部になっていく過渡的様相が現れている。それはまず、Ⅲで示した種類の文の存在である。ⅡとⅣ、いわゆる子と史の間に、相当の字数を使って、説明されるこの部分は、歴史物語の中に登場する弁説の徒の語りを言うものである。『史記』や『戦国策』などの書物に残された田巴や酈食其や張良らの言説は、書物に残されたという意味で文字化されているとはいえ、本来「語り」として表現されたものである。『文選』ではこれらの「語り」を「文」とは見なさないのだ。しかし一方で、それを採用しないと言うことによって、これら歴史物語中の弁説を、「経」・「子」・「史」とは別の種類の「文」として認識していることが分かる。この点の詳細については、第九章で論じる。

次に、「史」に対する評価である。『隋書』経籍志以降の四部分類では「経」の次に来るのは「史」であるのに対して、ここでは「史」と「子」の順番が逆になっている。「史」と「子」の順番の入れ替わりについては、別伝を中心とした大量の史書が生まれ、史の自立的価値が飛躍的に高まっていく歴史的背景がある。(24) それは六朝魏晋期を中心としている。だが「文選序」の書かれた梁朝、少なくとも昭明太子の認識においては、「史」の価値がまだ「子」を凌駕し得てはいなかったことがここから分かる。

四部分類の過渡的様相を表すこの部分で、しかし最も注目すべきは、作品意識とでも呼ぶべきものの明示である。消去法を通じて浮かび上がる、経典でも諸子でも歴史書でもない一つのグループ、それは後に「集」と呼ばれる文集類である。それを「文」として選集するのだという意志表示は、「文」作品の他分野からの独立を意味する。「文学」や「文章」という言葉が、あるいは経書やその学問を表したり、あるいは文字文化一般を表したりするものであった状況から、ここでは確実に近代的意味での文学作品に近いものを表す方向に近づいている。

更に、「経」や「子」や「史」が編集から排除される理由の提示に際して、それが「篇章」「篇翰」「篇什」とは異なる、という表現がなされている。この「篇章」「篇翰」「篇什」という言葉は、それが一篇一篇の独立した作品を指す言葉である。経典や思想書や歴史書とは異質の、そしてまた語りとも異なる、いわゆる独立した一篇ごとの作品という認識が、この部分からは明確に読み取れるのである。

四、事出於沈思、義歸乎翰藻

さて、この三番目の部分は、『文選』の選録基準を示す部分なのであるが、しかしよく見てみると、何を「選録しない」のかを列挙することによって、選録すべき「文」についての意識を示すのみであり、何を「選録する」という明確な基準を言葉では語っていない。しかしそれにもかかわらず、従来『文選』の選録基準として、「事出於沈思、義歸乎翰藻（事は沈思より出で、義は翰藻に歸す）」の一文が必ず引用される。

「事出於沈思、義歸乎翰藻」は、内容と表現との双方に充実した作品を言う意味で、『文選』の編纂基準として引用するに相応しいものではある。しかし、序文の文脈に沿って言うならば、それは編纂から排除された「史」の分類の中でも、「論」と「讚」、そして「序」と「述」とについて、これらは「事出於沈思、義歸乎翰藻」であるので採録する、と言っているに過ぎず、『文選』全体の選録基準を直接提示したものではない。これを借りて選録基準と言う事はできても、昭明太子自身の選録基準の表明と取るべきではない(25)。

また、この一文は対句ではあるが、対応する語彙が微妙にずれた、崩れた対句になっている。「事」とは事柄を指す。それは具体的な事物であり、表現される具体的な対象、あるいはモチーフを言う。対する「義」は意味内容である。何を言いたいのか、表現されるべき内実を言う。「沈思」は「深い思い」、思い付きや軽薄な考えではない、実感に基づく心の深いところから生まれた思いである。「翰藻」は文ある美しい表現。対句の後半は「出於沈思」「歸乎翰藻」つまり、深い思いから出てきたものを、美しい表現に帰結する、というように、「内容」と「表現」を表してきちんとした対応をなしている。しかし、それを承ける主語として、「事」と「義」は微妙にずれている。「義」は、対象物のモチーフと含意を言い、それは、「内容」と「表現」という対とは別の対をなしているからだ。この対句全体の意図が、前半が内容を言い、後半が表現を言うことにあるとすれば、「事」は内容を承けた語、「義」は表現を承けた語でなければなるまい。

実は「事」と「義」の対称は、杜預「春秋左氏経伝集解序（『文選』巻四十五）」に「或いは経に先立ちて以て事に始め、或いは経に後れて以て義に終う」とある『春秋左伝』の概念語である。このことは、「事出於沈思、義帰乎翰藻」という言葉が、やはり歴史記述に関する「論」「讃」「序」「伝」のみを対象にした言及であることを示す[26]。

このように見てくると、昭明太子がこの一文を『文選』の選録基準として自ら掲げたのではないことは明らかである。

五、魏晋南北朝期における「文学」

以上、「文選序」を二つの段落に分けて、それぞれ文の歴史、文体の分類、選録基準（不採用の列挙）を述べた部分のなかに見られる、昭明太子の文学観の特色について論じた。総合的にみると、「文選序」は内容・表現ともに成熟し完成された文学論とは言えない。しかしそこには、いわゆる文学なるものが、創作芸術としての自立性を獲得していく過程の新しい文学意識の形成が確かに見て取れる。それは「文」の独自の発展を追う歴史認識であり、内容によって表現は類別されるのだという意識であり、文学作品の他分野からの独立の意識である。

しかしそれが他の文論と比べて独自性において際立っているかどうかは、別途検討が必要である。むしろ新しさよりは保守性の強い文論であることは、儒教的文の伝統を建前としてあくまでも重視する態度から十分うかがえる。また収録された作品群は、必ずしも文学性だけを重んじた作品とは言えない。むしろ斉・梁という「近代」を重視し、あるいは選者の私情を反映したものであったことは既に指摘される通りであろう。

更に、魏晋南北朝期にあって文学は、その芸術性よりも、実際の現場で生きて働く実用性こそ重要視されたものであったことは十分考慮にいれなければならない。表や誄や奏に限らず、賦や詩においてさえ、誰かに何かを伝えるという実用性こそが、文学のもつ最も重要な役割であった。その意味で、『文選』に収録された作品群は、文学芸術の粋を集めたものとは言えない。むしろそれは当時の「文」のスタンダードを集めた標準的規範の集まりだと言った方がよいであろう。そして、文学というものが、言葉の本来的自律性に支えられた芸術的価値を獲得していく過程は、むしろ標準的作品集である『文選』とは別の流れを反映した『玉台新詠』、あるいは儒教的詩歌観からは批判された「鄭衛の声」[27]、さらには民間の歌謡を吸収した楽府などの歌の流れの中に、その新しい可能性が萌芽していたのではないかと私は考える。

注

(1)「文選序」については、既に三種類の全訳がある。①集英社・全釈漢文大系『文選』(小尾郊一　一九四四年)②学習研究社・中国の古典『文選』(高橋忠彦　一九八五年)③角川書店・鑑賞中国の古典『文選』(興膳宏　一九八八年)。また、興膳宏「蕭統『文選序』の文学論」(清文堂出版・中国文学理論研究集成二『中国文学理論の展開』二〇〇八年)は、③を発展させたものであり、本稿と問題意識を共通する。

(2)六朝に至るまでの「文」の意味するものについては、興膳宏「『文学』と『文章』」(『佐藤匡玄博士頌壽記念東洋学論集』文功社　一九九〇年)及び本書序章参照。

(3)魯迅「魏晋の気風および文章と酒および薬の関係について」(第二章注(2)参照)。

(4)『文選』の実質的な編纂者が、実は昭明太子蕭統自身ではなく、その側近の劉孝綽等であったことについては、清水凱夫「文選編纂の周辺」(『立命館文学』三七七・三七八　一九七六年)等一連の論文(『新文選學——文選の新研究』研文出版　一九九九年に収録)に詳しい。

(5)「式観元始、眇覯玄風、冬穴夏巣之時、茹毛飲血之世、世質民淳、斯文未作。逮乎伏義氏之王天下也、始畫八卦、造書契、以代結繩之政。由是文籍生焉。易曰、「觀乎天文、以察時變、觀乎人文、以化成天下。」文之時義遠矣哉。若夫椎輪爲大輅之始、大輅寧有椎輪之質。增冰爲積水所成、積水曾微增冰之凛。何哉。蓋踵其事而增華、變其本而加厲。物既有之。文亦宜然。隨時變改、難可詳悉。(『文選』序)」

(6) 以下、序の全文を訳出するが、訳は文意を重視して意訳した部分がある。また語彙の詳しい説明は注(1)に引いた興膳宏「蕭統『文選序』の文学論」に譲り、本論では内容の特色を追うことを重視したい。

(7)「冬穴夏巣」「茹毛飲血」は『礼記』礼運篇を、伏羲氏の「八卦」「書契」「結縄」は『周易』繋辞下伝を出典に持つ。

(8)「變其本而加厲」の「加厲」は「激しさを加える(注(1)に引く各訳文は全てこのように解する)」のではなく「磨きをかける」と解すべきだと考える。

(9) 興膳宏「蕭統『文選序』の文学論」(注(1)参照)には「こうした蕭統の理論は一種の文学進化論といえるであろう。「質」から「文」への推移をこのように積極的に意味づけるとき、古代から現代へと流れる文学の歴史は、そのままプラスの価値の増大という楽観的かつ肯定的な評価となって受け止められることになる。修辞技術に過剰なまでに関心を注ぐ蕭統の時代の文学は、かかる基準から見れば、高い評価を受けるだけの十分な理由がある。……『文選』編纂にも影響を与えたと思われる劉勰の『文心雕龍』が、文学における文彩の効果を重視しながらも、文学の美の理想的な典型を儒家の五経に見出して、当代の文人たちに経書の精神への回帰を呼びかけたのとは、いささか趣を異にする」とある。

(10) 曹丕『典論』「論文」篇では「夫れ文は本同じきも末異なれり。蓋し奏議は宜しく雅なるべし、書論は宜しく理なるべし、銘誄は實を尚び、詩賦は麗ならんと欲す(夫文本同而末異、蓋奏議宜雅、書論宜理、銘誄尙實、詩賦欲麗)」として、「文」を「奏議」「書論」「銘誄」「詩賦」の「四科」に分ける。

(11) 嘗試論之曰、詩序云「詩有六義焉一曰風、二曰賦、三曰比、四曰興、五曰雅、六曰頌。」至於今之作者、異乎古昔。古詩之體、今則全取賦名。荀宋表之於前、賈馬繼之於末。自茲以降、源流寔繁。述邑居則有「憑虚」「亡是」之作。戒畋遊則有「長楊」「羽獵」之制。若其紀一事、詠一物、風雲草木之興、魚蟲禽獸之流、推而廣之、不可勝載矣。

(12) 又楚人屈原、含忠履潔、君匪從流、臣進逆耳。深思遠慮、遂放湘南。耿介之意既傷、壹鬱之懷靡愬。臨淵有懷沙之志、吟澤有憔悴之容。騷人之文、自茲而作。

(13)詩者、蓋志之所之也。情動於中而形於言。關雎麟趾、正始之道著、桑閒濮上、亡國之音表。故風雅之道、粲然可觀。自炎漢中葉、厥塗漸異。退傅有「在鄒」之作、降將著「河梁」之篇。四言五言、區以別矣。又少則三字、多則九言、各體互興、分鑣竝驅。

(14)頌者、所以游揚德業、褒讃成功。吉甫有「穆若」之談、季子有「至矣」之歎。舒布爲詩、旣言如彼、總成爲頌、又亦若此。

(15)次則箴興於補闕、戒出於弼匡。論則析理精微、銘則序事淸潤。美終則誄發、圖像則讃興。又詔誥敎令之流、表奏牋記之列、書誓符檄之品、弔祭悲哀之作、答客指事之制、三言八字之文、篇辭引序、碑碣誌狀、衆制鋒起、源流閒出。譬陶匏異器、竝爲入耳之娛。黼黻不同、倶爲悅目之玩。作者之致、蓋云備矣。

(16)注(1)に引いた諸家の訳はすべてこの部分を「古くは詩の一区分であった賦を、今ではそのまま取って文体の名にしている」というように訳している。

(17)余、監撫餘閑、居多暇日、歷觀文囿、泛覽辭林、未嘗不心遊目想、移晷忘倦。自姬漢以來、眇焉悠邈、時更七代、數逾千祀。詞人才子、則名溢於縹囊、飛文染翰、則卷盈乎緗帙。自非略其蕪穢、集其淸英、蓋欲兼功、太半難矣。

(18)若夫姬公之籍、孔父之書、與日月倶懸、鬼神爭奧。孝敬之准式、人倫之師友。豈可重以芟夷、加之剪截。

(19)老莊之作、管孟之流、蓋以立意爲宗、不以能文爲。今之所撰、又以略諸。

(20)若賢人之美辭、忠臣之抗直、謀夫之話、辨士之端、冰釋泉涌、金相玉振。所謂坐狙丘、議稷下、仲連之却秦軍、食其之下齊國、留侯之發八難、曲逆之吐六奇、蓋乃事美一時、語流千載。概見墳籍、旁出子史。若斯之流、又亦繁博。雖傳之簡牘、而事異篇章。今之所集、亦所不取。

(21)至於記事之史、繫年之書、所以褒貶是非、紀別異同。方之篇翰、亦已不同。若其讃論之綜緝辭采、序述之錯比文華、事出於沈思、義歸乎翰藻。故與夫篇什、雜而集之。

(22)遠自周室、迄于聖代、都爲三十卷、名曰文選云耳。凡次文之體、各以彙聚。詩賦體旣不一、又以類分。類分之中、各以時代相次。

(23)「記事」「繫年」の語は杜預の「春秋左氏経伝集解序(『文選』巻四十五)」に史書を指して言う語である。

(24)　四部分類における「史部」の独立については、渡邉義浩「史の自立──魏晋期における別伝の盛行を中心として」(『史学雑誌』一一二─四、二〇〇三年。渡邉義浩『三国政権の構造と「名士」』汲古書院　二〇〇六年所収)に詳しい。

(25)　清水凱夫「『文選』中の梁代作品撰録について」及び「『文選』編纂の目的と撰録基準」(注(4)参照)では、ともに『文選』が「事出沈思、義歸翰藻」という批判基準によって作品が選録されていないことを指摘する。

(26)　この点の詳細については渡邉義浩「「文学」の儒教への回帰」(『古典中国」における文学と儒教』汲古書院　二〇一五年)参照。

(27)　初唐の文論は、北朝の流れを受けた保守的文学論が主流であるが、その中では常に「鄭衛の声」が強い批判の対象となる。そしてそのことは反対に、当時の文学の主流が主情性の強い抒情的歌謡であり、またそれが次の時代の詩風を切り開いていくものになることを示唆する。初唐における新しい詩人像の形成については、牧角悦子「初唐における詩人意識の形成──聞一多「四傑」を中心に──」(日本聞一多学会報『神話と詩』第八号　二〇〇九年)参照。

第八章　『文選』序文と詩の六義
——賦は古詩の流——

はじめに

六朝時代に所謂「文学」なるものが様々に成熟していくことは周知の通りである。特にその開頭を告げる建安時代は、曹丕の『典論』「論文」、曹操の楽府、そして曹植の五言詩などに文学史の画期がみられ、魯迅がそれを「文学自覚の時代」と呼んだことは、既に度々述べた通りである。確かに建安期は文学史における一つの大きな転換期である。しかしそれを文学の自覚あるいは文学の自立と呼ぶにはいささか問題がある。それは我々の言う「文学」と、当時の文人たちの表現活動とは同質のものではなく、またその表現活動においても、様々な文体がそれぞれの「用」をもちつつ存在し、後に文学の主流になる「詩」についていえば、それは必ずしも文体の中心的存在ではなかったからである。

一方で、それが「文学」と呼べるものであるかどうかは置くとしても、この時期に表現することそのものの意味が、それぞれに純化していったことは間違いない。建安における文学自覚の意味については既に第五章で論じたが、特に曹植の書函や作品の中には、儒教的価値から独立した表現そのものの価値が、無自覚ながら意識されている。ただ、前章で問題にしたのは「表現」の「儒教的価値」からの自立であり、そこで取り上げた表現活動は、曹植の「野田黄雀行」と「洛神賦」という楽府と辞賦とであった。

今回問題にしたいのは、文論の成熟する六朝末期において、「文」というものがどのような概念としてとらえられていたのか、中でも「賦」と「詩」という表現形態が、「文」概念の中のどのような位置にあるのか、という点である。

文論における「詩」は、文脈によってその内実を多様に変化させる。詩という形態を、我々は中国文学の主流だと考えがちであるが、しかし漢代を通じて、さらに六朝にあっても文の主流は賦であった。そして賦が文の主流でありえたのは、「賦は古詩の流」という一つのテーゼに支えられていたからである。『文選』序文ではそれを、賦は六義を体するものだとも表現する。

この「賦は古詩の流」というテーゼを理解するに当たっては、儒教的文論を支える「詩の伝統」と「詩の六義」というものを、表現形態としての詩と区別して把握する必要がある。「詩」というものの持つ多面性を理解すること無しに、文学の自立という問題は考えられないからである。

本章では、六朝末の文論を代表する『文選』に見られる文概念を中心に、「賦」と「詩」というものが、どのような理念と用とを持つものとして理解されていたのかを明らかにしたい。

一、『文選』序文における賦の重視

『文選』序文（以下「文選序」と称す）に見える六朝末の文学観については、既に前章（第七章）でその概要を論じたが、いま特に注目したいのは、賦の重視という点である。以下、前章と重複する部分があるが、本章の重要な前提である為、再度引用し、説明を加えたい。

「文選序」は大きく三つの部分に分けられる。第一の部分では「文」の歴史を述べ、第二の部分では文体分類について説明する。最後の第三番目の部分では『文選』の採録基準がのべられている。次に挙げるのは、このうちの第二番目の文体分類を説明した部分である。文体を説明するに当たって、その最初に置かれるのは賦である。

嘗試論之曰、詩序云、「詩有六義焉、一曰風、二曰賦、三曰比、四曰興、五曰雅、六曰頌。」至於今之作者、異乎古昔。古詩之體、今則全取賦名。荀宋表之於前、賈馬繼之於末。自茲以降、源流寔繁。述邑居則有「憑虛」「亡是」之作、戒畋遊則有「長楊」「羽獵」之制。若其紀一事、詠一物、風雲草木之興、魚蟲禽獸之流、推而廣之、不可勝載矣。

さて、（文の様相について）試みに論じてみれば以下の通りである。毛詩大序に言う。「詩には六義がある。一つ目は風、二つ目は賦、三つ目は比、四つ目は興、五つ目は雅、六つ目は頌である。」と。今の作者たちは、昔とは違ってきている。『詩経』にいう六義の体裁は、いま全て賦の名で表現されるものである。その賦のスタイルは、荀況・宋玉が先鞭をつけ、賈誼・司馬相如がその末を受け継いだ。その後賦の流れは実に豊富になる。都市の様子を述べるものには「西京賦」「上林賦」の作品があり、豪奢な狩りを諫めるものには「長楊賦」「羽猟賦」の制作がある。一つの事柄、一つの事物を著し詠ずるもの、風雲草木や、魚虫禽獣のたぐいの譬えなど、様々な広がりを見せる展開は、全てを掲載することが出来ないほど大量である。

文体の筆頭に挙げられる「賦」について、「文選序」ではそれを『詩経』における詩の六義を継ぐものであるとする。「古詩の體、今は則ち全て賦の名を取る」というのは、六義の働きを賦が体現しているということを言う。「全て」は直前に引用される詩の六義を指し、「古詩」は『詩経』を意味する。その『詩経』の表現する六義、すなわち風・賦・比・興・雅・頌すべての働きを、今は賦の文体が機能としてもっていることを言うのだ。[2] 古詩の体としての六義を今は賦が体現している、という序文の主張は、文の正統を賦という文体が負っていることを言うものなのである。

『文選』が賦という文体を重視していることは、文体分類の第一に賦を置いたことと同時に、その採録作品の量においても推察できる。長編が多いことを考慮に入れたとしても、『文選』全六十巻中の巻十九までが賦であるということは、全体のほぼ三分の一が賦作品で占められていることを意味する。先行する文論である陸機「文賦」や同時代の『文心雕龍』が文体の中でも詩を重視するのと、これは明らかに異なる態度である。

しかしこの賦の重視は、「文選序」の独創ではない。それは直接的には班固の文章論を受け継ぐ。『文選』の開頭第一篇は班固の「両都賦」であり、その書き出しは正しく「或るひと曰く、賦は古詩の流」ではじまる。「文選序」の文章論は、班固を祖述しているのだ。

『文選』がその作品排列において詩より賦を先にしたことが『漢書』藝文志「詩賦略」の方法に倣うものだという指摘は、既に章学誠『校讐通義』漢志詩賦第十五に見える。章学誠は劉歆・班固が賦を詩の前に置くこと、蕭統『文選』が賦を最初に配することに疑問を持っていたが、詩も賦も『詩経』の支流であること、またこの時期は賦の成長に比べて詩がまだ未成熟であったことなどから劉歆・班固の意図を理解したという。

そこで次に、「文選序」が基づいた班固の賦への認識を、「両都賦」序と『漢書』藝文志「詩賦略論」から見てみたい。

二、班固の文章論

まず、『文選』第一巻の巻頭を飾る「両都賦」の序文を見てみよう[3]。

或曰、賦者、古詩之流也。昔成康沒而頌聲寢、王澤竭而詩不作。大漢初定、日不暇、至於武宣之世、乃崇禮官、考文章、內設金馬石渠之署、外興樂府協律之事、以興廢繼絕、潤色鴻業。是以衆庶悅豫、福應尤盛。白麟赤鴈芝房寶鼎之歌、薦於郊廟。神雀五鳳甘露黃龍之瑞、以爲年紀。故言語侍從之臣、若司馬相如・虞丘壽王・東方朔・枚皐・王襃劉向之屬、朝夕論思、日月獻納。而公卿大臣、御史大夫倪寬、太常孔臧、太中大夫董仲舒、宗正劉德、太子太傅蕭望之等、時時閒作。或以抒下情而通諷諭、或以宣上德而盡忠孝。雍容揄揚、著於後嗣、抑亦雅頌之亞也。故孝成之世、論而錄之、蓋奏御者千有餘篇。而後大漢之文章、炳焉與三代同風。且夫道有夷隆、學有麤密。因時而建德者、不以遠近易則。故皐陶歌虞、奚斯頌魯、同見采於孔氏、列于詩書、其義一也。稽之上古則如彼、考之漢室又如此。斯事雖細、然先臣之舊式、國家之遺美、不可闕也。臣竊見海內清平、朝廷無事、京師脩宮室、浚城隍、起苑囿、以備制度。西土耆老、咸懷怨思、冀上之睠顧、而盛稱長安舊制、有陋雒邑之議。故臣作兩都賦、以極衆人之所眩曜、折以今之法度。

或る人が言う、賦は古詩の流れを汲むものである、と。昔、成王康王が没すると頌声は寝《や》み、王沢が竭《つ》きると詩は作られなくなった。大いなる漢朝が天下を平定した初期には、まだ余裕の無い日が続いたが、武帝宣帝の世になると、やっと礼官を崇び、文章を整え、内には金馬石渠の役所を設け、外には楽府協律の事業を興こし、廃れ途絶えそうになった伝統を復活継承し、大いなる国家の興業を美しく称揚した。そこで、人々は喜び、善き感応が盛んに表れた。そこで白麟・赤鴈・芝房・宝鼎の歌を郊廟に薦め、神雀・五鳳・甘露・黄龍の瑞祥によって年紀を改めた。そこで、司馬相如・虞丘寿王・東方朔・枚皐・王褒・劉向らといった言語侍従の臣は、朝な夕なに思いを論じ、日々月々に（賦を作って）それを献納した。そして公卿大臣、御史大夫の倪寛、太常の孔臧、太中大夫の董仲舒、宗正の劉徳、太子太傅の蕭望之等も、時々にその間を縫って（賦を）作成した。或いは下々の情を抒べることで諷諭を述べ、或いは上に在る者の徳を宣揚することで忠孝を尽くした。そうやって大らかに徳を宣揚し、後を嗣ぐ者たちに明らかに示したことは、雅頌の亜とも称すべきであろうか。故に孝成帝の世に、それらを論じて収録したところ、奏御されたものは千余篇にものぼった。これによって、大いなる漢の文章は、三代と同じ風格で輝きわたるものになった。そもそも、道には平坦と隆起とがあり、学問には粗雑さと精密さとがあるもの。その時々で徳を打ち立てる者は、時代の遠近でもって規範を変えたりはしない。故に皐陶が虞を歌い、奚斯が魯を頌したものは、ともに孔子によって採録され、詩書に列された。その義が同一であったからだ。上古においては彼様であり、漢室においてもまた此様である（時代の遠い近いに関わらず、王朝の興業を宣揚する雅・頌の流れは不変である）。これは細かいことではあるが、しかし先臣の旧い規範と国家の残した良き教えとは、闕いてはならないものなのだ。私が秘かに思うに、世の中は落ち着き、朝廷には大事なく、天子の居所に宮室を建築し、堀を浚い、庭園を築き、以て制度を整備した。ところが西土（長安）の老人が、みな良からぬ思いを抱き、天子の注意を引いて、長安の古い制度を盛んに褒め、洛陽を卑しめる議論をしている。そこで私は「両都賦」を作って、人々が何に惑わされているのかを極力明らかにし、今の法度を以てその議論を打ち砕こうと思う。

「両都賦」は漢の頌歌である。儒教的理念を骨格に据えた輝かしい漢という王朝が、周代の理想を継いで大いに興隆する。その様を、国家祭祀における礼楽を正しく引き継ぎながら、宣揚し賞賛する正統派の頌歌として、班固はこれを賦の形態で称える。

この序文では、前漢の中期、武帝・宣帝の時代に、国家の興業を称揚するものとして礼楽が復興したこと、王朝賛美の文章と楽府における音楽とが整えられ、漢朝の頌歌としての賦を司馬相如・虞丘寿王・東方朔・枚皐・王褒・劉向ら言語侍従の臣が提供し、また公卿大臣、御史大夫の倪寛、太常の孔臧、太中大夫の董仲舒、宗正の劉徳、太子太傅の蕭望之らも、時々にその間を縫って賦を作成した、という。賦に求められたものは、「下々の情を抒べることで諷諭を述べ、上に在る者の徳を宣揚することで忠孝を尽くす」ことであり、徳を宣揚し、後を嗣ぐ者たちに示すことによって、それは「雅頌の亜」だと称される。

重要なのは、賦という表現形態について、それは「古詩」を継ぐものだ、とする点である。この場合「古詩」とは『詩経』を指す。それは、『詩経』をその美刺諷諫の働きによってとらえる漢代的詩経理解を示すと同時に、古詩すなわち『詩経』ではない詩の存在を言外に想定している。この古詩ではない新しい詩は『詩経』とは異なる系統の詩である。新詩と古詩の意味については、既に第四章において論じた。また、「下情を抒ぶるを以て諷諭に通じ」は、『毛詩』大序「情性を吟詠して以て其の上を風す」を承ける。『毛詩』大序にうたう所の詩の働きを承け継ぐことで、賦は「雅頌の亜」と称される。このように「賦は古詩の流」とは、王朝の興業を宣揚するという『詩経』の伝統を、漢代には詩ではなく賦が受け継いでいた、という意味なのである（詩の新しい展開については後述する）。

この「両都賦」の序文が「文選序」に直接影響を与えていたことは、文中の細かい言葉づかいの継承からも分かる。例えば、「如彼」「如此」といった、中盤の纏めの措辞が、「文選序」において次のように踏襲されているのだ。

頌者、所以游揚徳業、褒讃成功。吉甫有穆若之談、季子有至矣之歎。舒布爲詩、既言如彼、總成爲頌、又亦如此。

頌は、徳業や成功を称揚し称賛するためのものである。尹吉甫に「穆若」の談があり、季札に「至矣」の感嘆がある（のがその始まりである）。その表現のスタイルが述べ広げる詩であるという意味では、すでに（詩の部分で）述べた通りであるが、文体を越えて褒め称えるという目的を総合的に捉えるならば、この『文選』における頌のような分類になる。

「文選序」においてはあまりこなれていないこの言い回しは、『文心雕龍』「辨騷」篇にも下記のように使われている。

故論其典誥、則如彼、語其夸誕、則如此。

故に、楚辞が典籍に依拠している点については論の前半に述べた通りであり、楚辞が現実離れした虚言の世界を繰り広げる点については論の後半に述べた通りである。

事態の様相が捉え方によって異なることを言う「このよう」「あのよう」という言い回しが、さり気なく文中に入り込んでいることは、班固「両都賦」の序文が、『文選』だけでなく『文心雕龍』においても「文」の規範として大きな影響を与えたことを意味しよう。六朝の文論が班固の文章観を祖述するものであることについては、第二章で述べた通りである。

「両都賦」序文とほぼ同様の主張は、『漢書』藝文志「詩賦略論」にも見える。『漢書』藝文志は劉向・劉歆の『七略』を襲ったものであり、完全に班固の独創ではないとは言え、班固自身の主張と一致するものとして以下に引く。

『漢書』藝文志「詩賦略論」

傳曰「不歌而誦謂之賦、登高能賦可以爲大夫。」言感物造耑、材知深美、可與圖事。故可以爲列大夫也。古者諸侯卿大夫交接鄰國、以微言相感。當揖讓之時、必稱詩以諭其志。蓋以別賢不肖而觀盛衰焉。故孔子曰「不學詩、無以言」也。春秋之後、周道漸壞、聘問歌詠不行於列國。學詩之士逸在布衣、而賢人失志之賦作矣。大儒孫卿及楚臣屈原離讒憂國、皆作以風。咸有惻隱古詩之義。其後宋玉・唐勒、漢興枚乘・司馬相如、下及揚子雲、競爲侈麗宏衍之詞、沒其風諭之義。是以揚子悔之、曰「詩人之賦麗以則、辭人之賦麗以淫。如孔氏之門用賦也、則賈誼登堂、相如入室矣。如其不用何。」自孝武立樂府而采歌謠、於是有代趙之謳、秦楚之風、皆感於哀樂、緣事而發、亦可以觀風俗、知薄厚云。(4)

伝に言う、「歌わずに誦するものを賦と言う。高いところに登って賦することができれば大夫とみなしてよい」と。(5)外物に感じて感情がわき上がるのは、その才能と知性が深く美しい者であり、そのような者は共に事を図ることができる。だから（登高して賦することのできる者は）大夫の仲間入りができる、というのだ。古は、諸侯や卿大夫が隣国と外交する際は、微言（微妙な言い回し）で意志を通じあった。挨拶を交わす際も、必ず詩を称することで気持ちを託した。そのような微言や詩を操れるかどうかで賢者か不肖かを識別し、その国の盛衰を観察したのだった。だから孔子は「詩を学ばなければ、言葉を発する術は無い」と言ったのだ。春秋の後、周の道はだんだんと崩れていき、聘問や歌詠は列国において行われなくなった。詩を学んでいた士たちは仕官できず世を逃れることになり、ここに賢人失志の賦が起こった。大儒者の孫卿及び楚の家臣屈原は、讒言にあって国を憂い、ともに賦を作って諷喩した。そこにはどれも憐み傷むという古詩の義があった。その継承者の宋玉・唐勒や、漢が興ってからの枚乗・司馬相如、下って揚子雲らは、競い合って過剰で大げさな言葉を弄し、諷喩の義が失われてしまった。そこで揚子雲はそのことを後悔して言った。「詩人の賦は美しくても規範的であるが、辞人の賦は美しさに溺れている。孔子の門下を賦で以て喩えるとすると、賈誼は堂に登り、相如は室に入る、というところであろうが、いずれにしても賦は無用の物になってしまった」と。武帝が楽府を立てて歌謡を採取したことで、代・趙の謳、秦・楚の風が、みな抒情的な音楽に乗せられて然るべき時に演奏されるようになり、それによって再び風俗を観察し人情の厚さを知ることができるようになったのだ。

詩賦略の纏めであるため、ここでは詩と賦と歌謡とが入り混って説明されているが、いわゆる詩歌なるものが総合的にどのように考えられていたかが窺われる叙述になっている。

まず「詩を称して以て其の志を諭う」春秋期の詩経観が示される。ここでいう「詩」は『詩経』である。(6) 春秋期には『詩経』が外交に必要な士大夫の教養として求められたという。

次に、周道が衰えると賢人失志の賦が生まれる。その代表として孫卿（荀況）と屈原を挙げ、「作りて以て風す」「古詩の義有り」と、それらを諷諫意識に収斂する。

荀況・屈原を継ぐ宋玉から前漢の賦になると、言葉の美しさを競い合う賦作品が多くなり、諷諭の義が失われたので、揚雄がそれを批判する。「詩人の賦」と「辞人の賦」という言葉は、賦には『詩経』の伝統を継ぐ諷喩の精神を持った賦と、表現に淫した賦という二つの流れがあったことを言うものである。(7)

武帝と楽府への言及は、賦ではなく歌謡についての論述である。楽府では各国の歌謡が採取され、それは楽官に付されて儀礼や饗宴に提供された。「以て風俗を観、薄厚を知る」とは、この楽府における歌謡もまた詩経的諷喩の精神を重視されたことを表している。

『漢書』藝文志に見られる前漢末の文章観の中で賦は、『詩経』の伝統を継ぐもの、すなわち諷諫の働きを以てその価値を認識されていた。前漢中期になると、その諷諫・諷喩の義が失われ、侈麗を競う賦が登場するが、それは「辞人の賦」として批判されている。

このように、班固の文章論における賦の認識は、儒教的諷諫を第一義に据えることで、『詩経』の伝統を受け継ぐものとしてあったことが分かる。

ここで、「詩」と「賦」と「歌」という形態について説明したい。先秦における文の源流として『詩経』と『楚辞』という二つの源泉があったことについては、全ての文論において共通する認識である。このうち、『詩経』はその発生の当初にあっては、祭祀における歌謡であった。そしてまた四言を中心とした詩でもあった。『詩経』における「詩」というものが、文字の無い原初においては記憶の意味を、文字が登場して後は記録の意味を持つ「志」と同義であり、それは抒情性よりも記録にその本質があったことについては別稿で論じた通りである。(8)つまり『詩経』は、四言のリズムを持つ一種の記録であり、しかし同時にそれは祭祀の場で歌われることで音楽に乗せる歌の要素と、更に自然風物を巧みに読み込む興の技法によって抒情的な要素も持った。また、雅・頌に詠われる王朝讃歌と宗族の頌歌は、『詩経』の歌が宗廟祭祀において、血統の正統性を賛美する雅楽として生まれたことを表し、同時に祖霊を招き寄せる呪術性（宗教性）を歌詞の背景に持ったことも意味する。

つまり『詩経』は形式としてみれば詩であるが、音楽に乗せて歌うという意味では歌である。また、それは招魂歌であると同時に賛美の頌歌であり、時には強い抒情性をもって人の心に働きかける歌謡でもあった。

これら『詩経』の様々な側面は、前漢後期に登場した毛詩によって「六義」と呼ばれるようになる。毛詩は『詩経』から宗教性を排するだけでなく、そこに濃厚な政治性を付加し、儒教経典としての『詩経』解釈を方向付けた。『詩経』が経典として古典中国の規範となっていくのは毛詩の『詩経』理解から始まると考えてよいであろう。結果、「詩」という言葉はこれ以降、形態としての詩を言う前に、文の規範としての『詩経』を指すようになる。

このように、「詩」という語の多面性は、それが形式を言うのか、『詩経』を言うのかという区別の他に、『詩経』を言う際にもそれを古代歌謡として認識するのか、或は経典としてとらえるのかという区別を持つ。更に古代歌謡としての『詩経』の中にも、呪術性（宗教的側面）があり、宗族や王朝の賛美があり、そしてまたその表現においては抒情性の要素も存在する。また、経典としての『詩経』の理解も、時代によってそこに求められるものが歴史事実であったり（左伝的解釈）、規範であったり（六義）、現実的作用であったり（美刺）と様々に変化する。文論における「詩」の扱いは、それが上記のどの部分を指して言っているのかに十分注意する必要があろう。

一方の『楚辞』についていえば、それは経典化されることが無かったが故に『詩経』ほど複雑な展開は見ない。しかし『楚辞』はまた異なる意味で定義の難しい古典である。概論的に見れば、『楚辞』はまず神霊との饗宴における舞台芸術を母体とする南方系宗教歌舞劇として生まれる。それは台詞やバックコーラス、アリアや背景説明などを含んだ辞を中心とした歌謡であった。その内の叙述的な部分はのちに賦と呼ばれ、また抒情性の強い感情吐露は辞と呼ばれる。賦は六義の一つになったことで、『楚辞』もまた後漢においては『詩経』の伝統に引きつけられ、儒教経典化を試みられる。王逸『楚辞章句』がその端的な例である。また揚雄の言う「辞人」の語は、反儒教的な過度な修辞に向う詩人をいう言葉として使われる。つまり、『楚辞』は形態としては賦、あるいは辞である。『詩経』の持った記録性を持たないという意味で、詩（志）ではない。また舞台芸術であったという意味でその本質は歌であるが、音楽を伴わない誦の部分もある。その歌・誦も、まず離騒・九章的な賢人失意の詠嘆が漢初の一つの流れとなり、同時に九歌的な神霊歌は祭祀歌として王朝祭祀に取り入れられる。漢の郊祀歌は、楚辞的な歌がその中心である。後に武帝が整備した楽府において集められた歌（郊祀歌）も、これら『楚辞』の流れの歌謡が中心であった。

「賦は古詩の流」とは、漢代における賦というものが、『詩経』と『楚辞』の二つの流れを受けた文の正統であることを言うものであるが、ここでいう「賦」は表現形式としての賦を言い、「古詩」は『詩経』の正統という理念としての「詩」を言うものなのである。

三、揚雄の辞賦観——賦の儒教化・賦による王朝賛美——

班固の文章論、そして辞賦観の前提となっているのが揚雄の辞賦観である。

如上の文章観の中で賦という形態は、漢初には『楚辞』の流れを汲みつつ『楚辞』の持った抒情性と叙述表現を受け継ぎ、「離騒」を襲い賢人失意の賦と呼ばれるもの、宋玉「神女賦」のように神女との邂逅を謡うもの、また賈誼「鵩鳥賦」のように世俗からの超越を理知的に詠うものなど、新しい展開を見るが、前漢中期、武帝期になると、枚乗・司馬相如に代表される王朝賛美の華麗な長編が主流になる。儒教的理念が暫時定着しつつある過程の武帝期において、賦は言葉の豊饒の中に帝王の鴻業を賛美する、独特の表現空間を展開するものであった。

このような流れの中で、揚雄はその前半生において「甘泉賦」「羽猟賦」「長楊賦」など文飾豊かな賦を多く残すが、後半生になって自身の辞賦創作を否定し、儒教的価値を掲げる論著を専らにする。『漢書』藝文志が引く揚雄の反省（辞賦批判）は、『法言』において揚雄が儒教的価値観から辞賦のもつ修辞の過多を否定した部分である。すなわち『法言』吾子篇に言う。

或問。「景差・唐勒・宋玉・枚乗之賦也、益乎。」曰「必也淫。」「淫則奈何。」曰「詩人之賦麗以則、辭人之賦麗以淫。如孔氏之門用賦也、則賈誼升堂、相如入室矣。如其不用何。」

或る人の問い。景差・唐勒・宋玉・枚乗の賦は、有益ですか？曰く、度が過ぎているのは必至です。度が過ぎているとどうなりますか？曰く、詩人の賦は美しいが節度があります。辞人の賦は美しさに溺れています。孔子の門で賦を喩えてみると、賈誼は堂に昇り、相如は室に入るというところでしょうが、いずれにしても賦は無用の物になってしまいました。

ここで言う「詩人の賦」が『詩経』以来の詩の精神、それはすなわち現実を批判するという「美刺」の精神を持つ賦であり、一方の「辞人の賦」は『楚辞』的な歌の流れを引く賦であり、それは過剰な言葉の世界に遊ぶものとして批判の対象になっていることについては、既に第五章で論じた。注意しなければならないのは、揚雄は辞賦自体を否定しているわけではないということである。同じ『法言』吾子篇には以下のようにもある。

或曰。賦可以諷乎。曰、諷乎。諷則已。不已、吾恐不免於勸也。

或る人の問い。賦によって諷諫することができるのですか。曰く、諷諫ですか?諷諫こそ賦の最終的な目的です。諷諫に終結しないものは、人に際限なく快楽を勧めるものだと言われても仕方ありません。

「勸たるを免れず（不免於勸也）」とは、『漢書』司馬相如伝賛に揚雄の言葉として「勸百風一」(9)というのと同じ意味、すなわち人を百の快楽に誘う賦の負の側面を謂うものであろう。賦には諷諭の働きがあるからこそ重要だ、という考えは、『漢書』揚雄伝にも見える。(10)しかし賦が同時に、人の好奇心を煽り、非現実的世界へ志向させることについても、『漢書』では司馬相如の「大人賦」を読んだ武帝が陵雲の志を持ってしまったことを例に挙げる。(11)

揚雄は「辞人の賦」という言葉で、表現の世界に淫していく言語侍従の徒を批判する。しかしまたそれは修辞そのものを否定するものではない。吾子篇には以下のように言う。

或問。君子尙辭乎。曰、君子事之爲尙。事勝辭則伉、辭勝事則賦。事辭稱則經、足言足容、德之藻矣。

或る人の問い。君子は修辞を尊びますか?曰く、君子は事実に基づくことを尊びます。修辞が事実に追いつかなければ無骨だし、修辞が事実より勝ると浮わつきます。事実と修辞がつり合っているのが經、言うべき内容が有り、それを受けるべき表現があること、これが徳の美しい表れなのです。

また、寡見篇には以下のようにも言う。

或曰。良玉不彫、美言不文、何謂也。曰、玉不彫、璵璠不作器、言不文、典謨不作經。

或る人の問い。良い玉は彫琢する必要がない、良い言葉は飾る必要がない、とはどういう意味なのですか。曰く、(そんなことはありません。)玉は彫琢しなければ、魯国の宝玉である璵璠でも祭器にはならないし、言葉は飾らなければ、典謨も経典にはならないのです。

更に君子篇には次のように言う。

或問。君子言則成文、動則成德。何以也。曰、以其弸中而彪外。

或る人の問い。君子は言葉を発すればそれが文《あや》を成し、行動すればそれが徳に成ります。何故でしょうか。曰く、それは内にある徳が弓のように膨らんで、それが外に輝き出るからなのです。

『論語』を祖述して書かれた『法言』において揚雄は、徳を身に付けた君子の外的表れとしての文を重視する。内なる徳のあふれ出る輝きとしての文、玉を磨いて美しくすることの意味を、決して否定はしないのだ。揚雄は文の持つ修辞性を容認した上で、過度の彫琢を批判する。その際に表現が修辞に堕していないかどうかを測る基準が、「風」つまり諷諭の精神が有るか無いかという点なのである。

『詩経』のもつ規範的作用として、そこに「美刺」つまり賛美と批判を読み込むことを始めたのは恐らく毛詩であろう。『詩経』の一篇一篇に春秋の故事を結びつけ、特に『左伝』に見える記事を背景にすることで、そこに「詩人」の美刺を見ようとするのは、前漢末の劉向・劉歆を中心とした古文学派の学説である。揚雄が「詩人の賦」という時の「詩」は、美刺の作用を付与された詩、すなわち毛詩である。だとすれば揚雄の『詩経』理解は三家詩を排して毛詩を学官に立てた劉向の時代の『詩経』理解を受けるものだと言えるであろう。(12)

美刺の「刺」として諷諭を強調した揚雄は、詩の持つもう一つの働きである「美」すなわち王朝賛美の賦もまた残している。『文選』巻四十八「符命」にのせる「劇秦美新」がそれである。『文選』は、同じ賦であっても諷諭の賦は「賦」の分類に、賛美の賦は「符命」に分類する。しかし漢代において賦は、王朝と帝王の興業を賛美することこそ本来の職務であったはずである。諷刺を建前とする賦が重視されたのは、『文選』の編纂意識における班固の文章観の重視とも関係する。儒教的規範を確立した班固の文章観を『文選』はあくまでも祖述するからである。[13] それはさておき、『文選』巻四十八「符命」には、帝王に封禅を進める文として、司馬相如「封禅文」・揚雄「劇秦美新」・班固「典引」を載せる。これら三篇の賦は、賦というものが美刺の「美」、すなわち王朝賛美という使命を持った最高級の文であったことを物語る。帝の王業と王朝の正統性を雅して頌すること、それは『詩経』の雅・頌がもった本来の意味であり、『詩経』においては四言で詠われた賛美が、漢代以降は賦の形式を以て典雅に美しく陳べ広げられる。その文が「典」であり「靡」であり、「実」を備えた文の最高峰でなければならないことについて、班固は「典引」の序文に多くの字数を費やしている。[14] 班固「典引」と、班固がそれを凌駕したと自負する揚雄「劇秦美新」こそ、漢賦の最も格調高い作品でなければならなかったのだ。

ただ、封禅を勧める符命の文は、賦の最高峰であるとはいえ、それは王朝と一人の皇帝の為に捧げられる極めて特殊な文である。それは文の規範として応用が効くものでは決してない。『文選』は文のセレクションとして様々な実用に応じた文のスタンダードを提供する選集である。「符命」が「賦」から切り離されて「賦」よりかなり後方に収録されたのは、その利用価値の低さにあるかもしれない。一方の諷諭の賦は、より普遍的な応用の効く規範的な文として、『文選』に多く収録され、評価も格別であることは既に論じた通りである。

このように前漢末の揚雄は、修辞の過多に淫した辞人の賦については厳しく批判するけれども、美刺という用をもつ詩人の賦については、それを否定しないだけでなく、美と刺の双方に亘って正統派の大作を世に顕示したのである。賦におけるこの美と刺という双方の用を、揚雄を受け継いで更に発展させたのが、班固の「賦は古詩の流」という主張であり、「文選序」はそれを受けて、賦と「詩の六義」とを強引に結びつけたのであった。

四、賦と諷諫――詩人の賦――

如上の辞賦認識の流れの中で、揚雄以後、特に後漢の賦には、それを諷諫に結び付けようとする意識が顕著になり、序文の中でその作品が『詩経』の流れを継ぐものであること、すなわち「詩人の賦」であることをことさらに強調する。次に挙げるのは、『文選』の目次に沿った賦作品と、その序文に示される正統意識である。

『文選』賦の目次

分類	作者	作品	序文からの引用
京都	班孟堅	両都賦	賦者古詩之流也。
	張平子	西京賦	
		東京賦	
		南都賦	
	左太沖	三都賦	蓋詩有六義焉。其二曰賦。……班固曰賦者古詩之流也。
郊祀	揚子雲	甘泉賦	奏甘泉賦以風。
耕藉	潘安仁	籍田賦	

畋猟	司馬長卿	子虚賦	
		上林賦	
	揚子雲	羽猟賦	因校猟賦以風。
		長楊賦	主人子墨為客卿以風。
	潘安仁	射雉賦	
紀行	班叔皮	北征賦	
	曹大家	東征賦	
	潘安仁	西征賦	
遊覧	王仲宣	登楼賦	
	孫興公	遊天台山賦	
	鮑明遠	蕪城賦	
宮殿	王文考	魯霊光殿賦	詩人之興、感物而作。……物以賦顕、事以頌宣、匪賦匪頌、将何述焉。
	何平叔	景福殿賦	
江海	木玄虚	海賦	
	郭景純	江賦	
物色	宋玉	風賦	
	潘安仁	秋興賦	
	謝恵連	雪賦	

　　　謝希逸　月賦
鳥獣　賈誼　鵩鳥賦
　　　禰正平　鸚鵡賦
　　　張茂先　鷦鷯賦　夫言有浅而可以託深、類有微物而可以喩大、故賦之云爾
　　　顔延年　赭白馬賦
　　　鮑明遠　舞鶴賦
志　　班孟堅　幽通賦
　　　張平子　思玄賦
　　　　　　　帰田賦
　　　潘安仁　閑居賦
哀傷　司馬長卿　長門賦
　　　向子期　思旧賦
　　　陸士衡　歎逝賦
　　　潘安仁　懐旧賦
　　　　　　　寡婦賦
　　　江文通　恨賦
　　　　　　　別賦
論文　陸士衡　文賦

音楽　王子淵　洞簫賦
　　　傅武仲　舞賦
　　　馬季長　長笛賦
　　　嵆叔夜　琴賦
　　　潘安仁　笙賦
　　　成公子安　嘯賦
情　　宋玉　高唐賦
　　　　　　神女賦
　　　　　　登徒子好色賦
　　　曹子建　洛神賦

これを見ると、特に後漢の長編に、それが『詩経』の伝統を継ぐものであることを言揚げするものが多い。前漢の賦にはまだ儒教的規範に繫がれない自由な表現の飛翔があり、また六朝の抒情的な短編賦は、少しずつ漢代的な長編賦の持った儒教色から離れていく。「以て風す」という諷諫意識の強調は、後漢という時代の持った特徴であることが分かる。

面白いのは、賦の最終を飾る曹植の「洛神賦」である。この作品の持つ特別な文学性については第五章で論じたが、これは人間の男性と洛水の女神との邂逅と離別を詠う極めて抒情的な、そして創造的な作品である。この「洛神賦」の注に多く引かれ、恐らくその発想の下敷きになったであろう賦として、邊譲の「章華賦」(15)がある。「章華賦」は楚の霊王と雲夢沢にある荊台の游女（神女）の邂逅を謡う非常に妖艶で官能的な賦であり、その意味でまさしく「辞人の賦」なのであるが、その序文において状況説明の後に「乃ち斯の賦を作りて以て之を諷す（乃作斯賦以諷之）」と述べるのだ。ここまでくると「以て風す」という文言は、賦の序文に施すだけの、ほとんど意味を持たない空言になってしまっている。

また、諷喩・諷諫意識が、ある種の権威づけのために賦の前提になっていることは、『楚辞』の王逸注にも見られる。『楚辞』各篇に付された王逸の序文の中に諷諫意識の表明を探すと以下の通りである。

・離騒序……言己放逐離別、中心愁思、猶依道徑、以風諫君也。
・九歌序……上陳事神之敬、下見己之冤結、託之以風諫。
・九辯序……作『九歌』『九章』之頌、以諷諫懷王。……作『九辯』以述其志。
・招魂序……外陳四方之惡、內崇楚國之美、以諷諫懷王、冀其覺悟而還之也。
・大招序……因以風諫、達己之志也。
・惜誓序……蓋刺懷王有始而無終也。
・招隱士序……或稱小山、或稱大山、其義猶詩有小雅、大雅也。……以章其志也。
・七諫序……謂陳法度以諫正君也。

邊讓「章華賦」と王逸の楚辞章句序はともに後漢である。女神との邂逅を謡う妖艶な描写に富むロマン的内容の「章華賦」においてすら、序文に「以て諷す」と記し、更には文字通り「辞人の賦」であるところの『楚辞』の諸篇についても、それが「諷諫」の為に歌われたという前提を示すことによって、その作品が正統派であることを保証しようとする態度が見られるのだ。

このように、「文選序」に見える賦の重視は、班固を直接的に受け継ぐものである。班固は前漢末の揚雄を中心とする古文学派の主張を承け、文に儒教的価値を付与した。賦を諷諫と結びつけることで賦を「古詩の流」といい、『詩経』の伝統を継承する文の正統に位置付けた。班固の主張が定着した後漢において賦は、賛美と諷諭という儒教的価値を称揚するものであることを殊更強調することによって正統性を保証されたが、逆にそこには前漢の賦に見られた自由な表現の追求と想像世界の構築は見られなくなっていくのだった。

五、ジャンルとしての詩

ここまで、「文選序」に見られる賦の重視の、文論的背景を追ってみた。賦は『詩経』の伝統を受け継ぐことによって、漢代には文の正統として重視されていた。

では、『詩経』の伝統を賦に譲った詩というジャンルは、「文選序」においてはどのようなものだと認識されているのだろうか。

詩者、蓋志之所之也。情動於中而形於言。「關雎」「麟趾」、正始之道著、「桑閒」「濮上」、亡國之音表。故風雅之道、粲然可觀。自炎漢中葉、厥塗漸異。退傅有「在鄒」之作、降將著「河梁」之篇。四言五言、區以別矣。又少則三字、多則九言、各體互興、分鑣竝驅。

詩は、おもうに志の表現である。心の中に情が動いて、それが言葉になって表現されたものなのだ。「關雎」「麟趾」には正しい始まりの道がはっきりと示され、「桑間」「濮上」には国が滅びゆく前兆をうかがわせる音調が見て取れる。このように、詩における正しい道のあり方は、かくも輝かしく見ることができる。漢代の中頃から、詩の道筋は少しずつそれと異なってきた。退職した補佐官である韋孟に「在鄒」の作があり、降伏した大将である李陵は「河梁」の篇を著した。また四言詩・五言詩の区別も生じた。更に、少ないものでは三言、多いものでは九言という風に、様々なスタイルが興隆し、それぞれが並びあって展開した。

「詩は志の之く所」であり、「情が中に動いて言に表れる」というのは『毛詩』「大序」の詩歌観である。詩という文体の説明が『詩経』から始まるのは、『詩経』の持つ規範としての側面をまず踏まえることを示している。しかし漢代中葉以降は、詩は風雅の道から路線を変えたという。そして代表作として引かれるのは、「退傅『在鄒』の作」、即ち韋孟の「諷諫」（文選巻十九）と、「降將『河梁』の篇」、つまり李陵の「蘇武に與う」（文選巻二十九）である。李陵「蘇武に與う」が李陵自身の作ではなく後世の仮託であることについては、既に『文選』と同時期の『文心雕龍』に言及がある。ここでは、それらの具体的内容よりは、それぞれの形態が四言と五言を代表するものであるが故の引用のようだ。つまり、詩という表現形態について、序文ではそれが三言・四言・五言、そして九言もある、ということしか言わない。『詩経』の伝統を賦に譲った詩は、文の正統からは離脱してしまっているのだ。

しかしそれは視点を変えれば、儒教的使命感から解放された時、詩が新しい展開を始めたことを物語る。ここには確かに『詩経』の伝統を継ぐものとは別の「詩」に対する認識が見られるのだ。諷諫とは繋がらない、個別の作品としての詩、あるいはジャンルとしての詩と言ったらよいだろうか。

韋孟「諷諫詩」は、「荒淫な王を諷諫するために作った」と序文に言うとおり文字通り諷諫の詩であるが、しかしここで『文選』が「諷諫」というタイトルを掲げたこと自体、前述の詩の理念からは離れた詩の認識を『文選』が前提していたことを物語る。ただ、四言で書かれたその内容は『詩経』と『尚書』の語彙をちりばめた訓戒に徹しており、新奇さや独創性が無い分、この時代において詩が求められたものの軛と限界とが垣間見られる。

反対に李陵の作と伝えられる詩は、五言詩として残る中でも古い部類の作品であり、詩でありながら歌謡的要素を多分に持つものである。それは以下のような作品である。

與蘇武　三首

良時不再至　あなたとともに過ごした楽しい時間は二度とやってこないでしょう
離別在須臾　たちまちのうちに別れは訪れるものだから
屛營衢路側　分かれ道を前にして行きもとり
執手野踟蹰　郊外の原野にあなたの手を執って別れを惜しむ
仰視浮雲馳　振り仰いで空を見れば、そこには浮雲がまるで駆けるように
奄忽互相踰　瞬く間に過ぎ去ってゆくのが見える
風波一失所　風や波に押し流されるように一たび居場所を失えば
各在天一隅　二人は天地の果てに離れ離れになるばかり
長當從此別　この別れに長く従うことが運命なら
且復立斯須　せめて暫くわずかな時間でもここに立ち尽くしましょう
欲因晨風發　立ちはやる朝風にこの身を乗せて
送子以賤軀　あなたの旅立ちを見送りたいと願うのです

嘉會難再遇　あなたと過ごす楽しい時間はもう二度とは訪れないでしょう
三載爲千秋　三年の月日をまるで千年のような気持ちで私はあなたを待つでしょう
臨河濯長纓　礼服を洗い清めて別れに臨めば

念子悵悠悠
遠望悲風至
對酒不能酬
行人懷往路
何以慰我愁
獨有盈觴酒
與子結綢繆

攜手上河梁
遊子暮何之
徘徊蹊路側
悢悢不得辭
行人難久留
各言長相思
安知非日月
弦望自有時
努力崇明德
皓首以爲期

あなたを思って私の心は果てしない憂いでいっぱいになる
遠く彼方を望みやれば悲しげな風が吹き寄せ
注がれた酒に返杯もできない
旅立つあなたは向かう道程に思いを馳せ
私の愁いは慰めようもありません
ただ觴《さかづき》いっぱいに満ちた酒を前に
あなたと固い絆を結びたいと思うだけ

手に手をとって河の橋までやってきました
旅立つあなたはこの日暮れ何処に向かおうとするのでしょう
小道の傍らに行き悩み
こみ上げる悲しみに言葉も出ません
旅立つあなたを留めておく術もなく
ずっと想ってるから、と言葉を交わすだけ
太陽と月とが満ち欠けするのは自然の法則だけれど
人の運命も同じとどうして分かりましょう
この愛をなんとか守り貫いて
白髪になってもあなたのことを待ち続けます

この詩の成立時期、蘇武・李陵故事との関係については詳しく論じる紙面の余裕がないが、この詩は明らかに男女の離別を詠んだ五言詩である。その語彙においては『詩経』・『楚辞』の語句を要所に効かせ、テーマやモチーフを古楽府から多く襲い、離別の悲しみを抒情性豊かに歌い上げた作品である。唐代に大きく発展するジャンルとしての詩が、『詩経』（儒教的文の正統としての『詩経』）以外の要素を吸収してゆく、前漢後期から後漢にかけての古詩の一つとして、それは詩の代表にふさわしい。

詩が表現形態として成熟し文学の中心的存在になるのは唐代を待たねばならない。『文選』に収録される詩の分類には、その過渡的様相が垣間見られる。『文選』の詩の分類を順に示すと以下の如くである。

補亡・述徳・勸励・獻詩・公讌・祖餞・詠史・百一・遊仙・招隱・反招隱・遊覽・詠懷・哀傷・贈答・行旅・軍戎・郊廟・樂府・挽歌・雜歌・雜詩・雜擬

最初に並ぶのは儒教的価値を直接継ぐものであり、次に宴会・儀式の場で詠まれるもの、つまり公式な場での詩が並ぶ。詩とは本来このような公的性格の強いものであったのだ。注目すべきは「詠懐」「哀傷」という、人の心の情や思いを詠むものが、ことさら「詠懐」「哀傷」という項目を立てられていることである。今日的意味で言えば、詩というものは人の「懐（おもい）」や感情を詠むものであると考えるのが自然であるが、「懐」中の吐露は六朝末においては、詩が詩であることの前提条件としてあったわけではないことを、この項目立ては意味するのだ。

この「詠懐」は、「述懐」という形で唐初の詩に引き継がれる。同時に初唐期には宮体詩や楽府から発展した七言歌行が詩歌の世界に新しい抒情性を切り開く[16]。一方で詠懐の中に新しい風刺性を取り込むことで『詩経』の伝統を継承すると同時に、一方で歌行体からの濃厚な抒情性を養分として、詩は盛唐に至って再び文学の正統の座に返り咲くことになる。

おわりに

以上、「文選序」に見られる文概念について、その中心にあった「詩」と「賦」を対象に、それを理念と用との区別に基づいて概観してみた。

「文選序」は班固の文章論を祖述するものとして、文の伝統を詩の六義に集約する。そして王朝の賛美と諷諫という「美刺」を具現する賦の文体を、文の正統として重視する。それは一方で『文選』が儒教的文概念を尊重するものであることを意味すると同時に、詩というものを『詩経』の伝統から解き放つものでもあったことを示唆する。「賦は古詩の流」という言葉は、賦と詩との双方に亘って深い含意を持つのだ。

また、六朝末に編纂された『文選』が、唐朝になって文の権威となり、科挙におけるテキスト的存在となったことは、それが所謂「文学」の総集であったからではなく、文の正統を守る実用文（用途に応じた文）の総集であったことに由るであろう。それは詳細に分類されあらゆる場面に対応できる多様な文体と修辞の宝庫であることで、文のもつ表現技法としての側面を豊かにした。科挙を受験する者が『文選』を学ぶのは、独創的な詩文を書くためではなく、現実対応のための論・策に的確な表現を可能にするためであった違いない。その意味で『文選』は、リリカルな詞華集というよりは儒教的文概念に基づき典拠となる優れた用例をセレクトした実用的例文集というべきなのだ。

六朝の文論は、文学意識の成熟を示す。しかしそれは文学意識であって文学ではない。「文」をそのまま「文学」としてとらえ、実用性を非文学的作用としてとらえることには慎重でなくてはならない。民主的個我の独立や反政治的自我主張といった近代的文学概念とは異質の「文」という概念は、それそのものの力を持って古典の古典たる所以を支えるものであったからだ。

文の持つ儒教的価値、そして真の実用性を見据えた上で、表現することの意味と表現そのものの持つ力の意味とを問い直すこと。中国古典の文学性はそこで初めて語れるのではないかと私は思うのだ。

注

（1）ここで言う「用」とは、陸機「文賦」に「これ文の用爲る、固より衆理の因る所（伊茲文之爲用、固衆理所因）」、あるいは『文心雕龍』「序志」篇に「文章の用は實に經典の枝條（文章之用、實經典枝條）」という時の「用」、つまり文の運用、用途、働きという意味で使用する。

（2）この部分についてこれまでの邦訳は全て「いにしえの詩の一区分であった賦を、今は文体の名にしている」という趣旨で解釈している。おそらくそれは『文心雕龍』「詮賦」篇の「六義附庸、蔚成大國」という叙述を意識してのことではないかと思われるが、ここではむしろは「全」の意味を生かして解釈した。解釈の詳細については前章参照。

（3）「両都賦」の引用は『文選』に拠る。

（4）「門」は『漢書』では「門人」と作るが、王先謙『漢書補注』に従い刪除した。

（5）ここの「伝」の文言は具体的には『毛詩』鄘風「定之方中」篇の毛伝に見える。

（6）厳密に言えばこの時点では『詩経』と呼ぶのはふさわしくないが、一般的な詩と区別して、ここではこう称する。

（7）揚雄『法言』の辞賦観については、第五章参照。

（8）牧角悦子「うたのはじめ――聞一多の古代文学史構想――」（『二松学舎大学創立一二五周年記念論文集』二〇〇二年）。

（9）『漢書』司馬相如伝賛に「揚雄以爲、靡麗之賦、勸百而風一。猶騁鄭衞之聲、曲終而奏雅、不已戲乎」と。

（10）『漢書』揚雄伝に「雄以爲賦者、將以風也。必推類而言、極麗靡之辭、閎侈鉅衍、競於使人不能加也。既乃歸之於正、然覽者已過矣。」と。

（11）『漢書』揚雄伝前掲注引用のすぐ後ろに、「往時武帝好神仙。相如上大人賦、欲以風、帝反縹縹有陵雲之志。」と。

（12）「詩人」の語は『詩経』を書いた詩人という意味で漢代文論に正統派の作者を言う言葉として使用される。揚雄が「詩人の賦」という時の「詩人」がその端的な例である。

（13）『文選』における「賦」の分類、特に「劇秦美新」に代表される賦のあつかいについては次章で論ずる。

（14）班固「典引」が序文において司馬相如と司馬遷、及び揚雄の符命の特性を挙げながら自身の符命の格調を誇ることについては、渡邉義浩「班固の賦作と「雅・頌」」（『東洋研究』一九四　二〇一四年。渡邉義浩『古典中国」における文学と儒教』汲古書院　二〇一五年所収）に詳しい。

（15）「章華賦」は『漢書』巻八十下邊讓伝に載せる。

（16）初唐における詩と歌の展開については、牧角悦子「初唐における詩人意識の形成――聞一多「四傑」を中心に――」（日本聞一多学会報『神話と詩』第八号　二〇〇九年）参照。

第九章　『文選』編纂に見る「文」意識

はじめに

『文選』は、文字どおり「文」の「選（セレクション）」なのであるが、ここでいう「文」は、近代的な「文学」概念とは異なるものとして認識されなければならない。それは端的にいえば儒教的価値を反映した実用文であり、決して「優れた文学作品」という言葉で呼べるものではない。六朝期の文論にはいわゆる「文学意識」の端緒と成長とが見られ、表現することの自律的価値が漸次獲得されていく過程があるが、文論というときの「文」は、あくまでも儒教的価値の中にあるからだ。『文選』が唐代以降に文の権威になり得たのもまた、その文学性にではなく、例文集としての実用性の中にその価値があったからだと考えられる。

その文論の流れの中に『文選』を置いたときに見えてくる幾つかの特徴がある。その一つが詩と賦に対する認識であり、もう一つが序文の選択基準の中に見える作品意識である（第八章参照）。本章では前章で詳論できなかった問題、すなわち「賦」に対する認識（如何に分類するか）と、撰文において除外された特殊な「文」が何を指すのかとを推測することから浮かび上がる、『文選』と『文選』「序文」（以下「文選序」と称す）の「文」意識を探ってみたい。

一、「文」概念の変遷

まず、『文選』編纂に至るまでの「文」概念の変遷を概観してみたい。建安以前の文章観としては、まず『毛詩』「大序」が重要である。ここでは、詩の働きを六義（特に「風」即ち諷諫）と美刺（賛美・批判）という儒教的価値に収斂する文章観が示される。『毛詩』が学官に立てられたのは前漢末、これ以後「文」の正統は、六義と美刺という儒教的価値をその中心に据えることになる。『毛詩』の地位を格上げした劉向・劉歆と同時代の揚雄『法言』もまた、文意識の正統として永く影響力を持ち続ける。『法言』は『論語』を祖述し、文意識においては過度な修辞を批判しつつ、儒教的価値を文の中心に据える。

『毛詩』「大序」における詩の六義と美刺、それを継承した揚雄、その双方を承けて、古典中国における文概念を確立したのが班固である。『文選』の開頭を飾る「両都賦」の序文、そして『漢書』藝文志詩賦略に見える文章観こそ、賦における諷諫を中心に据えた後漢の文章観を方向付けるものであった（後述）。

儒教的価値に収斂される如上の文意識に大きな変化が起こるのは建安からである。曹丕の『典論』「論文」に始まる六朝期の文論は、儒教的価値を大きく否定することはないとはいえ、表現することの意味をそれぞれに深化させていく。三国魏の曹丕の『典論』「論文」は「蓋し文章は経国の大業にして、不朽の盛事なり（蓋文章、經國之大業、不朽之盛事）」という言葉で「文章」の価値を標榜する。またそこには「奏議」「書論」「銘誄」「詩賦」といった文体分類に対する認識も見られる。晋の陸機「文賦」では文体は更に細かく分類され、中でも「詩」が重視されるようになる。「詩は情に縁りて綺靡（詩縁情而綺靡）」という言葉からは、詩の抒情性のみならず「美しさ」に対する価値付けさえも窺われる。摯虞「文章流別論」の「文章は、上下の章を宣べ、人倫の叙を明らかにする所以（文章者、所以宣上下之章、明人倫之叙）」という叙述は儒教的文意識を殊更強調するが、沈約『宋書』「謝霊運伝論」になると、文学史的視点や「声律」といった音楽的要素への言及が見られるようになる。六朝末の梁に登場した鍾嶸『詩品』は五言詩を対象に品評を加える。そこには「気」の重視や季節の変化に触発される性情の発露こそ詩であるという抒情性への視点が示される。同時期の劉勰『文心雕龍』では更に文体論と創作論が展開され、創作の背景にあるイマジネーションへの視点も見られるようになる。

このように、班固によって一旦収斂された儒教的文章観は、六朝になると表現の自立した価値をそれぞれに模索し始める。詩の重視や抒情性への言及、音律や霊性への視点など、いわゆる文学意識が明確に示されるのが六朝の文論なのである。このような流れの中で、鍾嶸・劉勰と同時代、六朝末の梁代に編纂された『文選』には、いかなる文学観が見られるのか。本章では二つの問題について、以下に論じてみたい。

二、『文選』の「文」意識――「賦」をめぐって――

その一つ目は賦についてである。『文選』の編纂が班固の文意識から大きな影響を受けていることは、賦を重視し、班固の作品を冒頭に置いたこと、また序文において班固の表現を多く襲うことから明白に見てとれる。『文選』開頭第一篇の班固「両都賦」に、「賦は古詩の流」とあるように、『文選』の編纂が賦を重視するのは、賦に古詩の精神があるからである。古詩の精神とは、『毛詩』「大序」にみえる諷喩の精神、すなわち詩が現実を反映するものであると同時に、詩は現実を「美刺（賛美・批判）」するものであるとする考えである。諷諫の意識が賦を文の正統に結び付けるのだ。『文選』および序文の大きな主張として、賦の重視があげられる。

しかし、美刺を以て文の正統であると見做された賦であるが、『文選』の編次において賦の分類に引くものは、「以て諷す」という言葉で示される現実批判を主張する賦が中心であり、一方の「以て美す」に当たる王朝の正統性を賛美する賦は、「賦」の分類の中には置かれない。賛美の賦は『文選』の編次においては別の分類の中にある。

それは巻四十八の「符命」という分類である。ここには司馬相如「封禅文」、揚雄「劇秦美新」そして班固「典引」が収録される。これらはそれぞれ武帝、王莽、光武帝に封禅を薦める文であり、天地の瑞祥と関わることによって「符命」という分類にまとめられている。この三篇は、当時を代表する賦作家による渾身の文章であり、賦という文体が持った最も輝かしい成果であるといえる。

賦は美刺の作用故に重視されたのであるが、『文選』の編次では「美」の賦と「刺」の賦とが別の文体と見做され、「刺」の賦を「賦」、「美」の賦を「符命」と分類する。これは一つの文体が、その働きによって別の項目になる事例である。

また、「賦」の語が一方で、文体を超えた正統意識とも繋がり「賦は古詩の流」という言葉によって詩とも結合していることについては既に論じた通りである。更に、符命以外でも、同じ賦形式でありながら、その用途に応じて賦は「論」「頌」「七」「弔」等に分類されている。巻六十「弔文」に分類される賈誼「弔屈原文」、陸機「弔魏武帝文」の如きものがそれである。この二篇は精緻な賦の文体で書かれているが、「賦」には分類されていない。

同じ賦作品でありながら異なる分類に編次されること、それは『文選』が文体に対する意識よりも、文の持つ用、機能を重視したためだと考えらえる。どのような形で表現するのかという形態ではなく、どのような場面で表現するのかという文の用の重視である。

「詩」という語が理念と形態と両方の意味で使われて来たように、おそらく「賦」という語も班固による文意識の収斂以降、文の規範として、ある意味理念的に使われるようになったのではないだろうか。『文選』に「賦」という時は、諷諫の義を最優先させ、形式としての賦はその機能によって分類される。六朝期は賦に対して特別な意識を共有していたものと思われるのだ。

そこで思い起こされるのが、陸機の「文賦」と『漢書』における賦の扱いである。陸機が作文の妙技と蘊奥を開陳した大作「文賦」はなぜ賦という形態で書かれたのか。『漢書』を始めとする史書はなぜ賦に関しては全文を載せるのか。それは「賦は古詩の流」という文の正統意識が、文論の中核にあったからではないだろうか。陸機を認めた張華、張華を認めた阮籍は、それぞれ彼らの賦作品を以てその才能を評価している。阮籍についても、現在では「詠懐詩」への注目度のみが高いが、その集の中心にあるのは一連の賦作品である。六朝を通して賦という文体は、文の正統として最も重視されていたと言って良い。

また、『漢書』が賦の全文を載せることには、恐らく班固の文章意識が反映していよう。『漢書』が単なる歴史書ではなく儒教的価値を表揚する規範としての『書』である以上[1]、文の正統たる賦は、作品としてではなく規範として全文を載せるのが正しい。

このように、『文選』序文および編次における賦の扱いからは、文の規範としての賦という認識を見ることが出来る。

三、『文選』の「文」意識――撰文において除外された「文」――

二つ目の問題は、序文に示される撰文に関してである。序文においては、多くの「文」の中から何を収録しなかったか、ということが以下のように示される。

(ア)夫れ姫公の籍、孔父の書の若《ごと》きは、日月と倶に懸《か》かり、鬼神と奥を争う。孝敬の准式、人倫の師友にして、豈に重ねて以て芟夷し、之に剪截を加うべけんや。(2)

周公や孔子に係る書物といったものは、太陽や月と同様天に在って輝くものであり、鬼神と奥深さを競うごときものであり、孝・敬のきまり、人倫の師とも友ともなるべきものである。それを更に削ったり切り取ったり出来るものではない。

(イ)老荘の作、管孟の流は、蓋し意を立つるを以て宗と為し、文を能くするを以て本と為さず。今の撰する所、又た以て諸を略せり。(3)

老子・荘子や管子・孟子といった類のものは、おもうに意見を述べることを目的としており、美しく表現することを本来としてはいない。今の選択としてはこれを省略する。

(ウ)賢人の美辭、忠臣の抗直、謀夫の話、辨士の端の若きは、氷の釋け泉の涌くがごとく、金の相あり玉の振うがごとし。所謂狙丘に坐し、稷下に議し、仲連の秦軍を却《しりぞ》け、食其の齊國を下《くだ》ししがごとき、留侯の八難を發し、曲逆の六奇を吐くがごときは、蓋し乃ち事は一時に美にして、語は千載に流る。概《おおむ》ね墳籍に見え、旁《あまね》く子史に出ずる。斯《かく》の若きの流は、又た亦た繁く博く、之を簡牘に傳うと雖えども、而れども事は篇章と異なれり。今の集むる所、亦た取らざる所なり。(4)

賢人の良き言葉、忠実な臣下の真っ直ぐな抗い、策士・弁士の話術のようなものは、氷が解けるように、泉が湧くように止めどなく、また金や玉が振えるように響く。たとえば狙丘に坐し、稷下に議論した斉の田巴や、魯仲連が秦軍を退却させたり、酈食其が齊國の軍を解いたり、留侯張良が八難を発して劉邦を思い止まらせたり、曲逆侯陳平が六たび奇計を吐いたような優れた弁説は、その事跡と語りは一世を風靡し、長く語り継がれるものである。そしてそれらは古書や歴史や諸子に広く登場する。この手のものはやはり豊富に存在し、書物として書き留められてはいるのだが、その内容は文学作品とは違うので、いまの編集においてはやはり採らないのである。

（エ）記事の史、繫年の書に至りては、是非を褒貶し、異同を紀別する所以なり。之を篇翰に方《くら》ぶれば、亦た已に同じからず。其の讃論の辭采を綜緝し、序述の文華を錯比するが若きは、事は沈思より出で、義は翰藻に歸す。故に夫の篇什と、雜《まじ》えて之を集む。(5)

事を記した年代記である史書は、事の是非を褒貶し、史実の異同を記し判別するためのものである。これを文学作品と比べると、やはり同じではないのである。しかし、史書の中でも「讃」「論」や「序」「述」の部分は、美しい表現を集め並べており、深い思いから生まれた事柄を表現し、意義深い内容を美しい修辞に帰結させている。そこで、これらは文学作品と一緒に、雑えて編集した。

序文のこの部分では、文の選録において除外したものを四種類に分けて示している。便宜上（ア）～（エ）に分けた

（ア）は、「姫公の籍、孔父の書」即ち経書である。（イ）は「老荘の作、管孟の流」即ち老子・荘子・管子・孟子の類、いわゆる諸子である。ひとつ飛ばして（エ）は「記事の史、繫年の書」即ち史書。「記事」「繫年」は杜預の「春秋左伝集解序」の語であり、それを承けて「事出於沈思、義歸乎翰藻」という叙述がある。従来『文選』の編纂基準だと言われてきた「事出於沈思、義歸乎翰藻」の句が、史書の中の「論」「讃」「序」「述」についての基準に過ぎないことについては既に第七章で述べた。また、このようにカテゴライズすることが、後の四部分類に繫がる過渡的な分類であり、そこには文学作品という意識の芽生えがあることについても既に論じたとおりである。

いま問題にしたいのは、（イ）と（エ）の間に挟まっている（ウ）の部分である。ここではまず「賢人の美辭、忠臣の抗直、謀夫の話、辨士の端」の若きものは、「氷のごとく釋け泉のごとく涌き、金のごとく相あり玉のごとく振う」と言い、「所謂」に続けて六つの具体例が示される。それは、

①坐狙丘議稷下
②仲連之却秦軍
③食其之下齊國
④留侯之發八難
⑤曲逆之吐六奇

という、それぞれ田巴、魯仲連、酈食其、張良、陳平の故事である。そこで、この五つの具体例について見てみたい。

まず①の田巴の故事は、『文選』巻四十二　曹植「與楊德祖書」の李善注に引く「魯連子」に見ることができる。

魯連子曰、齊之辯者、曰田巴。辯於徂丘而議于稷下。毀五帝罪三王、一旦而服千人。有徐刧弟子、曰魯連、謂刧曰、臣願當田子使不敢復說。

『魯連子』に曰く、齊の辯者、田巴と曰う。徂丘に辯じ稷下に議す。吾帝を毀ち三王を罪し、一日にして千人を服せしむ。徐劫の弟子、魯連と曰うもの有り。劫に謂いて曰く、臣願はくは田子に當たり敢えて復た說かざらしめん、と。

これによれば、斉の国の弁者である田巴が、徂丘で弁舌をふるい、稷下で議論を交わし、三皇五帝を断罪して、一日にして千人を感服させた、という。序文に言う「謀夫の話」に当たる。

次に②の魯仲連が秦軍を退けた故事について、最も詳しく描写するのは『史記』であるが、『史記』の前に『戦国策』趙策にも、ほぼ同様の記事がある。それは、強国の秦が趙の国の邯鄲を包囲した際、たまたまそこに居合わせた斉の魯仲連が、大義と策略を語り、そのことを聞いただけで秦の軍隊は恐れをなして退却したという話である。魏から遣わされた客将軍辛垣衍に対して、秦と講和することの害を説く部分を、『戦国策』趙策から以下に引く。

魯連曰「梁未睹秦稱帝之害故也。使梁睹秦稱帝之害、則必助趙矣。」辛垣衍曰「秦稱帝之害將奈何。」魯仲連曰「昔齊威王嘗爲仁義矣。率天下諸侯而朝周。周貧且微、諸侯莫朝。而齊獨朝之。居歲餘周烈王崩。諸侯皆弔、齊後往。周怒、赴於齊曰『天崩地拆、天子下席。東藩之臣田嬰齊後至。則斮之。』威王勃然怒曰『叱嗟、而母婢也。』卒爲天下笑。故生則朝周、死則叱之、誠不忍其求也。彼天子固然。其無足怪。」辛垣衍曰「先生獨未見夫僕乎。十人而從一人者、寧力不勝、智不若耶。畏之也。」魯仲連曰「然梁之比於秦若僕耶。」辛垣衍曰「然。」魯仲連曰「然吾將使秦王烹醢梁王。」辛垣衍怏然不悅曰「嘻、亦太甚矣、先生之言也。先王又惡能使秦王烹醢梁王。」魯仲連曰「固也。待、吾言之。昔者、鬼侯・鄂侯・文王、紂之三公也。鬼侯有子而好、故入之於紂。紂以爲惡、醢鬼侯。鄂侯爭之急、辨之疾、故脯鄂侯。文王聞之、喟然而嘆。故拘之於牖里之庫、百日而欲令之死。曷爲與人倶稱帝王、卒就脯醢之地也。齊閔王將之魯。夷維子執策而從、謂魯人曰『子將何以待吾君。』魯人曰『吾將以十太牢待子之君。』維子曰『子安取禮而來待吾君。彼吾君者、天子也。天子巡狩、諸侯辟舍、納于筦鍵、攝衽抱几、視膳於堂下、天子已食、退而聽朝也。』魯人投其籥、不果納。不得入於魯、將之薛、假涂於鄒。當是時、鄒君死。閔王欲入弔。夷維子謂鄒之孤曰『天子弔、主人必將倍殯柩、設北面於南方、然后天子南面弔也。』鄒之羣臣曰『必若此、吾將伏劍而死。』故不敢入於鄒。鄒・魯之臣、生則不得事養、死則不得飯含。然且欲行天子之禮於鄒・魯之臣、不果納。今秦萬乘之國、梁亦萬乘之國。倶據萬乘之國、交有稱王之名。睹其一戰而勝、欲從而帝之、是使三晉之大臣不如鄒・魯之僕妾也。且秦無已而帝、則且變易諸侯之大臣。彼將奪其所謂不肖、而予其所謂賢、奪其所憎、而與其所愛。彼又將使其子女讒妾爲諸侯妃姬、處梁之宮。梁王安得晏然而已乎。而將軍又何以得故寵乎。」

於是、辛垣衍起、再拜謝曰「始以先生爲庸人。吾乃今日而知先生爲天下之士也。吾請去、不敢復言帝秦。」秦將聞之、爲卻軍五十里。

魯連曰く「梁は未だ秦の帝と稱するの害を睹ざるが故なり。梁をして秦の帝と稱するの害を睹しむれば、則ち必ず趙を助けん。」と。辛垣衍曰く「秦の帝と稱するの害は將た奈何。」と。魯仲連曰く「昔　齊の威王嘗て仁義爲り。天下の諸侯を率いて周に朝せり。周は貧しくして且つ微なれば、諸侯朝する莫し。而るに齊のみ獨り之に朝せり。居ること歳餘にして周の烈王崩ず。諸侯皆な弔するに、齊後れて往く。周怒り、齊に赴げて曰く『天崩じ地拆け、天下席を下る。東藩の臣田嬰齊後れて至る。則ち之を斮らん。』と。威王勃然として怒りて曰く『叱嗟、而が母は婢なり。』と。卒として天下の笑いと爲れり。故に生きては則ち周に朝し、死しては則ち之を叱するは、誠に其の求に忍びざればなり。彼の天子にして固り然り。其れ怪しむに足る無し。」と。辛垣衍曰く「先生獨り未だ夫の僕を見ざるか。十人にして一人に從う者は、寧ぞ力の勝さざる、智の若からざらんや。之を畏るるなり。」と。魯仲連曰く「然らば梁の秦に比するや僕の若きか。」と。辛垣衍曰く「然り。」と。魯仲連曰く「然らば吾れ將に秦王を使て梁王を烹醢せしむ。」と。辛垣衍怏然として悅ばずして曰く「噫、亦た太甚しきかな、先生の言や。先王又た惡ぞ能く秦王を使て梁王を烹醢せしめんや。」と。

魯仲連曰く「固りなり、待て、吾之を言わん。昔者、鬼侯・鄂侯・文王は、紂の三公なり。鬼侯に子有りて好し、故に之を紂に入る。紂以て惡と爲し、鬼侯を醢にす。鄂侯之を爭うこと急に、之を辨ずること疾なりて、故に鄂侯を脯す。文王之を聞きて、喟然として嘆ず。故に之を牖里の庫に拘じ、百日而をして之をして死せんことを欲す。曷爲れぞ人と倶に帝王と稱して、卒に脯醢の地に就かんや。齊の閔王將に魯に之かんとす。夷維子策を執りて從い、魯人に謂いて曰く『子將た何を以て吾が君を待せんとす』と。魯人曰く『吾れ將に十太牢を以て子の君を待せんとす。』と。維子曰く『子安ぞ禮を取て來りて吾が君を待す。彼の吾が君は、天子なり。天子の巡狩するや、諸侯舍を辟し、筦鍵を納れ、攝衽抱几して、膳を堂下に視、天子已に食すれば、退きて朝を聽くなり。』と。魯人其の籥を投じて、納るるを果さず。魯に入るを得ず、將に薛に之かんとし、涂を鄒に假れり。是の時に當たり、鄒君死せり。閔王入りて弔せんと欲す。夷維子鄒の孤に謂いて曰く『天子弔せんとす、主人必ず將に殯柩に倍し、北面を南方に設けて、然る后に天子南面して弔すなり。』と。鄒の羣臣曰く『必ず此の若くんば、吾將に劍に伏して死せん。』と。故に敢えて鄒に入らず。鄒・魯の臣は、生きては則ち事養するを得ず、死しては則ち飯含するを得ず。然るに且つ天子の禮を鄒魯の臣に行わんと欲すれば、納るるを果たさず。今秦は萬乘の國、梁も亦た萬乘之國なり。倶に萬乘の國に據りて、交王と稱するの名有り。其の一戰して勝てるを睹、從いて之を帝とせんと欲す、是れ三晉の大臣をして鄒・魯の僕妾にも如かざらしむるなり。且つ秦已む無くして帝たらば、則ち且に諸侯の大臣を變易ぜん。彼將に其の所謂不肖を奪いて、其の其所謂賢に予え、其の憎む所を奪いて、其の愛する所に與えんとす。彼又た將に其の子女讒妾をして諸侯の妃姫と爲し、梁の宮に處らしめんとす。梁王安んぞ晏然として已むを得んや。而うして將軍又た何を以てか故寵を得んや。」と。

是に於いて、辛垣衍起ちて、再拜して謝して曰く「始め先生を以て庸人と爲せり。吾れ乃ち今日にして先生の天下の士爲るを知るなり。吾請う去りて、敢えて復た秦を帝とするを言はざるなり。」と。秦將之を聞き、爲に軍を五十里郤けり。

長い引用になったが、『文選』の序文で文として認めながらも選択から除外したものの具体的な例としてここに示す。引用において傍線を付した部分が魯仲連の弁舌である。序文でいう「弁士の端」とはまさにこのような言辞を言うのであろう。因みに『史記』巻八十三「魯仲連列伝」の記載は、『戦国策』とほぼ同様である。

魯仲連は弁舌だけで強国秦の軍隊を恐れさせた点では弁士であるが、さらにその功績を誇らず、封土も千金も辞した態度が後世の文人士人の尊敬を集めた。六朝以前の詩文において魯仲連は、高潔の士の典型として繰り返し引用される。

続けて③の酈食其が斉の国を下したという故事については、『史記』巻九十七「酈食其伝」に詳しい。酈食其は沛公の為に斉の国に使者として行き、その弁舌でもって漢に帰属を説いた。その部分を『史記』から引用すると以下の如くである。

而使酈生説齊王曰「王知天下之所歸乎。」王曰「不知也。」曰「王知天下之所歸、則齊國可得而有也。若不知天下之所歸、即齊國未可得保也。」齊王曰「天下何所歸。」曰「歸漢。」曰「先生何以言之。」曰「漢王與項王勠力西面擊秦、約先入咸陽者王之。漢王先入咸陽、項王負約不與而王之漢中。項王遷殺義帝。漢王聞之、起蜀漢之兵擊三秦、出關而責義帝之處。收天下之兵、立諸侯之後。降城卽以侯其將、得賂卽以分其士、與天下同其利、豪英賢才皆樂爲之用。諸侯之兵四面而至、蜀漢之粟方船而下。項王有倍約之名、殺義帝之負。於人之功無所記、於人之罪無所忘。戰勝而不得其賞、拔城而不得其封。非項氏莫得用事。爲人刻印、刓而不能授、攻城得賂、積而不能賞。天下畔之、賢才怨之、而莫爲之用。故天下之士歸於漢王、可坐而策也。夫漢王發蜀漢、定三秦。涉西河之外、援上黨之兵。下井陘、誅成安君。破北魏、擧三十二城。此蚩尤之兵也。非人之力也、天之福也。今已據敖倉之粟、塞成皋之險、守白馬之津、杜大行之阪、距蜚狐之口。天下後服者先亡矣。王疾先下漢王、齊國社稷可得而保也。不下漢王、危亡可立而待也。」田廣以爲然、迺聽酈生、罷歷下兵守戰備、與酈生日縱酒。

　淮陰侯聞酈生伏軾下齊七十餘城、迺夜度兵平原襲齊。齊王田廣聞漢兵至、以爲酈生賣己。迺曰「汝能止漢軍、我活汝。不然、我將亨汝。」酈生曰「擧大事不細謹、盛德不辭讓。而公不爲若更言。」齊王遂亨酈生、引兵東走。

而して酈生をして齊王に說かしめて曰く「王は天下の歸する所を知るか。」と。王曰く「知らざるなり。」と。曰く「王　天下の歸する所を知らば、則ち齊國　有つを得べきなり。若し天下の歸する所を知らざれば、即ち齊國未だ保つを得べからざるなり。」齊王曰く「天下何の歸する所ぞ。」曰く「漢に歸せん。」と。曰く「先生何を以て之を言う。」と。曰く「漢王項王と力を勠せて西面して秦を擊ち、先に咸陽に入る者　之を王とするを約せり。漢王先に咸陽に入るに、項王約に負きて與えずして之を漢中に王たらしむ。項王義帝を遷殺す。漢王之を聞き、蜀漢の兵を起こして三秦を擊ち、關より出て義帝の處を責む。天下の兵を收め、諸侯の後を立てり。城を降せば卽ち以て其の將を侯と爲し、賂を得れば卽ち以て其の士に分かち、天下と其の利を同じくし、豪英賢才皆な之が用を爲さんことを樂しむ。諸侯の兵四面よりして至り、蜀漢の粟船を方べて下る。項王は約に倍くの名有り、義帝を殺すの負有り。人の功においては記する所無く、人の罪においては忘るる所無し。戦勝すれども其の賞を得ず、城を抜けども其の封を得ず。項氏に非ずんば得て事を用いるもの莫し。人の爲に刻印、刓すれども授くる能はず、城を攻め賂を得て、積めども賞する能はず。天下之に畔き、賢才之を怨みて、之が用を爲す莫し。故に天下の士漢王に歸すること、坐して策るべきなり。夫れ漢王蜀漢を發し、三秦を定めり。西河の外に渉り、上黨の兵を援く。井陘を下り、成安君を誅す。北魏を破り、三十二城を舉ぐ。此れ蚩尤の兵なり。非人の力に非ずして、天の福なり。今已に敖倉の粟に據り、成皋の險を塞ぎ、白馬の津を守り、大行の阪を杜ぎ、蜚狐の口を距げり。天下後れて服する者は先に亡びん。王疾く先ず漢王に下らば、齊國の社稷得て保つべし。漢王に下らずんば、危亡立ちどころにして待つべきなり。」田廣以て然りと爲し、迺ち酈生を聽き、歴下の兵の守戰の備を罷めしめ、酈生と日び酒を縱にす。

淮陰侯　酈生の伏軾して齊の七十餘城を下せるを聞き、迺ち夜に兵を平原に度して齊を襲う。齊王田廣漢兵の至るを聞き、以て酈生己を賣れりと爲す。迺ち曰く「汝能く漢軍を止めば、我れ汝を活かさん。然らずんば、我れ將に汝を亨んとす。」と。酈生曰く「大事を舉ぐるに細謹せず、盛德は辭讓せず。而公若が爲に言を更えず。」と。齊王遂に酈生を亨て、兵を引きて東に走れり。

傍線部が所謂「酈食其、斉を下す」弁舌である。漢楚の興亡の間にあって、酈食其は沛公の為に斉に帰属を説いたのであるが、しかし事は成功したものの、酈食其自身は斉王田広に疑われ、最後は釜ゆでにされてしまう。

次の④「留侯の八難」とは、漢王（沛公劉邦）に対する張良（留侯）の八つの論難を言う。『史記』巻五十五「留侯世家」から該当部分を下に引く。

漢三年、項羽急圍漢王滎陽。漢王恐憂、與酈食其謀橈楚權。食其曰「昔湯伐桀、封其後於杞。武王伐紂、封其後於宋。今秦失德弃義、侵伐諸侯社稷、滅六國之後、使無立錐之地。陛下誠能復立六國後世、畢已受印、此其君臣百姓、必皆戴陛下之德、莫不鄉風慕義、願爲臣妾。德義已行、陛下南鄉稱霸、楚必斂衽而朝。」漢王曰「善。趣刻印。先生因行佩之矣。」

食其未行、張良從外來謁。漢王方食曰「子房前。客有爲我計橈楚權者。」具以酈生語告。曰「於子房何如。」良曰「誰爲陛下畫此計者。陛下事去矣。」漢王曰「何哉。」張良對曰「臣請藉前箸爲大王籌之。」曰「昔者、湯伐桀而封其後於杞者、度能制桀之死命也。今陛下能制項籍之死命乎。」曰「未能也。」「其不可一也。武王伐紂封其後於宋者、度能得紂之頭也。今陛下能得項籍之頭乎。」曰「未能也。」「其不可二也。武王入殷、表商容之閭、釋箕子之拘、封比干之墓。今陛下能封聖人之墓、表賢者之閭、式智者之門乎。」曰「未能也。」「其不可三也。發鉅橋之粟、散鹿臺之錢、以賜貧窮。今陛下能散府庫以賜貧窮乎。」曰「未能也。」「其不可四矣。殷事已畢、偃革爲軒、倒置干戈、覆以虎皮、以示天下不復用兵。今陛下能偃武行文、不復用兵乎。」曰「未能也。」「其不可五矣。休馬華山之陽、示以無所爲。今陛下能休馬無所用乎。」曰「未能也。」「其不可六矣。放牛桃林之陰、以示不復輸積。今陛下能放牛不復輸積乎。」曰「未能也。」「其不可七矣。且天下游士離其親戚、弃墳墓、去故舊、從陛下游者、徒欲日夜望咫尺之地。今復六國、立韓・魏・燕・趙・齊・楚之後、天下游士各歸事其主、從其親戚、反其故舊墳墓。陛下與誰取天下乎。其不可八矣。且夫楚唯無彊。六國立者復橈而從之。陛下焉得而臣之。誠用客之謀、陛下事去矣。」漢王輟食吐哺、罵曰「豎儒、幾敗而公事。」令趣銷印。

漢の三年、項羽急に漢王を滎陽に圍めり。漢王恐れ憂いて、酈食其と楚の權を橈《たわ》まさんと謀る。食其曰く「昔し湯の桀を伐つや、其の後を杞に封ぜり。武王の紂を伐つや、其の後を宋に封ぜり。今秦德を失いて義を弃て、諸侯の社稷を侵伐し、六國の後を滅ぼし、立錐の地無からしむ。陛下誠に能く復た六國の後世を立て、畢《ことごと》く已に印を受けしめば、此れ其の君臣百姓、必ず皆な陛下の徳を戴き、風に鄕い義を慕い、臣妾と爲るを願わざるもの莫からん。徳義已に行われ、陛下南鄕して覇を稱すれば、楚は必ず衽を斂めて朝せん。」漢王曰く「善し。趣に印を刻せ。先生因りて行きて之を佩ばしめん。」

食其未だ行かざるに、張良外従り來りて謁す。漢王方に食せんとして曰く「子房前め。客の我が爲に楚の權を撓まさんと計る者有り。」具に酈生の語を以て告ぐ。曰く「子房において何如。」と。良曰く「誰ぞ陛下の爲に此の計を畫す者は。陛下の事去れり。」と。漢王曰く「何となればなり。」張良對えて曰く「臣請う前の箸を藉りて大王の爲に之を籌らん。」と。曰く「昔者、湯 桀を伐ちて其の後を杞に封ぜしは、能く桀の死命を制するを度ればなり。今 陛下 能く項籍の死命を制するや。」曰く「未だ能くぜざるなり。」「其れ不可なるの一なり。武王紂を伐し其の後を宋に封ぜしは、能く紂の頭を得るを度ればなり。今 陛下 能く項籍の頭を得るか。」曰く「未だ能くせざるなり。」「其れ不可なるの二なり。武王殷に入り、商容の閭を表し、箕子の拘を釋き、比干の墓を封ぜり。今 陛下 能く聖人の墓を封じ、賢者の閭を表し、智者の門を式せんか。」曰く「未だ能くせざるなり。」「其れ不可なるの三なり。鉅橋の粟を發し、鹿臺の錢を散じて、以て貧窮に賜へり。今 陛下 能く府庫を散じて以て貧窮に賜はらんか。」曰く「未だ能くせざるなり。」「其れ不可なるの四なり。殷の事已に畢われり、革を偃せてて軒と爲し、干戈を倒置し、覆うに虎皮を以てし、以て天下に復た兵を用いざるを示せり。今 陛下 能く武を偃して文を行い、復た兵を用いざらんか。」曰く「未だ能くせざるなり。」「其れ不可なるの五なり。馬を華山の陽に休め、示すに爲す所無きを以てせり。今 陛下 能く馬を休め用いる所無からんか。」曰く「未だ能くぜざるなり。」「其れ不可なるの六なり。牛を桃林の陰に放ち、以て復た輸積せざるを示せり。今 陛下 能く牛を放ち復た輸積せざらんか。」曰く「未だ能くせざるなり。」「其れ不可なるの七なり。且つ天下の游士 其の親戚を離れ、墳墓を弃て、故舊を去り、陛下に従いて游ぶは、徒《ただ》に日夜咫尺の地を望まんと欲するなり。今六國を復し、韓・魏・燕・趙・齊・楚の後を立てなば、天下の游士 各の歸りて其の主に事え、其の親戚に従い、其の故舊墳墓に反らん。陛下誰と與に天下を取らんや。其れ不可なるの八なり。且つ夫れ楚は唯だ彊き無し。六國の立たん者復た橈みて之に従はん。陛下焉くにか得て之を臣とす。誠《も》し客の謀を用うれば、陛下の事 去れるなり。」と。漢王食を輟め哺を吐きて、罵りて曰く「豎儒、幾《ほとん》ど而公の事を敗らんとす。」と。趣かに印を銷せしむ。

漢の三年、項羽が漢王を攻撃した際、酈食其は漢王劉邦に対して六国の後裔を諸侯にすることを提案し、漢王はそれを承知した。酈食其が出発する直前に張良が拝謁し、酈食其の策が浅慮であることを漢王に対して八つの方面から論難する。傍線部がその論難の部分である。③の話においては主人公であった酈食其が、ここでは「豎儒（小者《こもの》学者）」と呼ばれて小人物扱いされる道化役になっている。③の引用が酈食其という人物の人間性や生き方ではなく、その弁舌の巧みさのみにあったことが知れよう。

最後の、曲逆が六奇を吐いたという故事は、陳平の奇策をいうのだが、高祖の興業に力を尽くした陳平の奇策は、『史記』に具体的には描かれない。それが秘策であるが故に伝聞する者がなかったことを『史記』巻五十六陳丞相世家では以下のように述べる。

凡六出奇計、輒益邑、凡六益封。奇計或頗祕、世莫能聞也。
凡そ六たび奇計を出し、輒ち邑を益し、凡そ六たび封を益す。奇計 或いは頗る祕にして、世の能く聞くもの莫きなり。

以上、①～⑤の具体的内容を列挙して分かる通り、（ウ）で列挙される「文」は、戦国～漢初にかけての雄弁の士の言説である。これについて序文は「事一時に美せられ、語は千載に流れ、概く墳籍に見れ、旁く子史に出づ。若斯の流は、又た亦た繁博にして、之を簡牘に傳うと雖も、事は篇章に異なれり。今の集むる所、亦た取らざる所なり（事美一時、語流千載、概見墳籍、旁出子史。若斯之流、又亦繁博、雖傳之簡牘、而事異篇章。今之所集、亦所不取）。」という。

まずこれらを「その事跡は一世を風靡し、言葉は千年語り継がれ、墳籍や子史にあまねく見られるものである。」と言う。それらを「語」であるとした上で、その「語」を含む事跡を「文」の範疇に入れるのである。同時に、「これらの類は、立派な文として書物となって伝わってはいるが、しかし作品（「篇章」）とは異なるので、今回の選集には取らないのだ」と言う。子や史の中に取り込まれた言説であり、そこだけ切り離して一篇と数えることができないから取らない、と言うのである。

序文の主張は、戦国から漢にかけての雄弁の士の言説を、まず「文」として認めている。ここに具体的に、それもかなりの字数を割いて説明を加えているのは、それらをある種の「文」として大いに評価していることを表すだろう。

ここに示される雄弁の士の言説は、現在では上に引いたように主に『史記』によってしか目にすることができないものが多い。しかし序文には「概く墳籍に見れ、旁く子史に出づ（概見墳籍、旁出子史）」とある。「墳籍」はここでは書籍という程度の軽い意味であろうが、「墳籍」「子史」にあまねく見えるとあることは、六朝期においてこれらの事績が『史記』だけではなく複数の編籍として多く読まれていたことを示唆する。魯仲連の物語が今は佚した『魯連子』という書物で流行していたことは、曹植が「楊德祖に與ふる書（與楊德祖書）」の中で典故として踏んでいることから推測できる。陳平の六奇計は、『史記』本文中に明確には示されないことから、或は『魯連子』のような別の物語が単行して存在した可能性が十分に想像できる。『史記』ではあまり活躍せず、又た留侯世家では悪役となる酈食其の故事が、魯仲連・張良・陳平と並列されていることも、『史記』とは別の酈食其物語の存在の可能性が想像される。序文はそれらの雄弁の士の物語を、一つの「文」として大きく評価しているのである。

また、魯仲連の逸話は、『魯連子』と『戦国策』及び『史記』に見られる。このうち『史記』が『戦国策』を下敷きにしていることは、二つの表現を並べてみれば一目瞭然である。『史記』が多く『戦国策』に基づくことは既によく知られるが、その背景に更に『左伝』が存在することを野間文史は指摘する。(6) 野間に拠れば『左伝』の表現の魅力はその会話の躍動感にあり、それはおそらく演劇に取材したものを含むからだと言う。『左伝』に始まり『戦国策』に継承される演劇的要素、それは「遇語（二人一組になって演出する掛け合い）」における会話の躍動感と、一人の主人公による圧倒的な言葉の累積という二つの特徴をもって、『史記』と漢賦とに繋がっていくのではないだろうか。

雄弁の要素が漢賦へ繋がっていくことについて、『戦国策』に見える蘇秦の辯説を見てみよう。

『戦国策』斉策　斉一

蘇秦爲趙合從、説齊宣王曰「齊南有太山、東有琅邪、西有清河、北有渤海。此所謂四塞之國也。齊地方二千里、帶甲數十萬、粟如丘山。齊車之良、五家之兵、疾如錐矢、戰如雷電、解如風雨。卽有軍役、未嘗倍太山、絶清河、涉渤海也。臨淄之中七萬戶、臣竊度之、下戶三男子、三七二十一萬、不待發於遠縣、而臨淄之卒、固以二十一萬矣。臨淄甚富而實、其民無不吹竽、鼓瑟、擊筑、彈琴、鬬雞、走犬、六博、蹹踘者。臨淄之途、車轂擊、人肩摩、連衽成帷、擧袂成幕、揮汗成雨。家敦而富、志高而揚。

蘇秦趙の爲に合從し、齊の宣王に説きて曰く「齊は南に太山有り、東に琅邪有り、西に清河有り、北に渤海あり。此れ所謂四塞の國なり。齊の地は方二千里、帶甲は數十萬、粟は丘山の如し。齊車の良、五家の兵、疾きこと錐矢の如く、戰うこと雷電の如く、解くこと風雨の如し。卽《たと》い軍役有るも、未だ嘗て太山を倍し、清河を絶ち、渤海を渉らざるなり。臨淄の中の七萬戸、臣竊に之を度るに、下戸に三男子、三七二十一萬、遠縣に發するを待たずして、而して臨淄の卒、固より以て二十一萬なり。臨淄甚だ富みて實、其の民竽を吹き、瑟を鼓し、筑を擊し、琴を彈じ、雞を闘わせ、犬を走らせ、六博、蹹踘ぜざる者無し。臨淄の途、車轂は擊し、人肩は摩し、衽を連ねて帷を成し、袂を舉げて幕を成し、汗を揮いて雨を成す。家は敦くして富み、志は高くして揚る。

楊光輝は『中国文学史新著』(7)において、斉の宣王に合従を説く蘇秦のこの辯説に、漢代の体物大賦との共通点を指摘する。『戦国策』に多く残る遊説の士の言説は、会話や雄弁や誇張や虚構などの様々な表現テクニックの宝庫として漢代の賦に繫がり、賦の表現力を豊かにしたと同時に、弁論による事態の打開という物語的要素もまた、「文」の世界を広げるものとしてあったのではないかと思うのだ。そして、『左伝』に始まり『戦国策』『史記』に継承される会話と弁論と弁士の事績は、一方で漢賦に繫がり、また一方で「史」や「物語」に繫がっていく。このような歴史物語の中の躍動感あふれる弁論の修辞というものが、『文選』の編纂においては「文」として認識されていたのではないかと考える。

おわりに

以上論じた二点、すなわち賦の扱いと弁士の物語への注目とは、『文選』編纂における「文」意識が、（一）に見た六朝の「文」意識の変遷の中でも非常に独特の様相を呈していることを示している。それは、作品意識をおぼろげに持ちながらも、文体の分類において、機能と形式が明確に区別されなかったり、物語的要素を多分に含む言説を強く意識したりという意味で、特異なのである。

この特異さには二つの意味が含まれよう。機能と形式の区別の曖昧さは、『文選』が例文集として実用を重視したことに拠ると考えられる。同じ賦の文体であっても、賛美の賦である「符命」や「弔文」は、諷諫の賦とは別の項目を立てることで読む者の参考に供しやすい。

また、物語への傾斜については、むしろそれが当時の時代的風潮を反映している可能性が考えられる。寒門出身の劉勰や鍾嶸が、自らの著作を世に問うために、殊更に儒教的言説によってその正統性を主張せざるを得なかったのと異なり、皇太子という立場で王朝の中心にある昭明太子には、自分の主張の正統性を敢えて強調する必要はない。建前を必要としない自由な嗜好は、反対にその時代の生の風潮をとらえていたかもしれない。当時にあっては流行りの、しかし後世になって『史記』などの存在によって淘汰された雄弁家の歴史物語は、文の範疇の垣根を越えて墳籍に多く引用され、あまねく読まれることによって、「文」のある一つの要素を豊かにしていた可能性が考えられるのだ。

六朝期に六部から四部へと大きく変化する書籍分類の中で、(8)特に「史」と「子」の類別が過渡的要素を示すことは、例えば『隋書』経籍志において『山海経』が史部の地理に分類されることが最も端的な例である。上に引いた『魯連子』についていえば、『隋書』経籍志では「陸賈新語」や「新序」「説苑」と並んで子部・儒家に属している。「儒家は人君を助けて教化を明らかにする所以なり（儒家所以助人君明教化也）」という隋志の説明からも分かるとおり、これらは教化の物語として認識されていたわけである。また、後に小説史の中で重要な位置づけを与えられる六朝期の書籍として『世説新語』があるが、この書は隋志では子部の小説家に分類される。(9)更には近代以降六朝志怪の代表とされる『捜神記』は隋志の分類外ではあるが、篇者の干宝は史官として『晋書』を編纂したばかりでなく、ある明確な意図を以て史書として該書を編纂したと考えられる。(10)このように、「史」と「子」、あるいは後に「小説」として認識されるものは、六朝期にはその境界を未だ分明にはしていなかったことが知れる。四部分類に収束する以前の、

「文」の多様性の一端を窺い知る材料として、『文選』序文に示されたこの特殊な文（ウ）の事例に注目する所以である。

このように、「文」なるものが文学意識や抒情性を獲得していく過渡期の六朝期にあって、『文選』とその序文には、他の文論には見られない独特の「文」意識が垣間見られるのである。

注

（1）『漢書』が『尚書』を意識した班固の文意識を反映したものであることについては。渡邉義浩「班固の賦作と「雅・頌」」（『東洋研究』一九四　二〇一四年）参照。

（2）若夫姫公之籍、孔父之書、與日月倶懸、鬼神爭奧。孝敬之准式、人倫之師友、豈可重以芟夷、加之剪截（「文選序」）。

（3）老莊之作、管孟之流、蓋以立意爲宗、不以能文爲本。今之所撰、又以略諸（「文選序」）。

（4）若賢人之美辭、忠臣之抗直、謀夫之話、辨士之端、冰釋泉涌、金相玉振。所謂坐狙丘、議稷下、仲連之却秦軍、食其之下齊國、留侯之發八難、曲逆之吐六奇、蓋乃事美一時、語流千載。概見墳籍、旁出子史。若斯之流、又亦繁博、雖傳之簡牘、而事異篇章。今之所集、亦所不取（「文選序」）。

（5）至於記事之史、繫年之書、所以褒貶是非、紀別異同。方之篇翰、亦已不同。若其讃論之綜緝辭采、序述之錯比文華、事出於沈思、義歸乎翰藻。故與夫篇什、雜而集之（「文選序」）。

（6）野間文史『春秋左氏伝――その構成と基軸』（研文出版　二〇一〇年）。

（7）章培恒・駱玉明主編、井上泰山・林雅清共訳『中国文学史新著』上巻（関西大学出版部　二〇一一年）。

（8）魏晋南北朝期における文献学の様相、特に六部分類から四部分類への移行については曾貽芬・崔文印著、山口謠司・石川薫・洲脇武志訳『編訳　中国歴史文献学史述要』（游学社　二〇一四年）に詳しい。

（9）『隋書』経籍志では『世説』と作り、唐代に劉向の『世説』と区別して『世説新語』と呼ばれるようになった。小説史の流れの中で見る六朝志怪の意義については竹田晃『中国小説史入門』（岩波書店　二〇〇二年）参照。

（10）　渡邉義浩「干宝の『捜神記』と五行志」（『東洋研究』一九七　二〇一五年『「古典中国」における小説と儒教』汲古書院　二〇一七年所収）。

第四部　謝霊運詩論

第十章　謝霊運詩考――刹那と伝統――

はじめに

後世山水詩人と呼ばれ、その清澄な自然描写で時代の新風を開いた謝霊運について、人はその極めて新鮮な表現に目を見張ると同時に、あまりにも劇的な死に様を『宋書』本伝に発見する。めまぐるしく王朝の交替する魏晋南北朝時代を通じて、己れに正直であり得た詩人たちが、その生を健全に全うした例はただの一つも無かった。あるいは権力に押し潰され、あるいは晦渋に姿をくらまし、六朝の詩人たちは変節か自己破滅かの間に、常に身をさらされていた。そしてそのような中にあって、この謝霊運という詩人は、その清澄な詩と、一見正反対に見える狂気のような晩年、そして死とが、一人の詩人としての内実への興味を、あまりにも強く引くのである。

本章は、その詩風の変遷を追うことによって、詩人としての謝霊運の最後にゆきついた境地を探るものである。そして特に、晩年の詩の中から、死に急ぐようにして自己破滅に向かった、およそ明哲保身とは程遠い、謝霊運の鮮烈な生き方の原理を考えてみた。

一

謝霊運の詩は、その閲歴によってほぼ四期に分けられるが、それぞれの時期によって作風は著しい特色を見せる。まず、生れてより永嘉太守に流されるまでの第一期（三八五—四二二）には、作品も少なく、まだこれという特色もない。

それに反して永初三年（四二二）、朝廷内のクーデターにより永嘉に左遷されて以後の第二期では、滞留期間わずか一年の間に、三十首にも上る名唱名句を残している。それらは峻厳な永嘉の自然美とそれに対峙する詩人の孤高とが、清澄な色彩と哀調を帯びたメロディーをかなでる古今の絶唱である。

晩出西射堂　　晩に西射堂を出づ

歩出西城門　　西城の門を歩み出で
遙望城西岑　　城西の岑《みね》を遙望す
連障疊巘愕　　連障は疊《かさ》なりて巘《けわしく》 愕《そびえ》
青翠杳深沈　　青翠は杳として深沈
曉霜楓葉丹　　曉霜に楓葉は丹《あか》く
夕曛嵐氣陰　　夕曛に嵐氣は陰《かげ》る
節往戚不淺　　節往けば戚淺からざるに
感來念已深　　感來れば念已《いよい》よ深し

羈雌戀舊侶　　羈《たび》の雌《とり》は舊侶を戀い
迷鳥懷故林　　迷える鳥は故林を懐しむ
含情尙勞愛　　情を含めば尙お勞愛す
如何離賞心　　如何《いかん》ぞ賞心を離れてをや
撫鏡華緇鬢　　鏡を撫《と》れば緇鬢も華《しろ》く
攬帶緩促衿　　帶を攬れば促衿も緩《ゆる》む
安排徒空言　　安排は徒空の言
幽獨賴鳴琴　　幽獨 鳴琴を頼るのみ

西射堂は『太平寰宇記』巻九十九によると、温州の西南二里にある今の西山寺のことである。夕ぐれに西射堂から城《まち》の西門を歩み出た詩人は、はるか城の西方に連なる岑《みね》々を眺めやる。屏風のように聳える崖は重なり合っていよいよ険しく、暮色に包まれた山裾には杳とした蒼緑が深くたちこめている。明け方の霜に楓の葉は赤くそまり、夕暮れの暗い光に山気はかげる。季節が移り変われば、それだけで憂愁の念は湧き起こるというのに、その季節に感情が働けば、寂寥の思いはいよいよ深まる。旅の鳥は離《はな》れたつれあいを恋い慕い、はぐれ鳥は故郷の林を懐しむ。情を含んで見れば、鳥たちも悲しみ歎いているように見える。ましてや知己と離れ離れの我が身の切なさを如何にしようぞ。鏡をたぐりよせて見る我が黒髪には白いものがやたら目立ち、衣《ころも》を整えればぴったりだった服もゆるむほど身は細ってしまった。季節の推移に安んずるなど、いたずらな言葉に過ぎない。秋極まったこの風景の中で我が幽独を慰め得るのは、ただこの琴の音のみ。

永嘉時代の詩に描かれる自然は、決って聳え立ち畳なる峻高な山であり、その間を縫うように流れる澄み切った水

である。例えば、

巖峭嶺稠疊　巌は峭《たか》く嶺は稠疊《かさ》なり
洲縈渚連綿　洲は縈《めぐ》り渚は連綿《うねうね》　（過始寧墅）

石淺水潺湲　石《いわお》淺くして水は潺湲とながれ
日落山照曜　日は落ちて山照曜《てりかがや》く　（七里瀨）

日没澗增波　日は没し澗《たにみず》は波を增し
雲生嶺逾疊　雲生じ嶺は逾す疊《かさ》なる　（登上戍石鼓山）

威摧三山峭　威摧《たかだか》と三山は峭《そび》え
瀨汩兩江駛　瀨汩と兩江は駛ける　（遊嶺門山）

そして詩人はその自然の中に、或いは呑まれ或いは対峙しつつ、老荘的境地の中にひとつの理想を求める。

宿心漸申寫　宿心漸《ようや》く申《の》び寫《そそ》げば
萬事俱零落(1)　萬事俱に零落す
懷抱卽昭曠(2)　懷抱《むねのうち》は卽に昭曠《あきらか》なれば
外物徒龍蠖(3)　外物は徒に龍蠖《ちぢみひそむ》のみ　（富春渚）

目観巌子瀬　　目は巌子の瀬を観《み》
想属任公釣(4)　　想いは任公の釣に属《およ》ぶ
誰謂古今殊　　誰か謂ふ　古今殊《こと》なると
異世可同調　　世を異にするも調は同じくすべし　（七里瀬）

頤阿竟何端　　頤と阿と竟に何の端かあらん
寂寂寄抱一(5)　　寂寂として抱一に寄す
恬知既已交　　恬と知とは既《すで》已に交わり
繕性(6)自此出　　繕性は此より出ず(7)　（登永嘉緑嶂山）

永嘉時代の詠唱の特色は、一つに最後が老荘的境地の中に結晶していることがあり、一つに古代の聖賢或いは隠者が心境を述べる際の直喩として使われている点がある。この二点については既に矢淵孝良「謝霊運山水詩の背景」(8)の中で指摘があるが、特に第二の点については、この時期のみでなく、四期を通じての特色とも言える。そしてこの古えの聖賢に対する思慕、そして詩の中に執拗に歌われる古人への執着が、謝霊運晩年の「臨終詩」に至って、ひとつの異様な結着をみているように思われる。

二

永嘉に在ること一年、謝霊運は病を理由に、祖父の代からの領地である始寧の地に引退する。始寧は山水に恵まれ、古えより隠者の多く幽棲する土地であった。謝霊運はここを終焉の地と定め、隠士王弘之・孔淳之らと思うままに遊び歩く。始寧での彼の生活は、仏教と山水遊覧とに支えられた比較的おちついたものであった。しかし、その思念が風物に触れて詩に結晶する時、やはりそこには緊張度の高い清澄な空間が広がる。

石門新營所住　四面高山迴溪石瀨茂林脩竹

石門に住む所を新營す　四面は高山　溪を迴りて石瀨　茂林　脩竹あり

躋險築幽居　　險を躋《のぼ》りて幽居を築き
披雲臥石門　　雲を披《ひら》きて石門に臥す
苔滑誰能步　　苔は滑りて誰か能く步まん
葛弱豈可捫　　葛は弱く豈に捫《も》つべけんや
嫋嫋秋風過　　嫋嫋として秋風は過ぎ
萋萋春草繁　　萋萋として春草は繁るに
美人遊不還　　美人は遊びて還らず
佳期何由敦　　佳期何に由りてか敦《あつ》くせん
芳塵凝瑤席　　芳塵は瑤《たま》の席に凝り
清醑滿金樽　　清醑は金の樽に滿つ
洞庭空波瀾　　洞庭は空しく波瀾《なみだ》ち
桂枝徒攀翻　　桂枝　徒らに攀翻《たお》るのみ
結念屬霄漢　　結念は霄漢《おおぞら》に屬《つ》き

孤景莫與諼　孤景 與《とも》に諼《わす》るる莫し
俯濯石下潭　俯しては石下の潭に濯《あしあら》い
仰看條上猿　仰ぎては條上の猿を看る
早聞夕飇急　早《つと》に夕飇の急なるを聞き
晩見朝日暾　晩《おそ》くに朝日の暾なるを見る
崖傾光難留　崖 傾きて光は留り難く
林深響易奔　林 深くして響きは奔《はし》り易し
感往慮有復　感往けば慮 復する有り
理來情無存　理來れば情 存する無し
庶持乘日用　庶《ねが》わくは乘日の用を持して
得以慰營魂　得て以て營魂を慰めん
匪爲眾人説　眾人の爲に説くにあらず
冀與智者論　冀いねがわくは智者と論ぜん

四面を高山に囲まれ、その間を谷水はめぐり流れ、脩《なが》い竹や茂った林がまわりに広がる石門山の奥深くに、詩人は新たに住居を構える。「険しきを登り、雲をかき披いて石門山頂に幽棲の居を築く。踏む苔に足は滑り、つかもうとすれば葛は弱くもろい、嫋々と木を揺るがせて秋風が吹き過ぎれば、春が来て草花は萋萋と繁る。季節は正確に時を刻む中、我が待つ良き人は帰って来ず、曾て約束した再会の良き時は、何をたよりに心にとめおこう。瑤の席《いす》には芳《ち》塵《り》さえ積り、金の樽にはいっぱいの清醑《うまざけ》。洞庭に波瀾《なみ》は立ち秋は再び訪れたが、私はいたずらに桂枝を手折り、来ぬ人を待ち望むばかり。結ぼれた思いは大空までもとどき、独りなる我が身の影は、供に憂いを忘れるものとて無い。俯しては岩下の潭に足を濯い、仰いでは條《えだ》の上に鳴く猿を見る。

ここは幽山、山深いため夕《ゆうべ》の飇《つむじかぜ》も早くより音を立て、朝日のまどやか顔を見るのも時おくれがち。崖は今にも崩れそうに傾き、日暮れと供に暗さはたち込め、林は広く深く続き、静けさの中には幽き音も響きわたる。感情が外物に向ってゆけば、諸々の物慮はどっと押し寄せるが、ひとたび心の奥深く『理』を呼びおこせば、そこにはもはや哀楽の情は存し得ない。自然の節理のままに従うことによって、営々たる我がこの魂を慰めることはできぬものか。

我がこの心境の解述に、衆人の理解は決して求めぬ。物の理に通暁した智者にのみ、私は語りたいと思うのだ。」

石門での幽居の中で、息《やす》まらぬ営魂と何物かの不在感により結ぼれる憂い。孤独の中で極度にとぎすまされた感覚と、自然の中に埋もれ切れない心の営為とは、精神の主体的境地である「理」を盛んに希求する。

そしてこの「理」の中に絶体的境地を見出そうとする態度こそ第三期の詩の最大の特色である。(9) この「石門新營所住」詩以外にも、

慮澹物自輕　　慮澹なれば物は自ら輕く
意愜理無違　　意愜《かな》えば理は違《たが》う無し　（赤壁精舎還湖中作）

沈冥豈別理、　沈冥すれば豈に理と別れん
守道自不攜　　道を守りて自ら攜《はな》れず　（登石門最高頂）

等のように、自己完結した悠大な自然に触れることにより、或いは清らかな山水の中で自己の心を伸ばすことにより、外物・物慮から解放された境地の中でそれは体得される。「理」とは、「道」ということばで置きかえることができる

ように、あるがままの物の姿の中に普遍的に実在している真実のことである。そして同時にそれは、精神の主体的働きかけにより、対象と一体化することによって、詩人の心の内部にも獲得されるのである。

ところでまた、自然と一体化し、その中に理を見出すに至る自然鑑賞の態度は、詩中では「賞」ということばで表わされる。

解作竟何感　　解作（造化の妙）竟に何をか感《うご》かさん
升長皆丰容　　升長して皆な丰容《しげりゆたか》たり
初篁苞緑籜　　初篁《わかたけ》は緑の籜《かわ》に苞まれ
新蒲含紫茸　　新蒲は紫の茸を含む
海鷗戯春岸　　海鷗は春の岸べに戯れ
天雞弄和風　　天雞は和やかな風を弄ぶ
撫化心無厭　　化を撫《と》れば心は厭むこと無く
覧物眷彌重　　物を覧れば眷《おもい》いよいよ重《かさ》なる
不惜去人遠　　人を去ること遠きを惜しまず
但恨莫與同　　但だ與《とも》に同じくするもの莫きを恨む
孤遊非情歎　　（しかし）孤遊すらも情の歎くところにあらず
賞廢理誰通　　賞廃れなば理なんぞ通じん
（於南山往北山經湖中瞻眺）

わか緑の皮に包まれた初篁、まだ伸び切らない穂先が紫にまるまった若い蒲、そして岸辺には海鷗が遊び、なごやかな春風に天雞がたわむれる。それら何者にも冒されない自然の豊かな営みの中に詩人は「理」を見出す。しかし、

「賞廢れなば理なんぞ通じん」。〝賞〟という行為なくしてはその「理」と通じ合うことはできないのだ。つまり「賞」とは「理」に至るための方法であり、外界としての山水を一つの境地にまで高まらしむる一種独特の精神作用である。

それではこの「賞」なる心の働きかけは何に基づくかというと、詩人はそれを「情」に帰する。

情用賞爲美　情は賞をもって美と爲す
事昧竟誰辨　事　昧《くら》くして竟に誰か辨ぜん　（從斤竹澗越嶺溪行）

「情」には「賞」という働きがあるからこそ良いのであり、その情によって賞されることで、事物には光があてられる。「情」そのものについては、先に引いた「石門新営所住」詩に見られるように、それは感覚が外物に向かうことによって呼び起される喜怒哀楽の感情であり、「理」によって制御統制されるものとしてとらえられているが、また同時にこの「斤竹澗」の詩にあるとおり、それ無くしては「理」に到達できない「賞」を支える重要なエネルギーでもあるのである。「感往けば慮の復する有り、理來らば情の存する無し」とは、一方で情を統制し精神的境地に至らしめる理に最高の価値を置いていることを示すとともに、一方で理に至る前提として、豊富な情感、鋭敏な感覚を措定する。そして詩中に表われた理に対する信念が強ければ強い程、その下に動かし得ない情の存在を感ぜしめ、またその情が豊溢であればあるだけそれを統御する志の働きを詩人は強く希求するのである。

謝霊運の詩における「理」とは、自然と対峙し、自己の精神の精髄を凝らすことによって、その中から忽然と浮かび上がる真実のことである。「理」は物の自然の中に、あるがままの山水の中に、存在しているのであるが、詩人の洗練された鑑賞眼（賞）を待ってはじめて認識され、定着されるのである。

このように、情の積極的な働きかけによって、自然の中に理を見出す山水鑑賞が、この始寧時代の詩の大きな特徴であるが、山水鑑賞と並んで、もう一方で彼の理を支えていたものに、古えの聖賢に対する思慕がある。永嘉時代と同様この時期も、古人に対する強い信頼が謝霊運の詩の特色となる。

入東道路詩　　東の道路に入るの詩

整駕辭金門　　駕を整えて金門を辭し
命旅惟詰朝　　旅を命ずるは惟れ詰朝
懐居顧歸雲　　居を懐ひて歸る雲を顧み
指塗泝行飈　　塗を指して行飈に泝《むか》う
屬値清明節　　屬《たまた》ま清明節に値《あ》たり
榮華感和韶　　榮華は和韶に感ず
陵隰繁綠杞　　陵隰に綠杞は繁り
墟囿粲紅桃　　墟囿に紅桃は粲《かがや》く
鷕鷕翬方雊　　鷕鷕《ようよう》と翬《きじ》は方に雊《な》き
纖纖麥垂苗　　纖纖と麥は苗に垂《なんな》んとす
隱軫邑里密　　隱軫として邑里は密に
緬邈江海遼　　緬邈として江海は遼《はるか》なり
満目皆古事　　満目　皆な古事
心賞貴所高　　心賞は高き所を貴ぶ
魯連謝千金　　魯連は千金を謝し
延州權去朝　　延州は朝を去らんと權る

行路既經見　行路 既に經見せしところ
願言寄吟謠　願言《ねが》わくは吟謠に寄せん

九年間の始寧時代は、間に二年の仕官の時期をはさむが、この詩は元嘉五年（四二八）、病を理由に朝廷を辞し再び始寧に帰る時の作である。「旅仕度を整えて城の金門を辞去し、翌日の朝に出発を命じる。故郷を胸に懐《おも》いつつ帰りゆく雲を顧み、これからの道のりを指して、つむじ風に逆らってゆく。時節はちょうど清明節。咲く花々は和やかで美しい風光と感応しあう。高地にも湿地にも緑の杞《おうち》が盛んに繁り、村里の園には真っ赤な桃がまぶしく粲やく。鷕鷕と五色の雉は雌雄で鳴き合い、出たばかりの麦の苗は細やかに烟っている。ゆけどもゆけども村里は密に繁栄し、我が行く先の江海は遥かに遠い。目にするものは全てなつかしき風物。これらの風景こそ、私の心に叶い、心の賞する高い境地なのだ。魯仲連も千金を辞して去り、延州（季札）も都から去った。彼らと同じ心境を胸に、この道々に目にするもの耳にするものを、願わくば吟謡に寄せたいものだ。」

魯仲連は戦国、斉の人。秦の攻撃から趙を救い、平原君より爵位、千金を贈られたが辞退した(10)。延州は春秋、呉の季札。賢能なるを以て呉王より位を譲られようとしたが、野に下って固辞した(11)。どちらも爵位や金銭に対して極めて寡欲であり、節義を守ることに最高の価値をおいた高士である。なごやかな春の風景の中、金門を辞し故郷へ向かう謝霊運は、潔く義を通して朝廷を去る自分の決意を、彼ら古えの義人とだぶらせつつ吟謡に託すのである。

謝霊運の詩において古人が直接に唱われるのは、このように何か決定的な行動をおこそうとする時であり、志が極めて高揚している時である。この「入東道路詩」の他にも、

無庸方周任　無庸なるは周任に方《なら》い
有疾像長卿　疾《やまい》有るは（司馬）長卿に像《に》たり

畢娶類尙子　娶り畢るは尙子（長）に類《に》

薄遊似邴生　薄遊するは邴生（曼容）に似る

恭承古人意　古人の意を恭み承けて

促裝反柴荆　裝《たびじたく》を促して柴荆《ふるさと》に反らん　（初去郡）

事躓兩如直(12)　事《つか》うるも躓《つまづ》くも兩《いず》れも（矢の）如く直にして

心愜三避賢(13)　心は三避の賢に愜《かな》う　（還舊園作、見顏范二中書）

など、いずれも一たび朝廷を去らんとした時の決意の詩である。古人の事跡は山水鑑賞と並んで、常に謝霊運の行動を支えていたと言えよう。そしてこのような古人への執拗な恋慕と同化とは、古えの賢人との強い連帯感、そして志を貫くものへの深い信頼感無くしては成り立たないものである。それは、自らの志に最高の価値をおき、時間的・空間的流れの中に積極的に働きかけるという意味において、理を希求する山水鑑賞と軌を一にしていると言えるのかもしれない。

三

さて、一詩が都邑《みやこ》に至る毎に、貴賤が競ってこれを写したという始寧時代の謝霊運の詩は、先にも述べたとおり「理」に支えられた比較的おちついたものであったが、その中でただひとつ、深い悲しみと絶望を底にたたえた悲痛な一首がある。亡き廬陵王義真の死を悼んだ「廬陵王墓下作」一首がそれである。この詩は、悲哀の深さと「理」の崩壊の前兆を見せて、これから述べようとする始寧以後の謝霊運の詩について、その方向づけをほのめかすものとなる。

盧陵王義真は武帝（劉裕）の第二子。永初三年（四二二）のクーデターの際、徐羡之らによって王位を廃され、流刑先で暗殺された薄命の王子である。若くして才に恵まれ文章を愛した王は、武帝の幕下にありながらその才を十分に発揮できず、憤憤としていた謝霊運、顔延之らと、常にともに交わり、尋常ならぬ周施《つきあい》をもっていた。ひとたび武帝が崩ずるや、徐羡之一派は少帝（武帝の第一子）を廃する手はじめに義真の抹殺を計った。その少帝との仲たがい、そして性格の「軽訬なるを以て社稷を主るに任えざる」(14) ことを理由に王位を剝奪され新安郡に流された義真は、景平二年（四二四）徐羡之らの刺客によって十八才の命を落とす。同じく徐羡之らによって都を追放されていた謝霊運は、左遷先の永嘉で王の死を聞き、「宋盧陵王誄」を作ってその死を悼んだ。やがて太祖文帝（武帝の第三子）が登祚すると、徐羡之らの横行を断じ、その陰謀により追放にあった謝霊運、顔延之らを次々と朝に呼び戻す。同時に兄の義真に対しても、その王位を復し、死を恤む詔を出す。この「盧陵王墓下作」は、『文選』巻二十三に引く李善の注によれば、文帝が曲阿に至り、宋の王室の墓地である丹陽を過ぎようとした時、謝霊運が帝の問いに答えて詠んだものである。

盧陵王墓下作　　盧陵王墓下の作

曉月發雲陽　　曉月のころ雲陽を発し

落日次朱方　　落日のころ朱方に次《やど》る

含悽泛廣川　　悽《かなしみ》を含みて廣川に泛《うか》び

灑淚眺連崗　　涙を灑《そそ》ぎて連なる崗を眺む

眷言懐君子
沈痛切中腸
道消結憤懣
運開申悲涼
神期恆若在
徳音初不忘
徂謝易永久
松柏森已行
延州協心許
楚老惜蘭芳
解劒竟何及
撫墳徒自傷
平生疑若人
通蔽互相妨
理感深情慟
定非識所將
脆促良可哀
夭枉特兼常

眷言《かえりみ》て君子を懐《おも》えば
沈痛に中腸も切る
道消えしときは憤懣を結び
運開かれては悲涼を申ぶるのみ
神期は恆《つね》に在るが若く
徳音は初めより忘れざるに
徂謝は永久なり易《やす》く
松柏は森として已に行をなす
延州は心許を協《は》たし
楚老は蘭芳を惜しむ
劒を解くも竟に何にか及ばん
墳を撫すも徒らに自ら傷むのみ
平生疑うは若人《かくのごときひと》の
通と蔽と互いに相い妨ぐること
理　感ずれども深情は慟《なげ》く
定めは識の將く所に非ず
脆促は良《はなは》だ哀《かな》しむ可きも
夭枉は特に常に兼《ま》す

一随往化滅　　一たび往化に随いて滅すれば
安用空名揚　　安んぞ空名の揚げらるるを用いん
舉聲泣已灑　　聲を擧げて泣きて已に灑ぎ
長歎不成章　　長く歎じて章を成さず。

「明け方の月を見ながら雲陽を出発し、落日の沈むころ朱方に宿をとった。悲しみを胸に抱いて広い川に浮かび、涙を流しつつ連なる崗を眺めやる。ふり返り恋い慕って君子（廬陵王）のことを思い抱けば、深い痛みに臓腑も切れんばかり。少帝の時、天下に道は消え、やるかたない憤懣が心に堅く結ぼれていた。今この文帝の時世、閉ざされていた道は開かれたけれども、私は墓を前にただ悲涼を述べることしかできない。亡き君との懐かしい交遊はいつもありありと目の前に浮び、そのうるわしい言葉の響きは来し方一度も忘れたことは無い。しかし、一たび死に就いてこの世を去れば、永い時間は簡単に過ぎてゆく。墓地にはいつのまにか松や柏が奥深く列を成す。延陵の季札は心に決めた約束を果たし、楚の老人は香り高いが故に切り取られる蘭の身をいたみ悲しんだ。しかし死んだ人の墓に剣をかけたとていったいそれが何になろう。墓を撫して嘆いても、それはいたずらに自分を傷めるのみだ。私は常々このような人々でさえも通（道理の通った部分）と蔽（道理にくらい部分）がそむき合って存在していることを不思議に思っていた。しかし、たとえ天地を貫く理法を感得できたとしても、心の奥深くにわだかまる情はやはり慟哭を禁じ得ない。人間の運命というものは意識や認識によって推しはかることのできるものではないのだ。脆《もろ》く促《せわ》しい生命のはかなさは甚だ哀いものであるが、夭折となればそれはまたとりわけである。一たび自然の流れに従って死滅してしまえば、死後に空しく名を揚げていったい何になろう。私は声を挙げて泣きくずれ、歎ずるばかりで言葉にもならない。」

「延州」は前出の季札。上国に使いする途中、徐君の所に立ち寄ったが、徐君が自分の剣をたいそう気に入ったことをひそかに見てとり、返りにはきっとこれを贈ろうと心に決めた。ところが仕めを終えて返って見ると徐君は即に死んでいた。季札はそれでも心の誓いを果たすため、宝剣を腰から解き、冢樹にかけて立ち去った。(15) また「楚老惜蘭芳」の故事は『漢書』巻七十二、龔勝の伝に見える。龔勝は楚の人。王莽に仕えることを肯んぜず、遂には飲食を断って餓死した。葬儀の折ひとりの老人がやって来ると激しく哀哭してこう言った。「薫《かおりぐさ》は香り高いが故に身を焼かれ、膏《あぶら》は明るく燃えるが故に身を銷かしてしまう。龔先生は薫や膏と同じく、その身の高潔さ故に竟に天から与えられた寿命を夭折してしまった。(16)」謝霊運は常々、季札や楚の老人のような人生に明るい人々が、何故人の死に直面するやこのように道理の通らぬ歎き方をするのか不思議に思っていた。しかしちがうのだ。いかに人生に通暁しようと、いかに我物・夭寿を超越した理と感応しあおうと、人の情というもの、心の奥底にうずく悲しみは、理屈や道理ではぬぐい切れないものなのである。

理感深情慟　　理に感ずるも深情は慟《なげ》く
定非識所将　　定めて識の将く所に非ず

ここには深い情の悲しみと、理という支軸の動揺とがある。そして「徂謝は永久なり易《やす》く　松柏は森として已に行をなす」「一たび往化に随いて滅すれば　安んぞ空名の揚げらるるを用いん」という句からは、永遠ならざる人間の、その限定性に対する無常感すらのぞかれる。そして、この理の崩壊と情の到来とが、これから述べる始寧以後の詩において、最大の要点となっていくのである。

四

始寧時代の謝霊運は、祖父の代からの資財にまかせて、山を鑿ち湖を浚《さら》い、或いは従者数百人をつれて山越えし、徒衆を率いてうろつきまわり、山賊とまちがえられたり県邑を驚かせたりと、実に縦放豪快にその山居を楽しんでいたが、その豪胆さや俗事の軽視は自然と土地の権力者の反感を招き、終に会稽太守の孟顗と対立、釁隙を構えるに至る。孟顗は仏事について以前謝霊運からばかにされたことを根にもち、会稽の東郭にある回踵湖の決田をめぐって正面から謝霊運と衝突する。やがて孟顗は朝廷に対して、謝霊運には反逆の意志があると上表し、それを知った謝霊運が慌てて京都へ上り太祖に無実を訴えるという事件が発生する。(17) 事の次第を知った太祖は、謝霊運を罪することは無かったが、再び抗争の興ることを避けるため、謝霊運を始寧には返さず臨川郡の内史に任ずる。これ以後が第四期である。

しばらく都に滞在し、仏教経典の整理に当ったのち、元嘉九年（四三二）春、謝霊運は臨川に向けて京畿を旅立つ。

初發石首城　　初めて石首城を發す
白珪倘可磨　　白珪は倘お磨くべきも
斯言易爲緇　　斯言は緇と爲り易し
雖抱中孚爻　　中孚の爻を抱くと雖ども
猶勞貝錦詩　　猶お貝錦の詩に勞さる
寸心若不亮　　寸心　若し亮らかならざれば

微命察如絲　微命　察するに絲の如し
日月垂光景　日月は光景を垂れ
成貸遂兼茲　成貸　遂に茲を兼ぬ
出宿薄京畿　出宿して京畿に薄《やど》り
晨裝摶曾飈　晨に裝《よそお》いて曾飈を摶《う》つ
重經平生別　重ねて平生の別れを經
再與朋知辭　再び朋知と辭す
故山日已遠　故山　日に已《も》って遠く
風波豈還時　風波　豈に還る時あらん
苕苕萬里帆　苕苕たり萬里の帆
茫茫終何之　茫茫として終に何《いづく》にか之《ゆ》かん
遊當羅浮行　遊びては當に羅浮へ行くべし
息必廬霍期　息ふは必ず廬霍と期せん
越海凌三山　海を越え三山を凌ぎ
遊湘歷九嶷　湘に遊び九嶷を歷ん
欽聖若旦暮　聖を欽《うやま》いては旦暮の若く
懷賢亦悽其　賢を懷きては亦た其れを悽《いた》む
皎皎明發心　皎皎たり明發の心

不爲歳寒欺　　歳寒の欺くところと爲らず

「白き珪《たま》についた傷は磨けば消えるけれど、口から出た言葉は簡単に禍を招くもの。どんなに忠誠の心を持っていても、小人のねたみそしりはいつもつきまとう。この私の心がもしお分り頂けなければ、私の命も細い糸のようにとぎれるところ。ところが日月の如き我が君は、私の命を全うさせて下さった。出宿《たびのやどり》を京畿にとり、早晨に旅支度して曾《たか》き颸《はやかぜ》を搏《う》って出発する。日頃慣れ親しんだ人々とも、懐しき朋友知人とも別れゆく。故郷の山はどんどん遠ざかり、ひとたび別れればまたいつ返ってこれようか。苕《はる》か苕かに万里の帆、茫《とお》く茫くどこまで之《ゆ》くのやら。いずれ遊子の身とならば、羅浮の山、盧山霍山までも行こうではないか。海を越え三山を凌《しの》ぎ、湘水に遊び九嶷山を過ぎよう。旦暮《あさゆう》に聖人舜を欽い、また賢人屈原を慕ってはその不遇を悽むのだ。今、朝日の如くに皎皎と冴え渉った私の心は、いかなる艱難によっても欺かれはしないのだ。」

早朝の曾颸《たかきはやかぜ》を博つようにして京畿を出発する謝霊運は、故郷や盟友への断ち切り難い思いを抱きつつも、これから先の行路《みちゆき》に冒険的な夢を馳せる。「東しては海を越え、東海の三山を極めよう。西しては湘水に遊び、九嶷の山を過ぎよう。」そしてそれらの冒険の意欲を支えるものは、やはり古えの聖賢への思慕であり尊敬である。「聖」は前の句の「九嶷」をうけて聖人舜帝を指す。九嶷山は舜帝の葬られた所である。「賢」は同じく「湘」をうけて賢人屈原を指す。湘水は不遇に死んだ屈原の作と伝えられる『楚辞』に歌われる河である。これら古えの聖賢の事蹟を欽《うやま》うことにより、詩人の心は明らかに冴えわたる。「明發《あさひ》のように輝く私の心は、何ものにも欺くことはできないのだ。」と言う時、詩人の心は古の聖賢と一体化し、志の勝利を強く宣言するのである。

しかし、押えても湧きおこる情は、それを払拭するかのように打ち出される強い決意の表現とうらはらに、実は常に詩人の胸中にうずまき、詩人の心をかき乱していたのである。出立後まもなく詠まれた「道路憶山中」詩は、楚辞のメロディーをベースに、押え切れない情のなげきが悲痛な色調をかもし出す一首である。

道路憶山中　　道路に山中を憶う

采菱調易急　　采菱《ひしとりうた》は調《しら》べ急し易く
江南歌不緩　　江南《はすとりうた》は歌　緩《ゆるや》かならず
楚人心昔絶　　楚人は心　昔絶え
越客腸今斷　　越客は腸　今斷ず
斷絶雖殊念　　斷と絶と念《おも》いを殊《こと》にすと雖も
倶爲歸慮款　　倶に歸慮の款《たた》くところと爲す
存鄕爾思積　　鄕を存《おも》いて爾は思いを積らせ
憶山我憤懣　　山を憶いて我れ憤懣たり
追尋棲息時　　追尋す　棲息せし時
偃臥任縱誕　　偃臥して縱誕に任せり
得性非外求　　性を得るは外に求むるに非ず
自已爲誰纂　　自ら已《や》みて誰の纂《つ》ぐところと爲らん
不怨秋夕長　　秋夕の長きを怨まず
常苦夏日短　　常に夏日の短きを苦しむ
濯流激浮湍　　流に濯《すす》ぎては浮湍を激し
息陰倚密竿　　陰《かげ》に息《いこ》いては密なる竿《ながたけ》に倚《よ》る

懐故叵新歡　　故を懐けば新たに歡ぶべからず
含悲忘春暎　　悲を含めば春暎も忘る
悽悽明月吹　　悽悽たり明月吹
惻惻廣陵散　　惻惻たり廣陵散
殷勤訴危柱　　殷勤に危柱《ことのね》に訴え
慷慨命促管　　慷慨して促管《ふえのね》に命ず

「楚の国の菱采り歌は急《せ》きやすい調べ、江南の蓮採り歌ものどかさは無い。その急テンポの悲しい調べに屈原は心も絶え絶えになり、そして今私も腸《はらわた》が切れ切れになる思いだ。私の痛みと屈原の疼みと、其の思いは異なっているかもしれないが、倶《とも》に激しい帰郷に念《おも》いに打ち抜かれているのだ。故郷をしのんで君は思いを積《つの》らせ、山をなつかしんで私は思いやるかたない。思い出せば昔、会稽の山に棲息《いこい》し時、手足をのばして好き放題をやっていた。外から求めることなく自らの内に性の理を得、自身の内に完結してそれで事足りていた。秋の夜長も苦にならず、長い夏の日すら短く感じた程。川の流れに足を濯い浅瀬をはげしく波立たせたり、繁った竹に身を寄せて木蔭に息ったり、それは何と我が性に叶った自由な日々であったことだろう。昔のことを思い出せば新しい春も喜ぶことはできず、悲しみを心に含めば春の暖かさすらも感じない。笛を命ずれば明月吹は悽悽と悲しく、琴を引きよせ弾ずれば広陵散は惻惻と心に沁みる。高く激しい琴の音色にねんごろに思いを寄せ、迫って高い笛の音を慷慨しつつ命ずるのである。」

テンポの速い江南の蓮采り歌に、故郷への思いに打ち貫かれた詩人は、自らの望郷の憂愁を屈原の客遊とだぶらせつつ、故郷での自適の日々を追想する。湧きおこる故郷への思い出に、客憂は春暖をして寒からしめ、詩人はひたすら音楽の調べに悲しみの情の昇華を求める。詩中に「情」の語は無いけれども、これはまさしく江南の民謡によってかきたてられた、帰慮の情のほとばしりである。そして何よりもこれまでの詩と違うのは、溢れる情をその流溢にまかせ、それを統御し控制すべき「理」の働きが、その片鱗も姿を見せないことである。

そして、情の到来が理を打ちたおし、それまでの精神的支柱が跡形無く消え去るのが、次に詠まれた「入彭蠡湖口」詩である。

入彭蠡湖口　　彭蠡湖口に入る

客遊倦水宿　　客遊して水宿に倦むも
風潮難具論　　風潮は具さに論じ難し
洲島驟廻合　　洲島は驟《しばし》ば廻合し
圻岸屢崩奔　　圻岸は屢〻崩奔す
乘月聽哀狖　　月に乗じて哀狖を聴き
浥露馥芳蓀　　露に浥れて芳蓀を馥《か》ぐ
春晚綠野秀　　春は晩れて綠野は秀で
巖高白雲屯　　巖は高くして白雲屯《あつ》まる
千念集日夜　　千念は日夜に集まり
萬感盈朝昏　　萬感は朝昏に盈《み》つ
攀崖照石鏡　　崖を攀じて石鏡に照らし
牽葉入松門　　葉を牽きて松門に入る
三江事多往　　三江にては事多く往き

九　泒　理　空　存　　九泒にては理空しく存す
靈　物　吝　珍　怪　　靈物は珍怪を吝《お》しみ
異　人　祕　精　魂　　異人は精魂を祕す
金　膏　滅　明　光　　金膏は明光を滅し
水　碧　綴　流　溫　　水碧は流溫を綴《とど》む
徒　作　千　里　曲　　徒らに千里の曲を作《な》すも
絃　絕　念　彌　敦　　絃絕てば念《おも》い彌《いよい》よ敦し

「永い舟旅には倦み疲れたが、あたりの風潮は述べ尽くせぬ程めまぐるしく移り変る。中洲や島々はぐるぐるとめぐり、切り立った岸は崩れるように迫る。月の光に哀しげな猿の声を聞き、露に浥《ぬ》れつつ馥郁たる芳蓀《はなしょうぶ》の香をかぐ。晩春の原野は緑に麗しく、高き巖《いわお》には白雲がかかる。諸々の念《うれい》は日夜おしよせ、様々な感《おもい》が朝夕となく到来する。崖をよじ登り石鏡に姿を照らし、葉をたぐりつつ松門に入る。三江《こしかた》のよしなし事は過去と共に過ぎ去り、九泒《ゆくすえ》を案ずれば『理』の語も空しい。霊妙な風物もその美しさを見せず、隠淪の真人もその精魂を隠す。黄金の仙薬からは輝きが見えず、水碧の内にも温かな潤いが窺えない。徒らに千里別鶴《わかれのうた》を弾じてみても、曲の終わる時には憂いはますます結ぼれる。」

まがりくねった中洲や切り立った崖を過ぎて永い船路の旅を続ける晩春の夜、猿は月の光に鳴き、あたりには春の香りがたちこめる。月下に広がる晩春の光景に、もろもろの念《うれ》い、さまざまな感《おも》いが詩人の胸中にあふれる。彭蠡湖は潘陽湖。その湖口に佇む詩人にとって、

三　江　事　多　往　　三江にては事　多く往き

九泒理空存　九泒にては理 空しく存す

「三江」「九泒」の語は郭璞の「江賦」をうける。『尚書』禹貢の出典に基づいて考えるならば、彭蠡の湖口である尋陽を中心に、東（揚州の方）が三江、西（荊州の方）が九泒という風に解釈できよう。「三江事多往」とは、東の方会稽より都を経て湖口にたどり着くまでの道のり、つまり過去をふり返って、そこに諸々の物事が多く過ぎ去ってしまったとの謂である。そして「九泒理空存」とは、これから先の道のりを前に、それまで自分を支えてきた「理」という支軸が、もはやその存在を空しくしてしまった嘆きである。そして「理」と乖離してしまった詩人は、もはや外物の中にその精髄を直感する能力を失ってしまう。「靈物丢珍怪、異人秘精魂、金膏滅明光、水碧綴流溫」と続く次の四句は、外物との間に交渉を遮断された詩人の心の鬱屈を表わす語である。全篇に広がる突き抜けぬ情は、管絃《おんがく》によっても解消することはできず、絃絶ち曲の終る時、憂愁は前にも増して強まるのである。都を去り三江を経、彭蠡湖を前にした詩人は、湧きおこる客憂と望郷の念に、それまで自己を支えていた「理」が、大きく崩壊し去るのを知るのである。

五

さて、「理」の崩壊により精神的支柱を失った晩年の謝霊運にとって、その詩を支えたものは一体何であったのか。尋陽そして九江を経、彭蠡湖を渉って臨川郡南城に至った詩人は、昔仙人華子期が住んだという華子の崗《おか》に登る。そこで詠まれた「入華子崗、是麻源第三谷」詩は、謝霊運の現存する最晩年の完成作品であると同時に、彼が最後にたどりついた詩の境地を象徴的に肉化している。

入華子崗、是麻源第三谷　　華子崗に入る、是れ麻源の第三谷なり

南州實炎徳　南州は實《まこと》に炎徳
桂樹淩寒山　桂樹は寒山を淩ぐ
銅陵映碧澗　銅陵は碧《あお》き澗に映り
石磴瀉紅泉　石磴に紅泉瀉《なが》る
旣枉隱淪客　旣に隱淪の客は枉《しりぞ》き
亦棲肥遯賢　亦た肥遯の賢は棲む
險陘無測度　險《けわ》しき陘《がけ》は測度する無く
天路非術阡　天への路は術阡に非ず
遂登羣峯首　遂に羣峯の首に登れば
邈若升雲烟　邈として雲烟に升《のぼ》るが若し
羽人絶髣髴　羽人は髣髴を絶ち
丹丘徒空筌　丹丘は空筌を徒にす
圖牒複摩滅　圖牒は複た摩滅し
碑版誰聞傳　碑版は誰か聞き傳えん
莫辯百世後　百世の後を辯ずる莫し
安知千載前　安んぞ千載の前を知らん
且申獨往意　且《しばら》く獨往の意を申べ

乗 月 弄 潺 湲　　月に乗じて潺湲を弄ばん
恆 充 俄 頃 用　　恆に俄頃の用に充つ
豈 爲 古 今 然　　豈に古今然たらんや

「南州はまことに炎帝火徳の国、寒々とした冬山を突き抜けて肉桂の木が聳え立つ。銅山の陵は碧を湛える谷水に映り、石坂道には赤銅色の紅泉が流れ落ちる。そこには隠淪の客が世を退け、隠遁をたのしむ賢者が棲む。切り立つ絶壁はその険《けわしさ》を測る術もなく、天までも登る路は道無き道である。並ぶ峯々の最高峯にやっとの思いで登りつくと、全ては遥か遠くに退き、天高く雲烟の中に升り来ったようである。しかし辿り着いてみると、そこに住んでいたという羽人は影も形も消えさり、羽人のすみかは徒に空しいも抜けのから。図書も譜牒も消滅し去り、石碑も版《ふだ》も伝わっておらぬ。百年の後には私のこの行跡《あしあと》も消えてしまうのだ。千年前のことなどどうして知ることができようか。一旦跡が消えてしまえばそれまでなのだ。今は暫し独往の心をのばし、明月に乗じて潺湲たる流れを楽しもう。（この中にこそ真意がある。）それはいつも刹那の現象の中にこそ宿っているのだ。古今を通じて不変のものなどどうしてあろうか。」

下から眺める華子崗の絶景は、聳え立つ銅山に赤茶けた水が流れ、傾斜感と迫力に満ちる。それは内に火を宿した南方の鉱山の異様な光景である。昔から隠者の棲むというその峯々に、詩人はひとりで登ってゆく。険しきを抜き、道無き路を登りつめ、遂に頂上にやってきた。しかしそこに広がるのは、仙界ではなく仙人の去った空の跡のみであった。

莫 辯 百 世 後　　百世の後を辯ずる莫し
安 知 千 載 前　　安んぞ千載の前を知らん

千載の前から百年の後まで時間を超えて存在するものなど結局ありはしないのだ。ここでは、空間的にも時間的にも現実を超越した永遠のものが退けられ、仙界も現実も大きく否定し去られる。そして空間と時間は一瞬ここで停止する。と、そこに、潺湲と音をたてて光の流れる世界が、忽然として現われる。詩人はそこで思いのままに全身に月の光を浴びる。

且申獨往意　且《しばら》く獨往の意を申べ

乘月弄潺湲　月に乘じて潺湲を弄ばん

ここには一つの跳躍と、何物かの象徴がある。詩人は言う「それは一瞬のものなのだ。古今の概念を抜け出しているのだ。――永遠性は一瞬の内にある――」

キラキラと輝く光を弄ぶ詩人は、その一瞬の閃光の中に、物と時間とを超越して、自己の宇宙を獲得したのである。そしてこの一瞬のひらめき、刹那の感動の中にこそ、詩人の最後の境地があった。それは「理」が崩れ去って後の詩人の中で、湧き起こる情と鋭敏な感性とが、美の一点に集中し燃焼した、最後の閃爍だったのである。

六

晩年の境地を刹那の感動の中に求めた謝霊運にとって、それまで一方で彼の詩を支えていた古人とのつながりは消えてしまったのかというとそうでもない。古人に対する尊敬と連体感とは、詩人の獲得した刹那の境地と結びついて、ここにひとつの劇的な生命の燃え上がりを見せるのである。

『宋書』本伝は云う。

（臨川）郡に在りて遊放すること永嘉と異らず、有司の糾する所と爲る。司徒、隨州從事鄭望生をして靈運を收めしむるに、靈運、望生を執錄し、兵を興して叛逸し、遂に逆志有り。詩を爲りて曰く、

韓　亡　子　房　奮　　韓　亡ぶや子房奮い
秦　帝　魯　連　耻　　秦　帝となるや魯連耻ず
本　自　江　海　人　　本と自り江海の人なるも
忠　義　感　君　子　　忠義は君子を感ぜしむ(18)

臨川にあっても永嘉と同様、好き勝手をしていた謝霊運は、ついに有司《やくにん》に糾弾され、司徒の使いで随州従事の鄭望生が彼を逮捕にやってくる。謝霊運としては、たび重なる党派間のせめぎ合いに辟易していたであろうし、明哲保身に徹し切れない自己の情の激しさも知っていたであろう。押え切れない怒りにまかせて彼を捕えにきた鄭望生を逆に執《と》録《ら》え、ついに兵を興して反逆の志を表わす。「韓が亡ぶや張良は奮いたち、秦が帝位につくや魯連は仕えることを恥とした。私は世を避けた隠士ではあるが、忠義心だけはりっぱに持っているのだ。」「子房」「魯連」は、それぞれ国難にあって奮い立った忠義の士であり、常々謝霊運の行動の軌範になっていた人物である。無謀と知りつつ反逆の挙に出ざるを得ない自己の立場に、謝霊運はやはり古人の中から拠り所を求めるのである。

果して謝霊運は禽《とら》えられ、反逆罪を以て斬刑を言いわたされるが、その才を愛し惜しんだ太祖の詔により、死一等を減ぜられ広州に徙されることになる。しかし広州における謝霊運の余命は幾束もない。やがて謝霊運を奪取しようとする陰謀を口走るやくざ者七人が逮捕されるに至って、遂に太祖もかばい切れず、詔を下して広州にて棄市の刑を行わせる。棄市といえば極刑である。常に彼をかばい続けた太祖も諦めねばならなかった程、謝霊運をとりまく現実は厳しく、かつ謝霊運という個人の周囲におこした摩擦は大きかったことが想像される。

元嘉十年秋、四十九才の謝霊運は、死に臨んで辞世の句を作る。斜面をころがるようにして死にたどりついた謝霊運の、最後の詩である。

臨終詩

龔勝無餘生　龔勝は生を餘すこと無く
李業有窮盡　李業は窮して盡くること有り
嵇公理既迫　嵇公は理 既に迫り
霍生命亦殞　霍生は命 亦た殞つ
悽悽陵霜栢　悽悽たり霜を陵《しの》ぐの栢
納納衝風菌　納納たり衝風の菌
邂逅竟無時　邂逅 竟に時無し
脩短非所愍　脩短は愍む所に非ず
送心正覺前　心を正覺の前に送れば
斯痛久已忍　斯の痛み久しく已に忍ぶ
恨我君子志　恨むらくは我が君子の志の
不得巖上泯　巖上に泯ぶを得ざらんこと

「龔勝は余生に未練なく生を断ち、李業は二者択一を迫られ義に就いて死ぬ事を選んだ。嵇紹は自分の忠義を通して死に、霍原もまた自分の理に従って死んだ。悽悽とした霜にも、柏《かしわ》の木は寿命を保つが、納納とした風に吹かれただけで朝菌はしぼんでしまう。予期せぬ出会いにも似たこの一生は、いずれはかなく過ぎ去るもの。その長短について私はうらもう気持ちはとうてい無い。正しい悟りの前に静かに心を落ち着ければ、この世の苦しみも生への歎きも既に久しく忍び続けて来たもの。ただひとつ恨みに思うことは、君子の志を抱きつつ、静かに巖上に滅することのできなかったことのみ。」

開頭四句、続け様に並ぶ四人の古人は、命を捨てて己れの志を通さんとした人々である。「龔勝」は前漢楚の人。二姓に仕えることを肯んぜず、王莽の招きにあって断食して死んだ（前出）。「李業」は後漢、梓童の人。公孫述が王を僭号し、毒酒を以て公侯の位につくことを迫った時、固く辞して受けず、遂に毒を飲んで死んだ。(19)「嵇公」は嵇紹。嵇康の息子。永興の初、河澗王顒挙兵の際、帝に従って蕩陰に戦い、雨と降る矢の中に身をもって帝を守り、遂にその側に倒れて君難に殉じた。(20)「霍生」は霍原。燕国広陽の人。山居すること積年、門弟は百をもって数えた。王浚が王位を僭称すると、人をして原を訪ねさせたが原は答えなかった。そのうち「天子はどこにいる。豆田の中にいる」という俗謡がはやりだし、浚は「豆」は「霍《まめのは》」のことだとして霍原をとらえて斬った。(21)いずれも、生と死の境い目に立ち、そのどちらか一方の選択を迫られた時、自らの天命であり天理である〝忠義〞に就いて死んだ人々である。同じくこれから死につこうとする謝霊運の胸中に、それらの人々の生き様、死に様がめまぐるしく続けざまに浮ぶ。そして彼は言う、「風雪に耐えて生きのびる柏も、風に当って消えさる朝菌も、いずれはかなく消えるいのち。人生とは畢竟どれ程のものでもないのだ。」しかしこれは人生無常への詠歎ではない。むしろ、はかなきものを、そのはかなさの内に燃焼させるパトスとなる。「それならば自分はこの今という一瞬の中にこそ人生の永遠性を獲得しよう。」

脩　短　非　所　愍　　脩短は愍む所に非ず

同じく義を通して死にゆく謝霊運にとって、人生の長短はもはや問題ではなくなる。「ただひとつ恨むとすれば、君子の志を抱きつつ、巌上に静かに終ることができなかった事。」しかし、無謀と知りつつ暴挙に出た謝霊運は、既に自分の運命を予知していたはずである。そして、それでもなおそうさせざるを得ない自分の宿命を受け入れた死の瞬間、前漢から晋を経て宋に至る歴史に耐えた義人の系譜、就義の伝統が、詩人の胸中に怒濤の如く流れこむ。この時詩人は歴史の中で、義人の伝統と化すのである。

そして〝就義〟である。「理」という文軸が崩れて後、長い流浪の客憂に耐えて、詩人を最後に奮い立たせたのは、死という一瞬の中に人生全ての意味を閃光させる、この〝就義〟という強烈な死に様、圧縮された生命の火花であった。そしてこの就義という行為は、死の一瞬に人生をひらめかせるという意味で、前にのべた刹那の境地と呼応しあうものなのである。

以上、謝霊運の詩の変遷を、その場所場所での詩の境地を手がかりにたどってみた。老荘的隠逸人としての謝霊運、仏教的「理」の体得者としての謝霊運は、最後に刹那のきらめきの中に、その詩を結晶させた。そこには、一瞬の感動を象徴にまで高める極めて感覚的な詩の新しさがある。しかし同時に、己れを通さんが為に周囲との間に火花を散らし華々しい摩擦の痕跡を残した謝霊運の生き方は、他方で常に伝統とつながり、人界から隔絶した自然に遊び、高踏に自我を貴びながらも常に古人を内にとりこみ、最後に自己の肉体の内に、強い伝統性をよみがえらせた。

――死者を死せりと云う莫れ、生者有らん限り死者は生きん――

伝統とは、一瞬の内に個人の中に甦るものである。最晩年の二首「入華子崗」と「臨終詩」とは、永遠性と人生の意味を一瞬のひらめきの中に見た謝霊運詩の到達点であったとともに、死者をして伝統の深みから甦らせた義人謝霊運の完成でもあった。

注

（1）『荘子』天地編に「命を致し情を盡し、天地と樂しめば萬事銷亡す」と。

（2）『荘子』天地編、苑風が諄芒に「神人とは何か」と尋ねたのに答えて、諄芒曰く「神に上がり光に乗り、形を與《あ》げて滅亡す。これを昭曠と謂う」と。

（3）『周易』繋辞下に「尺蠖《しやくとりむし》の屈するは伸びんことを求むるを以てなり。龍蛇の蟄《ひそ》むは身を存せんことを以てなり。」と。

（4）任公は『荘子』外物篇に見える任の公子。東海に大鉤巨緇を垂れ、一年待って大魚を釣りあげた、荘子的境地の体得者。

（5）「抱一」は『老子』第十章「營魄に載りて一を抱く」と。無為の道である「一」を胸に抱き、真と一体化していること。

（6）「恬知」「繕性」は共に『荘子』繕性篇のことば。「知と恬と交ごも相い養いて、和理、其の性に出ず。」と。

（7）この他にも「矜名道不足、適己物可忽、請附任公言、終然謝夭伐」（遊赤石進帆海）、「執戟亦以疲、耕稼豈云樂、萬事難並歡、達生幸可託」（斎中讀書）などがある。

（8）『東方学報』第五十六冊、一九八四年。

（9）第二期の永嘉での詠唱が荘子的境地に結晶していたのに対して、この時期の詩の特色は「理」の中に最終的悟りを見出している点である。この点については前出の矢淵論文に詳しい。該論では、永嘉時代の「理」は全て動詞「ととのえる」「おさめる」としか使われていなかったのに対し、始寧時代のそれは「道」と同義語で、根元的・普遍的な真理として使われていることを指摘している。

（10）『史記』巻八十三、魯仲連列伝に見える。

（11）『史記』巻三十一、呉太伯世家に見える。

（12）「如直」は史魚のこと。『論語』衛霊公篇に、「史魚は邦《くに》に道が有っても無くても、直なること矢の如くであった」とある。

（13）「三避賢」は孫叔敖のこと。『史記』巻一一九循吏列伝に「孫叔敖は三たび相となるも喜ばず、三たび相を免官されても悔いなかった。」とある。

（14）『宋書』巻六十一廬陵孝王義真伝。
（15）『史記』呉太伯世家の他、『新序』『左伝』等に見える。
（16）原文は「薫以香自焼、膏以明自銷、龔先生竟夭天年、非吾徒也。」。
（17）この事件の裏には、孟顗が前に述べた徐羨之と同派の人であったための党派間の争いなどがからんでいるようである。この点については小尾郊一『謝霊運伝論』（広島大学小尾博士退官記念事業会、一九七六年）に詳しい。
（18）在郡遊放、不異永嘉、爲有司所糾。司徒遣使隨州從事鄭望生收靈運、靈運執錄望生、興兵叛逸、遂有逆志。爲詩曰、韓亡子房奮、秦帝魯連恥、本自江海人、忠義感君子。（『宋書』本伝）
（19）『後漢書』巻八十一独行列伝。
（20）『晋書』巻九十四忠義伝。
（21）『晋書』巻八十九隠逸伝。
（補注）引用の詩は『文選』及び黄節注『謝康樂詩注』をテキストとし、諸本を参照した。

第十一章　謝霊運詩における「理」と自然
――「弁宗論」及び始寧時代の詩を中心に――

一、謝霊運の「弁宗論」

魏晋南北朝時代の思想界は、後漢の滅亡とともにそれを支えてきた儒教が一挙に衰退し、かわって老荘思想を中心としたいわゆる玄学が知識人の間に広く流行する。短期間にくり返された王朝交代と内争外紛という政治上の混乱は、逆に個人内面への思索を深化させ、哲学内容には形而上的深まりと論理構造上の精密さが加えられた。同時に老荘を媒介として中国に紹介された仏教は、般若の空と玄学の無との類似を要因に、この時期やはりひとつの大きな興隆を見る。そして、法顕上人によってもたらされた大本涅槃経が「一闡提と雖も成仏は可能である」という革新的な仏性偏在説を説く以前にあって[1]、人はだれでも修業を積み苦業を重ねること無くして一挙に悟ることができると主張した竺道生の頓悟説[2]は、当時の仏教界のみならず知識人の間にも大きな物議を醸した。この非常に革新的であるが由にそれに対する反論も批判も鋭かった竺道生の頓悟説に対し、いちはやく賛意を表し大論陣を張ったのが、謝霊運の「弁宗論[3]」である。

「弁宗論」は全体の序にあたる、謝霊運の見解を述べた導入部分と、それに対する「同遊の諸道人」たちとの間の問答から成り立っており、質問者（論難者）は六人、問答は合計三十四回の多きに上る。まず謝霊運自身の頓悟説の展開である導入の部分を左に掲げ、解釈におけるいくつかの問題点を考えてみたい。

辨宗論

Ⅰ　同遊諸道人、竝業心神道、求解言外。余枕疾務寡、頗多暇日。聊伸由來之意、庶定求宗之悟。

Ⅱ　釋氏之論、聖道雖遠、積學能至。累盡鑒生、方應漸悟。

孔氏之論、聖道既妙、雖顏殆庶。體無鑒周、理歸一極。

有新論道士以爲、寂鑒微妙、不容階級、積學無限、何爲自絕。

Ⅲ　今去釋氏之漸悟、而取其能至、去孔氏之殆庶、而取其一極。一極異漸悟、能至非殆庶。故理之所去、雖合各取、然其離孔釋矣。余謂、二談救物之言。道家之唱、得意之說、敢以折中自許、竊謂新論爲然。聊答下意、遲有所悟。

「弁宗論」および謝霊運の頓悟説については、これまでも多く論じられてきているが、(4)これだけの短い文章について、解釈や訓読上にかなりの相異がみられる。この点については本論の大意とは大きく関係しないとはいえ、それを置き去りにして論を進めることに多少の躊躇を覚えるため、ひとまず便宜上設けた各段落毎に、先行研究をふまえつつ、筆者なりの通読を試みてみたい。

〈第一段落〉

同遊の諸道人、竝びに心を神道に業し、解を言外に求む。余、疾《やまい》に枕して務め寡《な》く、頗る暇日多し。聊か由來の意を伸べ、求宗の悟を定めんことを庶《ねが》う。

「同遊の諸道人」とはこの部分の後に続く問答の提出者である法勗、僧維、慧驎、法綱らである。また「道人」は沙門、つまり仏徒を言う。謝霊運はまずこれら聖なる仏の道に志す諸道人たちに、自分の聖道に対する考えを示すことによって、理の根本にたちもどる悟りのあり方を決定しよう、と問題提起する。謝霊運のいうところの「求宗の悟」とは、とりもなおさず頓悟説であるが、その具体的内容については第二段落以下に叙述される。

〈第二段落〉

釋氏の論、聖道は遠しと雖も、學を積めば能く至る。しかるに累盡き鑒生ずるは、方《まさ》に漸悟によるべし。孔氏の論、聖道は旣に妙なれば、顏と雖も殆《ほとん》ど庶《ちか》きのみ。しかるに無を體し鑒を周ねからしめれば、理は一極に歸す。

新論の道士有りて以爲《おもえら》く、寂鑒は微妙にして、階級を容れず。學を積むこと無限なるも、何爲《なんす》れぞ自ら絶たん、と。

釈氏（仏教）の教えによれば、聖道は非常に悠遠なものであるが、学問を積みさえすればそこに至ることができる（「能至」）。しかし累（煩悩）を尽滅させ鑑（智慧）を生じさせるためには漸悟によらなければならない。また、孔氏の論によれば、聖道は非常に要妙であるので、孔子の第一の弟子の顔回でさえも「殆庶」（ほとんど近いけれどもとどかない）という所にとどまる。しかし無を体得し鑑を周く行きわたらせれば、理（真実）は分割を許さぬ一つの極地（一極）に帰することができる。

この釈・孔二氏の論においては二つの点が問題にされている。一つは聖道には至ることができるかどうかという点、今一つは悟りを求める方法についてである。第一の点について、釈氏は「能至」（聖道に至ることは可能）、孔氏は「殆庶」（無限に近づくだけで終に至ることは不可能）と主張する。第二の点について、釈氏は「漸悟」と言うのに対し、孔氏は無の体得と鑑の周致とを実現すれば、一挙に不二の極地に到達できる、と主張する。とすれば、この部分の訓読においてA「聖道雖遠、積學能至」とB「累盡鑒生、方應漸悟」及びA′「聖道既妙、雖顏殆庶」とB′「體無鑒周、理帰一極」の間は逆接でつなぐべきである。なぜなら謝霊運の考えとしては、Aの「能至」は賛同するがBの「漸悟」には賛成できない。A′の「殆庶」は否定するがB′の「理帰一極」は認める、という方向をとるからである。

続く第三段落ではこの孔・釈二者の折中が計られるが、その前に「新論の道士」つまり竺道生の頓悟説が提示される。それは、「寂鑒《さとり》は微妙なものであり、段階的にそれにゆきつくという漸悟の方法を許さないものである。いくら学問を無限に積んだからといって、どうして自らの（学問的な）力で（煩悩や世俗の網羅を）断ち切ることができようか」というものである。これが竺道生の頓悟説であるが、それは悟りには「階級」つまり段階・差異が無く、また「理」は不可分のものである由、分割的に得られるものではないとする点を特徴とする。

〈第三段落〉

今　釋氏の「漸悟」を去りて、其の「能至」を取り、孔氏の「殆庶」を去りて、其の「一極」を取る。「一極」は「漸悟」と異なり、「能至」は「殆庶」に非ず。故に理の去く所は、各〻取るところを合すると雖も、然るに其れ孔釋を離るるなり。余　謂えらく、二談は救物の言なり。道家の唱、得意の説、敢えて以て折中して自ら許さば、竊かに謂《おも》うに新論を然りと爲す。聊か下意に答え、悟る所有らんことを遲《おも》う。

ここでは前に述べた釈・孔二氏の論の折中が試みられる。具体的には、釈氏の説からは「漸悟」を捨て「能至」を取る。孔氏の説からは「殆庶」を捨て「一極」を取る。ということは、それぞれの長所だけを取り他面は捨てるのであるから、孔・釈どちらの説とも異なってくる。

次の「余謂」以下については、特に「二談」「道家」の解釈をめぐって意見が分かれている所である。注（4）引用鵜飼論文では従来の説を詳細に検討した上で次のような解釈がなされている。

思うに（釈・孔二家の論における）漸悟と殆庶〔二談〕は、広く大衆を救う〔救物〕ものであり、道家の提唱にかかるところは「意を得る」（得意）という（達人が人生の理を体得することを目指した）ものであろう。（そこで二談、すなわち釈・孔二家における漸悟および殆庶と、道家の提唱にかかる得意とを）折中することを私はあえて認めはするけれども、こころひそかに（漸悟を捨てさるという竺道生師の）新論に賛意を表すものである。

問題になるのは「二談」「道家」の解釈であるが、まず「二談」について、氏はそれを釈・孔二氏の論中の「漸悟」「殆庶」ととる。「救物之言」を衆人愚人を救うための誰にでも実行可能な方法として解釈し、選ばれた智者のみに可能な得意による頓悟と対立させる解釈は、説得力を持ち氏の論の根幹を成すものであるが、しかし「弁宗論」本文全体を通して読んでみる時、どうしてもつながりに無理が感じられる。「二談」はやはり、そのすぐ前の部分で能至と殆庶、漸悟と一極を問題にしたところの「釈氏の論」と「孔氏の論」でなくてはなるまい。その根拠として、法勗の二度目の質問の中にある次の部分を掲げてみたい。

　勗再び問う、論を案ずるに、孔釋は其の道既に同じければ、者を救うの假も亦た異を容れず。而るに神道の域は、顔也孔子と雖も誨らざる所、實相の妙は、愚也釋氏と雖も必ず教うる所なり。然れば則ち二聖の言を建つる、何ぞ乖背の甚だしきかな。[5]

ここでは、孔氏も釈氏もその道が同じである以上、「救物《すくい》」についての方法も同じであるべきだ、と述べ、孔、釈二家を「救物」つまり人々を救う道を説く教えとして括っている。他に法綱の答においても慧琳の答においても孔釈の対がひとつの論述のポイントになっていることから考えても、この「二談」はやはり孔氏の論と釈氏の論を指すものととらえるのが自然であろう。

次に「道家之唱」であるが、これは「道家」を老荘ととるか、あるいは沙門ととるかの二つに意見が分れる。この部分の語彙の理解については鵜飼論文に非常に周到な資料が列挙されており、それを利用させて頂くことにするが、結論を先に言えば「道家」は沙門を指すと思われる。その理由は、第一にそれまで何の言及も無かった老荘思想が突然ここに登場するのは唐突であること、第二に「諸道人」「新論道士」というようにこの部分における「道」はいずれも仏道を指すものであること、そして何よりも鵜飼氏の挙げた「道家」の語の用例のうち、謝霊運と全く同時代であり且つお互いの間に極めて大きな影響関係のあった慧遠と宗炳二人の用例(6)において、それぞれ「道家」の語はまさしく沙門を指しているからである。「道家」が沙門を指すものであれば、「道家之唱」は「釈氏之論」を指すことになり、続く「得意之説」は形式上「孔氏之論」と対応するはずである。上に引いた鵜飼氏の解釈では、「二談、救物之言」と「道家之唱、得意之説」とが並列され、前者は「漸悟」及び「殆庶」、後者は竺道生の頓悟説を指す、というように理解されているが、そうするとその下に出てくる「折中」とは、殆庶・漸悟を頓悟と折中することになり、漸悟と頓悟を折中するという意味上の破綻を生むばかりでなく更に下に続く「新論（つまり竺道生の頓悟説）を然りと爲す」という部分との文章上のつながりにも不都合が生じる。ここの部分は「救物之言」でいちど文章がくぎれ、次の「道家之唱」と「得意之説」とが対になって下の「折中」の語にかかる、ととるべきではなかろうか。とすれば「折中」は孔釈二家の折中でなければなるまい。それは法綱の答の中の部分からも証明される。

　法綱問いて云う、敬んで高論を披くに、宗極を探研し、権實を妙判せり。旨を儒道に存し、教を孔釋に遺し、昌言折中すれば、允然たり新論、激流の源に導かれ、瑩拂して暉を發すと謂うべきか(7)。

法綱は謝霊運の論を解釈して「儒（孔）道（釈）からその主旨《よいぶん》のみを摘出し(8)、『教』つまり『救物』の部分を捨て去ったところでその二者を折中して新論に賛意を示している」と要約している(9)。とすればやはり「折中」は釈孔二家の論の折中と考えるのが正しいであろう。そして、ここであげた法綱の問の部分を参考にしながら「弁宗論」本文を解釈してみれば次のようになる。「私がおもうに、釈孔二氏の最終的に説くところは、両者ともに人々の救い、つまり

『教』を問題としたものである。しかし、そのうち釈氏の論中の『能至』という提唱、及び孔氏の論中の『無を体すれば一極に帰す』という得意の説[10]（法綱の言うところの「旨」）を私は敢えて折中することにする。そうすれば竺道生の唱える新論こそ正しいものだと思われる。」このように「道家之唱」と「得意之説」とを対にし、それぞれ釈、孔二氏の論の主旨を表したことばとして解釈することによって、下の「折中」の語、「新論爲然」とのつながり上の矛盾もなくなり文意も通じるようになる。

このように、釈孔二氏の論を折中した上で竺道生に賛意を表す頓悟説の立場に立って、謝霊運は次々と出される諸道人たちの問いに答えていくのである。

二、「弁宗論」における〝理〟の意味

さて、学問や修業の積み重ねを前提として悟りに至る漸悟説に対し、方法論を否定して一挙に悟りに至るという頓悟説において、それでは悟りの契機となるものは一体何だったのであろうか。謝霊運は「弁宗論」において、頓悟の前提を〝見理〟ということばで表す。〝見〟とは「目で見る」という以上に、対象と一体化し体得するという意味を含む。また〝理〟とは真実を表す最高概念として使われる。つまり人は〝理〟を見、それを体得することによって一気に悟りに至ることができる、とするのである。

〝理〟はもともと易の「窮理盡性」を経典の典拠とし、宋代の所謂理学において大々的にクローズアップされるようになる言葉であるが、宋学の大成者朱熹が理を機軸にした一大思想体系を築きあげる以前にあって、六朝のこの時期にひとつの重要な語彙として思想界に登場してくることは注目に値する。それはまず西晋になってから王弼『老子

注』、郭象『荘子注』等の中に重要な概念として登場し、それ以後〝道〟にとってかわる最高概念を表す言葉として使われるようになる。(11) このような理の重視は、先に述べたこの時期の仏教の台頭と密接な関係があるのであるが、その変遷をたどると、実に竺道生―謝霊運とつながる頓悟の主張の中に、理の新しい展開があることがわかる。この点について前掲矢淵論文では、六朝における理の重視を郭象の思想から聖人可致論へのつながりの中で「弁宗論」へと結びつけてゆく。つまり、それまで一般に考えられてきた、聖人というものは人がどのように努力したとて到底到ることはできないものだという「聖人不可致論」にかわって、方法の如何はともかく、精神と知慧とを清め練ることによって人は聖人になり得るという「聖人可致」の思想を仏教はもたらした。そしてその際、人が聖人になるための媒介として、理の体得が前提とされる。つまり、人は仏の説いた普遍的真理たる「理」を体得することにより、自らも悟りを得、聖人となることができる、というものである。

そして謝霊運の場合、悟りの前提となる理の体得を表わすのが、この「見理」ということばなのである。それは「弁宗論」の中で次のように説かれる。

再び答う、二教の同じからざるは、方に随い物に應じ、化する所 地異なればなり。大にして之を校ぶるに、華民は見理に易く、受教に難し。故に其の累學を閉ざして其の一極を開く。夷人は受教に易く、見理に難し。故に其の頓了を閉ざして其の漸悟を開く。(12)

これは釈氏の論（仏）と孔氏の論（儒）との間に漸悟と頓悟のちがいがあることの理由を問うた僧勗の質問に対する謝霊運の答えの部分である。孔氏の論が頓悟を言うのは、中国の民にとっては理を見るのは容易であるが教《おしえ》を受けるのは苦手だからであり、だから学問を積み重ねる方法をやめて一極を開くように説いたのである。反対に釈氏の論が漸悟を言うのは、夷人（インドの民衆）にとっては教を受けることは容易であるが理を見ることは苦手だからであり、そこで頓悟を言うのをやめて漸悟の方法を開いたのである。というように、中華民族の優越意識の上に立って、学問を積み教えを受けることを前提とする漸悟に対し、理を見ることによって一挙に悟りに到る頓悟こそ正しい悟りのあり方であると謝霊運は主張する。

「弁宗論」はこのあと、理の体得である悟りの方法をめぐって、累（煩悩）からの脱却、有から無への転換、そして理を明らかにする智慧のあらわれ方などについて、問答の形で展開していくが、そこで「理」は仏の真智によって獲得される普遍的究極的な真実として最高価値を与えられた概念となり、かつ「見理」ということばは、悟りに至る方法として頓悟の前提を支えることになるのである。

三、謝霊運の詩に表われた「理」

ところで、以上にみたような謝霊運の「理」の思想は、彼の詩作の中にどのように表われているのであろうか。以下、謝霊運の詩の中から「理」の内実をうかがってみたい。

永初三年（四二二）、徐羨之らのクーデターによって都を追われた謝霊運は、温州永嘉の太守に流される。鬱々とした左遷生活の中で詩人は多くの美しい山水詩を生むが、癒やしきれない孤独感と望郷の思いにせきたてられるように、一年間の任を終えた翌年の秋、印綬を解いて故郷始寧の地に帰隠する。山岳や渓谷に恵まれた風光媚美な始寧の地に一生を終えようと決心した謝霊運は、そこに壮大な邸宅を築き、隠者や仏者らと自由な交流をたのしむ。数の上では永嘉に比べて圧倒的に少い始寧時代の謝霊運の詩は[13]、山居生活の中で得られた心の平安と、仏教理念に支えられた落ち付いたものが多い。まず、石門山に自ら築いた山上の幽居に登りつめ、そこで得られた境界を「理」の体得を通して描いた「石門の最高頂に登る」詩を見てみよう。

登石門最高頂(14)　石門の最高頂に登る

1　晨策尋絶壁　晨《あした》に策《つえ》つきて絶壁を尋ね
2　夕息在山棲　夕《ゆうべ》に息《いこ》いて山の棲《すみか》に在り
3　疏峯抗高館　峯を疏《おさ》めて高館を抗《あ》げ
4　對嶺臨迴溪　嶺に對して迴溪に臨む
5　長林羅戸穴　長林は戸穴に羅《つら》なり
6　積石擁基階　積石は基階を擁《いだ》く
7　連巖覺路塞　連巖は路の塞がるを覺えしめ
8　密竹使徑迷　密竹は徑をして迷わしむ
9　來人忘新術　來人は新術を忘れ
10　去子惑故蹊　去子は故蹊に惑う
11　活活夕流駛　活活と夕流は駛《はし》り
12　噭噭夜猨啼　噭噭と夜猨は啼く
13　沈冥豈別理　冥に沈まば豈に理と別れん
14　守道自不攜　道を守りて自ら攜《はな》れず
15　心契九秋幹　心は九秋の幹と契り
16　目翫三春荑　目は三春の荑《つばな》を翫ぶ

17　居常以待終　　常に居りて以て終を待ち
18　處順故安排　　順に處りて故に排に安んず
19　惜無同懷客　　惜しむらくは同懐の客の
20　共登青雲梯　　共に青雲の梯を登るもの無きを

石門山は四面を高山に囲まれ、曲りくねった溪《たにみず》や岩に流れる瀬《はやせ》の間に竹がのび林の茂った始寧の幽山である。その石門山の最高頂、凌雲の絶域には詩人の作った山上の幽居があった。朝早く杖をとり絶壁を尋ねようとした詩人は夕べに山の棲《すみか》にたどりつく。それは峯々と高さを競い合う程の高館であり、向いには山嶺がそびえ、下を臨めば溪が迴《めぐ》っている。長く羅《つら》なる林は戸口までも続き、重なる岩は建物を抱くように迫る。連なる巌は路を塞ぐかと思われる程であり、密に茂った竹にかこまれ徑《みち》も分からなくなってしまう。来る者はやってきたばかりの術《みち》を忘れ、去る者は昔通って来た蹊《みち》に惑う。こうやって第10句目まで山上の幽居をとりまく自然の峻厳さが様々な角度から描かれた後、続く第11・12句の一聯で描写はひとつのクライマックスを迎える。「活々と音を立てて夕暮れの中に流れは駛り、噭々と声を上げて夜の闇に猨《さる》は啼く」。活々と音を立てて流れる川、闇の中に響く猿の声、それは凡そ全ての人為を絶った所でひとり存在し躍動を続ける自然そのものの姿である。夕暮れの中に人知れず生起する幽谷の山水は、寂しくも力強く独立した営みを続ける。そしてそのような自然、人界から隔絶し独自の営みを続ける自然の姿の中に詩人は「理」への端緒を見出す。「この冥暗にして奥深い自然の中に深く沈み込んでゆくことによって、どうして理と一体化できぬことがあろうか。そうやって私はしっかりと道を抱いて理との冥合を楽しむのだ」。そして理との冥合を果たした詩人は九秋《あきじゅう》の樹々の紅葉をたのしみ、三春《はるじゅう》の色とりどりの草木をめずる。士たる者の常である貧しさに甘んじ、自然のなりゆきのままに身をまかせてその摂理の中に身と心とを安んじるのである。

この詩全体は、「弁宗論」で所謂〝見理頓悟〟の境地を、詩人自身の体験を通して具体的に表現し詠出したものである。とすれば第11・12句「活活と夕流は駛《はし》り　噭噭と夜猨は啼く（活活夕流駛、噭噭夜猨啼）」という象徴的な表現で描き出された自然の姿こそ、謝霊運における「見理」の具体的表象であることがわかる。人為から隔絶した所で黙々と自らの営みを続ける自然、その中に没入し一体化すること、それこそが謝霊運における悟りの契機だったのである。且つまた獲得された理の境地を表わす第15―18句からは、その悟りの内実が「處順」「安排」、つまり同じく自然の法則の中にそのまま身を横たえて、陰陽の循環と同一化することであったこともうかがえる。

次に「石壁精舍より湖中に還るの作」一首に詠まれた「理」を見てみよう。

石壁精舍還湖中作　　石壁精舍より湖中に還るの作

1　昏旦變氣候　　昏旦に氣候變じ
2　山水含清暉　　山水は清暉を含む
3　清暉能娯人　　清暉　能く人を娯《たの》しましめ
4　遊子憺忘歸　　遊子　憺として歸るを忘る
5　出谷日尚早　　谷を出でしとき日は尚お早きに
6　入舟陽已微　　舟に入りたれば陽は已に微たり
7　林壑斂暝色　　林壑は暝色を斂め
8　雲霞收夕霏　　雲霞は夕霏を收めり
9　芰荷迭映蔚　　芰荷は迭《こもご》も蔚《かげ》を映じ
10　蒲稗相因依　　蒲稗は相い因《よ》り依る

11　披拂趨南逕　　披拂して南逕に趨《ゆ》き
12　愉悅偃東扉　　愉悦して東扉に偃《ふ》す
13　慮澹物自輕　　慮 澹なれば物は自ずから輕く
14　意愜理無違　　意 愜《かな》えば理は違う無し
15　寄言攝生客　　言を寄す 攝生の客に
16　試用此道推　　試みに此の道を用《も》って推せと

石壁精舎とは始寧の巫湖の南岸の石壁に建てられた仏寺(15)である。朝早く湖を渉って石壁精舎を訪うた詩人は、陽の傾く夕暮時に再び舟にのって湖を過ぎる。その時の作である。

「朝夕の気候の変化は山水に美しい暉《かがやき》を含ませる。その暉《ひかり》を心ゆくまで楽しんで遊子《わたくし》は帰ることすら忘れてしまう。谷を出発した時は日《あさひ》はまだ登ったばかりであったのに、帰りの舟に乗りこむ頃には陽《ゆうひ》はもう光も微《かす》かになってしまった。林や壑《たに》にはぼんやりした暗さがたちこめ、雲霞《くも》は夕焼けの紅を吸収していくようである。芰《ひし》と荷《はす》とは互いに蔚《かげ》を映じあい、蒲《がま》と稗《まこも》とは寄り沿うように体をもたせあう。心も体もくつろいでゆったりと私は南の小道を歩み、心に静かな喜びを覚えつつ東の扉に偃《ふ》しいこう。心の思いを淡泊にすれば外物はおのずと重荷にならず、意《きもち》がくつろぎ充実していれば〝理〟と違《たが》い合うことはない。学問修業につとめることによって摂生に励んでいる者たちよ、この道によって悟りをはかってみては如何かな。」

山水に満ち溢れる清暉の中で、その日いちにちを充分に満喫した詩人は、日暮れとともに帰途につく。目の前に広がる暮色の世界の中、互いに影を落し合う水草、水辺に生える稗《まこも》や蒲《がま》、それは、もの全てが残光の中に暗くもくっきりと姿を表わす夕刻の湖辺の風景である。そして、この光と影の織り成す静かに落ち付いた光景の中で、詩人の心は

暢びやかにくつろぐ。第13句「慮澹なれば物は自ずから輕し」は『淮南子』原道訓の「澹然無慮」が典拠である。そこでは、

是の故に大丈夫は、恬然として思無く、澹然として慮無し。天を以て蓋と爲し、地を以て輿と爲し、四時を馬と爲し、陰陽を御と爲す。雲に乗り霄《そら》を陵《しの》ぎ、造化者と倶なり。(16)

というように、恬澹として思慮を滅することによって天地四時と一体化した大丈夫のあり様が描かれる。つまり「慮澹なれば物は自ずから輕し（慮澹物自輕）」とは、天地陰陽と融け合うことにより獲得される無の境地での自由な心の解放を表現しているのである。またここで言う「物」とは、現象として目前に表われる外物であり、暗に世俗の塵埃をも含んで指す言葉であろうが、同時に対句の「理」と対応することによって仏教的ニュアンスを帯びる。とすれば、思うにこの二句は「弁宗論」で言う所の「伏累」つまり累（煩悩）を調伏したところの心の平安を言うものではないだろうか。静かに美しい自然のたたずまいに触れることによって、心はのびやかに息づき、累を去り物から解放されて自由な充実を味わう。そしてそのように「意が愜う」つまり心が自由に充実することによって〝理〟との融合が叶い、一時にして体得された無の境地の中で悟りが果される。このように見てくると、この第13・14の二句も、やはり前に見た「登石門最高頂」詩と同様、山水との冥合（見理）の中で果された頓悟の経験が詠まれていることがわかる。更に第15句目「攝生の客」とは、恐らくは石壁精舍に住まう（或いは集まった）諸々の修行僧たちを指すものであろうが、漸悟の思想に基づきつつ日がな摂生に志す彼ら修行の僧に対し、私のこの頓悟の方法を君等も試みに用いてみては如何かな、と謝霊運は頓悟の立場から一つの思想を表明していると解釈することもできるのである。

以上に見た二首の詩よりわかることは、謝霊運詩における「理」が、ひとつには「道」と同義（「登石門最高頂」）であり、また「物」と対立する語である（「石壁精舍還湖中作」）ということである。それは自己完結した峻厳な自然への

没入の中で体得され、また心を外物の憂慮から解き放つ一つの境界としてとらえられるのである。

ところで、謝霊運詩において「理」と並んで重要な意味を持つのが「情」及び「賞」の二語である。この三つの言葉は常に密接に関係しながら詩の中心となる作者の胸懐表明の部分を構成する。(17) そこで、これより以下、「情」「賞」の語とのからみの中で「理」の語が使われている例を見てみたい。

まず「理」が「情」との関連の中で対立的にとらえられている二つの詩をあげてみよう。

石門新營所住四面高山廻溪石瀬脩竹茂林　石門に住む所を新營す　四面は高山　溪を廻りて石瀬　脩竹　茂林あり

1　躋険築幽居　険に躋《のぼ》りて幽居を築き
2　披雲臥石門　雲を披《ひら》きて石門に臥す
3　苔滑誰能歩　苔は滑りて誰か能く歩まん
4　葛弱豈可捫　葛は弱く豈に捫《も》つ可けんや
5　嫋嫋秋風過　嫋嫋として秋風は過ぎ
6　萋萋春草繁　萋萋として春草は繁るに
7　美人遊不還　美人は遊びて還らず
8　佳期何由敦　佳期　何に由りてか敦くせん
9　芳塵凝瑤席　芳塵は瑤《たま》の席《いす》に凝り
10　清醑滿金樽　清醑は金の樽に滿つるに
11　洞庭空波瀾　洞庭は空しく波瀾《なみ》だち
12　桂枝徒攀翻　桂枝　徒《いたずら》に攀翻《たお》るのみ

13　結念屬霄漢　結念は霄漢に屬《つ》き
14　孤景莫與諼　孤景は與に諼《わす》る莫し
15　俯濯石下潭　俯しては石下の潭に濯《あしあら》い
16　仰看條上猿　仰ぎては條上の猿を看る
17　早聞夕飈急　早《はやく》に夕飈の急なるを聞き
18　晩見朝日暾　晩《おそく》に朝日の暾《まどか》なるを見る
19　崖傾光難留　崖は傾きて光は留《とどま》り難く
20　林深響易奔　林は深くして響は奔《はし》り易し
21　感往慮有復　感往けば慮　復する有り
22　理來情無存　理來れば情　存する無し
23　庶持乘日用　庶《ねが》わくは乘日の用を持し
24　得以慰營魂　得て以て營魂を慰めん
25　匪爲衆人說　衆人の爲めに說くに匪ず
26　冀與智者論　冀《こ》うらくは智者と論ぜん

石門は前述の石門山。その山頂に新しく山荘を築いた折の作である。[18] この詩は「登石門最高頂」詩と同じように、やはり石門山上の幽峻を描いているが、「登石門最高頂」詩が、その自然との冥合の中に理を体得し道を見た経験を詠んだものであるのに対し、この詩では「美《よ》き人」の不在による孤独感の結ぼれの方が、冥理を凌いで詩人をとらえている。その思いは第13・14句に強調される。「結ぼれた念《おもい》は霄漢《そら》までもとどき、孤景《ひとりみ》のさびしさは紛らわす手だても無い」と。孤独の憂愁を抱く詩人にとって、山上の光景は湧きおこる情に拍車をかけるばかりであった。そして第17—20句で「夕方には早くからつむじ風が鳴りはじめ、朝になっても日が登るのは非常に晩い。それは切り立った崖が光をさえぎるからであり、深い林が風の響きをいやがおうにも増すからである」という。こうやって幽境の峻厳な山水の中で、詩人の孤独感がひときわ極立たされたのち、第21・22句において「情」と「理」との対立が示される。「感情が外物に向ってゆけば、様々な憂慮がわきおこり胸にうずまく。しかしひとたび心に理を呼びおこせば、そこにもはや喜怒哀楽の情は存し得ない。」ここで「情」は「慮《うれい》」と同義語であり、風景に触発されて湧きおこる様々な感情ととらえられる。それは具体的には、山頂の自然のけわしさに圧倒されそうになった詩人の孤独の憂愁である。また「理」は孤独感や焦躁感などの感情や物慮を消化し超え去る精神の主体的境地への橋わたしである。詩人はここで自らの孤独の情を、理によって一挙に昇華せんことを願っているのである。そしてまた、ここで言う境地、つまり理の到来を果し得た状態は、「乗日の用を持す」ということばで表わされている。これは『荘子』徐無鬼の中で、黄帝に天下を治める方法を問われた小童《わらべ》の答えが典拠である。

小童曰く「夫れ天下を爲《おさ》むる者は、亦た此《かく》の若きのみ。又た奚《なに》をか事とせんや。予《わ》れ少《おさ》なくして自ら六合の内に遊べり。予《わ》れ適《たま》ま瞀病有り。長者有りて予に教えて曰く『若《なんじ》 日の車に乗りて、襄城の野に遊べ』と。今予が病少しく痊《い》えたり。予れ又た且に復た六合の外に遊ばんとす。[19]」と。

瞀病《めまいやみ》に病む小童は、日輪の車に乗り襄城の曠野に遊ぶことによって六合《せかい》を超越し病が痊《い》えたという。郭象は「乗日之車」に「日出ずれば遊び、日入りて息う（日出而遊、日入而息）」と注をつける。それは太陽のめぐりに従って生息し自由に遊ぶ無爲の境地を言う。とすれば、謝霊運「石門新營所住」詩において詩人の目指した境地は、やはり前に見た「登石門最高頂」詩と同じように、自然の法則に自ら融け込み一体化することだったことがわかる。

理が情との対立の中でとらえられている二つめの詩は「廬陵王墓下作」一首である。廬陵王は宋の武帝劉裕の第二子劉義真である。義真は武帝の死後、政権争いの中で徐羨之の一派に暗殺された薄命の王子であるが、生前建康にあって謝霊運、顔延之らと特に親しく交際していた。この詩は始寧に帰隠後、一度朝廷に復帰した謝霊運が、文帝（義真の弟劉義隆）の御幸に従って義真の墓を過ぎた時の作である。

廬陵王墓下作

1　曉月發雲陽　　曉月のころ雲陽を發し
2　落日次朱方　　落日のころ朱方に次《やど》る
3　含悽泛廣川　　悽《かなしみ》を含みて廣川に泛《うか》び
4　灑淚眺連崗　　淚を灑《そそ》ぎて連なりたる崗を眺む
5　眷言懷君子　　眷言《かえりみ》つつ君子を懷《おも》えば
6　沈痛切中腸　　沈痛に中腸も切るる
7　道消結憤懣　　道消えしときは憤懣を結びしに
8　運開申悲涼　　運開かれては悲涼を申ぶるのみ
9　神期恆若存　　神期は恆《つね》に存るが若く
10　德音初不忘　　德音は初めより忘れざるに
11　徂謝易永久　　徂謝は永久になり易《やす》し
12　松栢森已行　　松栢は森として已に行をなす
13　延州協心許　　延州は心許を協《はた》し

14　楚老惜蘭芳　楚老は蘭芳を惜しむ
15　解劒意何及　劒を解くも意 何にか及ばん
16　撫墳徒自傷　墳を撫すも徒らに自ら傷むのみ
17　平生疑若人　平生疑うは若人《かくのごときひと》の
18　通蔽互相妨　通と蔽と互いに相い妨ぐること
19　理感深情慟　理 感ずれども深情は慟《なげ》く
20　定非識所將　定めは識の將《ゆ》く所に非ず
21　脆促良可哀　脆促は良《はなは》だ哀《かな》しむ可きも
22　夭枉特兼常　夭枉は特に常に兼《ま》す
23　一隨往化滅　一たび往化に隨いて滅すれば
24　安用空名揚　安んぞ空名の揚げらるるを用いん
25　舉聲泣已灑　聲を舉げて泣きて已に灑ぎ
26　長歎不成章　長く歎じて章を成さず

廬陵王と謝霊運とは文学を通じての非常に深いつきあいであったが由に、最愛の友人を失った謝霊運の嘆きは、激しく癒やしようのないものがあった。比較的おちついた境界の多い始寧時代の詩の中で、この一篇だけは深く重い悲しみに満ちている。第13—16句には延州季札と楚人龔勝の故事[20]が詠まれ「平生このような人生に通じた人々がどうして理屈の通らぬ歎き方をするのか不思議に思っていた」と述べた後、歎きの「情」と、情を越えた真理である「理」についての次のような感慨が続く。「たとえ天地を貫く理法を感得できたとしても、心の奥深くにわだかまる情はやはり慟哭を禁じ得ない。人間の運命というものは知識や認識によって推しはかることのできるものではないのだ」。ここで「理」は、情の激しさに打ち負かされた形になっている。理の存在、その力は感得し得ても、心の奥底からの嘆き、運命の不条理への慟哭は、理智や智慧すらも推し流してしまう力を持つ。そしてこのような情の放溢の中に「見理」の不可能なことに気付いた詩人の前に、悟りの門は閉ざされる。かくて詩人は悲嘆の中に為す術もなくとりのこされるのである。

以上にみた二首の詩よりわかることは、「理」は「情」との対比においてとらえることができるということである。謝霊運詩において「情」は、おもに風景或いは人間界の網羅によってひきおこされる詩人の感情、特に孤独感や悲哀を表わしている。そしてそれに対応する「理」は、情を超えたところに君臨し、情を昇華して悟りへと導く存在である。このような情と理との関係は「弁宗論」の中で、より論理的な形で示される。僧維の三度目の質問に対する謝霊運の答の中に次のように言う。

巫臣　荘王を諫むるの言においては、物　己《おのれ》に賒《とお》し。故に理は情の先たり。夏姫を納るるの時においては、己れ物に交《まじわ》る。故に情は理の上に居る。情理雲互し、物己相傾くは、亦た中智の率任なり。(21)

巫臣と夏姫の故事は『春秋左氏伝』にみえる。(22)陳国の夏姫は美貌であるが非常に淫乱な女だった。夫夏侯の死後、陳の霊公及び二人の重臣と同時に通じ合い、その結果陳の国を争乱にまきこんだ。更にそれを鎮圧した楚の荘王もまたこの女の魅力にとりつかれる。夏姫を妾にしたいという荘王に対し、巫臣はこれを諫め思い止まらせる。ところがこの巫臣自身が最後には夏姫を我が物とし、斉の国に連れて逃げてしまうのである。謝霊運はこの巫臣の行動について、荘王を諫めた時には理が情をおさえていたが、夏姫を手に入れた時には情が理をこえて働いたのだ、と解釈する。ここは常知と仮知の違いについて説明した部分であり、真知《まことのちえ》（常知）が常に働くものであるのに対し、暫時的な仮知は情況によって変化するため、理と情とは不確定な相互作用の中でゆれ動いてしまうことを説明している。そしてここでも、物《たにん》と己《われ》との間で不確定に揺れ動く人間の「情」に対し、「理」はそれを制御し悟りに導く正しい力として表わされている。

以上「理」を詠み込んだ四首の詩をもう一度ふり返って総観する時、これら一連の謝霊運の詩が、全て「見理頓悟」即ち揺れ動く情を押さえて理を体得することにより一挙に悟りに至るという思想を背景に詠まれていたことが明らかになってくる。「理」の語が使われる時、謝霊運はいつもはっきりと「悟り」を意識しており、理が体得されるか否かによって悟りの門は開いたり閉ざされたりする。つまり謝霊運詩における「理」は、「弁宗論」で表された「見物頓悟」の「理」と全く同様の語としてとらえることができるのである。

次に「理」と「賞」との関係についてであるが、これについては既に前章で論じたが、結論のみを述べれば、「賞」とは自然と一体化し、その中に「理」を見出すに至る自然鑑賞の態度である。それは次の一首に最も明らかに示される。

於南山往北山經湖中瞻眺　南山より北山に往き湖中を經て瞻眺す

1　朝旦發陽崖　朝旦に陽崖を発し
2　景落憩陰峯　景《ひ》落ちて陰峯に憩う
3　舍舟眺迴渚　舟を舍《とど》めて迴《はる》かなる渚を眺め
4　停策倚茂松　策《つえ》を停めて茂りたる松に倚《よ》る
5　側逕既窈窕　側《かたわら》の逕《こみち》は既に窈窕とし
6　環洲亦玲瓏　環《まる》き洲《なかす》は亦た玲瓏たり

7 俛視喬木杪
8 仰聆大壑灇
9 石横水分流
10 林密蹊絶蹤
11 解作竟何感
12 升長皆丰容
13 初篁苞緑籜
14 新蒲含紫茸
15 海鷗戯春岸
16 天雞弄和風
17 撫化心無厭
18 覧物眷彌重
19 不惜去人遠
20 但恨莫與同
21 孤遊非情歎
22 賞廢理誰通

俛《ふ》して高木の杪を視《み》
仰ぎて大壑の灇を聆く
石《いわ》は横たわりて水は流れを分ち
林は密にして蹊は蹤《あしあと》を絶つ
解作　意に何をか感《うご》かさん
升長して皆な丰容たり
初篁は緑籜に苞まれ
新蒲は紫茸を含む
海鷗は春岸に戯れ
天雞は和風を弄ぶ
化に撫《やすん》じて心は厭う無く
物を覧て眷《おもい》は彌《いよい》よ重《かさ》ぬ
人を去ること遠きを惜しまず
但だ恨む　與《とも》に同じくするもの莫きを
孤遊すらも情の歎きに非ず
賞　廢れなば理　誰《なん》ぞ通じん

この詩は、始寧の南山から北山に行こうとして巫湖を渉った際の、湖上から眺めた春の光景をうたったものである。

「早朝、あさひの登るころ南山の南陽の崖を出発し、夕方、夕日の落ちるころ北山の北陰の峯に息をついた。途中、舟をとめて遙かに続く渚を眺めたり、杖をとめて大きく茂った松の木にもたれたりする。傍《かたわら》の山道は山の奥深くへとわけ入り、まどかなる川の中洲は陽光をうけて明るくきらきらと光る。伏しては高木の梢を眺め、仰ぎては深い谷間のみずあいの音を聞く。横たわる岩に水の流れは分たれ、密に茂る林は人の足跡も消してしまう。この自然の姿は終に一点の非のうちどころも無い。すくすくと全てがゆたかに生長している。若々しい青竹は緑色の皮に包まれ、出たばかりの蒲《がま》の穂は紫色の芽を含む。鷗は春の岸辺に遊び、天雞《にしきどり》はそよふくやわらかい風を楽しんでいる。造化のあり様《よう》に心まかせて自由に自然と打ち融け合い、自然の姿に向きあうときにいつくしみは果しなく湧き上る。世の人々から遠く隔ってしまったことなど少しも惜しいとは思わぬが、この心境を共にする者がいないことは残念である。とはいえこのようなひとり遊びも本当の歎きではない。ただしかし、この賞する心が失われてしまったなら、自然の内に秘められた理にどうして通じることができようか。」

第11句目「解作」(23)の語で表された天地万物の造化の機は、続く第13—16句で具体的形象を持つ。そしてそれに対する詩人の態度を示すのが続く第17・18句である。

撫化心無厭　　化に撫《やすん》じて心は厭う無く

覽物眷彌重　　物を覧て眷《おもい》は彌《いよい》よ重《かさ》ぬ

目の前に広がる風物を心ゆくまで眺め味わい、そしてそれを支える造化の機と一体化し休んずる。それによって心はなごみ、自ら深い思いがわき上がる。これがこの詩であらわされた悟りの境地である。それはやはり「化」つまり自然法則との一体化としてとらえられている。そして最終句「賞廢なれば理誰ぞ通じん」の句からは、「理」を支えるこの「賞」の語が、諸々の風物を心ゆくまで鑑賞することによってその中に造化の機を見出し、それと同化して心やすんずる詩人の態度をあらわす言葉であることが窺える。とすれば、「賞」というこの自然鑑賞の態度は、「弁宗論」

に言うところの「見理」そのものを表す詩語であると考えることができるであろう。

以上、謝霊運の詩にあらわれた「理」について概観してきた。謝霊運の詩において、理はまず「道」の同義語としてとらえられ、世界の本質を表す。また次に「物」（外物）の対立概念として、外界の網塵や煩悩からの解放を前提として獲得される。そして更に「情」との関係において、風物によって湧き立ち揺れ動く感情を、制御し統制する一つの力とみなされる。また詩中に詠まれる「理」は常に悟りと密接に結びつき、それを通して一気に自然法則と同一化する、頓悟への契機として意義づけされている。このように、理の体得を通じて一挙に悟りを実現するという境地を描いた謝霊運の詩は、「弁宗論」に言う「見理頓悟」と全く同じ思想の下に書かれたものであることがわかるのである。

ところで、ここで注意しなければならないのは、「理」の用例を見てきた以上の詩が、みな始寧の時代に書かれたものであるということである。(24) 謝霊運の閲歴に沿っての詩作の特徴については前章で述べたところであるが、永嘉時代（四二二—四二三）の詩が老荘的境地に結晶しているのに対し、「理」に最高の価値概念を与えている事が始寧時代の詩の最大の特色である。ここに「弁宗論」の書かれた時期についての大きな疑問が生じてくる。従来「弁宗論」が謝霊運の永嘉太守時代に書かれたものであるということについては幾許の疑問も抱かれたようすは無い。論を「弁宗論」の内容のみに沿って進める限り、それが永嘉で書かれようが始寧で書かれようが大した問題ではなかったことも事実である。が、しかしここでひとたび謝霊運の実際の詩作に表われた「理」の展開を見る時、永嘉時代の詩に「理」について触れたものがひとつも無いのに対し、始寧時代の詩における「理」が、全て「見理頓悟」の思想と密接に関係しているという事実の中には、「弁宗論」の著作時期に対して再検討を要する要素があるように思える。「弁宗論」は始寧で書かれたと考える方が自然ではないだろうか。そこで「弁宗論」の著作時期について、以下考察を加えてみたい。

四、「弁宗論」の著作時期について

従来「弁宗論」が永嘉で書かれたとされてきたその根拠をたどってみると、次の二点に集約されるようである。ひとつは論争の中で謝霊運が王弘にあてた手紙の中に「海嶠は岨迵にして敘《ふみ》を披《ひら》くことを期する無し」とある点（永嘉は海に近い土地である）。もうひとつは王弘が「弁宗論」中の謝霊運の考えの正否について竺道生に意見を求めた手紙の中で、謝霊運を「謝永嘉」と呼んでいる点である。これらの根拠の有効性についてはひとまずさておき、まずは「弁宗論」が始寧で書かれた可能性について考えてみたい。

まず、「弁宗論」が永嘉で書かれたという説に対する最大の疑問は、永嘉時代の詩作の中に「見理頓悟」の思想が片鱗も姿を見せないことである。謝霊運が永嘉に流されてより始寧に帰隠するまでの様子は『宋書』本伝に次のように著される。

少帝即位するや、権は大臣に在り。靈運異同を講扇し、執政を非毀す。司徒徐羨之等之を患い、出して永嘉太守と爲す。郡に山水有り。靈運素《もと》より愛好する所なり。守に出されて既に志を得ざれば、遂に意を肆《ほしいまま》にして游遨す。諸縣を偏歴し、動《ややもす》れば旬朔を踰ゆ。民間の聽訟、復た懷に關せず。至る所輙ち詩詠を爲し、以て其の意を致す。郡に在ること一周、疾と稱して職を去る。從弟晦・曜・弘微等竝《み》な書を與えて之を止《とど》むれど從わず。(25)

不本意な左遷生活の中で志を得なかった謝霊運は、民間の訴え事も放り出したまま、気の向くままに山水を跋渉する。山水遊遨の中で懐を散じ詠まれた詩歌は、いずれも貶謫に対する恨みと不遇な孤独感に満ちている。また孤独感や挫折の思いをわずかに救うものとして「達生」「適己」等の語で表わされる老荘的境地はたびたび歌われるが、そこには後の詩にみられる「理」を通じての安らかな悟りは無い。また、そうこうしつつ結局「郡に在ること一周《いちねん》」にして謝霊運は疾《やまい》を理由にさっさと職を辞してしまうのであるが、友人親戚のとめるのもきかず、匆々と故郷に帰っていった慌しい一年の永嘉滞在の時期に、悟りという大きな命題を、体系的に練り上げることが果して可能であっただろうか。これもまたひとつの疑問である。また、前述の如く「弁宗論」は六人の学僧との合計三十四回にも上る問答から成っており、これは到底一朝一夕に出来るものではない。その上それらの問答は、一人に対して二度三度と行われ、更に次の質問者は前の質問者との問答をふまえつつ論を展開していく、というように全体は複雑にからまりあっている。思うに、このような数人の人間との入り組み合った論争は、処在を別にする人間との手紙のやりとりでは到底不可能ではなかろうか。それは必ずや近在の者と、あるいは一ヶ所に会合しての論争であったはずである。とすれば「弁宗論」が永嘉で成った可能性は更に少なくなってくる。

また、謝霊運は早くから仏教に興味を持ち、慧遠をはじめ多くの僧と交わりを持ってはいたが、特に腰をおちつけて仏教教理と向き合ったのは、始寧に帰隠してから後である。永嘉時代の詩の中には仏教的なものも二、三作あるが、(26) それらはいずれも仏教に対して非常に客観的であり、悟りを自らの問題として考え実践した始寧時代の仏教への対し方とは全く質が異なっている。

このように見てくると、「弁宗論」が永嘉で書かれた可能性は非常に薄くなってくる。では、「弁宗論」が始寧で書かれたと考えてみるとどうであろう。

謝霊運の見理頓悟の思想は始寧での隠遁生活の中で生まれ、「弁宗論」中の僧との論争は詩中に所謂「石壁精舎」でなされたものではないか、というのが筆者の考えであるが、それは始寧での山居生活を描いた「山居賦」の次の部分が非常に有力な根拠になる。

謝子、山頂に臥疾し、古人の遺書を覧、其の意と合す。悠然として笑いて曰く、夫れ道は重んず可し、故に物は輕しと爲す。理は宜しく存すべし、故に事は斷れ忘る。(27)

ここでは謝霊運自ら、この山頂での臥疾生活とその中での読書を通じて、「物」「事」を軽んじ「道」「理」を重んじる思想が生まれたことを述べている。これは、「余、疾に枕して務め寡《な》く、頗る暇日多し。聊か由来の意を伸べ、求宗の悟を定めんことを庶う」と言いつつ、「古人の遺書」つまり釈氏の論と孔氏の論とをふまえた上でその折中を計り、そこから見理頓悟を考え出した「弁宗論」の冒頭と、まことにぴったりと一致してはいないだろうか。

更に「山居賦」では、この始寧の地に多くの士人が精舎を経始し、名だたる学僧が数多く住んでいたことを述べる。そして謝霊運自身、この奥深い山中にひとり分け入り、「南嶺《みなみのみね》に面して經臺を建て、北皐《きたのおか》に倚りて講堂を築き、危峯に傍《そ》いて禪室を立て、淩流に臨みて僧房を列《なら》べ（面南嶺建經臺、倚北皐築講堂、傍危峯立禪室、臨淩流列僧房。）(28)」、仏の道を至上の教えとして信奉し実践する。(29)また、この山居での仏道精進の生活の中では、「遠僧は來る有り、近衆は闕く無し（遠僧有來、近衆無闕）」と、仏道に志す多くの人々にめぐまれ、「法鼓は朗らかに響き、頌偈は清らかに發す（法鼓朗響、頌偈清發）」る環境の中で「曠劫の微言を析《と》き、像法の遺旨を説き……善趣を南倡に啓き、清暢を北机に歸す（析曠劫之微言、説像法之遺旨……啓善趣於南倡、歸清暢於北机）」る謝霊運がいた。多くの僧との交流、自ら営む精舎、そしてその中で講ぜられ論ぜられる仏教教理への傾倒の中で、「理」をつかみ得て喜びにあふれる謝霊運の姿がそこここに表現されている。(30)

このように見てくれば、「弁宗論」にいうところの神道に志す「同遊の諸道人」とは彼ら山中の仏僧たちを指し、また三十数回にのぼる問答は謝霊運自身が石壁に経始した精舎の中で、彼らとの間になされたものだと考えてよいのではないだろうか。

「山居賦」にあらわされた謝霊運の仏道への傾倒と「弁宗論」の内容との一致の他に、「弁宗論」執筆時期を始寧と確定するのに決定的な根拠が今一つある。それは、竺道生の頓悟説との関係である。『高僧伝』[31]巻七には竺道生の伝を載せて次のように言う。

　……初め廬山に入り、幽棲すること七年。……後に慧叡・慧嚴と同《とも》に長安に遊び、什公に従いて業を受く。……後に都に還り、青園寺に止る。宋の太祖文皇、深く歎を加う。……王弘・范泰・顔延之、竝《み》な挹し、風猷を敬し之に従いて道を問う。生曰く、「夫れ象は以て意を盡すも、意を得れば則ち象 忘る。言は以て理を詮《と》くも、理に入らば則ち言 息む。經典東流して自り、譯人重阻するも、滞文を守ること多く、圓義を見ること鮮《な》し。筌を忘れ魚を取るに在らば、始めて與に道を言うべし」と。是に於て眞俗を校閲し、因果を研思し、乃ち善も報を受けず、頓悟成佛のおしえを言う。[32]

ここからわかることは、竺道生が頓悟成仏説を唱えたのは文帝の時代、つまり元嘉（四二四―）以降であるということである。とすれば「弁宗論」が謝霊運の永嘉時代（四二二―四二三）に書かれた可能性はほぼ全面的に否定されよう。竺道生の新論を引用しつつ展開される謝霊運の「弁宗論」が、道生の頓悟説より先に書かれることは不可能だからである。[33]

それでは、従来の説において「弁宗論」は永嘉で書かれたとされる理由になっていた二点の根拠についてはどのように解釈すればよいであろうか。まずひとつに、この二点の引用（「海嶠岨迴」「謝永嘉」）はいずれも王弘との手紙のやりとりの中のことばであるが、この王弘との問答部分は「広弘明集」には載せるが、謝霊運の集には載せられていないという点で、「弁宗論」とのかかわりにおいて再検討を加える必要がある。また、確かに永嘉は海に面しているが、ただそれだけで海嶠＝永嘉ときめつけてよいものであろうか。始寧にしても海からは少し入りこむとはいえ、都の建康からみれば、はるかに海辺といえないこともないであろう。また「謝永嘉」についてであるが、人をその任地あるいは役職で呼ぶことは常々あることであり、永嘉太守を任じていた謝霊運は謝永嘉と呼ばれていたであろう。そして始寧に帰隠後は、永嘉太守の職は辞していたとはいえ、他人が彼を呼ぶときには謝霊運と名指しで呼ぶことはできないため、字のはっきりしない霊運の場合、前の任地である永嘉を以て呼称にあてた可能性は十分考えられる。

このように考えてみると、「弁宗論」が始寧で書かれた可能性は非常に高くなってくる。しかし紙面の関係上、これ以上詳細に検討を加えることができないため、ここでひとつの仮説として提出し、諸大家の方々の御批正を待ちたいと思う。

おわりに

理とはもともと玉のすじめであることから、天と結びついて天理となり、人と結びついて倫理となり、世界を支配し人を統制する秩序や法則を表すことばとなった。更にそれは六朝期に急速に流行した仏教の格義の中で、仏の真智、仏教的真理を表わすことばとして使われるようになる。そしてその中でも非常に早い例である竺道生の「見理頓悟」の理の主張を思想的に継承し発展させたのが謝霊運の「理」であった。それは「弁宗論」の中で体系づけられた主張となり、始寧時代の詩の中に具体的に歌いこまれている。

その内容をひと言で表わせば、理とは、自然風物との一体化の中で感得される物我を超越した力である。自《おのずか》らなる内動律によって自己の営みを続ける自然の姿の中に、詩人の洗練された鑑賞眼を待って、それは体得される。そしてまた理は、それが体得された時に自由で安らかな境地の開ける悟りへの契機でもある。そして「見理頓悟」は、理を獲得したその瞬間に一挙に悟りが果される経験として謝霊運の詩の中に表現される。また謝霊運の詩にあらわれた悟りの境地とは、自然の循環に安らい、陰陽の法則と一体化した中で得られる俗塵や感情からの解放と解釈される。見理によって悟りに至った境地の詠まれた謝霊運の詩は、いずれも精神の安らぎと自由な充実感に満ちている。

「弁宗論」及び始寧時代の詩から理解される理は、このように悟りの契機としての非常に思想的密度の濃いものであった。しかしもう一度振り返って謝霊運の詩を眺めてみると、そこに詠みこまれた詩人の胸懐は、決して彼自身が理想とした境地とは一致しないものが多い。山水に触発されて豊溢にあふれ出す詩人の情は、ひとたび「見理」によって昇華されれば安らぎと叡知に満ちた悟りへと導かれるが、むしろ数多くの場合において情は理を超えて詩人をゆさぶり、情に打ち負かされた理の残骸を抱いたまま詩人は運命の波に押し流されている。

情が理を超えて働く時、悟りの門は開かれない。仏の悟りというものが、情を超え、事物を超え、最後には「理」という観念すらも超えた絶対空の実現であるとすれば、そこに至ろうとして至ることのできなかった謝霊運は、結局純然たる仏道者にはなり得なかった。教理理解において、また経験において限りなく仏教的であった謝霊運であるが、最終的に仏道を体現するには謝霊運はあまりに詩人でありすぎたと言うことができるかもしれない。それは最後には彼の悟りが自然をあくまでも必要としていたこと、そして情理の葛藤において謝霊運の情は、自ら最高価値を与えた理すらも超えて働く程激しいものであったことに起因するであろう。畢竟謝霊運は詩人であって宗教者にはなり得なかったのである。

とはいえ、謝霊運におけるこの「理」の思想は、六朝期における理の展開をみる上でも、また彼自身の詩を理解する上でも、見逃すことのできない大きな意味を持っていることは確かなのである。

注

（1）正確には、大本涅槃経の訳が都建康に伝わる以前、と言うべきであろう。注（33）参照。

（2）頓悟説とは、悟りの方法において漸悟説と対立関係にあるものであり、漸悟説が人は修業修学によって少しづつ悟りに近づく、と主張するのに対し、根本的な真実（理）を体得することによって一時にして悟ることができる、とする説である。

（3）『大正新修大蔵經』第五十二冊『廣弘明集』巻十八、及び『謝康樂集』巻一所収。

（4）湯用彤『漢魏両晋南北朝仏教史』（中華書局、一九五五年）。
福永光司「謝霊運の思想」（『東方宗教』十三・十四合併号 一九五八年、後に『魏晋思想史研究』岩波書店 二〇〇五年）。

木全徳雄「謝霊運の『弁宗論』」（『東方宗教』三十号 一九六七年）。

中西久味「謝霊運と頓悟」（森三樹三郎博士頌寿記念『東洋学論集』朋友書店 一九七九年）。

矢淵孝良「謝霊運山水詩の背景」（『東方学報』京都 第五十六冊 一九八四年）。

鵜飼光昌「謝霊運の『弁宗論』における〝道家之昌、得意之説〟の解釈をめぐって」（『仏教大学大学院研究資料』第十五号 一九八七年）。

（5）「勗再問、案論、孔釋其道既同、救物之假亦不容異。而神道之域、雖顏也孔子所不誨、實相之妙、雖愚也釋氏所必教。然則二聖建言、何乖背之甚哉（『弁宗論』）。」

（6）慧遠「答桓玄書」に「夫沙門服章法用、雖非六代之典、自是道家之殊制、俗表之名器」と。また宗炳『明仏論』に「今道家之言、世之所迂、無以云焉」と。

（7）「法綱問云、敬披高論、探研宗極、妙判權實。存旨儒道、遺敎孔釋、昌言折中、允然新論、可謂激流導源、瑩拂發暉矣（『弁宗論』）。」

（8）木全徳雄「謝霊運の『弁宗論』」ではここの「儒道」の語を儒教と道家と解釈しておられるが、この語は下の「孔釈」と対になり儒＝孔、道＝釈を表わすものと解すべきであろう。

(9) 更に慧琳の問の中にも「慧琳問、三復精議、辨憺二家、斟酌儒道、實有懷於論矣。」とあり、ここでも「儒」(孔)と「道」(釈)とが「斟酌」の対象となっている。
(10) 「得意」はもともと老荘の語であるが、ここでは孔子の道を「體無」で表したのと同じく老荘の言を借用して「得意忘言」つまり理の一極に帰した状態を表現したものであろう。
(11) 前掲矢淵論文第三章「謝霊運の『理』の思想」では、『荘子注』『老子注』を経て張湛『列子注』に至り、「理」はその思想を説く最も基本的な概念の一つとなる、とする。
(12) 「再答、二教不同者、隨方應物、所化地異也。大而校之、華民易於見理、難於受教。故閉其累學而開其一極。夷人易於受教、難於見理。故閉其頓了而開其漸悟(『弁宗論』)」。
(13) 永嘉時代の一年間に詠まれた詩は三十首、それに対し始寧時代の八年間には十八首程しか詩作がない。
(14) 引用の詩は全て『文選』及び黄節『謝康樂詩註』をテキストとし、諸本を参照した。
(15) 「精舎」を『文選』李善注では「讀書齋」と説明するが、これが仏寺であることは謝霊運「石壁立招提精舎」詩から明らかである。
(16) 「是故大丈夫、恬然無思、澹然無慮。以天爲蓋、以地爲輿、四時爲馬、陰陽爲御。乘雲陵霄、與造化者俱(『淮南子』原道訓)」。
(17) 吉川幸次郎は「王維詩索引序」の中で「謝霊運の作はどれも篇末に感懐を寓している」と言い、また霊運の詩中に風景描写の後、突然に哲理を述べる言葉が続くというのは高木正一、小尾郊一氏以下諸氏の説であるが、思うに哲理の語は風景描写から断絶して唐突に出てくるのではなく、むしろそこで表出される感懐を中心に詩の全体は構成され、山水描写は全てそこに収斂していくというのが筆者の考えである。
(18) 詳しい解釈については第十章参照。
(19) 「小童曰『夫爲天下者、亦若此而已矣。又奚事焉。予少而自遊於六合之。予適有瞀病。有長者教予曰『若乘日之車、而遊於襄城之野。』今予病少痊。予又且復遊於六合之外(『荘子』徐無鬼)。」

(20) 延州の季札は使いの途中立ち寄った徐君が、自分の剣を気にいったことを見てとり、返りにはきっとこれを贈ろうと心に決めた。ところが仕めを終えて返ってみると徐君は既に死んでいた。季札は徐君の死をかなしみ、自分の宝剣を徐君の塚にかけて立ち去った（『史記』呉太伯世家）。また、龔勝は漢末の人で、王莽に仕えることを肯んぜず断食して死んだ。葬儀の折ひとりの老人がやってきて、高潔な志ゆえに死を選ばざるを得なかった士人をいたみ、運命の不合理を慟哭した（『漢書』巻七十二龔勝伝）。

(21) 「巫臣諫莊王之言、物賒於己。故理爲情先。及納夏姬之時、己交於物。故情居理上。情理雲互、物己相傾、亦中智之率任也（『弁宗論』）。」

(22) 宣公九年、成公二年。

(23) 『周易』解卦の「天地解而雷雨作、雷雨作而百果草木皆甲拆」による語。

(24) 上述の例以外に「理」の語が詠まれている詩は「石壁立招提精舍」詩一首がありこれも始寧時代の作である。永嘉時代の作品中に表れる「理」の語は、「理棹變金素」「理棹遄還期」というように、いずれも動詞（ととのえる、さおをさす）として使われるだけである。

(25) 「少帝卽位、權在大臣。靈運構扇異同、非毀執政。司徒徐羨之等患之、出爲永嘉太守。郡有名山水。靈運素所愛好。出守既不得志、遂肆意游遨。徧歷諸縣、動踰旬朔。民閒聽訟、不復關懷。所至輒爲詩詠、以致其意焉。在郡一周、稱疾去職。従弟晦曜弘微等竝與書止之不從（『宋書』本伝）。」

(26) 「舟向仙巖尋三皇井仙跡」及び「過瞿溪山飯僧」。また「登江中孤嶼」詩には浄土のヴィジョンが表現されているという説もある。

(27) 「謝子、臥病山頂、覽古人遺書、與其意合。悠然而笑曰、夫道可重、故物爲輕。理宜存、故事斯忘（「山居賦」）。」

(28) 引用は全て「山居賦」。

(29) 「山居賦」では諸々の学問は全て仏道の高さには及ばぬものとして棄てさられる。「或平生之所流覽、竝於今而棄諸」。

(30) 「山居賦」の中では「理」が非常に大きな意味を持つ言葉として使われている。例示すれば、「乘恬知以寂泊、含和理之窈窕」「研書賞理、敷文奏懐（これ等《など》は直接「弁宗論」の事を指していると考えられないこともない）」「周聽兮匪多、得理兮倶悦」「懐秋成章、含笑奏理」「事與情乖、理與形反」などである。

（31）『大正新修大蔵経』第五十冊所収。

（32）「……初入廬山、幽棲七年。……後與慧叡・慧嚴同遊長安、從什公受業。……後還都、止青園寺。宋太祖文皇、帝深加歎。……王弘・范泰・顔延之、竝挹、敬風猷從之問道。生曰、夫象以盡意、得意則象忘。言以詮理、入理則言息。自經典東流、譯人重阻、多守滯文、鮮見圓義。在忘筌取魚、始可與言道矣。於是校閲眞俗、研思因果、乃言善不受報、頓悟成佛（『高僧伝』）。」

（33）矢淵氏は前掲論文でこの点について、「泥洹経」訳出の年代（四一八）と道生の闡提成仏説とを結びつけ、道生の頓悟説主張の年代をその年まで引き下げておられるが、「泥洹経」が実際に道生の目に触れたのは、それが建康に伝わった文帝の元嘉年間であり、四一八年ではない。また高僧伝の竺道生の伝記はほぼ年代順に書かれており、頓悟説の主張はどうしても文帝の元嘉年間以降となる。

付論

第十二章　日本における文選研究の歴史と現状

本論は一九八八年八月、長春で開催された第一回「昭明文選国際学術討論会」において、「日本における文選研究の歴史と現状」と題して口頭発表し、また同会編集の『昭明文選研究論文集』（吉林・文史出版社、一九八八年六月）に「日本研究『文選』的歴史与現状」と題して中文で掲載したものに手を加え、和文にもどしたものである。邦人外の文選研究者に対する日本の研究状況の紹介が目的であったため、概観的・説明的叙述に止め、新しい見解を示したものは無いが、これから文選を研究しようとする方々の選学の手引きとして、その参考になれば幸いである。

『文選』といえば、我々日本人が必ず思い出すものとして、清少納言『枕草子』の「文は文集、文選、博士の申文」（文章として規範とすべきものは、『白氏文集』と『文選』と博士の申文の三つである）という一節がある。これは、平安時代、文章において手本として学び基づくべき最大の権威が、『文選』と『白氏文集』であったことを端的に示している。

梁末に編集された『文選』が、隋唐時代を経てその後中国において文章の最大の規範となったように、大陸文化の影響を最も色濃く受けた日本の奈良・平安時代においても、『文選』は文章を書くという行為においてのみならず、知識人たるべき者の教養として、経典と並んで最高の価値を贏ち得ていた。

また、貴族文化の爛熟とともに、『文選』は詩人たちの間に盛んに流行し、テキスト・抄本の伝承にともない、数多くの詩作を生ましめた。

一方、日本において『文選』に対する学問的研究が始まったのは、近代国家成立後、具体的には明治・大正になって以後のことである。それは京都帝国大学からはじまり、集注《しっちゅう》本の影印を契機として、それ以後多くの成果をあげて現在に到っている。

このような事情にのっとり、本章では時代を大きく二分し、第一節では『文選』の日本への伝来からその継承の歴史について、第二節では近代的研究の歴史と現状について、それぞれ叙述していくことにしたい。

一、文選の伝来と受容

① 伝来

『文選』の日本への伝来は比較的早い。その正確な時期ははっきりとは分からないが、遣隋使の派遣によって日中の文化交流が始まって以来、多くの漢籍が日本にもたらされた。その中に『文選』があったことは確かである。『文選』の影響を受けた文章のうち最も古い例としては、推古天皇の在世（五九三―六二七）、聖徳太子の著した「憲法十七条」の文章が挙げられる。すなわち、

有財之訟如石投水、乏者之訴似水投石

財有るものの訟は石を水に投ずるが如く、乏しき者の訴えは水を石に投ずるに似たり。

これは明らかに、魏の李蕭遠の「運命論」（『文選』巻五十三）

其言也、如以水投石。莫之受也。……其言也、如以石投水。莫之逆也。

其の言や、水を以て石に投ずるが如し。之を受くること莫ければなり。……其の言や石を以て水に投ずるが如し。

之に逆ふこと莫ければなり。
をふまえた表現である。これが『文選』の影響を受けた最古の例である。

②　奈良時代

飛鳥・白鳳を経て奈良時代（七一〇—七九三）になると、『文選』は広く流伝し、政治・文化両面の世界において権威的存在となる。

まず朝廷では進士の試験として『爾雅』と並んで『文選』の講読が課せられた。養老二年（七一八）の「養老律令」に曰く、

凡進士試時務策二條。帖所讀文選上秩七帖、爾雅三帖。
凡そ進士は時務策二條を試みよ。帖して讀む所は文選の上秩に七帖、爾雅に三帖。

また写経所ではしばしば『文選』が書写され、知識人たるべき者の必須の教養となっていた。天平七年（七三五）、遣唐使に従って来日した袁晋卿は、『爾雅』『文選』の音に通じていたことによって、大学の音博士となる。[1]彼は『爾雅』『文選』をテキストとし、その音を教えたようである。ちなみに、もともと外国語である漢籍は、はじめのうちは音読で読まれていたが、やがて日本独自の読み下し方である訓読が考え出される。『文選』には、始め音読し次に意味をとりながら読み下すという所謂「文選読み」と呼ばれる読み方があった。

文章表現の面では、実に様々な作品がその影響を受けた。重要なものとしては、まず日本の正史の一つである『日本書紀』（七二〇）がある。『日本書紀』は『史記』『漢書』など多くの漢籍の影響を受けているが、『文選』からの影響も非常に大きい。たとえば、天智天皇二年の記載に以下のようにある。

西北帶以古連亘徑之水、東南據深湿巨堰之防、繚以周田、決渠降雨、華實之毛則三韓之上腴焉。衣食之源則二儀之隩區矣……州柔設置山險、盡爲防禦。

これは明らかに、後漢の班固の「西都賦」（『文選』巻一）の左記の文辞を直接に採用している。

○帶以洪河涇渭之川……華實之毛則九州之上腴焉、防禦之阻則天地之隩區焉、（李善注……設置山險盡爲防禦……）

○衣食之源……決渠降雨

○……繚以周墻

また、我が国古典詩歌の集大成である『万葉集』も『文選』の影響を多く受け、山上憶良、大伴家持等の歌の序文のほか、全体の分類項目である雑歌・相聞・挽歌という分類も『文選』から採ったものであるとも言われている。

③　平安時代

続いて平安時代に至ると、『文選』はますます盛んに行なわれる。太政官は大学生の十六才以下の者にまず『文選』『爾雅』の音を習わせるように義務づけた。このため貴族の子弟の中には『文選』の数篇或いは数帙を暗誦できる者が現われ、史書に多くその才学をたたえられている。また、竟宴の際にもしばしば『文選』が詠まれ、文章の規範として『本朝文粋』『続文粋』中の詩・賦・文章に多大な影響を与え、終に『枕草子』に「文は文選」とうたわれたことは既に述べたとおりである。このように平安期になると『文選』は六経と並んで、文の最高権威となっていくのである。

また、『文選』の流行にともなって、中国から文選音義などの書も伝わって来るようになる。当時日本で見ることのできた漢籍をリストアップした藤原佐世の『日本国見在書目録』によると、『文選』に関する書物としては、以下のようなものが当時の日本に存在した。

『文選』三十　昭明太子撰
『文選』六十巻　李善注
『文選鈔』六十九　公孫羅撰
『文選鈔』三十
『文選音義』十　李善撰
『文選音決』十　公孫羅撰
『文選音義』十　釈道淹撰
『文選音義』十三　曹憲撰
『文選抄韻』一
『小文選』九

五臣注文選の名は何故かここには見えないが、別の資料によりこの時期にはすでに日本でも広く読まれていたことがわかる(2)。また、中国では夙に亡佚した公孫羅の注も、当時かなり高い評価を受けていたようである。

現在その数十巻を残す集注本文選には、この公孫羅注を含めて『文選抄』『文選音決』などを載せ非常に貴重であるが、その詳しい説明については第二節にゆずることにする。

④　鎌倉・室町時代

質実剛健をもってその特色とする鎌倉・室町両時代は、幕府が政治の中心である武士の世の中であったため、貴族文学ともいうべき『文選』はこの時期あまり流行しなかった。しかし、一部の天子・高僧の間では続けて閲読され、貴重な贈物の対象ともなった。

テキストとしては、北朝の応安四年（一三七一）京都の嵯峨に於いて、宋の淳熙刊行の六臣註本をもとにして李善注本文選六十巻が上梓された。彫刻に四年を費やしたというこの版本は、日本で印刷された最初のものとして重要である。

また、この時代、文武両道の提唱のもと、将軍諸侯の中に学問を好むものが多く出た。このうち関東管領上杉憲實は、足利氏の建てた足利学校がひどく廃頽していたのを復興し、遍く群書を求めて多くの漢籍をここに収蔵した。この足利学校における教育に最も功のあった第七世九華和尚の時、学校を去らんとした九華和尚を止めようとした北条氏政は、金沢文庫蔵の宋槧文選六臣注（明州刊本）[3]を九華に贈ることによって和尚に学校に留まることを懇願した。これが所謂足利本であり、六臣注文選の最古の刊本である。このテキストは戦後の一九七四―七五年、足利学校遺蹟図書館後援会の手で、『足利学校秘籍叢刊第三』として影印・出版された。

⑤　江戸時代

徳川幕府江戸時代の初めは、前代に引き続き『三体詩』『古文真宝』が貴ばれ、『文選』を学ぶものは少なかった。ただ徳川家の儒者林羅山・鵞峰父子は、『文選』を含めて多くの古典に造詣が深かった。その後太平の世の到来とともに、再び『文選』は盛んに読まれるようになる。

読者の増加とともにテキストの需要も増え、この時期には数種の版本が出版された。まず慶長十二年（一六〇七）、上杉景勝の臣下の直江兼続が、京都要法寺において、宋の明州刊本をもとに銅版活字を以て『六臣注文選』を印行。

これを直江版という。この直江版は更に寛永二年（一六二五）に重刊された。また、慶安五年（一六五二）には、明の呉勉学本に基づいて『六臣注文選』を刊行。[4]こちらも寛文二年（一六六二）に重刊された。更に、貞享四年（一六八七）、嘉永五年（一八四九）には正文のみの『文選』も刊行され、享保十九年（一七三四）には『文選』専用の字書である『文選字引』もつくられた。ほかに、秦鼎《はたかなえ》が訓点を施した『李善注文選』が第二十巻まである（これは何焯の標点本によったものである）。

これら種々の刊本の出版によって『文選』を読む人口は大幅に増大したことが考えられる。しかし中国における文選学に相当するもの、言い換えれば『文選』のテキスト及び内容に対する批判的研究（字句の異同、解釈を含む）が興るのは、我が国においては非常に遅れていた。江戸時代後期までの『文選』への対し方は、受容一辺倒といってもよいであろう。

『文選』に対する学問的研究がはじまるのは、実に明治・大正になって以後のことである。そこで、以下第二節では、明治以後の日本における『文選』研究の歴史について概観してみたい。

二、学術的文選研究の歴史

日本における近代的文選研究の先がけとなったのは、国訳漢文大成に収められた『文選』三冊の出版であろう。これは日本漢学史の研究家として著名な、岡田正之、及び佐久節両氏による、本邦初めての『文選』の全訳である。この三冊の大著は、表現が文語調であったり、解釈が五臣注に基づいていたりする点で問題が無いわけではないとはいえ、『文選』という巨帙の書物を格段と読み易くしたという意味での斯界への貢献は極めて大きい。

また、このころ京都帝国大学においても、鈴木虎雄、狩野直喜は六朝文学研究に従事し、そのもとで斯波六郎・吉川幸次郎等がその教えを受けた。ちょうどこの時期、京都帝国大学文学部より『文選集注』が影印されたことは、日本における文選研究史の中で最大のエポックとすることができよう。これは、羅振玉が日本を去る際、北白川の自分の屋敷を売却した資金を京都大学へ寄付した結果出版されたものであり、金沢文庫をはじめ全国に散在していた「文選集注本」を集めて影印し、「京都帝国大学文学部景印舊鈔本」の第三集から第九集までに収録したものである。「集注本」は我が国のみに伝わる貴重な鈔本であり、これが影印されたことにより『文選』に対する関心は一挙に高まった。そしてこれ以後斯波六郎を中心として、この「集注本」を根幹に据えた文選研究がいよいよ盛んになってくる。

斯波六郎はその業績を以て近時の文選研究の第一人者とされる学者であるが、昭和のはじめ広島文理科大学に赴任したことにより、文選学は広島大学のお家芸となる。広島において教えを受けた者として、小尾郊一・花房英樹・岡村繁がその文選学の学統を継ぎ、版本の整理・集注本の研究などに多くの業績を残した。

更に斯波六郎を中心として戦後の混乱の中で十年の歳月を費やして完成された『文選索引』は、内外の文選研究者のみならず古典全般の研究に渉って、その稗益すること測り知れないものがある。これによって『文選』に対する研究は、質量ともに厚みを増すことになった。また戦後は各種の翻訳も出版され、それによって研究者の層も広がった。

これら諸本の影印・索引・翻訳の充実に助けられ、版本の流伝・伝承、李善注の引書、日本の古典との関係、編纂及び文学理論について等、様々な方面から『文選』が研究されてゆくわけであるが、その具体的な内容について、以下少し詳細に紹介してみたい。便宜上①基本資料　と②研究　とに項目を分け、①基本資料として、㈠、諸本の影印、㈡、翻訳、㈢、索引について、②研究として、㈠、本文校合、及び注について、㈡、李善注の引書について、㈢、編纂周辺、と分けて述べてゆきたい。

①　基本資料

テキストとして影印されたものには六種類あるが、いずれも早い時期に日本に渉り、或いは日本で転写されたものの影印である。

㈠、諸本の影印

一、集注本

この本については斯波六郎「文選諸本の研究」（『文選索引』上冊所収）に詳しい説明があるので引用させて頂く。

「文選集注」は、「日本国見在書目」及び両唐志以下、皆著録せず。其の吾が国に残存せる諸巻、亦た撰者の氏名を題せるものが無い。是を以て其の何人の撰せし所なるか未だ明らかでない。惑は以て吾が国王朝の時の人の編する所かと謂えども、予未だ其の確認を得ない。……「文選集注」は誰氏の編する所なるを知らないが、平安時代、既に吾が国に行はれていたやうである。……此の書はもと百二十巻有りたるに似たれども、今其の所在の明かなる者は纔かに二十余巻に過ぎない。而して其の大部分は羅振玉輯する所の「唐写文選集注残本」及び「京都帝国大学文学部景印旧鈔本」第三集より第九集までに収められる。……此の本収むる所の諸注は、則ち李善を前にし、次に鈔、次に音決、次に五家、次に陸善経、而して後に屢々編者の案語を附す。其の採る所の鈔・音決は、皆未だ誰氏の撰なるかを審かにしない。……此の本引く所の鈔・音決は、ともに何人の撰する所なるかを知らないが、これは正に人を驚かす秘笈であって、殊に陸善経の注に至っては、彼我の書目に一も記する所が無く、彼の国人は其の名をすら聞かざること久しかった者である。まことに珍貴の極と謂はざるを得ぬ。而も集注本の価値は、独り此れ等天壌間の孤本を引いてをるが為に重いのではなく、亦其の正文及び李善注・五臣注に拠って板本の謡誤を正すべき者甚だ多きを以てである。

この集注本は李善注の旧を存してその校合に益があるのみではなく、既にその存在を見なくなった陸善経注、公孫羅（?）の『文選音決』『文選鈔』などをとどめていることによって非常に貴重なものである。この集注本が影印されて以後、版本の流伝や正文注文の異同などについて、多くの研究が活発になったことは言うまでもない。

なお、発行年代と巻数及び原本の所蔵者については、拙著『文選研究論著目録』（一九八六年　九州大学文学部）五頁を参照ねがいたい。

二、『敦煌本文選注』（一九六五年四月出版。景細川家永青文庫蔵本。神田喜一郎の解説を付す。）

この『敦煌本文選注』は、敦煌石室から発見されたものであるが、その後何時の頃か我が国に伝えられ、現在は東京の細川氏永青文庫に収蔵されている注者未詳の古鈔本である。その欠画や書体から唐初の写本であることは疑い無いとされる。内容は、『文選』六十巻本の巻四十四にあたる、

司馬相如「喩巴蜀檄」

陳琳「爲袁紹檄豫州」

陳琳「檄呉將校部曲文」

鍾會「檄蜀文」

司馬相如「難蜀父老」

の文中に見える語を摽出して注釈したものである。このテキストについては、岡村繁「細川家永青文庫蔵『敦煌本文選注』について」（『集刊東洋学』十四）に、その特異な注釈に対する詳細な考察がある。(5)岡村によれば、この注は、李

善・五臣注に先立って著述された私塾的性格の濃い『文選』の講義ノートのようなものであり、嘗て一九二九年、狩野直喜が『支那学』第五巻第一号に紹介したソ連学士院蔵敦煌本文選注残篇とならんで、無名氏注本として重要なものである。

三、足利本

一九七四―五年、足利学校遺蹟図書館後援会によって、足利学校秘籍叢刊三として、足利学校に伝わる国宝、南宋明州本『文選』が影印された。この本の由来については既に第一節で述べたとおりであるが、この明州刊本は六臣注文選の最古の刊本であり、また、この足利本は明州刊本の伝存するものの中では最古の印本である。全六巻。長澤規矩也の解説付き。印刷は東京の汲古書院である。

四、和刻本『文選』

この本は、一九七四年、前述の明州刊本『足利本』に付された加點（訓点）の解説のために印行されたものであって、江戸時代の慶安五年刊本『六臣註文選』である。基づくテキストは明らかではないが、主に我が国における『文選』解読の研究のために出版されたものである。全三巻。長澤規矩也の解題付き。古典研究会出版、汲古書院発行。

五、三条本『五臣注文選残一巻』

一九三七年、現在の京都、人文科学研究所の前身である東方文化学院が、東京の三条氏の蔵にかかる鈔本を影印し、東方文化叢書第九として出版した。この五臣単注本の内容は、『文選』三十巻本の巻二十に当たる鄒陽の「於獄中上書自明」の途中から、阮嗣宗「爲鄭沖勸晉王牋」の途中までである。

この本は、恐らく五臣注が成って間もない時期の鈔本を我が平安期に重鈔したものと思われ、五臣注本の原態を留め、後代の誤りを含まぬものである。五臣単注本としては、台湾中央図書館蔵南宋刊本、朝鮮正使刊本などわずかに数種が残されているが、この三条本五臣注は、わずか一巻とはいえ五臣注の成立した開元から間もない時期の唐鈔本の重鈔として、唐代の旧をそのまま存した極めて貴重な天下の孤本である。なお、饒宗頤「日本古鈔文選五臣注残巻」（『東方文化』三―二）には、この三条本文選五臣注の本文の異同をのせて甚だ詳密である。

六、天理図書館善本叢書（漢籍之部二）所収『文選』三種

一九八〇年、天理図書館善本叢書漢籍之部の第二巻として、『文選・趙志集・白氏文集』一冊が出版された。このうち『文選』は、「無注本」「五臣注本」「集注本」各一部の影印である。

まず、無注本『文選巻第廿六』は、観智院旧蔵、元徳二年鈔本である。これは、李善注本と並んで諸注本以前のものと見做してよく、『日本国見在書目録』に所謂「蕭統撰『文選』三十巻」の転写本の残巻であろう。この本の標記旁記には集注本からの引用があり、今は欠けている集注本のまだ存していた時の記録である。蕭統の『文選』の原態を伝え、南宋刊本の校訂に役立ち、しかも今は亡びた旧注の一斑を留めている点で、たとえ一部分であるとはいえ、この本は極めて重要である。

次に『五臣注文選巻二十』（平安中期鈔本）であるが、これは「五」で述べた三条本と同じものである。三条氏所蔵のこの『五臣注文選』がいかなる過程で天理図書館の手にわたったのかは、今のところ不明である。

次に、『文選集注、巻第六十一、巻第百一六』（金沢文庫旧蔵、平安中期鈔本）がある。集注本については既に述べた

とおりであるが、ここに載せるのは、巻六十一（六十巻本巻三十一）、江文通「雑體詩三十首」の第十首（前欠）と第十一首（後欠）、及び巻百十六（六十巻本巻五十八）の蔡伯喈「陳太丘碑文」と王仲宝「褚淵碑文」（後欠・中間ほぼ千三百字を欠く）である。もと金沢文庫にあったものが、養安院や傳経廬の所蔵を経て天理図書館の所蔵になったものである。

以上三種の『文選』については花房英樹の解説が付されている。八木書店発行。

(二)、翻訳

『文選』の翻訳は前出の国訳漢文大成をそのはじめとし、全訳・抄訳あわせて現在までに七種類ある。いずれも『文選』の構成や梁代の文学・編者、昭明太子及び『文選』の伝来などについての詳細な解説を付し、担当した訳注者の研究集大成の書ともいえるものである。

一、国訳漢文大成『文選』上・中・下（三冊）

大正十一年（一九二二）、国民文庫刊行会発行。岡田正之・佐久節訳注。

これは、『文選』を国訳（訓読）し、脚註を施し、大意を加えたものであり、上中下三巻、巻末毎に原文を附載してある。註及び大意は李善・五臣註のうち最も穏当なものに従っているが、文字語句の異同は主として六臣注に拠っている。上冊のはじめに、岡田正之による解題がある。解題の項目は、一、選者の小伝・二、文選の編次・三、内容の一斑・四、選学の来歴・五、文選の流伝、である。

初めての『文選』全訳として画期的な書物であるが、解釈を多く五臣註に拠っている点、訳において大意に中心をおき詳細を述べていない点などに問題がある。

二、世界文学大系　70『文選』一冊

一九六三年、筑摩書房発行。斯波六郎・花房英樹訳。

これは、部類（文体）による編制をとらず、時代順（漢詩・魏詩・晋詩・宋詩・斉梁詩）に作者によって詩を選録している。詩の各篇について、題の次に簡単な解題を付し、書き下し文と原文のあとに、邦訳と語句の解釈をのせる。テキストは清の胡克家印刻『李善注文選』をつかい、解釈は李善注による。解説として斯波六郎「文選」、花房英樹「『文選』の詩歌」をのせ、文選年表を付す。

三、新釈漢文大系（14・15・79〜83・93）『文選』八冊

一九六三―二〇〇一年、明治書院発行。内田泉之助・網祐次・中島千秋・原田種成・高橋忠彦・竹田晃訳注。

八冊の内訳は以下の通り。

14、詩篇上　一九六三　内田泉之助・網祐次訳注

15、詩篇下　一九六四　内田泉之助・網祐次訳注

79、賦篇上　一九七七　中島千秋訳注

80、賦篇中　一九九四　中島千秋訳注

81、賦篇下　二〇〇一　高橋忠彦訳注

82、文章篇上　一九九四　原田種成訳注

83、文章篇中　一九九八　竹田晃訳注
93、文章篇下　二〇〇一　竹田晃訳注
仿宋胡刻文選本をテキストに、『文選』の次第に従って、各篇毎に題意・通釈・語釈・余説と項目を分けて説明してある。題意では題目を解明し、通釈・語釈では李善・五臣注に基づきつつ新旧諸本の注釈を参考した上での解釈がなされている。更に余説では、通釈・語釈に取りあげられなかった諸説や、本文に対する批評・鑑賞が付されている。巻末に作者の小伝を録し、作者別作品表を付す。本邦はじめての完全かつ詳細な全訳である。

四、中国古典新書『文選』一冊
　一九六九年、明徳出版社発行。網祐次訳注。

『文選』の作品中、賦・詩・書・辞・論にわたって代表作を取り上げ、それぞれ原文・書き下し文・作者についての解説・通釈が施され、時に余説が付されている。原文は上海著易堂印行、仿宋胡刻文選六十巻により、四部叢刊本、六臣注文選に従って文字を改変した所もある。

五、全釈漢文大系（26～32）『文選』七冊
　一九七四―一九七六年、集英社発行。小尾郊一・花房英樹訳注。
七冊の内訳は以下の通り。
26、文章編一　一九七四　小尾郊一訳注
27、文章編二　一九七四　小尾郊一訳注

28、詩騒編三　一九七四　花房英樹訳注
29、詩騒編四　一九七四　花房英樹訳注
30、文章編五　一九七五　小尾郊一訳注
31、文章編六　一九七六　小尾郊一訳注
32、文章編七　一九七六　小尾郊一訳注

『文選』の編次にそった本文の全訳である。内容によって段落に句切り、それぞれ原文・書き下し文・通釈・注・補説によって構成されている。このうち特に注は、李善注に基づきつつ出典の編名まで明記した極めて詳細なものであり、この訳本の出現によって『文選』の研究は格段とやり易くなった。底本は清の胡克家重彫宋淳熙刊李善注文選、訳及び注は原則として李善に拠り、五臣注を参考にしている。また清人の考証の書や我が国九条本文選等の旧訓も参照してある。

六、中国の古典（23・24）『文選』上・下二冊

一九八五年、学習研究社発行。高橋忠彦・神塚淑子訳。

本文の訓読と訳に主眼をおいた選訳である。上段に書き下し文（左側に単語の意味を赤字で注記）、下段に訳をおき、後ろに補注・作者小伝及び作品年表がまとめてある。底本は尤袤刻『李善注文選』。上下各冊に別冊として原文が付してある。

七、鑑賞中国の古典⑫『文選』一冊

一九八八年、角川書店発行。興膳宏・川合康三訳注。

詩・賦・文の代表作の選訳である。平明で視野の広い古典解釈を目指したシリーズの一環として発行されたものであり、本文・書き下し文・語注・口語に加えてそれぞれの作品からテーマをとった鑑賞が付されている。鑑賞には作品の背景や解釈の仕方がわかり易く説明してある。底本は胡克家重彫宋淳熙刊李善注文選。

八、『文選雑識』第一冊～第六冊

一九八一年―一九八九年、第一学習社発行。森野繁夫著。

これは翻訳ではないが、現存している文選集注の一部についての札記と校勘記である。集注本を九条本（明州本）・袁本・四部叢刊本・尤本・胡刻本と対校して、読んだ時の気付きを記録したものであり、各篇の一つ一つの語彙についての非常に詳しい札記である。

内訳は以下の通り。

第一冊	59上・85下・113上下・106	一九八一年
第二冊	59上下・71・79・91上・102上	一九八二年
第三冊	9・56・61上下・62・66・71・94上	一九八四年
第四冊	8・47下・48上下・68・73上下・85上	一九八五年
第五冊	79・88・93・94	一九八六年
第六冊	63・73上・91上・93・98	一九八九年

第一冊の後半部は文選集注（正文）校勘記であり、また第二冊には「宣徳皇后令」会読記録を、第五冊には斯波六

郎「読文選札記」を付す。

九、新書漢文大系（19・20・26・35）『文選』四冊

二〇〇三―二〇〇七年、明治書院発行。内田泉之助・網祐次・中島千秋・原田種成・高橋忠彦・竹田晃訳注。

四冊の内訳は以下の通り。

19、詩篇　　二〇〇三　内田泉之助・網祐次訳注　尾形幸子編

20、賦篇　　二〇〇三　中島千秋・高橋忠彦訳注　今井佳子編

26、賦篇〈二〉　二〇〇四　高橋忠彦訳注　　今井佳子編

35、文章篇　　二〇〇七　原田種成・竹田晃訳注　小嶋明紀子編

㈢、**索引**（目録）

文選学の泰斗と称される広島大学の斯波六郎を中心に、その門下生八人の手によって、昭和二十五年から四年間の歳月をかけて、昭和二十九年（一九五四）十一月、『文選索引』が完成された。はじめは広島大学文学部中国文学研究室の手で『文選索引第一分冊』『文選索引第二分冊』と分けてプリントで出されたが、のちに京都大学人文科学研究所の平岡武夫のたすけにより、京都大学人文科学研究所発行《唐代研究のしおり》特集第一―第四としてHarvard Yenching Instituteからの助成金によって、四冊本として出版された（一九五七―五九）。このうち第一冊には斯波六郎「文選諸本の研究」を付載し、また附録の一冊には同じく斯波六郎「舊鈔本文選集注巻八校勘記」を付載する。

あらためて述べるまでもなく、本書の内外研究者に与えた恩恵は無限であり、影印本、翻訳と並んで文選研究の最

も基本的工具の一つとして重要である。

また、『文選』に関する出版物及び研究論文を網羅した目録として、牧角悦子主編『文選研究論著目録』がある。これは、『文選』の近代的研究が本格化しはじめた昭和初期から最近（該書編集は昭和六十年）に至るまでの数十年間に、日本、中国、韓国で公刊された『文選』に関する研究著書、論文等を収録したものである。昭和五十九・六十年度の文部省科学研究費報告書として、九州大学文学部中国文学研究室文選研究会によって編され、一九八六年三月、九州大学文学部より出版された。『文選』の編次に従ってその文体・各作品に対する研究論文を列挙し、最後に作者別の研究論文をまとめており、『文選』のみならず、六朝文学に関する研究状況を把握するのに便利がよい。

②　研究

上に述べた基本資料の充実により、『文選』は各方面から盛んに研究されるようになる。それら全てを紹介することは不可能であるが、その主だった研究について、今便宜上それらを大きく三つのグループに分けてみた。

㈠、版本及び諸注についての研究

『文選』の版本については、集注本の影印以来、諸々の版本の影印と重なって非常に盛んに研究された。その先駆的役割を果たしたのは、斯波六郎の「文選集注に就いて」（『支那学九—二』）、「文選の板本について」（『帝国学士院紀事三—二）等一連の論文であった。このうち集注本をはじめとする諸本の研究については、一九五七年、広島文理大学内の斯波博士退官記念事業会の手で『文選諸本の研究』一書にまとめられた。更にこれは京大人文研による『文選索引』の発行に当たって、その第一冊のはじめに付載されることによって、広く研究者の助けとなるに至った。これは、

『文選』の版本についての極めて詳細な解説書であり、当時見ることのできた全ての版本について、逐一解説が施されている。今、参考のために本論文所引の版本を列挙してみると以下の如くである。

Ⅰ　李善単注本

1　清胡克家重彫宋淳熙刊本（広島大学蔵）
2　明覆元張伯顔刊本（静嘉堂文庫蔵）
3　明汪諒刊本（内閣文庫蔵）
4　明朱純臣刊本（京都大学人文科学研究所蔵）
5　明翻張伯顔刊本（広島大学蔵）
6　明唐藩刊本（静嘉堂文庫蔵）
7　明唐藩養正書院重刊本（内閣文庫蔵）
8　明晋藩養徳書院刊本（京都臨川書店にて寓目）
9　明晋藩文思堂校正本（京都臨川書店にて寓目）
10　明鄧原岳刊本（内閣文庫蔵）
11　清懐徳堂重彫汲古閣本（家蔵）
12　清素位堂刊汲古閣本（京都大学人文科学研究所蔵）
13　清銭士謐重校汲古閣本（家蔵）
14　清文盛堂重彫汲古閣本（広島大学蔵）

15　清光霽堂重彫汲古閣本　（愛知県西尾町岩瀬文庫蔵）

Ⅱ　五臣李善注本

1　宋明州刊本　（足利学校遺蹟図書館蔵）
2　明袁褧仿宋刊本　（静嘉堂文庫蔵）
3　明丁覲重刊本　（神宮文庫蔵）
4　張守校正本　（家蔵）
5　慶長活字本　（神宮文庫蔵）
6　寛永本　（京都大学人文科学研究所蔵）

Ⅲ　李善五臣注本

1　宋贛州刊本　（宮内庁書陵部蔵）
2　四部叢刊景宋本　（家蔵）
3　明茶陵陳仁子刊本　（広島浅野図書館蔵）
4　明洪楩校本　（京都大学人文科学研究所蔵）
5　明萬巻堂校刊本　（広島大学蔵）
6　明崔孔昕校本　（宮内庁書陵部蔵）
7　明徐成位重校崔孔昕本　（静嘉堂文庫蔵）

8　明呉勉学重校本　（家蔵）
9　明潘　校刻本
10　明蔣先庚重校本　（広島大学蔵）
11　慶安板本　（山口県立図書館蔵）
12　寛文板本　（家蔵）

※旧鈔本
1　唐鈔本李善單注本殘巻二種
2　舊鈔文選集注殘巻

その後『文選』の研究が深化するに従って、斯波六郎の成果の中には訂正を迫られる部分も出てきた。長澤規矩也は足利本及び和刻本文選の出版にあたって、その解説部分で、斯波の説における寛文本について誤りや、尤本を見ていなかったことによる誤りのいくつかを指摘している。更に岡村繁「文選集注と宋明版行の李善注」（『加賀博士退官記念中国文史哲論集』講談社　一九七九年）では、文選李善注の伝承過程について、斯波説に大幅な訂正を加えた。つまり、宋明版行の李善注単行本について、斯波説が四庫提要を踏まえた上で、この李善注単行本は六臣注本から李善注だけを抽出したものだ、とするのに対し、岡村は中国の程毅中・白化文の説に基づいて、北宋国子監刻李注本の存在を踏まえつつ、尤本→胡刻本の系統を、六家注→六臣注の系統と並列させ、斯波氏の李注抽出説を否定したのである。更に同論文は、集注本について、それを現行版本の系統とは別な一系統の鈔本と見做し、これを尤本と比較校合することによって李善注本の初期形態を推定することができることを論証した。これら岡村の説を図式化すると左の如くである。

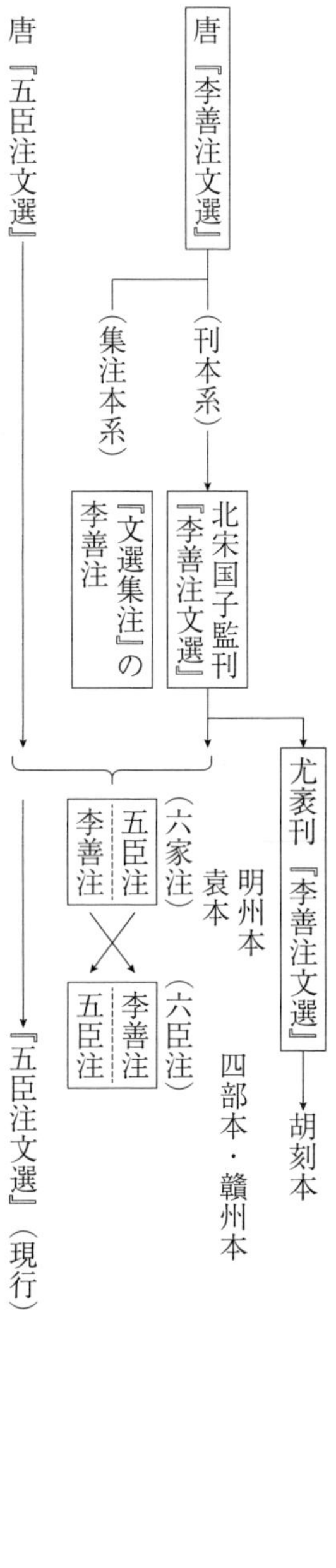

岡村には更に李善注の編修について、それが非常に簡単なものからだんだんと複雑になっていった過程について、緯書の引用のしかたを手掛かりとして実証した研究がある。(6)

このように、版本の流伝及び継承過程については、斯波の研究を踏み台として非常に詳細な研究が進められている。

李善注・五臣注以外の注の施された『文選』のテキストの研究としては、まず狩野直喜「唐鈔本文選残篇跋」（東洋学叢編1）がある。これはレニングラードにあるソ連学士院蔵「敦煌本文選注」についての紹介である。また岡村繁「細川家永青文庫蔵『敦煌本文選注』について」（集刊東洋学十四）は、敦煌出土の非常に特異な文選注について、その詳細な校釈（岡村繁「『敦煌本文選注』校釈」東北大学教養部紀要四）に基づきつつ、実態を明らかにしたものである（既述）。この種の研究としては、他に「文選集注」所収の「文選鈔」「音決」「陸善経注」等について、それぞれ研究論文がある。(7)

ここで参考のため、これまで述べてきた諸々の研究をもとにして、現存する『文選』の各種テキストのうち、斯波六郎の解説に載せられていなかったものを分類してみると、次のようになる。

○まず、無注本として残っているものは、

1、九条本文選（『文選索引』付録五頁―十七頁に解説あり）

2、天理図書館善本叢書所収無注本文選巻二十六

3、敦煌本

○李善・五臣以外の注が施されている本として、

1、ソ連学士院蔵「敦煌本文選注」

2、細川家永青文庫蔵「敦煌本文選注」

※「文選集注」に収められる著書未詳の鈔・音決・及び陸善経注もこの部類に入る。

○五臣単注本としては、

1、東方文化叢書所収三条本

＝天理図書館善本叢書所収五臣注本巻二十

2、東京大学東洋文化研究所蔵朝鮮正徳四年刊本

3、台湾国立中央図書館景印宋版本（これは、一九八一年、台湾国立中央図書館より発行された、同図書館蔵宋紹興辛己建陽陳八郎崇化書坊刊本の影印本である。完本。）

※広瀬旭荘の日記「日間瑣事備忘録」の中に、足利学校を訪ねた際、五臣注文選を閲覧したという記載がある。これは嘗て五臣注（恐らく台湾で影印されたものと同一のもの）が日本にも存在していたことの証左となる。

また、李善単注本として尤本（宋尤袤刊『李善注文選』）の影印が一九七四年、中華書局より出版された。

以上が『文選』の版本についての研究の現状と成果である。

(二)、文選李善注の引書についての研究

『文選』李善注に引かれる引文については、斯波六郎「四部叢刊本文選書類——李注引文攷正——」(『立命館文学』一—二二)をはじめとして非常に多くの研究がある。斯波の研究は、李善注に引かれた『尚書』を対象として、それが通行本と比べてより古い形態を伝え、かつそれによって通行本の誤りを正し得ることを明らかにしたものである。これらの成果は、一九四二年『文選李善注所引尚書攷證』上・下二冊として油印で発行され、さらに一九八二年汲古書院より出版された。斯波の研究を受け継いだのは、その弟子であった広島大学小尾郊一であり、「文選李善注引書攷証稿(1)—(3)」をはじめ、李善注引書についての研究をのこした。その集大成が一九九〇—一九九二年研文出版より出版された『文選李善注引書攷證』上下二巻である。これは李善注六十巻の引書の細目を明らかにし考証したものである。一九六六年から二十数年の歳月をかけて出来たものであり、胡刻本を底本とし、李善注に引かれたすべての書物について、その細部の篇目まで明示してあり、『文選』を読む場合、その李善注の出典に当たる作業は、これによって格段と楽になった。

この他にも、李善注に引かれる『孟子』・『説文解字』・『楚辞』・『漢書』およびその注等について、それぞれ多様な研究論文がある。(8)

文選李善注は唐代に著されたことにより、今は亡びて見ることのできなくなった古書を含むばかりでなく、現存する書物についてもそのより古い形を残している。これら李善注引書の研究は、『文選』とは直接関係がないとはいえ、『文選』をめぐる研究の一環として、古典研究に貢献する所は大だといえる。

㈢、『文選』の編纂・作品選録・及び編者に関する研究

『文選』の編纂をめぐって、その作品選録の基準や編者とその周辺人物に関しては、従来、翻訳書の解説や研究書等において一応の解釈がなされてきた。つまり、『文選』は梁の昭明太子蕭統が中心となり、文学の規範を示すため、「事は沈思より出で、義は翰藻に帰す」という批評基準により、「文質彬彬」たる正統派の文学を集めたものである、というのである。ところが最近になって、この文選正統文学説をくつがえす画期的な研究が発表された。「文選編纂の周辺」（立命館文学377・378）をはじめとして、『学林』一—五にのせられた清水凱夫の一連の論文がそれである。清水は、『文選』の選者から作品撰録基準、編纂目的にわたって、これまでの説を根底からくつがえす新説をうちたてた。

まず「文選編纂の周辺」では、「従来文選は昭明太子の撰とされていたが、太子の持論に反する神女賦が収載されていたり、非常に敬愛していたという陶淵明の作品採録数が大へん少ないことなどにより、太子自身による撰録に疑問が持たれていた」という。このことについて、該論は様々な方面から検討を加え、「文選の実質上の撰録者は昭明太子ではなく劉孝綽であり、文選の作品採録には彼の意志が濃厚に反映されていた」ことを証明した。

更に「『文選』中の梁代作品撰録について」では、『文選』に選録された斉梁時代の作品について、「（その）撰録は必ずしも『事出沈思、義帰翰藻』という批評基準によるものではなく、中には編者劉孝綽との個人的関係や私情によって採録されたものもある」ということについて、王巾「頭陀寺碑文」、任昉「劉先生夫人墓誌」を例示して明らかにした。

また「『文選』編纂の目的と撰録基準」では、『文選』の編纂基準が「事出沈思、義帰翰藻」或いは「文質彬彬」といった評価にあったという旧説を退け、劉孝綽の文学観、つまり永明体の継承者として、四声やリズムに重きをおい

た所謂斉の竟陵王の八友（特に沈約）の唱えた声律論こその中心であり、具体的には「宋書謝霊運伝論」に表われた文学論がその基準であったことを論証した。結論を要約すると、「文選は『宋書謝霊運伝論』の詩歌展開の歴史を論じた前半の部分によって斉梁以前の代表的文人を選んでそれを柱とし、後半の声調諧和の創作理論によって斉梁の代表的文人を選び出して中心に据え、いずれに於ても具体的な作品採録に際しては、基本的には声調諧和の理解を基準として選録したものである」となる。

また、「『文心雕龍』の『文選』への影響」では、『文心雕龍』の『文選』への影響は全く存在しなかったということについて、文体分類、史・子に対する観点などから証明している。これら一連の清水の研究成果は、従来全く見過ごされてきた『文選』に関する死角の部分に光をあて、文選編纂の実態を明らかにした点において、極めて斬新で鋭い学説として高く評価されている。(9)

この清水の研究をふまえて、岡村繁「『文選』編纂の実態と編纂当初の『文選』評価」では、更に「『文選』三十巻は、決して当時の一流宮廷文人たちが多くの歳月をかけて始めて編纂した一大選集であったのではなく、むしろ劉孝綽が唯一人、その大部分の作品を在来の各種選集から採録した、第二次的選集である。」という結論を出している。これに対して、『文選』撰録における昭明太子の存在はやはり大きかったとする説も依然強く残っており、昭明太子がどこまで文選編纂にかかわったか、或いはかかわらなかったかについては、今後しばらくは論議の続くところであろう。

以上、近代的研究の成果について、テキスト関係・李善注関係・編纂関係に分けてそれぞれ紹介してきた。いずれの方面においても、特に戦後の活発な研究活動の中で、レベルの高い研究成果が続々と提出されていることがおわかり戴けたかと思う。『文選』に関する研究としては、これらの他にも、その日本文学との関係、六朝文学における位置、その他の文学思想との関係などについて様々な研究がなされている。それらを逐一紹介することはできないが、前掲の『文選研究論著目録』がその参考になると思う。

『文選』は、中国古典の中の一大アンソロジーである。その書物を一枚一枚めくることによって得られる我々の喜びには計り知れないものがある。その近代的研究と相俟って、今後も『文選』がより多くの人に読まれ且つ研究されていくことを祈念することを以て小論の結びとしたいと思う。

注

(1) 大学とは律令の教育制度で、中央の官吏の子弟を教育する所。

(2) 道長『御堂関白記』寛弘三年（一〇〇六）十月二十日の条に、「五臣注文選、文集等を持ち来り」とある。

(3) 金沢文庫は、鎌倉時代、北条実時（一二二四—一二七六）によって作られたが、北条氏滅亡後衰廃していたのを上杉憲實が修管した。

(4) 長澤規矩也「和刻本六臣註文選解題」によると、この本は呉本と比べて序表の行款が異なることから、底本の目録のみが呉本を以て補配され、本文や序表は別のテキストであるということも推察される。

(5) 岡村繁のこれら文選研究の成果は『文選の研究』（岩波書店　一九九九年）一書にまとめられている。

(6) 「『文選』李善注の編修過程」『東方学会四十周年記念論文集』一九八七年。

(7) 邱棨鐊「文選集注所引文選鈔について」、狩野充徳「文選集注所引音決撰者についての一考察」、森野繁夫・富永一登「文選集注所引『鈔』について」、藤井守「文選集注に見える陸善経注について」等。なお、狩野の研究成果は『文選音決の研究』（渓水社　二〇〇〇）一書にまとめられている。また、富永の研究成果は『文選李善注の研究』（研文出版　一九九九年）一書にまとめられている。

（8）小林俊雄「文選李善注引劉熙本孟子攷」、小林靖幸「文選李善注所引説文解字」、富永一登「『文選』李善注引『楚辞』考」など。

（9）清水凱夫の学説は、現在中国の学会でも〝新文選学〟と呼ばれて特に注目されており、一九九五年三月には首都師範大学出版社より『清水凱夫《詩品》《文選》論文集』が出版された。また、日本でもその研究成果をまとめたものとして、一九九九年十月に研文出版より『新文選学――『文選』の新研究』が出版された。

第十三章（書評）文学研究者への挑戦状
――渡邉義浩『「古典中国」における文学と儒教』――

はじめに

二〇一五年四月、汲古書院より『「古典中国」における文学と儒教』が出版された。著者の渡邉義浩氏は現在早稲田大学の東洋哲学科で中国の哲学、就中儒教を担当しておいでだが、本来の御専攻は東洋史であり、研究スタンスとしては歴史学者であると私（「評者」と称すべきであろうが、本評は長文になったため、著者・評者・筆者の区別が煩雑になるのを避けて敢えて私と称することにする）は思っている。中国学において歴史は、王朝の推移と政策の変遷という内実においても、またそれを如何なる方法で分析するかという評価の視点においても、欠くべからざる重要な学問であると言えよう。歴史を知ること無しには思想も文学も語れない。著者はその歴史学の基本の上に、儒教というものを新たな視点から分析することを近年の仕事としている。歴史学者であり、且つそれの東洋哲学という分野への応用を試みつつある著者が、更に「文学」というものに対して極めて挑戦的な方法論を突きつけたのが本書なのである。

著者は様々な意味で文学研究者ではない。文学の文学たる所以については不問に付すると自ら表明する。その歴史学者の語る文学論が言わんとすることは、簡単に言えば、歴史も知らずに文学を語るな、ということなのだと私は理解した。

私自身は文学研究というものを方法論として自覚的に選択する者である。文学の文学たる所以、あるいは文学の語の由来等の考察は、文学研究者の仕事だと思っている。そしてこのスタンスが、歴史研究とも思想研究とも異なるものであることも自覚している。その上で、現在の文学研究のあり方に対する著者の厳しい批判に、大きな共感を覚えるのだ。

膨大な数を誇る渡邉氏の著作の中で、私が最も評価するのは『儒教と中国』（講談社メチエ、二〇一一年）である。この書物を読んでまず思ったのは、こんなことも知らずに中国学を語ってきた自分が恥ずかしい、ということであった。その書名が示す通り、儒教とは何か、中国の歴史の中で儒教が如何なるものとして存在したのか、それが該書には極めて明晰に提示されている。

儒教とは何かを知ること無しに、中国も古典も、思想も歴史も、そして当然文学も語れない。本書は『儒教と中国』で示された「古典中国」の枠組みの中で、儒教という視点から「文学」をとらえなおした試みである。同時にそれは、安易な作品論、安易な民主主義の標榜に堕しがちな近年の文学研究のあり方そのものへの痛烈な批判にもなっている。

一、『「古典中国」における文学と儒教』目次

本書の内容を目次によって示すと以下の通りである。

序　章　「古典中国」における「文学」の展開
第一章　揚雄の「劇秦美新」と賦の正統化
第二章　班固の賦作と「雅・頌」

第三章　曹操の「文学」宣揚
第四章　曹丕の『典論』と政治規範
第五章　曹植における「文学」の自覚
第六章　阮籍の『荘子』理解と表現
第七章　嵇康の革命否定と権力
第八章　陸機の「文賦」と「文学」の自立
第九章　葛洪の「文学」論と「道」への指向
第十章　「文学」の儒教への回帰
終　章　中国文学史上における六朝文学の位置
附　章　蔡琰の悲劇と曹操の匈奴政策

二、問題意識

次に、本書の問題意識を終章より引用しよう。

序章において、問題提起として揚げたことは、次の三点である。

第一は、揚雄・班固が大きく関わることになる「古典中国」の形成期において、「文学」は「古典中国」にどのような位置づけを得ることにより、やがて科挙の主要な試験科目となるに至ったのであろうか、という問題である。

第二は、中国における「文学」が、科挙の試験基準となるような人間性の表現を本質とし、また、時の国家と強い関わりを持つ政治性を帯びるものであるならば、今日的な意味における文学表現は、第一義に置かれるものではなかったのであろうか、という問題である。

第三は、表現された「文」そのものに美しさを求め、あるいは、いかに書くのかという表現技法を磨き、さらには、抒情や思想を表現していく、という今日的な意味での文学意識に基づく表現活動は、国家や儒教との関わりの中で、どのように展開されたのであろうか、という問題である。

問題は大きく分けて二つある。その一つは、「文学」が官吏登用制度において採用基準とされたことの意味を明確化することである。つまり、官吏登用制度の歴史的推移と、そこから見える権力構造のシステム構築理論を踏まえた上で、そこに儒教の理念と経典解釈が如何に関わったか、更に「文学」がそれにどの様に向き合ったか（あるいは取り込まれたか）という点が第一の問題意識としてある。

今ひとつは、知識人にとっての「文学」とは何か、という問題である。君主権力・知識人にとっての①理念と②行動規範、そして③表現において、「儒教」と「文学」とが如何なる関係にあったのかということを第二の問題意識とする。

総じていえばそれは、「文学」というものを、一人の作家の個別の作品としてではなく、大きな概念としてとらえることによって、中国古代における「文」の位置づけを図ろうとする試みだと言えよう。

三、論の対象と全体の流れ

次に、本書の対象とする所と、論の全体の流れについていえば、まずその起点は建安という時代にある。文学史の画期である所の建安、なかでも三曹の「文学」こそ本書の中心点なのである。まず、第三章において、曹操の「文学」宣揚というものについて、それを「孝」を中心に据える儒教の価値基準に対抗して「文学」を宣揚した文学史の転換期だとし、その「文学」の意味を統治思想との関連で分析する。続く第四章・第五章では、曹丕・曹植の「文学」を、文学意識・作品論とは別の視点（統治意識）から論じる。それは、『詩経』の風・雅・頌の新しい継承としての三曹の文学という視点での分析である。

建安を中核に据え、論はその前後に発展する。まず建安以前については、第一章・第二章において、儒教と「文学」の関係を、曹丕『典論』論文が襲った揚雄・班固の賦の展開から論じる。「古典中国」の確立の中心であった揚雄と班固の文学論を確認することは、建安の意味を知る上で不可欠だからである。そして建安以後については、第六章から第十章において、それぞれ阮籍・嵆康の表現活動を、権力構造との対峙の構図の中で分析し、陸機「文賦」に「文学」の自立を見、葛洪から六朝末の文論『文心雕龍』『文選』の中に、儒教的価値への回帰を見る。

建安から始まる六朝期こそ「文学」の転機ではあるが、それは従来言われてきたように曹丕の『典論』「論文」篇から「文学」の自立がみられるのではなく、陸機の「文賦」こそが「文学」の自立を表現している、とする。また、「文賦」で大きく盛り上がった「文学」は、しかし阮籍・嵆康の権力への抵抗の失敗を受けて大きく後退し、六朝末になるとその主張は儒教的価値観の中に回帰していく、とするのである。

四、各章の要点

次に、各章の論旨を簡単に紹介すると以下の通りである。

第一章　揚雄の「劇秦美新」と賦の正統化

ここでは、揚雄が『尚書』を中心とした経典に基づく「美（賛美）」の文として「劇秦美新」を著し、儒教化した「賦」の形式でもって王朝を正統化したことを言う。賦のもつ「美」の表現に着目し「劇秦美新」を「詩人の賦」としてとらえ、『詩経』の頌に位置付ける。『毛詩』「大序」の「六義」と『周礼』春官大師の「六義」、そして『春秋左氏伝』の「橘諫」が「劇秦美新」の背景にあることの意味を示唆するのは卓見だと言える。ただ、『詩経』における「美」を担当する「頌」は、形態としては四言が主流であり、賦形式の「劇秦美新」を直接的に「頌」に繋げるのには多少問題が残る。

第二章　班固の賦作と「雅・頌」

ここでは、班固の「典引」と「両都賦」を対象に、班固の賦が漢王朝の雅・頌であったことを論じる。「典引」については、それが①漢堯後説と②漢火徳説と③孔子を媒介にすることによって漢の正統化を図っていること、そして全体が『尚書』を典拠とすることを論じる。「両都賦」については、それが『尚書』と『毛詩』に基づく「典」なる賦を目指し、「後漢が儒教国家として古典中国を実現」していることを描いたものだとする。また、班固の文人としての意識については、『春秋左伝』を襲い「文」の有用性を示す文章効用論を展開する、とする。

第三章　曹操の「文学」宣揚

この章は本著書の中核となる。すなわち、曹操の「文学」の宣揚こそが、漢代を支えた儒教と、それを価値の中心に置く名士に対抗すべき新たな価値基準の提示として重要である、という著者の持論を踏まえて、具体的にそれを鴻都門学の批判的継承・楽府に見られる支配の正統性の主張の中に見る。

しかしこの章に見える「文学」の語が、文体・理念・概念の区別を超えて無自覚的に使用されること、楽府に見える「歌以詠志」という表現を直截的に「詩言志」と結び付けることについてはいささか抵抗を感じる。

第四章　曹丕の『典論』と政治規範

曹丕の『典論』「論文」篇の「文章は経国の大業にして不朽の盛事なり」という文言が、文学の独立宣言ではなく、一家言の不朽をいうものであり、それは具体的には自身の『典論』と徐幹の『中論』を指すこと、『典論』は君主権力の確立のための政治規範を示す典範であることを述べる。

第五章　曹植における「文学」の自覚

曹植の「辞賦は小道」という発言に、現実的立功を重視する意識と同時に、小道であるという宣言によって却って仮構への道が開かれたことを論じる。あわせて、詩歌の解釈に現実を付会させることの意味と問題が例示される。

第六章　阮籍の『荘子』理解と表現

阮籍の「達荘論」・「大人先生伝」を対象に、そこに現れた『荘子』理解を通して、賦の新しい展開、すなわち儒教的枠組みからの解放を見る。

第七章　嵇康の革命否定と権力

嵇康の「絶交書」に見える「湯・武を非りて周・孔を薄ず」という表現が、禅譲・放伐の双方を否定することで司馬氏の禅譲革命を正面から否定するものとして嵇康の刑死を招いたこと、それによって権力とそれを正統化する儒教を批判する表現が封じ込められたことを論じる。

第八章　陸機の「文賦」と「文学」の自立

「文学」の儒教からの自立を陸機の「文賦」にみる、という内容である。「賦」という形式を用いて、表現の典故を『周易』を始めとする玄学に求め、更に王弼の『老子』における「無」の理解を踏まえた創作論を展開する「文賦」は、文の筆頭に詩を冠し、「縁情」という言葉でその抒情性を中心に置く。また、「詩言志」から訣別した新たな創作論の中心の一つに音律論を据えることは、音律が儒教の正しさを支えるものから、「文学」の美しさを裏打ちするものへと展開したことを示すのだとする。更に、「文賦」は「文」の「用」を儒教的「美刺」説から「衆理の因る所」へと展開させた、とする。

第九章　葛洪の「文学」論と「道」への指向

『抱朴子』外篇に見える文学論を、嵆康の影響をうけつつも、西晋の現実と厳しく対峙する中で、隠逸しながら道への指向を著述によって示すものだとする。

第十章　「文学」の儒教への回帰

六朝文論の集大成と言うべき『文心雕龍』と『文選』を対象に、『文心雕龍』においては、経書との固い結びつきを強調することで「文学」が再び儒教に回帰することを、『文選』については、「文」の範疇に経書を含まないという意識が明示されることで、文の儒教からの自立がうかがえると同時に、史論・史述讃において、春秋の義を踏まえた儒教的正統意識の表明をも「文」と見なすことを通して、「文学」の儒教への回帰を見る。

五、方法論の特徴

①　古典中国という枠組みの設定

本書の方法論の特徴は、大きく二つある。まず一つ目として、「古典中国」という枠組みの設定がある。この「古典中国」について著者は前掲書『儒教と中国』の中で次のように規定する。

「古典中国」とは、「儒教国家」の国制として、後漢の章帝期に白虎観会議により定められた中国の古典的国制と、それを正統化する儒教の経義により構成される。のちの中国に継承される理想的国家モデルである「古典中国」の形成に大きな役割を果たした王莽の新は、わずか十五年で滅びた。それにも拘らず、新を滅ぼした後漢は、王莽の国制を基本的には継承し、それを儒教の経義と漢の国制とに擦り合わせ続ける。その結果、後漢で成立した「古典中国」は、儒教の経義より導き出された統治制度・世界観・支配の正統性を持つに至るのである。

つまり、後漢章帝期に確立した「古典中国」の枠組みを中心に置き、それが新たな展開を見る六朝期に、権力構造と統治理論に、理念・実用双方にわたって根拠を与える儒教、具体的には経典の解釈と応用とが、「文学」と如何に結びあうのか、或いはあわないのか。表現という行為、又は表現された「文」が、その構造の中にあって如何なる力学の下に表出されたのか、その内発的・外発的要因を明確にする、という方法をとるのである。

「古典中国」および「儒教」・「文学」という概念を設定することによって、唐代以前の文化の諸層を構造的に捉えることが可能になる。個別の作品とそれが生まれた背景が歴史的必然から説明されることにより、「文学」なるものを個人の才能や閲歴から離れて評価する視点を持ちえている。優れた文学者が文学史を作り、英雄が歴史を変えていく、というレベルとは異なる文学論を構築することが本書の最大の、そして特筆すべき特徴なのである。

ただ、概念規定による構造的設定は、大きな流れを把握する上で明確な視点を提示できる利点を持つと同時に、その構造ではとらえきれない、あるいははみ出す部分にある「個別」の持つ意味について目をつぶらざるを得ないという短所も導く。「文学」の語の曖昧性から生まれる問題もその一つである。

②　「文学」という語の曖昧さの意味

「古典中国」との関連で説明される「文学」について、著者は「本書における「文学」は、近代以前の文学的思考全般をいう言葉として用いる。」と述べる。これは、「文学」の語の定義を曖昧のままに用いることを言う。それは「文学」というものが近代的概念であり、その定義付けや言葉の背景、更には研究方法に至っては、近代と人文学全体にかかわる大きな問題が存在するからである（後述）。それを一々論じていたのでは先に進めない。曖昧さを残したまま大雑把に「文学」の語を使用することによってしか見えない一つの流れを、本書は提示する。それはある意味で歴史家の語る「文学」であり、文学の本質論については、文学研究を自称する者たちの責務として受け止められるべきものだと私は考える。

ただ、曹植の「辞賦は小道」という発言を論じる中で提示された「「辞賦は小道」という曹植の宣言には、文学が仮構を許容するものであるのか、現実の生き方・志の反映であるのか、という近代までせめぎあう中国文学の本質論が横たわっているのである。」という指摘、そしてその注に示される「これまで中国文学研究では、曹植・阮籍・陶淵明・李白・杜甫といった仮構の力が強い詩人を近代的な「文学」の関心から分析の主たる対象としてきた。これに対して、当該時代の社会における「文章」のあり方は、毛伝に基づき現実の反映としての叙事の伝統に強く規定されてきた。中国史における文学の意義を明らかにするためには、前者に止まらず後者の研究が必要なのではないか。」という提言は、現在の中国文学研究者に対する鋭い批判である。安易な作家論、情緒的な作品論とは別の、中国独自の「文」と「文学」の展開は、文学研究者の重要な課題として残されている。

六、本書の結論

上に掲げた本書の問題意識は、終章において以下のように結論付けられる。

まず、第一の問題、すなわち「文学」が科挙の主要な科目になった意味については、曹操の「文学」宣揚が重要な契機となったとする。「文学」という主観的価値基準が人事管掌者に有利であるという自覚が曹操によって先鞭が付けられ、唐代の科挙に繫がっていくのだ。

次に、第二の問題、つまり今日的な意味における文学表現の成長過程については、曹丕『典論』の主旨は「一家言」の提唱であり、「文学の自立」はそこに求め得ないこと、曹植の「辞賦は小道」を経て陸機「文賦」において「文学」は儒教とは異なる、そしてまた同等の文化価値になり得たこと、そして『文選』『文心雕龍』に至って「文学」は再び「儒教」に回帰していく、と著者は理解する。

第三の問題、すなわち表現活動と権力あるいは儒教との関わりについては、特に阮籍と嵆康の表現活動に権力への抵抗を見る。

これは、文学の自立という問題を、漢から六朝末というスパンの中で実証し、六朝を承けた唐代における科挙制度と「文学」の関係について網羅的に把握し、それを韓愈・欧陽脩の古文復興に対峙するものとして位置付ける試みなのだ。

七、評価と問題点

本書の内容、その評価すべき点、そして問題として残る点のすべては、本書の書名、すなわち『「古典中国」における文学と儒教』に集約されている。

まず、本書の評価すべき特徴は、すでに方法論において示した通り、「古典中国」の枠組みの中で、「儒教」と「文学」との関係を明確化したことにある。前漢末から王莽の新を経て後漢の初期に完成を見た儒教の国教化という大きなテーゼを確立した著者が、その「古典中国」と儒教という軸からの距離感に基づいて、「文学」をからめ取っていく技法は見事である。とりわけ揚雄の「劇秦美新」、班固「典引」そして曹丕の『典論』の分析は、従来の文学研究の立場からは生まれ得ない鋭角的視点から展開される。

それはすなわち、『文選』巻四十八に並ぶ司馬相如「封禅文」・揚雄「劇秦美新」・班固「典引」が、王朝賛美の「美」の賦であるという指摘から始まる。そして、そこに見られる措辞、具体的には『尚書』の引用にあらわれる態度の変化を通して、揚雄の賦に「古典中国の基本を形成した莽新時代の文学のあり方」が垣間見られるとする指摘がまず一つ、また班固の「典引」を、その全体が『尚書』を典拠とすること、そして『毛詩』に基づく「典」を求めた「雅・頌」の賦であるという指摘が一つ、そして従来「論文」篇ばかりが注目されてきた『典論』について、「論文」篇以外の佚文から再構成された全体像の分析を通して、それが当時の曹魏の統治政策とリンクして展開される「一家言」であり、曹丕にとっては国家の典範を示そうとする意図に満ちていたという指摘が一つである。特に『典論』が文帝曹丕にとっての「一家言」であるという指摘は画期的であり、衝撃的ですらある（因みにこの『典論』に関する主張が初めて提示されたシンポジウムでは、文学・哲学双方の研究者から大きな疑問と批判が呈された）。

また、「両都賦」が漢という王朝の頌歌であり、『漢書』もまた『尚書』を意識して書かれたであろうという見解は、漢代における詩と賦というものが、われわれの言う文学とは全く異なる次元の産物であったことを気付かせるものである。賦＝文学、『漢書』＝歴史書というような表層的文学観はここに粉砕される。

各論において取り上げられる対象が、従来の研究とは全く異質であることも、本書の特徴である。司馬相如「封禅文」、班固「典引」を始め、曹植「辨道論」・「釋疑論」、陸機「辯亡論」などがそれであり、曹丕の『典論』に至っては「論文」篇は中核にはおかれず、その他の篇が徐幹の『中論』との共通性の中で論じられる。

それは、曹丕と言えば『典論』「論文」における「文学の自覚」、曹植と言えば「白馬王彪に贈る詩」に見える悲劇的表現、陸機といえば「詩は縁情」という、抒情的表現活動のみを中心に置く六朝文学論には欠けていた、彼らの「文」全般に関わる行為を総合的に見ようとする姿勢である。抒情的表現だけが「文学」ではない。むしろ六朝文人が最も精力を傾けたのは、曹植にあっては「求自試表」「求通親親表」、陸機にあっては「辯亡論」「五等諸侯論」という、統治システムと王朝運営や人材登用に関わる謂わば政治的言説であったことを、本書は我々に教える。そしてそれは、『文選』が巻四十八の符命において司馬相如「封禅文」と揚雄「劇秦美新」と班固「典引」とを並べ、巻三十七に曹植の上記二表を載せる意味にも繋がるであろうし、巻四十九・五十に連なる史論・史述賛収録の意味にも繋がる。すなわち、古典中国において文人の表現活動は、儒教や権力や王朝統治理論と密接に関わり合いながら展開されたものなのだ、という点こそ、「儒教」と「文学」という本書の題名の端的に語るものなのだ。「権力—個人」「抑圧—苦悩」という対立の構図において捉えられがちであった従来の文学論と、これは根本的に異なる視点である。

このような意味で本書は、歴史研究者の視点から見た文学論として、六朝文学研究に新たな地平を切り開くものと言えるであろう。

次に問題点を述べよう。

儒教との対峙という新しい切り口から展開される文学論であるが故に、このように刮目すべき新しい発見があるのだが、しかし同時に「儒教」と「文学」という対峙の構図そのものが持つ危うさが存在する。

前述の通り、「文学」の語の持つ曖昧性は、本書において追求すべき問題点とは考えないが、しかし時折その曖昧性から生まれる不確定要素が、立論の根拠を不安定にする場合があるのだ。

その一つ目は、「文学」の語に括られる表現全般の中に、詩と賦と楽府、その他の文体が混然となっている場合があることである。曹操が儒教を相対化するために主張したという時の「文学」は、一方で「五官将文学」という職掌を指し、一方で曹操の創作した楽府を指す。その曹操の楽府を曹植が『詩経』の「雅・頌」に準えた、という時に、『詩経』における大雅・頌の王朝賛美と祖先崇拝とは儒教なのか文学なのか、という問題が起きる。また特に詩と賦とは、文体としての呼称であると同時に、儒教的理念を表す呼称として存在する。表現全般を「文学」とすることではとらえきれない「文」の重層性、多様性への配慮は、やはり必要であろう。

関連して、そもそも古典中国における「文」は、それそのものが儒教的価値であったと私は考えている。多様に展開する「文」の流れの中で、「文学意識」が、最初は無自覚に（曹植）、そして自覚的に（陸機）表出され、六朝末期には「文論」として体系的に認識される（『文選』・『文心雕龍』）、ということはできるであろうが、しかしその全ては「文」である以上、儒教的価値観の内部にあるのではないかと思うからだ。「文学」が儒教と対峙し得るためには、「文学」というものがまず自律的な価値を持つことが前提となろう。唐代以前、更に言えば近代以前に、「文学」などというものは存在しなかったのではないか、と私は考えている。

二つ目は、引用の文献・作品に対する文学的アプローチ、あるいは文学的評価・分析については、先行研究の成果に基づくことからくる問題がある。著者は、作品の文学性を語ることを自覚的に避けているのであるから、当然先行研究に拠らざるを得ない。ただ、拠るべき先行研究がどこまで信頼できるのかについては、その基準が不安定である。為に、網羅的に引用される文献は玉石混淆であり、学術的価値の低いものも多い。参考にする価値もない先行研究はむしろ引用しない方がよいであろうし、権威とみなされる研究者の論についても、必ずしも正確ではないものもある。著者なりの一定した文学意識、あるいは評価基準は求めたい。

三つ目は、引用文献の読みについてである。多方面の膨大な量の文献を万遍なく網羅する著者の読書力にはまず驚愕させられる。ただ、量が質を補わないのが今日的意味における「文学」の読みである。一つの副詞・一つの助辞で、文章全体のニュアンスが変わる。それが直喩なのか暗喩なのか、逆説なのか諧謔なのか、その感覚は作品の熟読からしか分からない。また著述意識、作品意識の成熟に伴って、文体の選択にも明確な意図があるはずである。文学意識の高い作品ほど、文体の選択と同時に一字一句に籠められた思いは深いであろう。一つの「文」の持つ総体的な要素、例えば気勢・情緒・リズム・巧拙など、それらを包括した普遍的・自律的価値への志向は、「文」を論じる上では欠かせない。著者のスピードの速い読みからは落ちこぼれる微妙な表現の陰翳、そこに現われた表現者の心の機微については、別途掬いとる必要があるであろう。

「文学」の語をめぐるこれらの問題は、しかし著者にその回答を求めるべきではない。上述の如く、「文学」の語の意味を曖昧に設定することが、本書の前提となっているからだ。ただ、そうではあっても、システムとしての「文学」と、「文学性」あるいは「文学意識」との区別はあった方がよい。「文学」に対する明確な自覚を持たない曹植の楽府や五言詩には、今日的視点から見ても深い「文学性」がある。また李白や杜甫が文学史の中心になるのは、彼らの作品の中にある「文学性」が普遍的な価値を持つからである。当該時代の社会における「文章」のあり方と、文章の普遍性とは別個の問題である。後者の問題は文学研究者の課題ではあるとしても、その二つの区別は明確にしたい。

八、研究史における位置付けと問題提起

建安に始まる六朝期が、所謂「文学」を考える上で重要であるという認識は、中国古典文学研究者の常識である。しかし、「建安文学」という言葉は実は古くない。それは端的に言えば魯迅に始まる（魯迅は鈴木虎雄『支那詩論史』を

踏まえている）。つまり近代の視点なのである。

もちろん、建安という時代の重視は魯迅に始まるわけではなく、六朝の文論の中にそれは既にある。『宋書』「謝霊運伝論」、『詩品』、『文心雕龍』から初唐の文論において、つまり古典的「文」の在り様の確立した六朝末から唐初にかけての時期に、「文」を回顧する中で建安はその原点とされた。

しかし、六朝の文論が「文」として捉えたものを、魯迅が「文学」という言葉で表したことには、近代という時代の問題がある。国民国家建設の為に、国語と国民文学をもとめた近代の国体が、「国文学」と「文学史」の構築を教育制度の中に確立しようとした意味を、魯迅やそれを受けた青木正児の「文学自覚」という語の背景として知らなければなるまい。魯迅は北京大学を始めとする新制大学の講義を通して、青木正児は京都大学における「中国文学」研究という新しい学問体系の中で、「中国」の「文学」の原点を建安に見たのである。だとすればそこには近代以前の「学」に対する超克意識が働くのは当然である。王朝統治とそれを支えた儒教、儒教に基づく宗法社会、それらを「封建的」という名のもとに批判することから近代は始まるからだ。

現在の中国文学研究は、漢学的伝統と、近代的支那学（シノロジー）という二つの潮流を汲むものである。その中で、シノロジーの流れの中では、「文学」というものが既存のものとして扱われる。たとえば『詩経』は文学である、陶淵明は詩人である、という風に。そして作家論・作品論の立場から、伝記資料と作品分析を以て「詩人像」を立ち上げる、あるいは解釈する、という方法が多い。

近代と文学の問題を持ち出したのは、本書の文学論が、まず魯迅と青木正児の建安論の提示から始まるからであり、そこにある「文学」の語と曹丕のいう「文章」とが徹底的に違うのだという主張から始まるからである。「文学」という近代的概念の移入される以前にあっては、学問といえばそれは日本では漢学、中国では経学であり、経世済民と直接つながる「儒教」的価値の範囲内にあった。近代の「文学」がその超克を目指した儒教的価値観は、しかし近代以前に在っては「文」の中核に据えられるものだったのだ。

本書における「儒教」を中心とした視点の導入は、近代における儒教的価値の否定の、更なる否定である。前近代的「文」の様相は、近代的「文学」概念の応用によって、その本質を探ることが出来ないものだからだ。安易な作品論・作家論を超えて、いわば儒教的価値観の中に在った「文」の展開を探る本書の方法論は、文学研究史の中で重く受け止めなければならないだろう。

文献表

この文献表は、本書中に言及した文献を採録したものである。邦文文献は編著者名の五十音順に、中文文献も、便宜的に日本語読みによる五十音順に配列し、邦訳は邦文の項目に入れ、旧字体、簡体字は原則として常用漢字に統一した。

〔邦　文〕

青木　正児『支那文学思想史』（岩波書店、一九四三年、『青木正児全集』第一巻、春秋社、一九六九年）

赤塚　忠『詩経研究』（研文社、二〇〇二年）

伊藤　富雄「賈誼の「鵩鳥賦」の立場」（『中国文学報』第十三冊、一九六〇年）

稲畑耕一郎「屈原否定論の系譜」（『中国文学研究』第三期、一九七七年）

鵜飼　光昌「謝霊運の『弁宗論』における〝道家之旨、得意之説〟の解釈をめぐって」（『佛教大学大学院研究資料』第十五号、一九八七年）

大上　正美『六朝文学が要請する視座』（研文出版、二〇一二年）

大上　正美「仮構の力――曹植文学への問い」（『創文』二〇〇七年五月号、二〇〇七年、『六朝文学が要請する視座』研文出版、二〇一二年）

大上　正美「ふたりの武帝と表現者たち」（『国家と言語』弘文堂、二〇一二年、『六朝文学が要請する視座』研文出版、二〇一二年）

大上　正美「明（明知）と胆（胆力）の関係をめぐる論――嵇康「明胆論」和訳」（『創文』二〇一三年夏第十号、二〇一三年）

岡村　繁『文選の研究』（岩波書店、一九九九年）

岡村　繁「細川家永青文庫蔵『敦煌本文選注』について」（『集刊東洋学』十四、一九六五年、『文選の研究』岩波書店、一九九九

九年）
岡村　繁「『文選』編纂の実態と編纂当初の『文選』評価」（『日本中国学会報』第三十八輯、一九八六年、『文選の研究』岩波書店、一九九九年）
岡村　繁「『文選』李善注の編修過程」（『東方学会四十周年記念論文集』一九八七年、『文選の研究』岩波書店、一九九九年）
岡村　繁「文選集注と宋明版行の李善注」（『加賀博士退官記念中国文史哲論集』講談社、一九七九年、『文選の研究』岩波書店、一九九九年）
岡村　繁「『敦煌本文選注』校釈」（『東北大学教養部紀要』四、一九六六年）
小尾　郊一『謝霊運伝論』（広島大学小尾博士退官記念事業会、一九七八年）
小尾　郊一『文選李善注引書攷證』（研文出版、一九九〇―一九九二年）
金谷　治「賈誼の賦について」（『中国文学報』第八冊、一九五八年、『秦漢思想史研究』平楽寺書店、一九八一年）
狩野　充徳『文選音決の研究』（渓水社、二〇〇〇年）
狩野　充徳「文選集注所引音決撰者についての一考察」（『小尾博士退休記念中国文学論集』第一学習社、一九七六年、『文選音決の研究』渓水社、二〇〇〇年）
川合　康三『中国のアルバ　系譜の詩学』（汲古書院、二〇〇三年）
川合　康三「うたげのうた」（『中国文学報』第五十三冊、一九九六年、『中国のアルバ　系譜の詩学』汲古書院、二〇〇三年）
川合　康三「身を焼く曹植」（『三国志研究』第五号、二〇一〇年）
木全　徳雄「謝霊運の『弁宗論』」（『東方宗教』三十号、一九六七年）
工藤　卓司「賈誼と『賈誼新書』」（『東洋古典学研究』第十六集、二〇〇三年）
工藤　卓司「『賈誼新書』の諸侯王国対策」（『日本中国学会報』第五十六集、二〇〇四年）
興膳　宏『中国文学理論の展開』（中国文学理論研究集成二、清文堂出版、二〇〇八年）
興膳　宏「蕭統『文選序』の文学論」（『中国文学理論の展開』中国文学理論研究集成二、清文堂出版、二〇〇八年）

興膳　宏「「文学」と「文章」」（『佐藤匡玄博士頌壽記念東洋学論集』文功社、一九九〇年）

小林俊雄「文選李善注引劉熙本孟子攷」（『支那学研究』七、一九五一年）

小林靖幸「文選李善注所引説文解字」（『文藪』一、一九七五年）

斯波六郎『文選索引』（広島大学文学部中国文学研究室、一九五四年、京都大学人文科学研究所編『唐代研究のしおり』特集第一――第四、一九五七―一九五九年）

斯波六郎『文選諸本の研究』（『文選索引』上冊、広島大学文学部中国文学研究室、一九五四年）

斯波六郎『文選李善注所引尚書攷證』（油印本、一九四二年、後に影印本『文選李善注所引尚書攷證』汲古書院、一九八二年）

斯波六郎「四部叢刊本文選書類――李注引文攷正一――」（『立命館文学』一―一二、一九三四年）

斯波六郎「文選集注に就いて」（『支那学』九―二、一九三八年）

斯波六郎「文選の板本について」（『帝国学士院紀事』三―一、一九四四年）

清水凱夫『新文選学――文選の新研究』（研文出版、一九九九年）

清水凱夫「文選編纂の周辺」（『立命館文学』三七七・三七八、一九七六年、『新文選学――文選の新研究』研文出版、一九九九年）

清水凱夫「『文選』の中の梁代作品撰録について」（『学林』一、一九八三年）

清水凱夫「昭明太子「文選序」考」（『学林』二、一九八三年）

清水凱夫「「文選」撰者考――昭明太子と劉孝綽――」（『学林』三、一九八四年）

清水凱夫「『文選』編纂の目的と撰録基準」（『学林』四、一九八四年）

清水凱夫「『文心雕龍』の『文選』への影響」（『学林』五、一九八五年）

章培恒・駱玉明（主編）、井上泰山・林雅清（共訳）『中国文学史新著』（関西大学出版部、二〇一一年）

鈴木虎雄『支那詩論史』（弘文堂書房、一九二七年）

曾貽芬・崔文印（著）、山口謠司・石川薫・洲脇武志（訳）『編訳　中国歴史文献学史述要』（游学社、二〇一四年）

武内　義雄『支那思想史』（岩波書店、一九三六年。後に改版し『中国思想史』岩波書店、一九五〇年）
竹田　晃『中国小説史入門』（岩波書店、二〇〇二年）
竹田　晃「中国小説史の視点から見た賈誼「鵩鳥賦」」（『中国――社会と文化』第七号、一九九二年）
田中麻紗巳「賈誼「鵩鳥賦」について――『荘子』との関連を中心として――」（『東方宗教』第五十冊、一九七七年）
谷口　洋「後漢における「設論」の変質と解体」（『中国文学報』第四十九冊、一九九四年）
谷口　洋「賦に自序をつけること――両漢の交における「作者」のめざめ――」（『東方学』第百十九輯、二〇一〇年）
道家　春代「曹操の楽府詩と魏の建国」（『名古屋大学中国語文学論集』第十二輯、一九九九年）
富永　一登『文選李善注の研究』（研文出版、一九九九年）
富永　一登「『文選』李善注引『楚辞』考」（『大阪教育大学紀要』第三十一巻八号、一九八二年）
長澤規矩也「『和刻本六臣註文選』解題」（原田種成・内山知也編『和刻本六臣註文選』汲古書院、一九九一年、『長澤規矩也著作集』汲古書院、一九九二年）
中西　久味「謝霊運と頓悟」（『森三樹三郎博士頌寿記念　東洋学論集』朋友書店、一九七九年）
野間　文史『春秋左氏伝――その構成と基軸』（研文出版、二〇一〇年）
福永　光司『魏晋思想史研究』（岩波書店、二〇〇五年）
福永　光司「謝霊運の思想」（『東方宗教』十三・十四合併号、一九五八年、『魏晋思想史研究』岩波書店、二〇〇五年）
藤井　守「文選集注に見える陸善経注について」（『広島大学文学部紀要』三七、一九七七年）
藤原　尚「魏文帝の賦と楚辞との関係」（『支那学研究』第二十四・二十五号、一九六〇年）
牧角　悦子（主編）『文選研究論著目録』（九州大学文学部、一九八六年）
牧角　悦子「謝霊運山水詩における自然描写の特質」（二松学舎大学『東洋学研究所集刊』第二十八集、一九九八年）
牧角　悦子「うたのはじめ――聞一多の古代文学史構想――」（『二松学舎大学創立一二五周年記念論文集』、二〇〇二年）
牧角　悦子「古代的「詩」の変容――聞一多の古代文学史構想（二）――」（日本聞一多学会報『詩と神話』第三号、二〇〇四

年）
牧角　悦子「初唐における詩人意識の形成――聞一多「四傑」を中心に――」（日本聞一多学会報『詩と神話』第八号、二〇〇九年）
牧角　悦子「中国文学という方法」（二松学舎大学文学部中国文学科編『中国学入門――中国古典を学ぶための十三章』勉誠出版、二〇一五年）
森　熊男「賈誼の「三表・五餌」政策について」（『岡山大学教育学部研究集録』第六十八巻、一九八五年）
森野繁夫・富永一登「文選集注所引「鈔」について」（『日本中国学会報』第二九輯、一九七七年）
矢淵　孝良「謝霊運山水詩の背景――始寧時代の作品を中心にして」（『東方学報』京都　第五十六冊、一九八四年）
吉川幸次郎「『王維詩索引』序」（京都大学中国語学中国文学研究室編『王維詩索引』、一九五二年、『吉川幸次郎全集』第十一巻、筑摩書房、一九六八年）
渡邉　義浩『三国政権の構造と「名士」』（汲古書院、二〇〇四年）
渡邉　義浩「三国時代における「文学」の政治的宣揚――六朝貴族制形成史の視点から」（『東洋史研究』五四―三、一九九五年、『三国政権の構造と「名士」』汲古書院、二〇〇四年）
渡邉　義浩「「史」の自立――魏晋期における別伝の盛行を中心として」（『史学雑誌』一一二―四、二〇〇三年、『三国政権の構造と「名士」』汲古書院、二〇〇四年）
渡邉　義浩『儒教と中国「二千年の正統思想」の起源』（講談社選書メチエ、二〇一〇年）
渡邉　義浩『魏晋南北朝における貴族制の形成と三教・文学』（汲古書院、二〇一一年）
渡邉　義浩「魏晋南北朝における「品」的秩序の展開」（『魏晋南北朝における貴族制の形成と三教・文学』汲古書院、二〇一一年）
渡邉　義浩『「古典中国」における文学と儒教』（汲古書院、二〇一五年）
渡邉　義浩「班固の賦作と「雅・頌」」（『東洋研究』一九四、二〇一四年、『「古典中国」における文学と儒教』汲古書院、二〇一

五年）
渡邉義浩「曹操の「文学」宣揚」（『「古典中国」における文学と儒教』汲古書院、二〇一五年）
渡邉義浩「曹丕の『典論』と政治規範」（『三国志研究』四、二〇〇九年、『「古典中国」における文学と儒教』汲古書院、二〇一五年）
渡邉義浩「陸機の「文賦」と「文学」の自立」（『中国文化――研究と教育』七一、二〇一三年、『「古典中国」における文学と儒教』汲古書院、二〇一五年）
渡邉義浩「葛洪の「文学」論と「道」への指向」（『東方宗教』一二四、二〇一四年、『「古典中国」における文学と儒教』汲古書院、二〇一五年）
渡邉義浩「「文学」の儒教への回帰」（『「古典中国」における文学と儒教』汲古書院、二〇一五年）
渡邉義浩『「古典中国」における小説と儒教』（汲古書院、二〇一七年）
渡邉義浩「干宝の『捜神記』と五行志」（『東洋研究』一九七、二〇一五年、『「古典中国」における小説と儒教』汲古書院、二〇一七年）
渡邉義浩「漢書における『尚書』の継承」（『早稲田大学大学院文学研究科紀要』六十一―一、二〇一六年）

〔中文〕
王州明「屈原和楚辞対漢代文化影響」（『文史哲』一九九三年第一期、一九九三年）
邱棨鐊「文選集注所引文選鈔について」（『小尾博士退休記念中国文学論集』第一学習社、一九七六年）
饒宗頤「日本古鈔文選五臣注残巻」（『東方文化』三―二）
湯用彤『漢魏両晋南北朝仏教史』（中華書局、一九五五年）
聞一多『聞一多全集』（湖北人民出版社、一九九三年）
聞一多「四千年文学大勢鳥瞰」（『聞一多全集』第十巻、湖北人民出版社、一九九三年）

魯　迅「魏晋の風度及び文章と薬及び酒の関係（魏晋風度及文章與薬及酒之関係）」（『現代青年』一七三―一七八、一九二七年、『魯迅全集』第三巻「而已集」）

初出一覧

序　章　「文」から「文学」へ――中国文学史における六朝の意義――（「中国文学という方法――両漢・六朝から唐代までの文学意識と詩文――」（二松学舎大学文学部中国文学科編『中国学入門』勉誠出版　二〇一五年四月）、及び「文学史という方法論」（『中国史学の方法論』汲古書院　二〇一七年五月）の一部）

第一部　漢代の「文」意識

第一章　賈誼の賦をめぐって――『楚辞』と漢賦をつなぐもの――（日本中国学会『日本中国学会報』第六十七集二〇一五年十月）

第二章　「文」概念の成立における班固の位置――六朝文論の原点として――（六朝学術学会『六朝学術学会報』第十九集二〇一八年三月）

第二部　建安と文学

第三章　建安における「文学」（三国志学会『三国志研究』第四号　二〇〇九年九月）

第四章　曹操と楽府――「新声」「新詩」の語をめぐって――（『狩野直禎先生米寿記念　三国志論集』汲古書院　二〇一六年九月）

第五章　経国と文章――建安における文学の自覚――（『林田慎之助博士傘寿記念『三国志論集』汲古書院　二〇一二年十月）

第六章　曹植における楽府の変容――「興」的表現と物語性をめぐって――（『六朝学術学会報』第十三集　二〇一二年三月）

第三部　『文選』編纂をめぐる「文」意識

第七章　『文選』序文にみる六朝末の文学観（『魏晋南北朝における貴族制と三教・文学』汲古書院　二〇一一年九月）

第八章　『文選』序文と詩の六義――賦は古詩の流――（『六朝学術学会報』第十六集　二〇一五年三月）

第九章　『文選』編纂に見る「文」意識（二松学舎大学人文学会『人文論叢』第九十五輯　二〇一五年十月）

第四部　謝霊運詩論

第十章　謝霊運詩考――刹那と伝統――（九州大学文学部紀要『人文研究』八十四輯　一九八七年二月）

第十一章　謝霊運詩における「理」と自然――「弁宗論」および始寧時代の詩を中心に――（『人文研究』八十五輯　一九八八年二月）

付　論

第十二章　日本における文選研究の歴史と現状（二松学舎大学『人文論叢』第五十六輯　一九九六年三月）

第十三章　（書評）文学研究者への挑戦状――渡邉義浩『「古典中国」における文学と儒教』（三国志学会『三国志研究』第十号　二〇一五年九月）

あとがき

私は、一つの対象を長年にわたって丁寧に周到に研究するタイプではない。卒業論文のテーマは魯迅と革命、修士論文のテーマは譚嗣同とエーテル説、そして博士論文のテーマは聞一多の詩と学術であった。最近は勤務校の組織研究で、日本漢学と近代の問題にも手を染めているし、科研の共同研究として、平安貴族の文化と六朝の世界観との関連についても関心を持っている。その時々の興味と課題に任せて対象が雑駁に広がるのである。研究対象が集中しないことには、長所もあり、短所もある。長所は、問題意識なしに論じることが無いということ、短所はどの分野においても周到な知識に欠けること、その長短どちらも認識しているつもりである。短所からくる欠陥の批判は甘んじて受ける覚悟はある。

ただ、それら不統一な対象を論じながら、一貫して持っている問題意識は明確にある。それは、「言葉」の持つ不可思議な世界の、不可思議であることの魅力を解き明かしたい、という欲求から生まれる問題意識である。言葉は記号でもなければ媒体でもない。この世に産み落とされた瞬間から自身の命を生き始めるものである。作品は、その独立した言葉の世界の中に、思想と意味を持つのだと私は考える。

作品論が好きである。良い作品は、それに向き合い解読する作業の中で、自ら何かを語り出す。解読作業の中でそれは、言葉にする以前には考えもしなかった問いに読み手を誘い、そして新しい世界へと導く。その昂揚感と異次元遊泳の解放感が、文学研究の醍醐味なのだと思う。

そういうわけで、研究者として自認してからこれまで手がけた対象は、『詩経』・『楚辞』・古代神話という、混沌の中から言葉が生まれる古代という時代が中心であったが、近年六朝学術学会に、始めは遠くから、今はなぜか運営側の立場から関わることになり、中国六朝時代の「文」に関する論考を多く書いた。特に大上正美・渡邉義浩という強烈な個性を持った刺激的な友人を得て、彼らとの交流の中で、六朝に関するこれまでの視点に大きな修正を加えた。その結果を中心に集めたものが本書である。

六朝の文芸は、実は私の最も思い入れの強い分野ではない。しかしだからこそ、より客観的に理性的に分析したり論じたりすることができた気がする。本書では、序章で述べたように、渡邉義浩『「古典中国」における文学と儒教』に大きな刺激を受けつつ、おなじ問題意識を別の視点から論じた。大きな問題意識としては、「文」と「文学」とは異なる、ということを特に強調したかった。古典の中にある「文」の意義を明確に規定した上で、そのなかから「文学意識」や「文学性」が立ち現れてくる六朝時代の「文」を、個別の例を通じて描けたのではないかと考えている。

また、六朝に様々に展開する文論の原典として、班固の「著述」意識を明示できたことは、最大の収穫である。漢代は儒教の時代だといっても、前漢と後漢では儒教に対する意識も文や著述への意識も異なる。儒教と文意識は、後漢初期の班固によっていちど大きく収斂され、班固を祖述しながら六朝の文論は展開される、というのが本書の主張したいことの一つである。

また、「文」の持った儒教的意味を明らかにすることによって見えてくるいくつかの問題の中で、賦という文体の負った意義と、楽府の礼楽的意義を、それぞれ『文選』、曹操を通じて提示できたことも、本書の大きな主張の一つである。すなわち、後漢から六朝時代にかけては、詩ではなく賦こそが『詩経』の伝統を継ぐ正統な文体であり、賦の正統性を大きく宣揚したのが班固『両都賦』の序文であること、だからこそ『文選』はそれを巻頭に載せたということ。また、従来曹操の楽府については、楽府という形式を卑俗な歌謡であるととらえ、それを曹操の出自と結びつける論調が主であったが、正史における統治制度としての礼楽の重視を背景にすることで、曹操楽府の政治的な意義が明らかになること。中国中世の表現活動は、およそ近代的文学性とは異質の、統治や理念という観点から捉えて初めて見えてくるものがあるのだ。

つまり、「文」と「文学」の相違を基本に置く視点によって、近代的文学概念とは異なる中国の儒教的表現意識を明らかにすること、それが本書の目指したことであり、また本書を「経国と文章」と題した所以である。

もちろん体系的でなく不完全で雑駁な論集である。時間をかけて練り上げた自信のある論考もあれば、勢いにまかせて筆が走りすぎた論考もある。また執筆時期の前後と本書における章の順序とが同じでないことにより、引用文に重複があったり表現に微妙な齟齬があったりする。しかし自分の中での里程標の一つとして形に残せたことに意味を感じている。

散漫な私の研究対象を、一つにまとめて学術書として出版することを、研究者の義務として命じてくださった野間文史先生に感謝している。斯界でプロとして生きるためには、遊泳を遊泳のままにしていてはいけない。問題意識は形にしてこそ意義がある、と強く慫慂してくださった。本書が形になったのは、野間先生の慫慂と、九段坂を何度も往復して出版を勧めてくださった汲古書院の三井社長のおかげである。また、面倒な校正とデータ作成に力を貸してくれた二松学舎大学大学院の小島朋子さんと佐藤裕紀君にも感謝したい。

二〇一八年四月七日

牧角悦子

＊本書は、平成三〇年度　二松学舎大学学術図書出版助成金の交付を受けた。ここに記して謝意を表したい。

著者紹介

牧角　悦子（まきずみ　えつこ）

1958年　福岡に生まれる
1984年　九州大学大学院文学研究科中国文学専攻修士課程修了
1985年　同博士後期過程中途退学
2001年　二松学舎大学文学部講師・助教授をへて教授
2010年　文学博士（京都大学）
現　在　二松学舎大学文学部教授

著　書

『詩経・楚辞』（角川書店　鑑賞中国の古典　1989年）共著
『列女伝』（明治書院　漢字・漢文ブックス　2001年）
『中国古代の祭祀と文学』（創文社　中国学芸叢書　2006年）
『詩経・楚辞』（角川学芸出版　ビギナーズ・クラシックス　中国の古典　2012年）

訳　書

『詩経』上・中（明治書院　新釈漢文大系　1997・1998年）共訳
『白氏文集』十二（明治書院　新釈漢文大系　2010年）共訳

経国と文章
——漢魏六朝文学論——

平成三十年六月十四日　発行

著者　牧角悦子
題字　関俊史
発行者　三井久人
整版印刷　株式会社理想社

発行所　汲古書院
〒102-0072　東京都千代田区飯田橋二―五―四
電話〇三（三二六五）九七六四
FAX〇三（三二二二）一八四五

ISBN978-4-7629-6617-0　C3098

Etsuko MAKIZUMI ©2018

KYUKO-SHOIN, CO., LTD. TOKYO

＊本書の一部または全部の無断転載を禁じます。